诗法三十六讲

吴云楠 编著

百花洲文艺出版社
BAIHUAZHOU LITERATURE AND ART PRESS

图书在版编目（CIP）数据

诗法三十六讲 / 吴云楠编著. –– 南昌：百花洲文
艺出版社，2021.9
ISBN 978-7-5500-4367-1

Ⅰ.①诗… Ⅱ.①吴… Ⅲ.①诗歌创作–中国 Ⅳ.
①I207.21

中国版本图书馆CIP数据核字(2021)第158795号

诗法三十六讲

Shifa Sanshiliu Jiang

吴云楠　编著

出 版 人	章华荣
策 　 划	邹晓冬
责任编辑	安姗姗　钟雪英
设计制作	胡益民
出版发行	百花洲文艺出版社
社 　 址	南昌市红谷滩区世贸路898号博能中心一期A座20楼
邮 　 编	330038
经 　 销	全国新华书店
印 　 刷	南昌市红星印刷有限公司
开 　 本	720mm×1000mm　1 / 32
印 　 张	11.25
版 　 次	2021年9月第1版
印 　 次	2021年12月第1次印刷
字 　 数	240千字
书 　 号	ISBN 978-7-5500-4367-1
定 　 价	39.80元

赣版权登字　05-2021-307

邮购联系　0791-86895109
网 　 址　http://www.bhzwy.com
图书若有印装错误，影响阅读，可向承印厂联系调换。

序 言

　　我国是一个诗的国度，诗歌文学源远流长，历代诗人辈出，成就辉煌。人们在长期的艺术实践过程中，积累了大量的经验，创造了丰富的表达技巧。历代先贤关于诗歌创作的经验介绍、理论阐述，形诸文字的，大都鞭辟入里，启人心智；即使某些过时之论，也不妨用以参考借鉴。

　　诗法的研究，是提升诗歌创作水平和评论的重要方面。虽然前人有言"诗无定法"，但这不是说没"法"，特别是律诗，无"法"难以成章，只不过需要的是活"法"，而不是死"法"。北宋吕本中说过："学诗当识活法。所谓活法者，规矩备具，而能出于规矩之外；变化不测，而亦不背于规矩也。是道也，盖有定法而无定法，无定法而有定法。知是者，则可以与语活法矣。"（《夏均父集序》）笔者力求讲"活法"。

　　这本书，原来是笔者应彭泽县老年大学诗词班的约请，为诗词班学员所写的讲课稿，每月两讲，每讲一篇。在 2006 年、2007 年和 2019 年下半年，先后共数十讲。这次，对原稿进行了修订，对其中内容作了一些裁剪和某些必要的补充，最初拟为"三十讲"，后来增加了六篇，最后定为三十六篇，所以书名为《诗法三十六讲》。为了方便教学和交流，还将先后写的《论诗绝句三十五首》及其引注作为附录，附在后面。

　　本书涉及诗歌创作诸如立意、构思、谋篇、造语、修辞、技巧、诗类等方面，引用前人诗论数百条，完整的诗词三百多首，散句在四百以上。至于安排是否恰当，表达是否合理，则真诚期待读者给予批评和指正。

编撰本书，笔者参阅了不少专著，汲取了许多研究成果，除已经注明和重点列出的参考书外，谨向所有给予本书以丰富营养的先哲及时贤，表示深深的敬意和谢忱。

本书面向的读者主要为广大的诗歌爱好者，尤其是文科大学生和中学生。这一点，从本书的行文和取材都可得到体现。当然，努力做到雅俗共赏，也是笔者力求达到的目标。限于学识能力，本书对诗法所做的概括分析，应该说还是粗浅的，甚至是片面的。恳请专家和读者多提宝贵意见，以期能在将来获得进一步的改进和提高。

目录

第一讲　诗的形象

这节课我们讲诗的形象。

为了便于讲解，有必要先明白什么是诗，或者说诗的定义是什么，《现代汉语词典》的解释是：文学体裁的一种，通过有节奏、韵律的语言集中地反映生活，抒发情感。这个定义告诉我们：诗是一种文学体裁，它除借形象集中地反映社会生活外，还要有饱满的感情与鲜明的节奏。

诗的形象是诗学的基本术语。文学艺术最重要的特点是通过形象来反映生活，表达情感。诗人很早就明白了这个道理，如《诗经·卫风·木瓜》首章："投我以木瓜，报之以琼琚。匪报也，永以为好也！"为了表达与联络感情，便通过互赠礼品来示好，并将互赠礼品一事写到诗中，反复歌唱。再如南朝时南京有位著名的道士叫陶弘景，辞官后隐居句容的茅山。据说梁武帝下诏问陶弘景山中有什么值得留念的，他用诗作答。诗是这样写的：

> 山中何所有，岭上多白云。
>
> 只可自怡悦，不堪持赠君。

大家看，作者采用问答的方式，借助白云形象，巧妙地回答了梁武帝的问题，并借以表达了自己的意愿，表现自己对无拘无束的生活的追求。白云没有实用价值，却有审美价值，而这正是作者所需要的。正是对这种可望而不可即的白云的喜爱，将作者的精神追求与世俗的物质享受区分开来。

朱自清说："任何一些颜色、一些声音、一些味觉，一些触觉，也都可以有诗。"（《诗与感觉》）朱光潜也指出："所谓'色'并不专指颜色，凡是感官所接触的，分为声、色、臭、味、触，合为完整形体或境界都包含在内……'色'可以说就是具体意象或形象。"例如白居易《后宫词》：

泪湿罗巾梦不成，夜深前殿按歌声。

红颜未老恩先断，斜倚薰笼坐到明。

黄永武分析说："全诗写失宠的哀愁，但第一句用罗巾湿透后贴在脸庞的触觉去写；第二句用前殿传来歌声节拍的听觉去写；第三句用镜里红颜未老的视觉去写；第四句用薰笼散发烟香的嗅觉去写。各种被警醒不眠的感官刺激，生动地将夜夜挨到天明的冷暖酸苦具体地传达出来，令人感同身受。"（《读书与赏诗》）这个例子告诉我们，所谓形象，就是人的眼、耳、鼻、舌、身所能感觉到的物质的形态与特征。这样，我们就可以依据形象获取的渠道，将形象细分为视觉形象、听觉形象、嗅觉形象、味觉形象和触觉形象。

一、视觉形象。视觉形象所展现的是物质的形状、色彩、高低、远近，并且，物质的形状、色彩、高低、远近，相对比较稳定，便于观察，易于表现，所以视觉形象在各类形象中，被诗人用得最多。例如杜牧《山行》：

远上寒山石径斜，白云生处有人家。

停车坐爱枫林晚，霜叶红于二月花。

第一句"远上寒山石径斜",写山,写山路,一条弯弯曲曲的小路蜿蜒伸向山头。第二句"白云深处有人家",写云,写人家。顺着山路望去,在白云飘浮的地方,有几处山石砌成的石屋石墙。有白云缭绕,说明山很高。白云遮住视线,给人留下想象的余地:那白云之上,云外青山,会有另一番景象吧。"停车坐爱枫林晚",不再作客观的描述,有了鲜明的倾向性。那山路、白云、人家,都没有使诗人动心,这枫林晚景却使他惊喜之情难以抑制,于是引出第四句——"霜叶红于二月花",把第三句补足,一片深秋枫林展现在我们面前了。夕晖晚照中,枫叶流丹,层林如染,真是满山红锦,如彤霞满天,它比江南二月的春花还要火红,还要艳丽。四句诗全都是写景,全都是视觉形象。寒山、白云、红枫,浓墨重彩,色彩绚丽,令人陶然而醉。又如刘长卿《寻南溪常道士》:

> 一路经行处,莓苔见屐痕。
> 白云依静渚,芳草闭闲门。
> 过雨看松色,随山到水源。
> 溪花与禅意,相对亦忘言。

这首诗主要是通过视觉形象写景。第三句,"白云依静渚",写白云,写的是远处景;第四句"芳草闭闲门",写芳草,写的是近处景;第五句"过雨看松色",写松色,是高处景;第六句"随山到水源",写水源地,是低处景。虽然说这中间四句都是写视觉形象,但由于作者善于变化,力避单调,写"云",饰以"白",而配以"静"趣;写"草",饰以"芳",而佐以"闲"。"松色"是雨后之景,"水源"是随山所见的。这种安静、清闲的居处,与道士非常协调和谐。又如马致远《天净沙》:

> 枯藤老树昏鸦,小桥流水人家。古道西风瘦马,夕阳西下,

断肠人在天涯。

"枯藤老树"告诉我们，时至一年的深秋季节，在外的游子应赶回家与亲人团聚。"昏鸦"，即黄昏时的飞鸦，告诉我们，已到一天中的傍晚，飞鸦已经回巢栖息，游子却漂泊在外。"小桥流水人家"，为我们描写了优美的环境与静谧的家庭生活气氛。显然，住在这里的人们正享受着天伦之乐，而这正是游子向往已久而不可即的。"古道西风瘦马"，告诉我们，诗人的生存状况不佳啊，骑的是一匹瘦马，迎着西风，在偏僻的小道上独自行进。面对西下的夕阳，自己浪迹天涯，无所依归，怎能不肝肠寸断呢？这首曲子中运用的基本都是视觉形象，由于作者运用得巧妙，成为名曲，被周德清誉为"秋思之祖"。

二、听觉形象。耳朵获得的信息仅次于眼睛，所以诗人也常用听觉形象来表现自己对生活的感受。这方面，我们首先想到的是大家非常熟悉的孟浩然的《春晓》：

春眠不觉晓，处处闻啼鸟。

夜来风雨声，花落知多少？

这首小诗，千百年来，人们传诵它，探讨它，仿佛诗里蕴藏着掘不完的艺术宝藏。写情，诗人选取了清晨睡起时刹那间的感情片段进行描写，这片断，正是诗人思想活动的起始阶段、萌芽阶段、是最能够让人想象他感情发展的最富于生发的顷刻。写景，他又只选取了春天的一个侧面。春天，有迷人的色彩，有醉人的芬芳，诗人都不去写，他只是从听觉角度着笔，写春之声：那处处鸣鸟、那潇潇风雨。鸟声婉转，悦耳动听，是美的。透过啼鸟，我们依稀看到鸟儿停留之处的花草树木。那鸟啼声此起彼伏，互相呼应，互相沟通感情，而周围的花草树木，当然是竞相生长，各具特色的。春风春雨，纷纷洒洒，但在这个静谧的春夜，这沙沙声响，却也让人想见那如烟似梦的凄迷意境。用春声渲染出户外春意闹的美好景象，写出了诗人的感受，表现了诗人的喜悦及其对大自然的热爱。总之，这首小诗仅仅四行二十个字，读来却韵味十足。首句破题，写春睡的香甜，也流露着对春晨的喜爱；次句即景，写悦耳的春声，也交代了醒来的原因；三句转为写回忆；末句又回到眼前，由喜春转到惜春。时间的跳跃、阴晴的交替、感情的微妙变化，都富有情趣，能给人带来无穷的兴味。又如南宋诗人项安世的《小雨怀张升之》：

> 夜窗疏雨不堪听，独坐寒斋万感生。
> 今夜故人江上宿，如何禁得打篷声。

这首诗写听到雨声的感触。正因为是"疏雨"，所以才持久，以至于入夜，窗户纸边还不断传来稀疏的雨声，让人不堪忍受。正因为"夜窗疏雨"使人难以忍受，所以才弄得作者百感交集，毫无睡意，感到格外的孤独和寒冷。作者由己及人，想到寄宿江上舟中的故人听到船篷上的雨声，将会更加难受。前半首诗，作者写自己听到窗纸上的雨声，是实写；后半首诗，写故人听到船篷上的雨声，出于想象，是虚写。作者运用虚写实写相结合的手法，将自己的忧愁传给了故人，也传给了读者，成倍地提高了诗的艺术感染力。

由于声音看不见，摸不着，难以把握，诗人往往用视觉形象来写听觉形象，如韩愈的《听颖师弹琴》开头几句：

> 昵昵小儿女，恩怨相尔汝。
> 划然变轩昂，勇士赴敌场。
> 浮云柳絮无根蒂，天地阔远随飞扬。

……

这几句正面摹写声音。起句写弹琴的人，并没有像一般的诗那样交代弹琴的时间和地点，而是紧扣题目中的"听"字，单刀直入，把读者引进美妙的境界里。琴声袅袅升起，轻柔细腻，仿佛小儿女耳鬓厮磨之际，窃窃私语，互诉衷肠。正当听者沉浸在充满柔情蜜意乐曲中时，琴声变得起伏昂然，像勇猛的将士挥戈跃马冲入敌阵，显得气势非凡。接着琴声又由刚转柔，呈现出回还之势，恰似经过一次浴血奋战，敌氛尽扫。此时，天朗气清，风和日丽，远处浮动着几片白云。这里，诗人利用人类五官的通感的功能，以视觉所获得的形象（勇士赴敌、柳絮飞扬等）之美来反映听觉所体会的声音之美，使读者得到了新鲜的美的享受。

三、嗅觉形象。嗅觉形象指气味。气味更加难以捉摸，不易表现，而且远距离还不容易被闻到，因此在诗中用得较少。但气味，特别指香气，也是构美的元素，一般人是不会拒绝香气给人带来的美感愉悦的。

说到"香"，在我国古代诗词中被普遍使用，主要用于表现美好的事物，而且直接通过有香味的事物去描写，如"御炉香焰暖，驰道玉声寒"（窦叔向《春日早朝应制》），这是香料焚烧散发出的香气；"水急客舟疾，山花拂面香"（李白《秋浦歌十七首·其十一》），这是山花香；"风吹柳花满店香，吴姬压酒唤客尝"（李白《金陵酒肆留别》），这是柳花香，可能还夹以酒香，因为在酒店内饯别，酒香可闻；"零落成泥碾作尘，只有香如故"，（陆游《卜算子·咏梅》），这是梅花香。"疏影横斜水清浅，暗香浮动月黄昏"（林逋《山园小梅二首·其一》），这是梅花香。如此看来，嗅觉形象自具特色，不可忽视，不可替代。当然，它在诗词中只能起辅助作用，要想在一首诗中全都用嗅觉形象表达，是很困难的。

四、味觉形象。味觉形象指味道。味道有酸甜苦辣咸涩之分，也有冷热浓淡之别。但是，它只可意会，难以言传，而且你要知道梨子的滋味，就得亲口尝一尝，所以局限性比较大。然而它也是制造美感的重要因素。虽然诗歌中较少具体描写食物的滋味，但是诗人总能利用对味觉的感受写出一些优美的诗篇。例如王建《新嫁娘词三首·其三》：

> **三日入厨下，洗手作羹汤。**
>
> **未谙姑食性，先遣小姑尝。**

"三日入厨下，洗手作羹汤。"古代女子嫁后的第三天，俗称"过三朝"，依照习俗，要下厨房做菜，"三日"正见其为"新嫁娘"。诗中的新嫁娘很聪明，她特别重视在婆家首次做饭做菜给人留下的第一印象，表现出这位新媳妇的郑重其事，力求做得清净爽利。在新的家庭关系中，她特别注重婆媳关系，尤其注意婆婆的反应，她也清楚地认识到与自己年龄相近，总要嫁出去的小姑子与自己最容易沟通，也最好说话。所有这些细微而复杂的心理活动，从洗手，特别是先让小姑品尝羹汤的细节中准确地反映了出来。在这首诗中，新嫁娘的灵机慧心、小姑的天真，显得那么富有诗意和耐人寻味！像这样的诗，在如何从生活发现和把握有诗意的题材方面，似乎能够给我们有益的启示。又如杨万里《闲居初夏午睡起·其一》：

> **梅子留酸软齿牙，芭蕉分绿与窗纱。**
>
> **日长睡起无情思，闲看儿童捉柳花。**

陈衍在他的《石遗室诗话》中说，杨万里诗"大抵浅意深一层说，直意曲一层说，正意反一层、侧一层说"。这首小诗即可见其一二。"梅子留酸软齿牙"，这开头就很新鲜，不从视觉写起，而是从味觉写起。诗人午睡初醒，齿颊间还留着梅子的余酸。梅有解酒的功效，可知诗人睡前曾经饮酒。"留"字表现出他闲散的意态,"分"字为蕉叶映窗传神,首二句点明了初夏的时间。"日长睡起无情思",承上,表明夏日昼长、百无聊赖之意,于是他只有"闲看儿童捉柳花",儿童世界的天真无邪,使人感到由衷的快慰,写来自然就会真朴可爱。

五、触觉形象。这是人的身体接触物质后所产生的冷与热、软与硬、光滑与粗糙、干燥与潮湿之类的印象。这些印象的获得,必须通过与物质接触才能得到,因此局限性较大。而且这些印象也是很难用语言准确表达的。所以,完全靠触觉形象写成一首诗是不可能的。但是,它也是构成美感的一个重要因素。例如元稹《闻乐天授江州司马》:

> 残灯无焰影幢幢,此夕闻君谪九江。
>
> 垂死病中惊坐起,暗风吹雨入寒窗。

元稹与白居易有很深的友谊。元和十年(815)白居易上书,请捕刺杀宰相武元衡的凶手,结果得罪权贵,被贬为江州司马。这首诗,就是元稹听到白居易被贬的消息时写的。诗的中间两句叙事言情,表现了作者乍一听这个不幸的消息时陡然一惊,语言朴实而感情强烈。诗的首尾两句是写景,形象地描绘了周围景物的暗淡凄凉,感情浓郁而深厚。

元稹贬谪他乡,又患重病,心境本来就不佳。现在忽然听到挚友也蒙冤被贬,内心更是震惊,万般怨苦。以这种悲凉的心境观景,一切景物也都变得阴沉昏暗了。于是,看到灯,觉得是失去光焰的"残灯";"风",本来是无所谓明暗的,而今也成了"暗风";尤其是那个"窗",而今也成了"寒窗"。这个"寒"字,既包括了自然气候的寒,又包括政治气候的寒;既包括皮肤所感到的寒,又包括他内心感到的寒。这里的触觉形象,对表情达意起到了很好的作用。

说到"寒",在我国古代诗词中,除了揭示人和外界自然之物接触所获得的一种生理的感觉外，如天寒、风寒、霜寒、水寒等等，更多的是描写感觉中的寒，以表现某种特定的情境和心境。作者对寒的感觉，也不停留在生理的直觉阶段，而是和主观感情结合，或描写环境，或渲染气氛，或表现内心的凄苦寒冷，或比喻人情世态的变化，如此等等，不一而足。由于艺术中的通感作用，"寒"还可以诉诸听觉、视觉，增强触觉形象的表现力，使读者感到有声有色。例如李商隐《无题》诗云："晓镜但愁云鬓改，夜吟应觉月光寒"，这是视觉与触觉的结合；杜甫的《绝句四首·其二》"欲作鱼梁云复湍，因惊四月雨声寒"，这是听觉与触觉的结合。类似写法并不少，如：

> 杀气三时作阵云，寒声一夜催刁斗。（高适《燕歌行》）
> 细雨梦回鸡塞远，小楼吹彻玉笙寒。（李璟《摊破浣溪沙》）
> 无人花色惨，多雨鸟声寒。（李嘉佑《自常州还江阴途中作》）
> 五更晓色来书幌，半夜寒声落画檐。（苏轼《雪后书北台壁二首·其一》）

　　由此不难理解，古代诗词中以寒形声，并非为了追奇逐异，而是诗人在长期艺术实践中，领悟到的触觉形象的妙用，是匠心独运。

第二讲 形象思维

上节课，我们讲了诗的形象；这节课，我们讲形象思维。

形象思维，是文学艺术创作过程中主要的思维方式，借助于形象，反映生活；运用典型和想象的方法，塑造艺术形象，表达作者的思想感情。简单地说，形象思维就是用具体事物的形象，来表达抽象的思想感情。它是诗歌创作的本质特征，离开形象思维，很难产生真正的诗。毛泽东在跟陈毅谈论诗的创作时，三次讲到形象思维，明确指出"诗要用形象思维"，多次强调"写诗不能不用形象思维"。

我国古代文艺理论著作中，原来是没有形象思维这个词的，这个词无疑是从外国引进的。大约二十世纪三十年代或者四十年代，自从高尔基和俄国革命民主主义者别林斯基等人的文艺理论著作被翻译介绍到中国以后，形象思维这个术语便开始在一些有关著作中使用。但是，说我国古代没有"形象思维"这个词或用语，不等于说我国古代人不知道文艺作品需要用形象思维这个道理，也不等于说我们祖先没有讲过这种意见；说"形象思维"这个词或用语是在二十世纪三十或四十年代才从外国翻译过来，并自那时候才研究这理论，更不是认为我们中国文艺理论只能靠从外国输入才能有所发展、提高。古代文献证明，我国早在两千五百年前的周代，便已有形象思维的萌芽，并且在那以前，就有运用形象思维创作的文艺作品传下。

不仅如此，这些有关理论著作被提出来和运用以后，两千多年来，还不断在理论和创作实践上，有所发展，使它更加深刻、全面与完善。这里，我不打算详细举例说明这个论述过程，只提纲挈领地介绍两个形象思维运用的实例。

《老子》有这样两句话说："图难于其易，为大于其细。"这两句话是抽象的概念，也是具有深意的论点，韩非是怎样解释它的呢？他说："千丈之堤，以蝼蚁之穴溃；百尺之室，以突隙之烟焚。故曰：白圭之行堤也塞其穴，丈人之慎火也涂其隙。是以白圭无水难，丈人无火患。此皆慎易以避难，敬细以远大者也。"这已经够明白了。但韩非还嫌说得不充分，怕读者不明白，又追加一段有人物、有对话的故事，使那个抽象概念形象化，这就使读者的认识更深刻、更清楚了。他写道：

> 扁鹊见蔡桓侯，立有间。扁鹊曰："君有疾在腠理，不治将恐深。"桓侯曰："寡人无疾。"扁鹊出。桓侯曰："医之好治不病以为功。"居十日，扁鹊复见曰："君之疾在肌肤，不治将益深。"桓侯不应。扁鹊出。桓侯又不悦。居十日，扁鹊复见曰："君之疾在肠胃，不治将益深。"桓侯又不应。扁鹊出，桓侯又不悦。居十日，扁鹊望桓侯而还走，桓侯故使人问之。扁鹊曰："疾在腠理，汤熨之所及也；在肌肤，针石之所及也；在肠胃，火齐之所及也；在骨髓，司命之所属，无奈何也。今在骨髓，臣是以无请也。"居五日，桓侯体痛，使人索扁鹊，已逃秦矣。桓侯遂死。故良医之治病也，攻之于腠理。此皆争之于小者也。夫事之祸福亦有腠理之地，故圣人蚤从事也。

晋人陆机，他的《文赋》是中国文艺理论著作中第一篇完整而系统的理论文章，只是用骈体文赋的形式写的，一般比较难懂一点。他说创作过程应该是"其始也，皆收视反听，耽思傍讯。精骛八极，心游万仞。

其致也，情瞳昽而弥鲜，物昭晰而互进。倾群言之沥液、漱六艺之芳润。浮天渊以安流，濯下泉而潜浸……观古今于须臾，抚四海于一瞬"。这是说：开始要进行创作的时候，要集中精神，进行思考，所考虑对象非常广泛而高远，遍及宇宙，没有时间空间的限制。思想成熟了，情绪越来越鲜明，物象越来越清楚。这时候意能称物了，就要求辞能及意，所以便得自由地驱遣六艺群言来进行写作。作家此时的想象可上升九天，可下入九泉，在瞬息之间驰骋于古往今来、四面八方。这就说明了整个文学创作过程中，作家的思维一点也不能离开形象，并且要伴随着强烈而饱满的感情。

在具体的写作当中，所要写的事物的形象，包括声响，都历历呈现在眼前。于是乎，作者进行素材的精选与形象的塑造，由此及彼，由表及里，去粗取精，去伪存真。再进一步塑造典型，"或本隐以之显，或求易以得难"，终于在作者的构思中，把最难把握的事物的本质抓住了，以此反映在典型形象中，景物的形象也就越发鲜明而清晰了，这样就能"笼天地于形内，挫万物于笔端"。陆机虽不知道也不可能用"形象思维"这个术语，但他在《文赋》中所说的，却比较完整地表达了形象思维应有的特征。

总而言之，经过两千多年的积累和发展，若就综合的资料来看，凡与形象思维有关的各个方面的问题，可以说都已有人涉及，并且也都获得了较为正确的结论。例如：形象思维必须以客观世界的现实为基础；作者的思维始终不能离开具体生动的感性材料；作者的思想感情必须沉浸在他所写的事物当中，达到情景交融、思与境合的地步；通过形象思维，以概括的、典型的、具体的形象，写出具有本质意义的艺术形象，用形象思维创作出来的作品，能以其艺术形象深刻地感染读者。

文学艺术不是用抽象概念，而是通过典型形象来反映现实生活中的客观现象的，这就必须依靠艺术概括，从大量的客观现象中，选择、提炼具有本质特征的感性材料，并熔铸为活生生的艺术形象，去揭示社会生活的某些本质的东西。而形象思维的表现形式，在诗中则相当丰富，如想象、联想、夸张、拟人、拟物、明喻、暗喻、对比、衬托、双关等等。大家可以在鄙人拙著《诗词修辞》中查看相关内容。今天只想换个角度，从便于操作的层面，从诗例中概括出几种表达方法：一是光写形象，从形象中表达作者的思想感情；二是主要写思想感情，没有描绘具体形象，但抒写的思想感情中含蕴着具体形象，从而让读者感到诗中所写的思想感情不是抽象的，是跟具体形象结合的；三是既写形象，也写自己的思想感情，通过两者的结合来表达。

一、光写形象。在诗歌中 这种表达方法以咏物最常见。例如虞世南的《蝉》：

> 垂緌饮清露，流响出疏桐。
>
> 居高声自远，非是藉秋风。

诗写蝉饮露水，在树上叫，所以声音传得远。作者的思想没有直接说出，而是从咏蝉中透露出来。"居高"的"高"有两方面的内容，一方面跟"饮清露"联系，一方面跟疏桐联系。露是清的，桐是高洁的，诗句独尊蝉的品格。古代本有凤凰非梧不栖的说法，所以这个"高"，不光是地位高，还有品格高。品格不高，非常丑恶，即使地位再高也不行。品格高而地位高，他的声音影响才大。这个意思不是空喊出来的，而是通过蝉的形象来表达，是形象思维。

又如崔涂《孤雁》：

> 几行归塞尽，念尔独何之。
>
> 暮雨相呼失，寒塘欲下迟。
>
> 渚云低暗度，关月冷相随。

未必逢矰徼，孤飞自可疑。

　　这首诗句句写孤雁。首联直写孤雁离群背景：天穹之下，几行鸿雁展翅飞行，向北而去；渐渐地，群雁不见了，只留下一只孤雁，在低空盘旋。诗人是南方人，一生中常在巴、蜀、湘、鄂、秦、陇一带作客，自然免不了天涯羁旅之思。但作者不说这些，而是通过写孤雁来写离愁，既形象又含蓄生动。颔联"暮雨相呼失，寒塘欲下迟"是全篇警策。上句说失群的原因，下句写失群之后仓皇的表现，既写出当时的自然环境，也刻画出孤雁的神情状态。暮雨苍茫，孤雁经不住风雨的侵凌，再飞已感无力，面前恰好一个池塘，想下来栖息，却又影单心怯，几度盘旋犹豫。这种欲下未下的举动，迟疑恐惧的心理，被作者写得细腻入微。写的虽是孤雁，但作者把自己孤凄的情感熔铸在孤雁身上，读来形象逼真。颈联是承颔联而来，写孤雁穿云随月，振翅奋飞，然而仍只影无依，凄清寂寞。月冷云低，衬托出形单影只，突出了孤雁处境的艰难，透露出诗人心境的凄凉。最后两句，写了诗人良好的愿望和矛盾的心情，说孤雁未必会遭受暗箭，但孤飞总使人易生疑惧。这个"孤"字，将全诗的神韵、意境凝聚在一起。至此，诗人把漂泊异乡、孤凄忧虑的羁旅之情，借雁和盘托出，令人回味无穷。

　　再看一首唐代秦韬玉的《贫女》诗：

蓬门未识绮罗香，拟托良媒益自伤。
谁爱风流高格调，共怜时世俭梳妆。
敢将十指夸针巧，不把双眉斗画长。
苦恨年年压金线，为他人作嫁衣裳。

　　这首诗以语意双关、含蕴丰富而为人传颂。全篇都是一个未嫁女的独白，倾诉她抑郁惆怅的心情，但读者却能从字里行间读出诗人怀才不遇、寄人篱下的感恨。诗虽句句字字写贫女，实际上，正如沈德潜所说："语语为贫士写照。"近人俞陛云在《诗境浅说》中指出："此篇语语皆贫女自伤，而实为贫士不遇者写牢愁抑塞之怀。"他们两人，都从形象思维角度重视本诗的比兴意义，并且说出了诗的真谛。良媒不问蓬门之女，寄托着寒士出身贫贱、举荐无人的苦闷哀愁；夸指巧而不斗眉长，隐喻着寒士内美修能、超凡脱俗的孤高情调；"谁爱风流高格调"，俨然是封建文人独清独醒的寂寞口吻，"为他人作嫁衣裳"，则令人想到那些经年为上司捉刀献策，自己却久屈下僚的读书人——或许就是诗人的自叹吧。作者无一句写寒士、写自己，就是凭借形象思维，借贫女形象，表达哀怨沉痛之情，反映社会对贫寒士人的冷漠，以及他们怀才不遇的愤懑和不平之气。

不光咏物写人，也有写景的，例如王维《鹿柴》：

空山不见人，但闻人语响。

返景入深林，复照青苔上。

诗里描绘的是鹿柴附近的空山深林在傍晚时的幽静景色。首句，从正面描写空山的杳无人迹。第二句写空山中偶尔传来人语声，但看不到人影。空谷传声，愈见空谷之空；空山人语，愈见空山之寂。人语响过，空山复归于万籁俱寂的境界；而且由于刚才那一阵人语响，这时的空寂感更加突出。三、四句由前面的描写空山传语，进而描写深林返照，由声而色：返景射入深林，映照在青苔上，那一小片光影，使深林的幽暗更加突出。大家看，这里写空山、深林，日光返照青苔，还听到人语，作者的思想感情没有直接写出，但从这些景物中间，显出环境的幽静，作者心情的安闲。这是从写景中透露心情，也就是用形象来表达情思的形象思维。

二、主要写思想感情的。没有描绘具体形象，但是从抒写的思想感情中含蕴着具体形象。例如陈子昂《登幽州台歌》：

> 前不见古人，后不见来者。
>
> 念天地之悠悠，独怆然而涕下！

周振甫先生对这首诗，就形象思维方面的写作技巧，有很好的评说。他说，"前不见古人"，只是一般地提到古人，没有具体地写某一古人的形象；"后不见来者"，"来者"也没有具体写；"念天地之悠悠"，这个"天地"跟"悠悠"结合，指对宇宙无穷所发的感叹，这里也没有具体的形象；只有"独怆然而涕下"，"涕下"是形象，但这个形象不能表达当时作者的形象思维。当时作者的形象思维是什么呢？作者在武攸宜手下参谋军事，进攻契丹。他屡次向武攸宜献计，武攸宜不听，他反而被贬为军曹。他受到打击，一次登上幽州的黄金台，想到燕昭王在台上接待四方来的人才，像乐毅等人。因此"前不见古人"的"古人"里，有具体的形象。"后不见来者"，这个"来者"指燕昭王一类人。当他登幽州台时，即使真有这样的"来者"，他也碰不到，他遇到的是跟燕昭王相反的武攸宜。燕昭王信用人才，武攸宜排斥人才。他亲身感受到这种打击，所以登幽州台涕泪。在武攸宜的打击下，他不便具体地写，怕会受到更大的打击，只好用抽象的"古人""来者"来发感慨。因此，从"幽州台"和"古人"里面，可以接触到作者的思想感情，可以唤起黄金台、燕昭王等的具体形象，从而体会到作者的感情，于是作者的感情就不是抽象的，而是具体的形象思维。

三、既写形象，也写自己的思想感情。例如李商隐《蝉》：

本以高难饱，徒劳恨费声。

五更疏欲断，一树碧无情。

薄宦梗犹泛，故园芜已平。

烦君最相警，我亦举家清。

诗的前四句写蝉的形象，后四句写思想感情。"高难饱""恨费声"，既是写蝉，也在写自己。"五更疏欲断"，从白天叫到夜里，叫到五更，已经叫不动了，声疏欲断，可是找不到一点同情；"一树碧无情"，把自己的身世遭遇借蝉来写出，不落痕迹，所以后人特别推重。后四句写自己，为了做小官，像萍梗一样漂流，家园难返，故乡的田园也早已荒芜；蝉鸣似相警戒，我亦举家清贫。作者长期在地方上当幕僚，有"本以高难饱"的感情。曾经托人引荐，只是徒劳。这种生活中的感悟跟蝉的形象结合，构成形象思维。后四句写自己，用浮梗的漂泊无定比喻自己的到处奔波，用"故园芜已平"来表自己思归的心情，再同蝉鸣联系，点明举家清贫。这后四句，用浮梗做比喻，联系故园的荒芜，用拟人化手法写蝉，称它为"君"，作者的思想与形象结合。这种写法在诗里比较多见。因为诗以抒情为多，抒写自己的感情，通常和咏物结合。再如李白的《赠汪伦》：

李白乘舟将欲行，忽闻岸上踏歌声。

桃花潭水深千尺，不及汪伦送我情。

前两句看似平淡，而深一思味，情景宛然在目，可见此两句所述形象鲜明，非泛泛闲散言语。两句诗是说：李白将离开桃花潭所在的泾县某村，水路乘舟，已经独自上船，正准备解缆时，忽然听到岸上传来踏歌的声音，越来越近。这个人显然不是个士大夫，而是一个不拘小节的乡村读书人。事前不曾约定要来送别，所以李白并没有在岸上等候。但一听到踏歌声，便立刻意识到来者一定是热情的东道主汪伦。后两句以千尺深的桃花潭水比拟汪伦送别的情谊，是夸张的形象化的艺术比喻，而且取自眼前之物，就近取譬，既自然又适合恰当，所以传诵千古。沈德潜评析说："若说汪伦之情，比于潭水千尺，便是凡语，妙境只在转换间。"大家说，他的看法是不是很恰当？

诗是如此，词亦不落后。许多人诗词兼优，如李白、白居易、温庭筠、韦庄等；有的虽诗写得少，而词写得别开天地。特别是亡国帝王词人李煜，他最主要的特征是善于塑造真实生动的形象，特别是他能够把一些抽象的意识方面的东西，如人的意识活动、感情变化等，用生动的形象刻画出来。他的作品中最为人传诵的，是亡国以后入宋为囚徒时写愁恨的一些词，如以下两首：

> 林花谢了春红，太匆匆！无奈朝来寒雨晚来风。胭脂泪，留人醉，几时重？自是人生长恨水长东！　（《相见欢·林花谢了春红》）
>
> 春花秋月何时了？往事知多少。小楼昨夜又东风，故国不堪回首月明中。　雕栏玉砌应犹在，只是朱颜改。问君能有几多愁？恰似一江春水向东流。　　　（《虞美人·春花秋月何时了》）

这两首词最感人的都是最后一两句，而这正是他把惆怅的深重，创造性地用具体的形象比喻表达出来的句子。《相见欢·林花谢了春红》把"人生长恨"比作"水长东"，充分体现了恨的绵长，而"水长东"的不可挽回，则更为形象。《虞美人·春花秋月何时了》以回答的口吻，把愁思之多比作"一江春水"，而"向东流"，则更有绵延不断、新愁续旧愁的意思，具体地提供给读者一个愁多恨深的忧郁人物的鲜明形象。

第三讲 诗的立意

这节课，我们讲诗的立意。

"诗以意为主"，是我国古代诗歌创作的优良传统。"意"，指的是诗歌所集中表现的思想感情。好比我们平常写议论文，文章中要解决什么问题，核心观点是什么，在写作之前总该有一个基本的想法，这个想法就是"意"。如果没有这个"意"，尽管拥有了很多材料，却说明不了什么问题。这些材料好比一盘珍珠，散落盘中；而这个"意"，就是把这些珍珠串起来的丝线。"意"，起的就是这样的一个作用。写议论文是如此，写诗歌也是如此。所以古人在论述诗歌立意的时候，都非常重视并高度肯定"意"在诗歌创作中的作用。对于这个命题，古人有过很好的论述：

王夫之在《姜斋诗话》中说："无论诗歌与长行文字，俱以意为主。意犹帅也，无帅之兵，谓之乌合。"意，就是诗歌文章的主帅，没有这个主帅的统合指导，那就是一盘散沙、一群乌合之众。"李、杜之所以称大家者，无意之诗十不得一二也。"这是举了诗坛大家，说他们的诗都是有意之作。他接着说："烟云泉石，花鸟苔林，金铺锦帐，寓意则灵。"无论写什么，都需要"意"的支撑，这种见识，抓住诗歌本质特征，正确解决了内容和形式的问题，符合诗歌创作的规律。

我国先秦时期的理论家，给诗下过一个最早的定义："诗言志。"《尚书·尧典》说："诗言志，歌永（咏）言。"《庄子·天下篇》说："诗以道志。"《荀子·儒效篇》说:"诗言是其志也。""志",指的是思想、志向、抱负等。先秦时,词汇有限,"志"也包括"意"的意思。郑玄注解《尚书》说:"诗所以言人之志,意也。""意"就是怀抱、情感等。《毛诗序》进一步解释说:"诗者,志之所之也,在心为志,发言为诗,情动于中而形于言。"随着抒情诗的发展,陆机《文赋》又提出"诗缘情而绮靡"。"缘情"就是抒情,这也并不排斥"言志",因为先秦的"志"的原意,本来包含情、意在内,他只是侧重说明诗的抒情作用,明确指出诗是用优美生动的语言形式来抒发内心的情感。

"诗以意为主",就是强调诗要有充实、深刻的思想内容,艺术形式则是把思想感情生动而鲜明地表现出来。艺术形式固然重要,但它是为表现内容服务的。一首诗如果思想空虚,感情贫乏,内容平淡,甚至立意不明,不知说的是什么,即使辞藻华美,合乎格律,也不是好诗,或者不是诗。

那么,立意有哪些要求,或者说有哪些讲究呢?如果从不同角度、不同层次、不同方面去讲,势必很多很多,讲不完,道不尽。不过从我们接触到的材料看来,大致有四要:要高、要新、要深、要巧。

立意要高。大家知道,人有人品,诗有诗品。从诗品中可以看出人品。诗的品格,则首先是由立意高下决定的。这里有一个人们比较熟悉的故事:唐天宝十一年(752)秋天,杜甫、高适、岑参、储光羲、薛据五位诗人相继登长安大雁塔,即景赋诗。前面四位诗人的诗都流传了下来,诗题相同,但立意不同。

高适诗说:"盛时惭阮步,未宦知周防。输效独无因,斯焉可游放。"他感到地位卑微,四处游放,不被重用,颇有牢骚情绪。

岑参诗说:"净理了可悟,胜因夙可宗。誓将挂冠去,觉道资无穷。"他在大雁塔上参悟佛理,决定弃冠修道。

储光羲诗说:"俯仰宇宙空,庶随了以归。崩剥非大厦,久居亦已危。"

他在大雁塔上感到空虚，人生艰危。

那杜甫又是怎么说的呢？他说："秦山忽破碎，泾渭不可求。俯视但一气，焉能辨皇州？回首叫舜虞，苍梧云正愁。惜哉瑶池饮，日晏昆仑丘。"他为山河破碎而忧心，为时局艰危而呼唤治世尧舜，流露出对国事的关怀。

四位诗人，同时登临胜景，思想境界不同，诗的品格确实可以分出层次。这说明不同诗人因生活态度和对事物的见解不同，其作品的立意便不同，而作者思想境界的高低，则决定了诗的品格高低。下面再看一则材料，黄彻《蛩溪诗话》有这样一段话：

> 老杜《剑阁》诗云："吾将罪真宰（天公），意欲铲迭嶂。"与太白"捶碎黄鹤楼""铲却君山好"，语亦何异！然《剑阁》诗意在削平僭越（指封建割据势力），尊崇王室，凛凛有义气；"捶碎""铲却"之语，但一味豪放了。故昔人论文字，以意为主。

两首诗有些诗句好像写得同样豪迈，由于含意的深浅，就分出高下来。李白《江夏赠韦南陵冰》，写他在江夏和友人韦冰喝酒，看到那里的"头陀（寺）云月多僧气，山水何曾称人意"，对于黄鹤山上的古寺头陀寺、黄鹤楼都看不上眼，对于长江边上的鹦鹉洲，也觉得讨厌，酒中忽发狂言，捶碎这些古迹，倒却鹦鹉洲，使得眼前空阔。又《陪侍郎叔游游洞庭醉后三首》，第二首说，"醉后发清狂"，要铲却君山。君山在洞庭湖中，遮住人们望洞庭湖的视线，比鹦鹉洲更讨厌，所以想铲除。这些话写得意气豪迈，但并没有什么深意。杜甫《剑阁》诗讲到剑门形势险要，野心家利用它来进行封建割据，所以说："并吞与割据，极力不相让。吾将罪真宰，意欲铲迭嶂。"杜甫反对野心家的封建割据，所以要责备天公，想铲除重重叠叠的山峰。这样说就有含意，就有深意了。在当时，反对割据、维护统一是进步的，所以思想性强些。

立意贵新。新，求新要创造，"言前人之所未言，发前人之所未发"，前人没说过，你说出来了，就新颖。清人赵翼说："诗文随世运，无日不趋新。"丰富而纷繁的社会，总是在不断发展，新陈代谢。各个时代的各个诗人，各有不同的生活经历，不同的思想见解，所以诗人的创作，既表现他的时代的生活，又呈现他本人的个性特点。成功的诗作从不雷同。我们的时代，新人物、新事物、新思想，随时随地涌现。我们的诗歌创作理应反映新的生活、新的思想，抒发新的激情。我们来看两首词：

宋代的陆游写过一首《卜算子·咏梅》：

> 驿外断桥边，寂寞开无主。已是黄昏独自愁，更著风和雨。
> 无意苦争春，一任群芳妒。零落成泥碾作尘，只有香如故。

陆游是咏梅的高手。这首咏梅词，托物言志，以梅自喻，咏赞诗人自己的贤良品质和高尚情操。他有"愁"，但他没有用诗人、词人惯用的比喻手法，把愁写成像这像那，而是用环境、时光和自然现象来渲染烘托。他笔下的梅花，和以前以及同时代人所写的，已经颇异其趣，其中隐喻了诗人在黑暗环境中孤芳自赏，不同流合污和至死不变的坚贞的爱国之心。这首诗历来被认为是首好词，广为传颂。

1961 年 12 月，毛泽东也写了《卜算子·咏梅》，其自叙："读陆游咏梅词，反其意而用之。"题材相同，而立意全新：

> 风雨送春归，飞雪迎春到。已是悬崖百丈冰，犹有花枝俏。
> 俏也不争春，只把春来报。待到山花烂漫时，她在丛中笑。

这首词，通过对梅花的赞美，表现革命家坚贞不屈、英勇顽强的革命精神和谦逊自处、大公无私、以解放全人类为最大幸福的崇高品质和广阔胸怀。由此可见，同样的题材，毛泽东写来，立意全新。他是在新的土壤上，对生活有新的理解、新的感受；他站在时代的制高点上，反映出新的时代精神。下面再读一首诗，杜牧《乌江亭》：

胜败兵家事不期，包羞忍耻是男儿。

江东子弟多才俊，卷土重来未可知。

诗是写项羽的。项羽最后为刘邦军队所包围，陷入四面楚歌中，面对失败的局面，他写了一首很有气概但也很悲凉的诗，就是那首"力拔山兮气盖世，时不利兮骓不逝。骓不逝兮可奈何，虞兮虞兮奈若何"。然后，兵败，溃围，跑到乌江边上，拒绝前来接他过江的亭长的邀请，最后拔剑自刎，显示了一个男子汉在末路时的英雄气概。

诗的前两句开门见山，指出胜败乃兵家常事，胜也好，败也好，都不是人可预料的。接着说"包羞忍耻是男儿"，大丈夫能屈能伸，你只刚而不柔，只能胜，不能败，那不是大丈夫的本色。大丈夫的本色应该是能"包羞忍耻"，要有宽大的胸怀，经得起失败的考验。后两句说："江东子弟多才俊，卷土重来未可知"，江东的好男儿还有很多，如果你回到江东，再招兵买马，重整旗鼓，再度杀回来和刘邦争天下，恐怕谁胜谁败还真难以预料。以前的人们没有想到这一层，都是仅仅围绕一个方向思考问题，或是认为项羽乌江自刎，表现了英雄末路时男子汉的一种刚烈情怀，或是指责项羽他自己有了过错竟归罪于"天亡我"，大多没有想到杜牧说的这层意思，或是虽然想到却没有很明确地说出来，于是杜牧之诗就成了一个新的见解，给读者留下深刻的印象。这说明什么呢？这说明杜牧善于立意，而且敢于立新意。

立意贵深。就是反映客观事物的本质，挖掘生活的底蕴。言情是至情，感人至深；言理是至理，发人深思；即使咏物写景，也形象鲜明，使形象深烙脑底。例如王之涣《登鹳雀楼》：

> 白日依山尽，黄河入海流。
> 欲穷千里目，更上一层楼。

诗的前两句写的是登楼望见的景色，写得景象壮阔，气势雄浑。首句写遥望一轮落日向着楼前一望无际、连绵起伏的群山西沉，在视野的尽头缓缓而没。这是天空景、远方景、西望景。次句写目送流经楼前下方的黄河奔腾咆哮，滚滚而来又在远处折而向东，流归大海。这是由地面望到天边，由近望到远，由西望到东。这两句诗连起来看，就把上下、远近、东西的景物，全都容纳进诗笔之下，画面显得特别宽广，特别辽远。

"欲穷千里目，更上一层楼"，即景生意，把诗篇推向更高的境界。这两句诗，既别翻新意，又与前两句诗承接得十分自然、十分紧密。从这两句诗可推知，前两句诗写的可能是第二层楼所见，而诗人想进一步穷目力所及，看尽远方景物，更登上楼的顶层。诗句看来只是写出登楼的整个过程，其实深含哲理，耐人思索。这里有诗人向上进取的精神、高瞻远瞩的胸襟，更道出了站得高才能看得远的哲理。

下面，我们通过黄彻《蛩溪诗话》一段话，比较着来读三首诗的立意：

> 老杜《茅屋为秋风所破歌》云："自经丧乱少睡眠，长夜沾湿何由彻？安得广厦千万间，大庇天下寒士俱欢颜，风雨不动安如山。呜呼，何时眼前突兀见此屋，吾庐独破受冻死亦足。"乐天《新制布裘》云："安得万里裘，盖裹周四垠。稳暖皆如我，天下无寒人。"《新制绫袄成感而有咏》："百姓多寒无可救，一身独暖亦何情！

心中为念农桑苦，耳里如闻饥冻声。争得大裘长万丈，与君都盖洛阳城！"皆伊尹自任一夫不获之辜也。或谓子美诗意宁苦身以利人，乐天推身以利人，二者较之，少陵为难。然老杜饥寒而悯人饥寒者也，白氏饱暖而悯人饥寒者也。忧劳者易生于善意，安乐者多失于不思，乐天宜优。然又谓白氏之官稍达，而少陵尤卑，子美之语在前，而长庆在后。达者宜急，卑者可缓也；前者唱导，后者和之耳。同合而论，则老杜之仁心差贤也。

这里引了杜甫和白居易的名作。这三首诗的含意都比较深刻，所以经常为人称道。杜甫在茅屋被秋风吹破后，又淋了雨，可是他首先想到的不是自己，而是想到天下寒士，只要天下寒士都有广厦住，自己就是冻死也感到满足。白居易在自己新制布裘时，想到天下挨冻的人；新制绫袄时，想到人民啼饥号寒。这在当时都是较为难得的。这种关心人民的思想，使他们的作品具有了较高的思想性，因而成为名篇。

有人在讨论这几首诗谁写得更好时，都从用意着眼，有的认为白居易更难得，有的认为杜甫的用心更好。假如从用意着眼，杜甫想到的是寒士，白居易想到的是百姓，好像白居易高于杜甫一些。其实杜甫的"朱门酒肉臭，路有冻死骨"，以及其他关心时事的诗，何尝不想到人民。只是写这几首诗时，两人联系各自的处境着想：白居易在做地方官，自然想到治下的百姓；杜甫当时的处境比较困苦，自然想到寒士。就用意说，两者都是好的，就艺术成就说，杜甫的诗比白居易的两首高，因为他还有"呜呼，何时眼前突兀见此屋，吾庐独破受冻死亦足！"进一层的书写，就更有力量，也更深刻些，在艺术上的成就更高了。

立意贵巧。就是表情达意，不是肤浅随意，而是避熟就生，别有巧思奇想。例如陈陶《陇西行四首·其二》：

誓扫匈奴不顾身，五千貂锦丧胡尘。

可怜无定河边骨，犹是春闺梦里人！

　　开头两句写一场战争及其结果。第一句，唐军将士怀着保国保边 的信念，奔赴边塞，展开了一场非常激烈的战斗。结果战事失利，"五千貂锦"全军覆没，五千人都战败而亡。前有"不顾身"，后为"丧胡尘"，表明那是经过了激烈交战、殊死搏斗才葬身沙漠的。那接下来怎么写呢？他不写消息传来、家人悲哭、亲友伤痛，或者生发议论，批评朝廷的开边政策，而是说"可怜无定河边骨，犹是春闺梦里人"，将士虽然已经死去，但他的家人、他的爱妻不知道这个消息，以为他还活着，甚至在梦中还梦到他的身影、面容。大家知道，一般说来，亲人亡故，自然会引起极大的悲伤，但亡故已经成为事实，生者便不再作其他幻想。但是亲人事实上已经死去，已经化为远方的白骨，可生者还以为他活着，还在朝思暮想，盼望他回来团聚，甚至在梦中与他见面晤谈……这在第三者看来，该是何等的残酷，何等的凄凉！而本诗正是把这样残酷的场景、凄凉的画面，用十四个字就表现出来了。这两句诗里，"河边骨"是实情，"梦里人"是幻景；"河边骨"异常的冷酷，而"梦里人"则颇为温馨。作者正是通过两相对照，借实与虚、枯与荣、冷与暖，透过一层写悲凉。巧思妙笔，由此不难体悟出作者立意的精巧高妙。又如苏轼《饮湖上初晴后雨》：

水光潋滟晴方好，山色空蒙雨亦奇。

欲把西湖比西子，淡妆浓抹总相宜。

　　苏轼的诗词风格，有李白的飘逸豪放、杜甫的沉郁苍劲，又有柳宗元的清新俊俏和白居易的自然明丽之长。他的山水诗以明丽的形象、浓郁的抒情、清新而独特的意境和警策的寄意寓理见长，特别是他的小诗，最为精彩。如这首小诗，只有四句，前两句写晴日照耀下荡漾的湖波，次句写雨幕笼罩下的山影。用笔经济，描写生辉。抓住"潋滟""空蒙"两个特征而加以"晴方好""雨亦奇"的赞叹。后两句，不再继续写气图貌，描绘湖山的晴光雨色，而是遗貌取神，只用一个既空灵又贴切的比喻，就传出了湖山的神韵。喻体和本体之间，除了从字面上看，西湖与西子同有一个"西"字外，诗人的着眼点，只是当前的西湖之美，在丰神韵味上，与想象的西施之美有其可意会而不可言传的相似之处。正因为西湖与西子都是其美在神。所以，对西湖来说，晴也好，雨也好，对西子来说，浓妆也好，淡抹也好，都不能改变其美，而只能增添其美。欣赏和肯定西湖与西施所共有的在任何情况下都具有的那种本色美，诗人在诗中努力创造的是意境美。诗人妙笔生花，巧思出色，这一比喻遂成为西湖的定评。从此，人们常以"西子湖"作为西湖的别称。诗人的才思获得了历代读者和游客的倾情赞美。

立意要求当然不止以上所说的高、深、新、巧，比如还有起码的要求：立意贵约。就是要简明集中。要做到一首诗一个主题一个中心，避免"一意两出"。《文心雕龙·熔裁》说："一意两出，义之骈技也；同辞重句，文之肬赘也。"好像一个手指上又长出一根手指。一意两出，就失去中心，失去统帅，写出来就会东拉西扯。作诗之前，你可能有许多想法，较多情绪的激动，但你动笔时，却只能挑选最重要的、有代表性的、感受最深的一点，把它写深写透，写出精彩来。

第四讲 情景交融

这节课，我们讲情景交融。

大家知道，主观之情与客观之景被称为诗歌创作中的两个要素。"景乃诗之媒，情乃诗之胚"（谢榛语）。情与景交融则是我国古代诗歌所表现出来的上乘境界。情因景生，景以情合。二者相互生发和渗透，并从而达到融合无间的状态，于是美妙的诗歌境界便产生了。顾起元："作者内激于志外荡于物，志与物泊然相遭于标举兴会之时，而旖旎佚丽之形出焉。"用现在的话说，情因景而物态化，情因景而意象化，这便是诗人进行形象思维和艺术构思的基本内容。

古人认为"人为万物之灵"，将自然与人合二为一。这种"天人合一"的思想是情景交融的美学原则产生的哲学基础。《齐物论》云："天地与我并生，而万物与我为一。"《孟子·尽心上》亦云："万物皆备于我矣。反身而成，乐莫大焉。"这种"天人合一"的哲学思想，形成了中国古人与自然的亲和关系。古人在对自然万物的细腻体验中，产生一种情感交流，感受在自然万象中包蕴的生命与灵性，从而触发文学创作的动机。陆机《文赋》中认为：人们"遵四时以叹逝，瞻万物而思纷；悲落叶于劲秋，喜柔条于芳春"，因而产生了文学创作的欲望。人的情感随四时景物的不同而发生相应的变化，当春天来临时，万物萌生，一派生机盎然，人们就会感到愉悦；夏天骄阳似火，人们的心情就会感到郁闷；秋天天高气爽，易引起人们深沉的遥远之思；冬天冰雪覆盖，使人产生严肃而深沉的思虑。四时景物不同，人的心情也不同，而诗歌对于人的心境的表现则常常以自然景物为中介。总之，古人一方面强调个体的主观感受，一方面强调外在的自然景物，并且追求两者的融合与统一。正是在这一基础上形成了中国古代诗歌创作中情景交融的美学原则。

情景交融的诗篇，使人仿佛身入其境，感同身受。情景交融的诗篇，景实而情虚，虚实结合，妙在虚实之间；景有限而情无限，有限与无限相统一，从而使人领略到创作与鉴赏带来的美感。

情和景的交融，主要有三种不同的方式：一是因景起情，二是缘情写景，三是情景相生。

先讲因景起情。外在的自然景物是触发内在情感的媒介，通过自然景物的描写，使抽象的情感得到生动直观的表现。在具体的作品中，常常是先写景，后写情，这种情和景的结合，符合触景生情的常规思路。在情与景的关系中，"情为主，景是宾，说景即是说情"（李渔《窥词管见》）。诗人从自然界中选择与自己特定的内在情感相吻合的直观形象，把自己的思想感情融入相应的意象之中。因此，因景起情的方式中，前面的景物描写既具有生发感情的作用，又对感情具有渲染烘托的作用，使景物染上一定的主观色彩；后面的抒情议论则对诗的主旨具有画龙点睛的作用。前后互相映衬，使景物描写中所表现出来的感情色彩得到加强，从而创作出情与景相和谐的诗歌意境。例如杜甫的《薄暮》：

> 江水长流地，山云薄暮时。
>
> 寒花隐乱草，宿鸟择深枝。
>
> 旧国见何日，高秋心苦悲。
>
> 人生不再好，鬓发白成丝。

这首诗是广德元年（763）杜甫五十二岁漂泊阆州时所写。诗中通过对高秋暮景的描写，抒发了诗人晚年漂泊的凄凉之情。前四句写景，后四句抒情，景与情密切关合。先写江水，在大江滔滔奔流不息的描写中，蕴涵着长期避乱蜀中、有家难归的悲慨。次句写山中暮云笼罩，日影惨淡，则有一种晚景凄凉之悲，这既是自然界的晚景，也象征着年华老去的人生晚景。颔联两句对"寒花"和"宿鸟"的描写，也是别有寓意，染上了浓重的主观感情色彩。正如王嗣奭《杜臆》所说：其时"公方避乱，故以'寒花''宿鸟'自比；而'寒花隐乱草'更可伤"。"晚花隐色，喻己之混迹。夕鸟归林，方己之避乱。此虽写景，而兼属寓言。"（仇九鳌《杜诗详注》）后四句抒情，直接表达出滞留蜀中、故国难归之苦和年华逝去、双鬓成丝之悲，与前面的写景相衬映，"故国生悲，仍与流水相应。白头兴叹，又与暮云相关"（仇九鳌《杜诗详注》）。情与景相互映衬，写景则情在其中，言情则因景而发，眼中之景与心中之情同一悲苦凄凉，从而使诗中的景物描写成为带有强烈主观感情色彩的"情中之景"。又如杜甫的《倦夜》：

竹凉侵卧内，野月满庭隅。

重露成涓滴，稀星乍有无。

暗飞萤自照，水宿鸟相呼。

万事干戈里，空悲清夜徂。

这首诗前六句写景，一句一个画面，从初更人定依次写到天色微明。"前四句仿佛客观地摹写，五、六两句运用比兴手法，将自己的感情融入景物之中，而以飞萤、水鸟相比，暗示着诗人身世的孤凄。第七句点明诗人一夜未睡的原因。第八句总摄全诗，诗人叹息一夜大好时光白白地过去了。这一句，犹如神龙掉尾。有了这一句，前六句景物全活了。原来诗人忧念国事，叹息身世，而一夜未眠。正是因为彻夜静卧未眠，

对于外界的景物变换才体察得如此深细，而其间正以情贯之。"（任中杰《诗文鉴赏方法二十讲》）

情与景的关系，诗中还表现为正和反两种形式。

正的形式就是以哀景托哀情，以乐景衬乐情，情和景是同向的。比如柳宗元的《登柳州城楼寄漳汀封连四州》：

> 城上高楼接大荒，海天愁思正茫茫。
> 惊风乱飐芙蓉水，密雨斜侵薜荔墙。
> 岭树重遮千里目，江流曲似九回肠。
> 共来百越文身地，犹自音书滞一乡。

这首诗写于作者初到柳州的时候。元和十年（815），被贬永州已达十年之久的柳宗元，好不容易盼到了朝廷的诏书，从永州返回京师，可是到京师不久，就又被朝廷远迁柳州，比原来贬谪的打击还要严重。所以到了柳州之后，柳宗元登上城楼，看到重山叠嶂、江水回环，非常悲伤，写下寄给被贬漳、汀、封、连四州友人的这首诗。

城上，已经很高了，而城上高楼，就越发的高了。站在城楼之上向远处望，那真是海天茫茫啊！海天相接，茫茫一片，这种景象，与作者的满怀愁思正好拍合，或者说正触动了作者的茫茫愁思，于是景也茫茫，愁也茫茫。接下来两句，进一步强化悲景与哀情的关联"惊风乱飐芙蓉水，密雨斜侵薜荔墙。"这十四个字可以说把作者远谪之后悲痛、悲愤的情绪和盘托了出来。大家知道，在屈原《九歌·云中君》中有"采薜荔兮水中，搴芙蓉兮木末"，那是借美好的外物来表现自己的情操的。在柳宗元这里，芙蓉和薜荔也是自比美德。然而，这芙蓉、薜荔，却遭到狂风暴雨的侵袭：风是"惊风"，雨是"密雨"，"飐"前着一"乱"，"侵"前着一"斜"，凸显了其势的凶猛、迅急及其对芙蓉、薜荔摧残的酷烈程度。这既是望中所见，也是意中所感，有明显的比喻象征色彩。在这里，由于作者心绪是悲伤的，所以描写的都是和悲伤相吻合、相配套的场景，而通过这些场景，正可以真切地表现作者极沉重的心情。

五、六两句，承上宕开。由望中所见的高处"岭树"和眼底"江流"，兴起睹物感怀的悲思。山岭重重，江流曲折，目被岭树遮挡，又被脚下弯曲环绕的柳江隔断。在作者看来，这江流不正像一日而九回的愁肠吗？细细品味这两句，因想有所见而远望，又因视线被遮而增愁，也因愁思环绕而生出江流似肠的联想，诗意步步作转，层层递进。

最后两句照应题面，归到寄赠诸友本意，以音书不达怅然作结，愁思满怀的诗人不是更加忧愁了吗？这里，从地到人，从景到情，首尾圆合，从不同角度一再渲染，不说谪宦的苦情，而谪宦之苦情自然显见。就全诗写法来看，情与景，色彩相似，情悲景亦悲。因此，借助悲景来渲染悲情，也就成了本诗的一大特点。

这是"正"的形式，还有"反"的形式，就是以乐景衬哀情。这种形式在杜甫诗中用得很多很多。这里只举一首他的《绝句》，大家自可明白其他：

> 江碧鸟逾白，山青花欲燃。
>
> 今春看又过，何日是归年。

前两句是写景，用了四种物象：江、鸟、山、花。江是碧的，鸟是白的，山是青的，花是红的。光这四种色彩搭配在一起，整个景致就非常美妙了，而由江之"碧"，越发衬出鸟之"白"；由山之"青"，加倍显出花之"红"，红到什么程度呢？红得火红火红的。这般景致可以令欣赏者心醉。然而，杜甫的心思却不在景色上，他念念不忘的是千里之外的故乡，而且景色越美好，他的思乡之念就越迫切。"今春看又过，何日是归年"，一年的春天又将过去，可是我年复一年、日复一日地客寓异地，什么时候才是归去的日期呢？这深深一问，将作者羁旅漂泊、有家难回的苦闷和盘托出。杜甫的这种情感，如果用悲景来表现，当然也是可以的，但是以丽景来衬托，哀情就越发浓重悲痛了。王夫之曾说过大家很熟悉的几句话："以乐景写哀，以哀景写乐，一倍增其哀乐。"（《姜斋诗话》）这话讲得很是深刻，指出了事物间相反相成的道理。"情、景表面上色调对立，不仅不会导致不和谐，反而会通过相互衬托，达到更理想的互补效果，换句话说，这里存在一种反比关系，景越丽，情越哀。"（尚永亮语）

接着讲缘情写景。缘情写景不同于因景起情。在因景起情的方式中，情是由景引发的，同样的景往往会引起相同或相似的感情，如上面我们所分析的杜甫的《薄暮》和柳宗元的《登柳州城楼寄漳汀封连四州》，都是由萧飒凄凉的景物引起诗人的愁思。在缘情写景的方式中，情不是由景所引发，而是诗人胸中先有了某种特定的情感，当他对景物进行观照和描写时，情的不同，常常会使景物染上不同的感情色彩。例如杜甫《绝句漫兴九首·其三》：

熟知茅斋绝低小，江上燕子故来频。

衔泥点污琴书内，更接飞虫打着人。

《杜诗解》引金人瑞评说："同是燕子也，有时郁金堂上、玳瑁梁间，呢喃得爱；有时衔泥污物，接虫打人，频来得骂。夫燕子何异之有？此皆人异其心，因而物异其致。先生满腹恼春，遂并恼燕子。"燕子本是一样的，觉其可爱还是可恼，完全是由人的心情不同所致。所谓"人异其心，物异其致"，这话说得中肯，揭示了在缘情写景的方式中同样的景物之所以表现出不同的感情色彩的要义。又例如温庭筠的《商山早行》：

诗法三十六讲

> 晨起动征铎，客行悲故乡。
>
> 鸡声茅店月，人迹板桥霜。
>
> 槲叶落山路，枳花明驿墙。
>
> 因思杜陵梦，凫雁满回塘。

首联就题面写"早行"，点明行旅中的思乡之"悲"，并以悲字作为全诗的主脉，以下则围绕客行思乡之悲写景，鸡声、茅店、残月、人迹、板桥、冷霜，颔联铺排这六种景物，构成一幅清冷的画面，渲染出早行的孤独感和空旷感。"不直接写人，而人在其中；不明言愁，而愁思满纸。"（刘焕阳语）颈联继续写早行之景。进入山中，只见槲叶飘零，落满山径，枳树的白花映照着驿墙，景色的凋残清冷，突出了诗人漂泊凄凉的心情。尾联则由旅途之景引出对昨夜梦中之景的回忆：故乡杜陵，回塘水暖，成群的凫雁嬉戏其中。早行之景与梦中之景形成对照，充分地表现了诗人"客行悲故乡"的感情。

缘情写景与因景起情还有另一点不同：在因景起情的方式中，引发感情的景物多是实景；而在缘情写景的方式中，所写之景不一定是实景，有时是为了抒发感情的需要而出现想象中的虚景。伟大的浪漫主义诗人李白，他常常借助于梦境仙界，融合神话传说，捕捉超现实的意象。如他的《梦游天姥吟留别》，既写梦境又写仙境，境界神奇，色彩缤纷，表现他对个性自由的强烈追求。陆游是一位爱国志士，他毕生追求报效国家，收复失地。当他的这种理想在现实中无法实现时，他便常常借助于虚幻之景加以表现。如《十一月四日风雨大作》：

> 僵卧孤村不自哀，尚思为国戍轮台。

夜阑卧听风吹雨，铁马冰河入梦来。

这首诗是陆游六十八岁乡居时写的。诗人在垂暮之年，孤卧荒村，但他却不悲观，不消沉，抗敌救国的意志老而弥坚。他仍然渴望着报效国家，戍守边关，甚至以"塞上长城"自许，但由于投降派的排挤打击，诗人有志难成，杀敌救国的理想在现实中无法实现，只有在诗中通过虚幻之景来表现。夜深人静之时，窗外那飒飒的风雨之声，幻化成梦中铁马冰河战斗情景。那千军万马在冰天雪地中奔腾厮杀的情景，正是诗人所渴望的战斗生活。这一虚幻的梦境，表现了诗人苍凉悲壮的爱国之情。

缘情写景的具体手法很多，常见的有多种。第一种是选取适合于抒情的景物来写。比如前面讲过的杜甫的《薄暮》诗。诗人要表达愁苦的心情，就选择使人感到愁苦的景物来写："寒花隐乱草，宿鸟探深枝。"第二种是对那不适于抒情的景物，把它改造一下，比如："细看来，不是杨花，点点是离人泪"（苏轼《水龙吟·次韵章质夫杨花词》）。第三种是用拟人的手法，化无情为有情，感情的色彩就更加强烈了。

最后讲情景相生。如果说触景生情、缘情起景两种方式中，情语与景语还是比较分明的话，那么在情景相生中，情与景则水乳交融，互相渗透，景中含情，情中带景，亦景亦情，浑然凑泊，达到难以区分的地步。王夫之《姜斋诗话》卷上，有这样一段话：

> 兴在有意无意之间，比亦不容雕刻。关情者景，自与情相为珀芥（喻互相关联）也。情景虽有在心在物之分，而景生情，情生景。哀乐之触，荣悴之迎，互藏其宅。人情物理，用之无穷，流而不滞，穷且滞者不知尔。"吴楚东南坼（裂开），乾坤日夜浮"，乍读之若雄豪，然而适于"亲朋无一字，老病有孤舟"相为融浃。

这段把情景关联形象地作了比喻，是"互藏其宅"。互藏其宅，就是情藏在景中，不是随便写景，要写含有情的景，离开了情的景就不宜写。景藏在情中，不是抽象写情，说悲说喜，而是在写悲喜时藏有景物。前者以写景物主，写可以表达感情的景物；后者以抒情为主，不是空洞抒情。如"吴楚东南坼，乾坤日夜浮"，写洞庭湖的浩渺无边，这里正含自己漂泊无归的感情在内，即藏在景中。"亲朋无一字，老病有孤舟"，写投老无归的感情，这里就含有在湖上漂泊的景物，从孤舟里透露出来，即景藏在情中。又例如杜甫《江汉》：

> 江汉思归客，乾坤一腐儒。
>
> 片云天共远，永夜月同孤。
>
> 落日心犹壮，秋风病欲苏。
>
> 古来存老马，不必取长途。

这首诗第一联自嘲亦复自负。第二、三联，情景相间，虚实并举，浑然融成一片。诗人用"共""同""犹""欲"四字，把客观景物和诗人的思想感情自然融合在一起。最后两句，写出诗人"老骥伏枥"的情怀，意气昂扬。有专家分析中间四句说："此诗中以情景混合言之，云、天、夜、落日、秋风，物也，景也；与天共远，与月同孤，心视落日而犹壮，病遇秋风而欲苏者，我也，情也。他诗多以景对景，情对情，人亦能效也；或以情对景，则效之者鲜；若此之虚实一贯，不可分别，则能效之者尤鲜。"（赵汸语）

在诗中，对情与景关系处理中，应该说以杜甫最为老到。下面介绍《对床夜雨》一段话，无须解说，大家自可明白：

"天高云去尽，江迥月来迟"，上联景，下联情。"身无却少壮，迹有但羁栖。江水流城郭，春风入鼓鼙"，上联情，下联景。"水流心不竞，云在意俱迟"，景中之情也。"卷帘唯白水，隐几亦青山"，情中之景也。"感时花溅泪，恨别鸟惊心"，情景相融而莫分也。"白首多年疾，秋风昨夜凉""高风下木叶，永夜揽貂裘"，一句情一句景也。固知景无情不发，情无景不生，或者便谓首首当如此作，则失之甚矣。

上引七处，依次出自杜甫的诗篇是：《陪李七司马皂江上观造竹桥，即日成，往来之人免冬寒之水，聊题短作，简李公二首》《春日梓州登楼二首》《江亭》《闷》《春望》《潭州送韦员外牧韶州》《江上》。

情景交融，关键在融。有些诗，情景相同，然而高低有别。谢榛曾说："韦苏州曰：'窗里人将老，门前树已秋。'白乐天曰：'树初黄叶日，人欲白头时。'司空曙曰：'雨中黄叶树，灯下白头人。'三诗同一机杼，司空为优；善状目前之景，无限凄感见乎言表。"他这样说有没有道理呢？应该是有的。因为司空曙的两句诗，仿佛信手拈来，抒写自然，善藏善露，能给人以更多的美感。也就是情与景融合得好，不露痕迹。由此看来，同是情景交融，也有高低优劣之分，或者说是有程度的不同。而最为人们津津乐道的，则是情景浑融、物我两忘的艺术境界。

第五讲 以少总多

这一讲，我们来谈以少总多的表达方法。

以少总多，在绘画方面较为容易明白理解。唐朝张彦远在他的《论画林》中说："夫画物，特忌形貌采章，历历具足，甚谨甚细，而外露巧密。所以不患不了，而患于了。既知其了，亦何必了，此非不了也。"这段话说得明白：画画特别忌讳画得太细密，太壅塞。应当善于取，又敢于舍，把无关紧要的非本质的部分舍弃，这样才能耐人寻味。

我们都读过《红楼梦》吧，第四十二回薛宝钗向惜春谈画大观园，她说：

> 这园子却是像画儿一般，山石树木，楼阁房屋，远近疏密，也不多，也不少，恰恰地是这样。你若照样儿往纸上一画，是必不能讨好的。这要看纸的地步远近，该多该少，分主分宾，该添的要添，该减的要减，该藏的要藏，该露的要露。这一起了稿子，再端详斟酌，方成一幅模样。

大观园综合了北方苑囿和南方园林的特色，本来很美，但是也还是不能照葫芦画瓢，原样复制，和盘托出，历历俱现；同样需要在距离、角度、主次、添减、藏露诸方面下功夫，也就是注意布局和取舍，这样才能成为真正的绘画的艺术。清代的布颜图在他的《画学心法问答》中以画龙打比方说：

> 比诸潜蛟之腾空，若只了了一蛟，全形毕露，仰之者，咸见斯蛟之首也，斯蛟之尾也，斯蛟之爪牙与鳞鬣也，形尽而思穷，于蛟何趣焉？是必蛟藏于云，腾骧天矫，卷雨舒风，或露片鳞，或垂半尾，仰观者虽极目而莫能窥其全体，斯蛟之隐显叵测，则蛟之意趣无穷矣。

这是说神龙见首不见尾，或只见一鳞一爪，使人从局部联想到全体。

明朝的李东阳《麓堂诗话》有言："予尝题柯敬仲（九思）墨竹云：'莫将画竹论难易，刚道繁难简更难。君看萧萧只数叶，满堂风雨不胜寒。'画法与诗相通，此类是也。"如果每片竹叶都堆到画面上，简直不成画。简要画上数片竹叶，却能从中体会到满堂风雨，寒气袭人。这几笔，就是一以当十、以少总多的。写诗和绘画道理相通。必须对描写的对象有所取舍，或添或减，或露或藏，才能引人入胜，富有意趣。

诗歌可以反映丰富多彩的社会生活，诗人可以多方面、多角度反映生活。但是这种反映不是照相似的，万象森列，把见到的、听到的一一塞到诗里，而是对所反映对象加以有效的取舍，也就是文艺理论上所强调的典型化的过程，做到"以少总多，情貌无遗"（刘勰《文心雕龙·物色》）。

钱锺书先生在他的《谈艺录》中，对以少总多有一段很精辟的分析：

> 言情与写景，贵有余不尽。然所谓有余不尽，如万绿丛中着点红，作者举一隅而读者以三隅反。见点红而知嫣红姹紫正无限在。其所言情也，所写景也；所言之不足，写之不尽，而余味深蕴者，亦情亦景也。试以《三百篇》例之，《车攻》之"萧萧马鸣，悠悠

旆旌"，写二小事，而军容之整肃可见；《柏舟》之"心之忧矣，如匪浣衣"举一家常琐屑，而诗人之性格、境遇均耐想象；《采薇》之"昔我往矣，杨柳依依。今我来思，雨雪霏霏"，写景而情与之俱，证役之况，岁月之感，胥在言外。盖任何事物，横侧看皆五光十色；任何情怀，反复说皆千头万绪，非笔墨所易详尽。倘铺张描画，徒为元遗山所讥杜陵之武硗而已。挂一漏万，何如举一反三。

宋人葛立方《韵语阳秋》说："尝鼎一脔，可以尽知其味。"尝一块肉的味道，便能知道满锅肉的咸淡，这块肉的味道对满锅肉来说，有代表性。清人王士禛《渔洋诗话》说："一滴水可知大海味。"喝一滴海水，就能知道整个大海的味道。唐人有诗云："山僧不知数甲子，一叶落知天下秋。"看到一片落叶便知秋天来临。这句话，比喻通过个别的迹象，可以看到整个形势的发展趋向。北宋王安石写过"浓绿万枝红一点，动人春色不须多"这样的诗句。这一点红，表明春的到来，反映了事物发展的本质特征，使人联想到万紫千红的春天景象，所以他说"不须多"，这就够了。这以少总多的手法，少少许，能胜多多许。

这里有一点值得大家注意，是不是随便抓一两样景物，信手写上几句，就叫以少总多，就能达到以少总多的目的呢？不是的。这一手法运用得不当，就会出现这样的情况：固然写得少，但未能总多，并不能举一而"反三"。那么这个"少"，具有什么样的特性，才能达到"总多""反三"的艺术效果呢？林东海先生指出："必须具备概括性和具体性。这两个特点辩证统一，才能达到那种艺术效果。"

先讲概括性。

所谓概括性，指所表现的事物所具有的共性、必然性，能够启发读者的联想。下面我们先读韩愈的一首诗：

早春呈水部张十八员外二首（其一）
天街小雨润如酥，草色遥看近却无。
最是一年春好处，绝胜烟柳满皇都。

这首小诗是写给水部员外郎张籍的。张籍在兄弟辈中排行十八，所以称"张十八"。诗咏早春，大家试着想一下，早春二月，在北方，下过一番小雨之后，你会发现春的印迹，那就是最初的春草芽儿冒出来了，远远望去，朦胧中仿佛有一片极淡极淡的青青之色，这是早春的草色。看着它，人们自然觉察到春来了，心里顿时充满欣欣然的生意，可是当你走近去看个仔细，却反而看不清什么颜色了。

再讲一首白居易的七律《钱塘湖春行》：

孤山寺北贾亭西，水面初平云脚低。
几处早莺争暖树，谁家新燕啄春泥。
乱花渐欲迷人眼，浅草才能没马蹄。
最爱湖东行不足，绿杨阴里白沙堤。

这首诗是长庆年间白居易任杭州刺史时写的。钱塘湖是西湖的别名。诗人"紧扣环境和季节的特征，把刚刚披上春天外衣的西湖，描绘得生意盎然，恰到好处"。（马茂元语）从首联，我们仿佛从西湖平滑的水面，看到湖中登览胜地孤山寺和另一处当时西湖名胜贾亭的倒影，雨霁的天空低垂着春云。从颔联、颈联，又好像看到白居易骑着马或牵着马，在岸边缓步踏青游春，悠闲地观赏着湖光山色，一会儿侧耳谛听洒满春日阳光的树上飞莺的鸣叫声，一会儿转眼张望着衔着春泥来回忙着在湖边人家筑巢的燕子，一会儿欣赏着路旁五颜六色的鲜花，一会儿俯瞰着脚下刚刚能遮掩马蹄的嫩草。"最爱湖东行不足，绿杨阴里白沙堤"，游完湖东后，兴味未尽，又转向白沙堤，他的身影便消逝在绿杨荫里……春游的情景一幕幕地展现在我们的眼前，就像看电视画面，自然、清新。五十六个字，抓住了几个典型景象，早莺、暖树、新燕、春泥、繁花、浅草、马蹄，就展现出异常丰富的情景，产生了兴味无穷的艺术魅力。

概括性景物，不仅能表现时间、地点、气候、环境，还可以表现带有共性的思想感情。例如碧血，这个意象，源于一个古老的传说。《庄子·外物》说："苌弘死于蜀，藏其血，三年而化为碧。"碧血于是成为表示忠贞，为正义事业而蒙冤受屈的典型意象，为后人反复使用：

> 孤忠既足明丹心，三年犹须化碧血。
>
> ——郑元祐《汝阳张御史死节歌》
>
> 血化三年碧，心存一寸丹。
>
> ——郑允端《读文山丹心集》
>
> 碧血自封心更赤，梅花人拜土俱香。
>
> ——蒋士铨《梅花岭吊史阁部》

"张御史"，即张巡；文山，即文天祥；"史阁部"，即史可法。他们都是忠心报国的历史人物。诗人在抒发对他们的敬仰、歌颂的情意时，自然而然地以碧血意象入诗，增强了感染力。

又如月亮，是古代诗人最亲密的伙伴，没有月光的照耀，古典诗歌世界就会黯淡、单调。"月"这个意象是中国诗歌最常见的意象之一。它既有约定性的现成含义，又有非约定的多种多样的用法。中国诗歌中的月亮，常常是团圆的象征，寄寓着亲人团聚的心愿与期待。自古以来，暗示团圆的月亮，不论是在日常生活领域，还是在审美领域，这一公共象征都被人们反复地普遍地使用着。

宋人叶绍翁写有一首万口传颂的七言绝句《游园不值》：

应怜屐齿印苍苔，小扣柴扉久不开。

春色满园关不住，一枝红杏出墙来。

霍松林先生指出这首诗的好处有三：一是写春景而抓住了特点，突出了重点；二是以少总多，含蓄蕴藉；三是景中有情，诗中有人。关于第二点，霍先生分析说：

> 例如"屐齿印苍苔"，就包含许多东西。仅就写景而言，苍苔生于阴雨，"屐"多用于踏泥，"苍苔"而"屐齿"可"印"，更非久晴景象……"春色"既已"满园"，而且"满"得"关不住"，那么进园去逐一观赏，该多好！然而就是进不去，只能在窗外看看那"出墙来"的"红杏"，而且仅仅是一枝，岂非莫大遗憾！可是这"一枝红杏"，正是"满园春色"的集中表现，眼看出墙"红杏"，心想墙内百花；眼看出墙"一枝"，心想墙内万树，不正是一种余味无穷的美的享受吗？（《宋诗鉴赏辞典》）

再讲讲具体性。

所谓具体性，指所表现的事物具有个性、偶然性，体现为感性，能够限制读者的联想。像白居易的《钱塘湖春行》，如果只写了莺、燕、花、草，我们只知道是写春天，正是写的是"早莺""新燕""乱花""浅草"，给这些景物增加了个性，这就十分方便地让我们知道这是"早春"，不是仲春，更不是晚春。诗中有孤山、贾亭、白沙堤等，这便明白无误地表明是在西湖了。不但在时间上有了具体性，在空间上也有了具体性。诗中又通过"几处""谁家""迷人眼""没马蹄"，更加上末联的叙写，点明了"春行"，从而与诗题十分契合。

李白《静夜思》"床前明月光，疑是地上霜。举头望明月，低头思故乡"之所以传诵千古，正因为它表现了典型环境中的典型的心理活动。寂静的月夜，孤独的异乡游子，月光照耀家乡，也照耀异乡，这自然会引起思乡之情。这是只有二十字的小诗，写出了典型环境——逆旅月夜，也写出了典型的心理活动——思乡，对于众多的同类或类似体验的读者，自然会引起感情的共鸣。它所以长期传诵不衰，正是它唱出了人们普遍的心声。但是这首诗又是具体的，它只写出了诗人个人在一瞬间的实际感受：先是"望"，继而"疑"，再是"举头""低头"，把个人一系列的动作和心理活动描述出来。当然，别人月夜思乡，不一定非要经历同样的动作和心理过程。如杜甫"今夜鄜州月，闺中只独看"，白居易"共看明月应垂泪，一夜乡心五处同"，都是描写月亮，抒发思乡之情，而各有个性，各有特色。以少总多，以一总百，这个"少"，这个"一"，必须各有其具体的、活生生的形象，有其特殊的背景和个人情感，然后才能引起读者的联想。

第六讲 以小见大

上一讲，我们讲了以少总多，这一讲，我们讲讲以小见大。两者的理论精神基本一致，都是以局部见全体，以有限见无限。但彼此又并不一样，以少总多是诗歌典型化的重要手段，而以小见大则是诗歌形象化的重要方式方法。

为了便于记忆掌握，下面分三点来谈。

一、以小景引发大景象。诗歌抓住有典型特征的小景物，可以在读者的脑海中唤起大的境界。明代的王夫之在他的《姜斋诗话》中说：

> 有大景，有小景，有大景中小景。"柳叶开时任好风""花覆千官淑景移"，及"风正一帆悬""青霭入看无"，皆以小景传大景之神。

"柳叶开时任好风"出自唐代杜审言的《大酺》颈联的下句："梅花落处疑残雪，柳叶开时任好风"，柳条上刚长出的嫩芽称"柳眼"，由"眼"联系到"开"，正指柳条刚展新叶，任凭春风吹拂。这里写的是春风吹拂中的柳芽舒展，是小景，写得细致而具体。从这小景中透露出春的消息，写出了春回大地、万象更新的景象，这不就是以小见大吗？"花覆千官淑景移"是杜甫《紫宸殿退朝口号》颔联的第二句："香飘合殿春风转，花覆千官淑景移。"唐朝宫殿中种有许多花柳，众官上朝时站在花下，所以说"花覆千官"。"淑景"指美好的日影，"移"是日影移动。上朝需要一定的时间，所以在花下看到日影移动。这也是写具体的小景，从中反映出唐朝百官上朝时的盛况。王湾《次北固山》的颔联："潮平两岸阔，风正一帆悬。""风正"指风顺，所以一帆高挂。这里写的是小景，从中显出在大江之上行船阔大的景象。王维《终南山》的颔联："白云回望合，青霭入看无。"青霭是一种淡淡的云气，远看有，近看无。写"白云回望合，青霭入看无"，是小景，但这种景象只有在极广大的山区里才能看到，所以通过这个景象写出终南山区的广大，也是即小见大。

下面，我们再看一首杜牧的七言绝句《秋夕》：

> 银烛秋光冷画屏，轻罗小扇扑流萤。
> 天阶夜色凉如水，卧看牵牛织女星。

这诗写一个失意宫女的孤独的生活情景和凄凉的无奈心情。前两句描绘出深宫生活的图景：在一个秋天的晚上，白色的蜡烛发出微弱的光，给屏风的图画添了几分暗淡而幽冷的色调。这时，一个宫女正用小扇扑打着飞来飞去的萤火虫。"轻罗小扇扑流萤"，这一句十分含蓄：萤火虫总是生在草丛之类的荒凉之地。如今，宫女居住的庭院里竟然有流萤飞动，可见宫女的生活多么凄凉！再者，从宫女扑萤的动作可以想见她的寂寞与无聊。她无事可做，只好以扑萤来打发时光，缓解她那孤独凄清的心情。第三，宫女手中的轻罗小扇具有象征意义。扇子本是夏天用的，秋天就没有用场了，所以古诗里的秋扇比喻弃妇，它常常和失宠的女子联系在一起，如王昌龄的《长信秋词》中"奉帚平明金殿开，且将团扇共徘徊"。杜牧诗中的轻罗小扇，也象征着持帚宫女被遗弃冷落的命运。

第三句，"天街夜色凉如水"中的"天街"指皇宫中的石阶。"夜色凉如水"，表示夜已深沉；可是，宫女依然坐在石阶上，仰看牵牛星和织女星。这是因为牵牛织女的故事，触动了她的内心，使她想起自己不幸的身世，也使她产生了对真挚爱情的向往，满怀心事都蕴含在这简单的久坐举头仰望之中。诗中虽然没有一句抒情议论的话语，但宫女那种细腻而复杂的情感却见于言外，事情虽不大，但它从一个侧面反映了封建时代妇女的悲惨命运。

二、以小事暗示大主题。写社会生活，也是借具有典型意义的生活小事和生活细节来表现重大的社会内容。古典诗歌以小题材写大主题是常见的艺术手法。长诗是如此，律诗也是如此，绝句尤其适宜运用这一手法。唐代韩翃的《寒食》诗：

> 春城无处不飞花，寒食东风御柳斜。
> 日暮汉宫传蜡烛，轻烟散入五侯家。

寒食是我国古代一个传统节日，一般在清明的前一天（有说前两天）。古人很重视这个节日，按风俗家家禁火，只吃现成的食物，所以名为"寒食"。诗的第一句展示出寒食节长安迷人的风光：暮春时节，袅袅东风，柳絮飞舞，落红无数。第二句专写皇城风光，剪取无限风光中风拂"御柳"的一个镜头。这一、二句是对长安寒食风光一般性的描述，那么，三、四句就是一般景象中特殊的情景了。就在这禁火的日子里，宫中正在传烛分火。蜡烛的轻烟最先散入"五侯"之家。《后汉书·单超传》载汉桓帝时，单超、徐璜、具瑗、左悺、唐衡五人同日封侯，世称"五侯"，其后便成了宠臣的代称。诗写的是寒食节的寻常景象，是生活中的小事——传烛分火，却表现了重大主题。借汉讽唐，讥刺宦官集团，反映了当时严重的社会政治问题。像这样以典型的生活小事反映重大社会内容，不就是能以小见大吗？又如杜牧的《泊秦淮》：

烟笼寒水月笼沙，夜泊秦淮近酒家。

商女不知亡国恨，隔江犹唱后庭花。

诗法三十六讲

　　建康是六朝都城，秦淮河穿过城中流入长江，两岸酒家林立，是当时豪门贵族、官僚士大夫享乐游宴的场所。

　　诗的第一句，烟、水、月、沙四者，被两个"笼"字和谐地融合在一起，绘成一幅淡雅的水边夜色图，创造出一个具有特色的环境氛围，给人以强烈的吸引力。第二句"夜泊秦淮近酒家"，前四字为上句的景色点出地点、时间，具有鲜明的个性，具有典型意义；后三字引出"商女"及后面的"亡国恨""后庭花"。这七个字承上启下，联系全篇，诗人构思的细针密线，可见多么精巧。

　　值得注意的是，商女是伺候他人的歌女。她们唱什么，是由听它的人的趣味而定的。如此说来，"商女不知亡国恨"，乃是一种曲笔，真正"不知亡国恨"的是座中的欣赏者，也就是封建贵族、官僚、豪绅。《后庭花》，又叫《玉树后庭花》，据说是南朝荒淫误国的陈后主所制的乐曲。靡靡之音早已寿终正寝了，现在有人不以国事为念，竟然用这种亡国之音来寻欢作乐，是多么令人气愤和无奈的事啊。"商女不知亡国恨，隔江犹唱后庭花"，在婉曲轻巧的风调中，表现出辛辣的讽刺、深沉的悲痛和无限的感慨。写歌女唱歌是平常的小事，然而在这小事背后，却反映了官僚贵族声色歌舞、醉生梦死的腐朽空虚的灵魂。人们借此也看到了晚唐社会的某个荒唐的侧面。

　　三、以小物寄托大道理。钱锺书先生在他的《谈艺录》中说：

　　　　有形之外，无兆可求，不落迹象，难著文字，必须冥漠冲虚者结为风云变态，缩虚入实，即小见大。

有抽象的道理，直接说出来，诗味寡淡，如果用具体的景物来表达，以小景物象征大主题，往往诗情浓郁，给人留下深刻的印象。古典诗歌中的咏物诗，多数是象征性的，是有所寄寓的。其中有的包含了重大的主题思想。例如黄巢《题菊花》：

飒飒西风满院栽，蕊寒香冷蝶难来。
他年我若为青帝，报与桃花一处开。

在诗中，他发泄自己生不逢时的怨气，并以司春之神青帝自拟，要使菊花和红极一时的桃花，同在春天里一起开放，寄托了要改变现实的叛逆精神，体现了农民阶级领袖人物推翻旧政权的决心和信心。题的是菊花，表现的却是豪迈的气概、大胆的思想。他的另一首《不第后赋菊》：

待到秋来九月八，我花开后百花杀。
冲天香阵透长安，满城尽带黄金甲。

这首诗赞颂了菊花开在百花凋残的寒秋。这里寄托了自己有朝一日要出人头地、压倒当权者的意念。前两句将菊花之"开"与百花之"杀"（零落）放在一起，构成鲜明的对比，形象地显示了农民革命领袖果敢坚定的精神风貌。三、四句极写菊花盛开的壮丽情景：满城菊花，带着黄金盔甲，它们散发出阵阵浓郁的香气，直冲云天，浸透全城，占尽秋光。小小的菊花被他赋予农民起义军战士的战斗风貌，寄寓着他的豪迈的气概、战斗的气息、胜利的前景。

下面再讲两首咏物绝句。先讲唐人杜牧的《赤壁》：

折戟沉沙铁未销，自将磨洗认前朝。

东风不与周郎便，铜雀春深锁二乔。

诗以地名为题，实际上是一首怀古咏史之作。发生在汉献帝建安十三年（208）十月的赤壁之战，这是对三国鼎立的历史形势起着决定性作用的一次重大战役。其结果是孙、刘联军击败曹军。如此重大的题材，怎么写的呢？诗的开篇借一件古物兴起对前朝人物和事迹的慨叹。在那一次大战中遗留下来的一支折断了的铁戟，沉埋在水底沙中，几百年后被人发现，还没有被时光销蚀掉。经过磨洗，能确定是赤壁之战的遗物，不禁引起了怀古的幽情。由这件小小的东西，诗人想到了汉末那个动乱的时代，想到那次重大意义的战役，想到那一次大搏斗中的人物，从而写出了一首流传千古的名作。

再讲讲明人于谦的《石灰吟》：

千锤万凿出深山，烈火焚烧若等闲。

粉身碎骨浑不怕，要留清白在人间。

明人与郑成功齐名的南明抗清人物张煌言有两句诗："日月双悬于氏墓，乾坤半壁岳家祠。"这里，"于氏"是一位与岳飞齐名的英雄人物，也是一位廉洁、正直的清官。这是他十七岁时写的一首对石灰的赞歌。《石灰吟》通过对石灰的烧制过程的拟人化的描写，表达了他不怕艰险、勇于牺牲的大无畏精神和为人清白正直的崇高志向。

这首诗通篇运用借喻的手法，借物喻人，咏物言志。表面上写石灰，实际上是写人，写自己，表达自己要以石灰为榜样，能经得起任何严酷的考验，不怕千难万险，做一个坚强的人、清白的人、正直的人。小小的石灰，貌不惊人，可一旦拟人化，注入自己的情感，便达到了物我合一的境界。同时这也成为以小见大诗法的一个很好的例证。

最后讲一首当代人写的七律，作者黄俊卿，它的题目叫《茶馆》：

> 春风满座溢清香，海论山谈聚四方。
>
> 药石醍醐评国事，牢骚块垒涤诗肠。
>
> 无须心悸金箍紧，再没人纠辫子长。
>
> 为问何来天地阔？邓公关闭一言堂。

作者歌颂的是邓小平，但避开一般人"大题大作"的做法，没有从"总设计师"的角度去写，诸如"一国两制""紫荆花开""春天故事""南方谈话"等较为空泛的词语，不是从大处着手，而是选了一个小事物、小场景：茶馆。前六句写茶馆多方面、多角度的状况。尾联一问一答，归到正题，点明主旨。"为何何来天地阔"，问得醒目，问得新颖，问得深刻。"邓公关闭一言堂"，回答干脆，显得警醒，显得精辟。这里可见以小见大的艺术手法获得了意想不到的艺术效果。

第七讲 化虚为实

今天，我们讲化虚为实。

这里所讲的"虚"，是指思想感情；"实"，是指景物形象。诗歌，如果只写虚，会显得空乏、抽象，干巴巴的，缺少诗味；如果只写实，会显得壅塞、枯燥，闷沉沉的，缺少生气。只有虚实相生，情景交融，也就是化无形为有形，化情感为形象，简单地说，就是化虚为实。

化虚为实的过程，从诗歌创作层面来说，是构思的物化过程。这物化过程可能是心态的物化，也可能是情感的物化。

心态的物化，就是将无形的、看不见、摸不着的心理状态，用有形的、看得见、摸得着的心理状态来表现。比如表现对时间的感觉，如果运用心态物化的手法，就会收到较好的艺术效果。

林东海先生在他的《诗法举隅》一书中，谈到心境物化时，有一段对时间作了非常透彻的分析的句子。他说："时间，从广义的角度说，是物质运动的延续性，物质存在的一种客观形式。这种形式本身是不可以眼见的；从狭义的角度说，指年、季、月、日、时、分、秒等，这些都是生活在地球上的人们，按照地球绕着太阳转、月亮绕着地球转以及地球自转所规定下来的时间标志。从广义的角度说，时间的流逝是无所谓快慢长短的；从狭义的角度说，人们在生活中对年、季、月、日、时产生了长短快慢的感觉。长短快慢是相对的，是对着某一事件的具体过程而言的，诗歌里面写到时间，往往不是这种客观的科学统计，而是表现主观的感受。时间长短快慢的主观感受如何，是同处境和心情有着密切关系的。"并且以《淮南子·说山训》"拘囹圄者，以日为修；当死市者，以日为短"为例，分析说："被囚禁在监牢里面，心情不好，百无聊赖，觉得日子很难熬过去，就像唐庚诗所说的'日长如小年'；要抓去处以死刑的人，则觉得时间很短。晋朝张华的《情诗》说'居欢惜夜促，在戚怨宵长'，正说明时间长短快慢的感觉，是从不同的心境和心情产生出来的。"诗歌中，表达时间的感觉总是取决于这个人在一定环境下的心态。前面《淮南训》所引的"以日为修""以日为短"，是说理文字，没有形象感。《诗经》中的"一日不见如三秋兮"，虽用夸张，有一定的形象性，但总还是不那么具体可感；至于王建《将归故山留别杜侍郎》中的"沉沉百忧中，一日如一生"，这种表现能收到一定的艺术效果，但跟用物态来表心态的手法比起来，感染力还不是那么强。我们看看王昌龄的《长信秋词五首·其一》：

金井梧桐秋叶黄，珠帘不卷夜来霜。

薰笼玉枕无颜色，卧听南宫清漏长。

诗里的"漏"是古代的计时器，叫铜壶滴漏，宫中的称为宫漏。诗写一个被剥夺了青春、自由和幸福的宫女，在凄凉的深宫里面，形单影只、卧听宫漏的情形，大家可想而知，怨愁倾吐难尽。而诗只二十八字，按理说，即使让每个字都写愁情，恐怕也不能写出她的愁情于万一。可是，作者的高明之处在于，他竟然不惜把前三句都用在写景上，只留下最后一句写到人物，然而这最后一句，竟还没有明白地写怨情，只是写她的动作："卧听南宫清漏长"。好一个"长"字！表明她听的时间已经很长很长。这暗示出她的心情凄清，愁恨难眠，才会感到漏声凄清、漏声漫长。长夜难熬啊！如此看来，前三句并非为写景而写景，它们是为最后人物的出场服务的，为表达人物心情服务的。这在艺术效果上更显得有力，也更深刻表现了主题。再看李益《宫怨》：

> 露湿晴花春殿香，月明歌吹在昭阳。
> 似将海水添宫漏，共滴长门一夜长。

长门宫是汉武帝时陈皇后失宠以后的居处，昭阳殿呢，是汉武帝皇后赵飞燕的居处，唐诗通常分别用以泛指失宠和得宠宫人的住地。诗写长门宫人之怨，却先写昭阳之幸：在春天的月夜里，闻到宫殿里飘来花香，听到受宠的后妃在昭阳殿寻欢作乐、吹拉歌唱的声音。而独处长门宫的妃子，这时她的心情肯定是痛苦难受的。前面两句诗，用衬托对比的手法表现孤凄烦闷的心情，末两句又写长夜难熬，进一步突出了这种心情。那这种心情，又是如何表达的呢？春夜苦长的感觉和愁怨的心情都是无形的，这里却用"海水添宫漏"来表现，"海水"何其深广，那宫漏则多么深长，那主人公的愁怨又多么深沉绵长啊。这一夸张而又生动的形象表达，化无形的心态为具体的形象，大大地增加了诗的艺术感染力。

这是时间过得慢的心态，用物态来表现；时间过得快的心态，也可用物态来表现。林先生一再指出：古代有羲和驾六龙拉日车的传说，在诗歌中常被引用。东汉李尤《九曲歌》云："年岁晚暮日已斜，安得力士翻日车。"意思是：时间过得很快，已到岁暮，一年又将过去。于是幻想有力士把羲和驾的日车打翻，使他不能行走。晋代傅玄《九曲歌》说："岁暮景迈群先绝，安得长绳系白日。"李白嫌时间过得太快了，于是在《惜余春赋》中说："恨不得挂长绳于青天，系此西飞之白日。"又在《拟古·其二》中说："长绳难系日，自古共悲辛。"设想用长绳系住太阳的办法来留住时光。由于用这一形象比拟时间感，颇有新意和趣味，所以历来为不少诗人所引用。如沈炯《幽庭赋》："那得长绳系白日，年年月月俱如春。"骆宾王《陪润州薛司空丹徒桂明府游招隐寺》："金绳倘留客，为系日光斜。"白居易《浩歌行》："既无长绳系白日，又无大药驻春颜。"李商隐《谒山》："从来系日乏长绳，水去云间恨不胜。"陆游《芳华楼夜饮二首·其二》说："难觅长绳縻日住，且凭羯鼓唤花开。"诸如此类的大胆想象，在诗中是常见的。《淮南子·冥览训》有这样的记载："鲁阳公与韩构难，战酣日暮，援戈而挥之，日为之反三舍（古时三十里为一舍）。"这个颇具神话色彩的故事，常为诗人所借以表达惜时的心理。如郭璞《游仙诗》："愧无鲁阳戈，回日向三舍。"李白《日出入行》："鲁阳何德，驻景挥戈！"薛道衡《奉和临渭源应诏》："微臣惜暮景，愿驻鲁阳戈。"这些诗，尽管所拟不同，想象各异，但在表达时间感方面，都采用了化虚为实的手法，既充满奇异色彩，又富有鲜明的形象，因而读来很有诗味。

诗歌中的化虚为实，能使人从形象中体会到时间感，再由时间感体会到具体的心情。虽然同样的形象能表现同样的时间感，但同样的时间感，未必能表达同样的心情。例如同样是用挥戈止日表达让时间过得慢，郭璞流露的是驻时无望的感叹，李白流露的是功业未成的感慨，薛道衡流露的是珍惜晚景的愿望。

下面再谈一种化虚为实，即"感情物化"的手法。

人的感情，这些情绪如喜怒忧愁怨恨惊，都不是无缘无故产生的，而是客观的生活在人的大脑里的反应；但是这些东西，并不直接作用于视觉、听觉、嗅觉、味觉和触觉，它们都是无形的。那么诗歌又如何表现是好呢？既可以从情绪引起的反应来表现，如横眉怒目表示怒，紧锁双眉表示忧，垂头丧气表示愁，咬牙切齿表示恨，瞠目结舌表示惊，这是化无形为有形的一种手法。还可以有一种"物化"方法，借助动词把无形的情感化为有形的东西的手法，把许多东西物质化。比如说，"愁怨"本是抽象的情感，我们就可以将它拟物化，可以说埋忧、分忧、解愁、积愁、饮恨、销恨、结怨、抱怨等等。它们都是把无形的心理施以物化处理，起到较好的效果。

诗歌里，为了形象表达情感，多采用具有这种效用的具体方法。比如"愁"，可以通过比喻、比拟、象征、烘托等多种手法表达。

例如：杜甫《自京赴奉先咏怀五百字》"忧端齐终南，澒洞不可掇"，说自己的忧愁堆积得像终南山那样高，像广阔无边的大水那样不可收拾。庾信《愁赋》有"攻许愁城终不破，荡许愁门终不开，何物煮愁能得熟，何物烧愁能得然（通'燃'）"，将愁比作城池城门，攻不破它，打不开它，又将愁看作能煮能烧的东西，无奈他何。这些通过巧妙的新奇比喻，把愁比作山，比作海，比作城，又能煮，能烧，则又进一步形象了。

诗中又经常把愁比拟为物体，正如林先生指出的那样：有体积可以量，如庾信诗"谁知一寸心，乃有万斛愁"；有重量，可以载，如辛弃疾词"明月扁舟去，和月载离愁"；可以抛，如雍陶诗"心中得胜暂抛愁，醉卧凉风拂簟秋"；可以割，如刘子翚诗"梁园歌舞足风流，美酒如刀割断愁"；可以推，如韩驹诗"推愁不去如相觅，与老共同稍见侵"；可以引，如钱珝诗"引愁天末去，数点暮山青"；可以洗，如元代刘秉忠诗"一曲清歌一杯酒，为君洗尽古今愁"。这些都是将愁拟物化了。愁是虚的，是情感性的东西，把它拟作实的、实质性的。这里既有拿愁作人看的，又有拿愁作物看的，既是比喻，又是比拟。字里行间，洋溢着作者强烈的感情，表达显得生动活泼，新鲜形象。

愁情虽是虚的，但在诗人手里，它可以是实的，可以车载、船装、斗量，心里想去掉它，可以抛、割、剪、推、引、洗，都是化虚为实，形象饱满。此外，更有以山水写愁的。罗大经《鹤林玉露》卷一说："诗家有以山喻愁者，杜少陵云'忧端如山来，澒洞不可掇'，赵嘏云'夕阳楼上山重叠，未抵春愁一半多'是也。有以水喻愁者，李颀云'请量东海水，看取浅深愁'；李后主云'问君能有几多愁，恰似一江春水向东流'；

秦少游云'落红万点愁如海'是也；贺方回云'试问闲愁知几许，一川烟草，满城飞絮，梅子黄时雨'，盖三者比愁之多也，尤为新奇。兼兴中有比，意味更长。"从《鹤林玉露》这段话中，大家可以明白以物喻愁的三种形式：其一是单边比喻。凡比喻都要取其相似点，而用来作比的事物，往往有许多可取作比喻的相似点。如海可以取其大，也可取其深。所谓单边比喻，就是只取一个相似点，如"问君能有几多愁，恰似一江春水向东流"，就是取其绵长不尽。这种方法最为常见。其二，是双边比喻。就是同时取两个相似点来比喻。如"落红万点愁如海"，就是取海水的广，同时也取它的深。其三，是多边比喻，也叫博喻，就是同时用多种物象来比喻。贺方回《青玉案》"试问闲愁"几句，就是多边比喻，以"一川烟草""满城飞絮""梅子黄时雨"三种物象，同时比喻愁的多。也可以说多个比喻，比喻了愁的多个相似点，可以是愁的乱、愁的广、愁的多。大家看，贺方回这样写，是不是好呢？确实好！贺方回也因此获得了"贺梅子"的称号。之所以说他写得好，不仅仅是用了博喻，生动形象，还在于同时能很好地渲染气氛，烘托感情：黄梅时节，天上细雨纷纷，溪中烟草蒙蒙，城中飞絮飘飘。大家读来，是不是特别有味？

　　人的情感，如果简单用一般概念直接表达，便缺少诗味；为了加强诗歌的艺术感染力，诗人总想方设法使情感化为感官可感知的物质现象，化虚为实，化无形为有形，从而取得良好的艺术效果。我们再看一例，李商隐《无题·相见时难别亦难》一诗的颔联："春蚕到死丝方尽，蜡烛成灰泪始干。"全诗是这样的：

相见时难别亦难，东风无力百花残。

春蚕到死丝方尽，蜡炬成灰泪始干。

晓镜但愁云鬓改，夜吟应觉月光寒。

蓬山此去无多路，青鸟殷勤为探看。

诗以"别"字为主眼主脉。首句写"见""别"两难，偏值暮春，伤别之人，情何以堪？一开头，就将读者带到痛苦而又美丽的境界之中，令人不禁为之击节嗟赏。颔联，自是千古名句。我这里只想借周汝昌先生对这一联的评说来领会："一到颔联，笔力所聚，精彩愈显。春蚕自缚，满腹情丝，生为尽吐；吐之既尽，命亦随亡。绛蜡自煎，一腔热泪，爇而长流；流之既干，身亦成烬。有此痴情苦意，几于九死未悔，方能出此惊人奇语，否则岂能道得只字？所以，好诗是才也是情，才情交会，方可感人。这一联两句，看似重叠实则各有侧重之点：上句情在缠绵，下句语归沉痛，合则两美，不觉其复，恳恻精诚生死以之。老杜尝说：'笔落惊风雨，诗成泣鬼神。'惊风雨的境界，不在玉溪；至于泣鬼神的力量，本篇此联亦可以当之无愧了。"

说到底吧，由于比喻贴切生动，又前有"百花"相村，后有"月光"相衬，更有"青鸟"烘托，再加上对仗工整、巧妙，使诗味更浓了。

第八讲 化实为虚

上节课，我们讲的是化虚为实，这节课我们要讲化实为虚。

"虚""实"先后位置不同，它的诗法不同，意味着原理有别。化虚为实，是从构思上概括的，化情为物，化无形为有形，以物表情；而化实为虚，则是从表达上说的，化有形为无形，以情取物。先让我们读一段范晞文《对床夜雨》卷二中的文字："《四虚序》云：'不以虚为虚而以实为虚，化景物为情思，从首至尾，自然如行云流水，此其难也。否则偏于枯瘠，流于轻俗，而不足采矣。'姑举其所选一二云：'岭猿同旦暮，江柳共风烟。'又：'猿声知后夜，花发见流年。'若猿，若柳，若花，若旦暮，若风烟，若夜，若年，皆景物也，化而虚之为一字耳，此所以次于四实也。"

这段文字指出怎样化景物为情思，也就是化实为虚。从所举的例子看，主要是运用谓词把作者的思想感情表达出来。刘长卿（一本作宋之问）《新年作》：

> 乡心新岁切，天畔独潸然。
>
> 老至居人下，春归在客先。
>
> 岭猿同旦暮，江柳共风烟。
>
> 已似长沙傅，从今又几年。

诗
法
三
十
六
讲

诗的首句直抒胸臆，说新年了，思乡的心情更为迫切。次句说出缘由，那是因为自己远在天边，形单影只，想来不觉潸然落泪。颔联上句抒情，下句写景叙事。颈联化实为虚，别开新面。作者远在天涯，又是时近新年，要说生活过得很单调，很寂寞，这话就显得抽象、空泛，虚而不实，不成为诗。刘长卿"岭猿同旦暮，江柳共风烟"，说从早到晚，同我做伴的只有猴子，和我领略江上风光烟云的只有柳树。这就具体，并从中透露出生活的单调寂寞来，用"同"和"共"两个动词，化景物为情思。要是说生活很单调，很寂寞简陋，显得抽象，说成醒来听见猿声才知道后半夜，看见花开才知道又是春天，这就具体，用了"知"和"见"两个动词，便从景物中写出感情来。

化景物为情思的方法，不止上面说的一种。不仅用副词和动词，将景物联系起来，表示情感，还可以用"列锦"的技法来化景物为情思。所谓列锦，就是以名词或以名词为中心的偏正结构，并列排成句子。句子没有动词谓语，但能叙事抒怀；也没有形容词谓语，但能写景抒情。这种句子，不能简单地用语法结构去分析它。它需要读它的人凭借名词间的关联和借助上下文的对举和提示，去把握该句子的意思。正因为如此，这种句子在散文里少见，在诗歌作品中，却比较容易找到成功的用例：

1. 鸡声茅店月，人迹板桥霜。

（温庭筠《商山早行》）

2. 独夜三更月，空庭一树花。

（李商隐《寒食行次冷泉驿》）

3. 楼船夜雪瓜洲渡，铁马秋风大散关。

（陆游《书愤》）

4. 三十功名尘与土，八千里路云和月。

（岳飞《满江红·写怀》）

例1是这首诗的三、四句，历来脍炙人口。梅尧臣曾经以这两句为例，说明好诗应"状难写之景如在目前，含不尽之意见于言外"（《六一诗话》），李东阳在《怀麓堂诗话》中进一步分析这两句诗运用列锦的艺术特点："'鸡声茅店月，人迹板桥霜'，人但知其能道羁愁野况于言意之表，不知个中不用一二闲字，止提掇出紧关物色字样，而音韵铿锵，意象俱足，始为难得。"李东阳所说的"闲"字，指的就是名词以外的各类词。两句诗列出"鸡声""茅店""月""人迹""板桥""霜"四个双音节名词两个单音节名词，而所有双音节名词都是定名结构，并且定语都是名词，能给人具体的感觉，更给人以无限的形象想象。

诗是表达感情的。这种表达可以直抒胸臆，直接抒情，也可以间接抒情。化实为虚，不止上述两种，应该是多种多样的。这个"实"可以是物，可以是景，可以是事；这里的"虚"，可以是心愿，可以是情感，可以是道理。简单地说，就是托物言志，借景抒情，借事明理。

托物言志，就是通过对物品描写和叙述，表现自己的志向和意愿。例如李刚的《病牛》诗：

> 耕犁千亩实千箱，力尽筋疲谁复伤？
> 但得众生皆得饱，不辞羸病卧残阳。

李刚是宋代人，官至宰相。《宋史·李刚列传》说他："负天下之望，以一身用舍为社稷生民安危""忠诚义气，凛然动乎远迩"。然而，由于反对媾和，力主抗金，终被投降派馋臣排挤，为相七十天即谪居武昌，次年又"移澧浦"，此诗是他贬谪武昌后所作。此时，他的心情是可想而知的。那他是如何表达自己的情感意愿的呢？他没有明说，只是化实为虚，托物言志，以病牛自喻自慰，抒情言志。首句，写牛为人耕田千亩，粮谷满仓。既写出了牛的辛劳，也突出了牛的功绩。第二句，承首句"耕犁千亩"，言牛筋疲力尽，累了病了，谁复哀怜？点出人们对它的态度。后两句，诗人把牛人格化，以牛的口吻自抒襟抱，语气也由悲怨转为乐观、高旷，不再自叹自怜，由牛转向大众百姓，自抒怀抱："但得众生皆得饱，不辞羸病卧残阳"形象生动，感人肺腑，抒发了"先天下之忧而忧，后天下之乐而乐"的襟抱；语言通俗却极凝练，意境开阔而高远。与其说是一首咏物诗，不如说是一首言志诗。又如于谦《石灰吟》：

> 千锤万凿出深山，烈火焚烧若等闲。
>
> 粉身碎骨浑不怕，要留清白在人间。

于谦是宋代与岳飞齐名的民族英雄，又是一位廉洁、正直的清官，可与包拯、海瑞同垂青史。这样的一个人，他在年轻时候的情形是怎样的呢？他要表达的理想心志又是怎样的呢？其实早在十七岁时已见端倪他写了像上面这首《石灰吟》的七言绝句，托物言志。通过对石灰制作过程的拟人化描述，表现了他不怕艰险、勇于牺牲和为人清白正直的崇高志向。

第一、二句，描述石灰烧制的过程。石灰要"出深山"，要经受"千锤万击"，还要投入石灰窑中，经过高达九百多度的"烈火焚烧"，才能烧成生石灰。"若等闲"三字，以拟人手法，写出它面临一切严酷考验时镇定自若的神态，无论"千锤万击"也好，还是"烈火焚烧"也罢，他都能等闲视之，可见其何其顽强、坚贞！"粉身碎骨浑不怕，只留清白在人间。"人们仿佛听到它大声宣布："将我粉身碎骨，最后化为石灰浆水，我也全然不怕。我的心愿，就是要把清白的本色长留人间呀！"诗人借石灰之口，表示出自己不怕牺牲的精神和执着热烈的追求。

这首诗通篇运用借喻的手法，借石灰喻自己，借石灰言心志，表面上是写石灰，实际是写人、写自己，化实为虚，表达自己要以石灰为榜样，能经得起任何严酷的考验，不怕千难万苦，做一个无比坚强的人、清白正直的人。诗人把石灰拟人化，并注入自己的情感，达到了物我合一的境界。由此，让我们明白化实为虚、变景物为情思，对诗歌而言，其表达的艺术效果是多么强，多么好！

下面我们来看一位画家，他就是元代的王冕。王冕从一个替人家放牛的牧童，通过在牛背上勤奋学习，成为一位领一代风骚的诗人和著名的画家。他喜欢画梅，特别是他画的墨梅，神韵透逸，世称神品。这位寄情梅花的诗人、画家，青年时代曾专研孙吴兵法，学习击剑，有澄清天下之志，但屡试进士不第，使他看清了元朝腐朽统治，于是绝意仕途。他隐居在诸暨九里山，躬耕读书，并植梅花千树，自号梅花屋主。那么他为什么爱梅，爱不着色的淡梅花呢？如果写诗，他又该怎么说呢？他借画墨梅言志，化物情为诗情。诗曰：

我家洗砚池头树，朵朵花开淡墨痕。
不要人夸颜色好，只留清气满乾坤。

相传会稽山下有王羲之的洗砚池。王冕很以有这样一位同姓的前贤为自豪。"我家"二字，亲切之中透出自豪的情味。自己苦苦学书练画，池水因洗砚而变黑，池边梅树竟然"朵朵花开淡墨痕"。他感到吃惊，感到欣慰。这墨梅不正可借以表达自己的心志和意愿吗？于是，他豪迈地说道："不要人夸颜色好，只留清气满乾坤。"将咏梅花同抒发诗人自己的情怀结合在一起，梅花同人的情操、理想，互为表里，融为一体，书写了他高尚的情趣，表示了他不向世俗献媚的坚贞、纯洁的操守。墨梅诗，一幅有声画；墨梅画，一首无声诗。这里，我们又看到了化实为虚的妙用。

借景抒情，就是作者带着强烈的主观感情去描写客观景物，把自身所要抒发的感情，所要表达的心情，寄寓在此景此物中，通过描写此景此物予以抒发。这也是一种间接抒情的方式。这也是化实为虚，只不过这里的"实"是景，这里的"虚"是"情"。例如孟浩然《宿建德江》：

> 移舟泊烟渚，日暮客愁新。
> 野旷天低树，江清月近人。

开篇即写行船停靠在一个烟雾朦胧的小洲歇宿。第二句点明时间，也是交代歇宿的原因，并露出一个"愁"字。那么这又是如何表达"愁"情的呢？他不是描写愁容，揭示愁状，而是化景物为情思，化实为虚："野旷天低树，江清月近人。"这十个字，初看似写美景，原野宽阔，江水清亮，其实是物化"愁"情：日暮时刻，苍苍茫茫，旷野无垠，远处的天空，显得比近处的树木还要低。"野旷"，显得四周很是空旷，"天低树"，显得很是压抑。第四句写夜已降临，高挂在天上的明月，映在澄清的江水之中，和舟中的人是那么近。"江清月近人"，这画面，让我们见到的是清澈的江水，以及水中的明月伴着船上诗人；可画面上见不到，但能够体味得到的，则是诗人的愁心已融入江水之中。此时，"江清"显出景的凄清，"月近人"显出人的孤单。至此，景语都化成了情语，寂寞的愁心得到了宣泄，诗也就戛然而止了。又例如杜甫《绝句二首·其一》：

> 迟日江山丽，春风花草香。
> 泥融飞燕子，沙暖睡鸳鸯。

这是杜甫写于成都草堂的一首五言绝句。诗一开始，大处着墨，描绘在初春的阳光下，浣花溪一带明丽的春景。第二句诗，进一步以和煦的春风、初开的白花、如茵的芳草、浓郁的芳香，展现明媚的大好春光。第三句，选择初春最具有特征的动态景物进行勾画：春暖花开，泥融土湿。秋去春归的燕子，正飞来飞去，衔泥筑巢。生动的描写，使画面呈现一种动态美。第四句，则勾勒静态景物。春日融和，日丽沙暖，鸳鸯也要享受这春天的温暖。这两句，动静相间，相映成趣，构成了一幅色彩鲜明、生意勃发，具有美感的初春景物图。

诗的四句，句句写景，没有一个字透露情意。当然，杜甫是严肃的现实主义诗人，不会为写景而写景。仔细读来，我们就会发现，正如罗大经所说"上二句见两间莫非生意，下二句见万物莫不适性"，"生意""适性"说出了其中的关键，其中寓有诗人的一片"真乐"。诗人化有形景物为无形的情思，化实为虚！古典诗歌通过借景言情，寓情于景，而使诗情画意高度融合，从而在艺术上表现为含蓄蕴藉、诗味浓郁，使人读之，悠然神远。

跟托物言志、借景抒情相似的表现手法，还有藉事明理。清代刘大枘《论文偶记》说："理不可直指也，故即物以明理；情不可显出也，故事以寓情。"诗中叙事，志在抒情，意在藉事明理。例如元稹《遣悲怀三首·其一》：

> 谢公最小偏怜女，自嫁黔娄百事乖。
> 顾我无衣搜荩箧，泥他沽酒拔金钗。
> 野蔬充膳甘长藿，落叶添薪仰古槐。
> 今日俸钱过十万，与君营奠复营斋。

这是元稹悼念亡妻韦丛（字蕙丛）所写的三首七言律诗的第一首。这首诗追忆妻子生前的艰苦处境和夫妻情爱，并抒发自己的抱憾之情。开头两句引用典故，以东晋宰相谢安最宠爱的侄女谢道韫借指韦氏，以战国时齐国的贫士黔娄自喻，其中含有对方屈身下嫁的意思。"百事乖"，任何事都不顺遂，这是对韦氏婚后七年间艰苦生活的简单概括，并引起中间四句。"泥"读 nì，仄声，软缠的意思。"长藿"，长长的豆叶。中间这四句是说：看到我没有替换的衣服，就翻箱倒柜去搜寻；我身边没钱，死乞白赖地缠她买酒，她就拔下头上的金钗去换酒钱。平常家里只能用豆叶之类的野菜充饥，她却吃得很香甜；没有柴烧，她便靠老槐树落下的枯叶以作薪柴做饭。这几句用笔干干净净，既写婚后"百事乖"的艰苦处境，又能传神写照，活画出贤妻的形象。这四个句子，都是叙述句，叙事简洁，但句句浸透着对妻子的赞美与怀念的深情。末尾两句说：而今自己虽然享受俸禄，却再也不能与爱妻一道共享富贵，只能用祭奠与请来僧人道士超度亡灵的办法，来寄托自己的情思。这两句叙事平和，却能让人感知这种作者内心深处的无限凄苦。大家设想一下，如果全诗不是如此地叙事写人，化实事为深情，是不是那对亡妻的怀念，就不会如此的深沉，如此的强烈？

下面再谈一首朱熹《观书有感·其二》：

> 昨夜江边春水生，蒙冲巨舰一毛轻。
>
> 向来枉费推移力，此日中流自在行。

大家知道，从题目看，这诗是写"观书"体会的，也就是读后感，意在讲道理、发议论；这样的题旨，很可能写成"语录讲义之押韵者"，就是会写成语录讲义，不能感人。但作者写的却是诗，他能从自然界和社会生活中捕捉信息，让形象本身来说话，用本节课的话来说，就是化实为虚，藉事明理。

第一联中的"蒙冲"，也写着"艨艟"，是古代的一种战舰。因为"昨夜"下了大雨，"江边春水"上涨，万溪千流，滚滚滔滔汇入大江，所以本来搁浅的"蒙冲巨舰"，就像鸿毛那样浮了起来。这两句，作者对客观事物作了描述，叙事明白，但目的不是为叙事写景而叙事写景，而是因"观书有感"而联想到这些景象，从而揭示一种哲理。

"向来枉费推移力，此日中流自在行"，就是这种的揭示。当"蒙冲巨舰"因江水枯落而搁浅时，多少人费力推它，力气都是枉费，推它不动。可是当严冬过尽，"春水"方"生"，情形一下子就改变了，先前推它不动的"蒙冲巨舰"，"此日"在一江春水中自在航行。这里"春水"，成为关键。大水才能行大船。同理，读书，知识积累越多，花的力气越大，事情就越好办，越容易获得成功。这个道理，不就是行船这件事可以明白的吗？这也就是化实为虚、藉事明理手法的有效使用！

第九讲 化静为动

世界万物，在人看来，有动有静，变化不穷。动和静，是物质运动的存在方式和表现形态。静止是相对的，运动是绝对的。动与静又是相对独立、相互转化的一对哲学范畴。世界上的万事万物，无不静中含动。人的意识反映世界的动静，文学艺术表现人对世界的感受和体验，而这种感受和体验，可以使作品意趣横生，其味无穷。静的艺术，如绘画，所用的物质手段是静止不动的，然而，高明的画家，却能暗示出对象的动感。画里风中之竹，画面上静止不动，但因为抓住了精彩的瞬间，可以让人感觉想象出那竹子在风中的摇动。动的艺术，如音乐，所用的物质是连续运动的音符，但是高明的音乐家，通过那运动的声音也能暗示出对象的静态。几声鸟鸣，恰巧能衬托出山间早晨的清净；数声箫鼓，越发显出春江花月夜的宁静。

古典诗歌，通过语言创造形象，比起其他艺术来，有更为自由的表现力，动中见静，静中见动，动静交错，化静为动，变化无穷。

林东海先生对此作了深入地分析研究，指出：化静为动可分为两种类型，一种是静物呈现动感，一种是人赋静物以动态。

我们知道，在绘画中，由斜线、对角线、曲线等的构图形态，在特定的情境之中，往往会给人一种错觉和幻觉，本是静态的事物，却给人以动态的感觉。

宋朝的林和靖有一首非常有名的七律《山园小梅》：

众芳摇落独暄妍，占尽风情向小园。

疏影横斜水清浅，暗香浮动月黄昏。

霜禽欲下先偷眼，粉蝶如知合断魂。

幸有微吟可相狎，不须檀板共金樽。

"疏影横斜水清浅，暗香浮动月黄昏"，虽非诗人独造而有所本。五代南唐江为有残句："竹影横斜水清浅，桂香浮动月黄昏。"这两句既写竹，又写桂，不但未写出竹形的特点，也未道出桂花的风神，又因为没有传下完整的诗篇，未构成一个统一和谐的意境，缺少了感动人的力量。而林和靖只改了两个字，将名词"竹""桂"改成形容词"疏""暗"，这点睛之笔，使梅花即刻神态活现。所以这两句咏梅诗成为千古绝唱，一直为后人称颂。欧阳修说："前世咏梅者多矣，未有此句也。"苏轼说："西湖处士骨应槁，只有此诗君压倒。"陈与义说："自读西湖处士诗，年年临水看幽枝。晴窗画出横斜影，绝胜前村夜雪时。"王十朋对其评价更高："暗香和月入佳句，压尽千古无诗才。"还是因为这两句特别出名，故而"疏影""暗香"竟成了后人填写梅词的调名。可见林逋咏梅诗的影响。

朱熹说："这十四字谁人不晓得！然而前辈直恁地称叹，说他形容得好，是如何？这个便是难说，须是看得他事物有精神方好。若看得有精神，自是活动有意思，跳掷叫唤，自然不知手之舞之，足之蹈之。"朱夫子"有精神"这三个字，正说到问题的关键。这两句诗正写出了梅花的体态风神。它不仅在于"水清浅""月黄昏"的背景衬托，衬托了梅花清秀高洁的姿质，而且还把这种体态风神写得活动跳脱，因而非常有感染力。所以，方回《瀛奎律髓》中有评论说："'横斜''浮动'四字，牢不可移。"你想啊：横斜，是一种布局，能使人产生流动的感觉。花枝横斜交错，这种姿态，在诗的画面中，不就是斜线构图的一种艺术形态么？这种形式能使不动的景物显示出动态。如"青山横北廓，白水绕东城"（李白《送友人》），"云横秦岭家何在？雪拥蓝关马不前"（韩愈《左迁至蓝关示侄孙湘》），又如"细雨鱼儿出，微风燕子斜"（杜甫《水槛遣兴》），"绿树村边合，青山廓外斜"（孟浩然《过故人庄》）。这里，各句中的"横""斜"，即使单用，也显得动而有神。使诗中的景物流动有神，能使人从中看到一种生气，体会到一种活力。这种类型，诗中静物，是以独立完整的形象来表现诗人的感情的。

另一种类型是人赋静物以动态。这种手法，所写静物的活动状态，带有人的主观色彩，或带有"人物化"的倾向。静物形象往往失去独立性或部分失去独立性，成了思想感情的象征或曲折的反映。这种化静为动的手法，可以粗分为四种：拟人式、拟物式、否动式和疑动式。

一、拟人式。静物拟人化而表现为动，这是运用比拟修辞中的拟人的修辞手法。在诗歌创作中，诗人可以按自己的想象改造万物。化静为动，正是运用这一手法，设想静物像人一样活动，从而使静物别有情趣，引人入胜。拟人式还可细分为：植物拟人、动物拟人、非生物拟人和抽象事物拟人四种。下面各举一例作简单分析。

植物拟人。例如宋代诗人高翥《秋日》：

> 庭草衔秋自短长，悲蛩传响答寒螀。
> 豆花似解通邻好，引蔓殷情远过墙。

这首小诗是作者在初秋时节，漫步自家小院的即兴之作，但显得趣味盎然，饶有风致。首句从视觉方面取物写草，一个"衔"字，把无形的秋天物质化，具体化，活灵活现，很是传神。第二句，从听觉方面取物写蟋蟀（蛩）和蝉（螀），本是虫鸣，但诗人用"悲"进行修饰，用"传响"和唱和（答）去描摹，把小虫人格化，极富情趣。特别是最后两句，写豆花，说它"似解通邻好"，说它"引蔓殷情远过墙"，仿佛邻里间和睦相处，友好往来串门儿，充满人情味。这样写，不仅使普普通通的景物变得可亲可爱，而且使整首诗意境优美，情韵俱佳。

动物拟人。例如明代杨基《天平山中》：

> 细雨茸茸湿楝花，南风处处熟枇杷。
> 徐行不记山深浅，一路莺啼送到家。

诗的前两句由对偶构成，宛如一幅工笔画。在绵绵细雨中，苦楝树开出了淡紫色的花儿，沾上雨珠，显得滋润。南风轻吹，不时露出一树树金黄色的枇杷。后两句由景及人，诗人沿山路徐行，不知自己走了多远，只听得满耳莺啼，不知不觉中，却已回到了家门口。"一路莺啼送到家！"好一个"送"字，是那么的多情，那么的动人。那种悠然自得的闲适心情，跃然纸上。由景生情，情中寓景，情与景，人与物，紧紧交织在一起。读来亲切自然，轻松愉快，清新芬芳的田园气息，令人神往。

非生物拟人。例如李白的《劳劳亭》：

> 天下伤心处，劳劳送客亭。
> 春风知别苦，不遣柳条青。

诗的前两句，用笔极为洗练，一开始便破题而入，直点题旨。不说伤心事是离别，只说天下伤心处是离亭。超过了用离别之事写离别之地、用离别之人来写离别之情的俗套。到第三句，陡转笔锋，以"春风知别苦，不遣柳条青"这样的两句诗，别翻新意，振起全篇。

这一神来之笔，联想与奇想结合为一，显得巧而奇。诗人因送别时柳条未青、无枝可折而生奇想，觉得这是春风故意不吹到柳条，有意不让它发青，而春风之所以不让柳条发青，是因为春风深知离别之苦，不忍看到人间折柳送别的场面。本来无知无情的春风被写得有知有情，使它与相别之人同具惜别之意，同具伤别之心，从而化物为我，使它成了诗人感情的化身。怪不得李锳赞美这两句"奇警无伦"（《诗法易简录》）。

抽象事物拟人。例如晚唐著名诗人薛能《春日使府寓怀二首·其一》：

> 一想流年百事惊，已抛渔夫戴尘缨。
> 青春背我堂堂去，白发欺人故故生。
> 道因古来应有分，诗传身后亦何荣。
> 谁怜合负清朝力，独把风骚破郑声。

诗的颔联对偶句"青春背我堂堂去，白发欺人故故生"，"青春"本是抽象的东西，现在竟然"背"着我，堂而皇之地离开了，白发居然欺负人，故意长了出来。这样说，比直说我老了，白发满头了，就多些韵味，让人很自然地感受到作者的遗憾、愁苦的心情。类似的用法，还有如陶潜的"饥来驱我去，不知竟何之"（《乞食》），韩驹的"推愁不去如相觅，与老无期稍见侵"（《和李上舍冬日书事》）。

二、拟物式。有两种情形，一种是把人当作物，使所写对象失去人性，如同动植物一样地加以描述；二是把此物当作彼物加以描述。这里的物，可以是具体的物，也可以是抽象的事。例如郑文宝《柳枝词》：

> 亭亭画舸系春潭，直到行人酒半酣。
> 不管烟波与风雨，载将离恨过江南。

这首诗通过描写离别时春潭画船、饮酒饯别的场景，悬想友人航程中将离开烟雨江南而远去的情景，形象生动地表达了朋友离去时的那种惆怅难耐的情怀。尤其是最后一句，采用化无形为有形的拟物手法，使抽象的"离恨"变成了可以触摸的被"载"之物，沉重的分量，产生了震撼人心的艺术效果。难怪仿拟者不断。仅宋代词人，就有明显的两例：一是周邦彦，《尉迟杯》词云："无情画舸，都不管，烟波隔南浦。等行人醉拥重裘，载将离恨归去。"二是李清照，《武陵春》词云："只恐双溪舴艋舟，载不动，许多愁。"大家看，两人词句所自，是不是很明显！ 又例如雍陶《题情尽桥》：

从来只有情难尽，何事名为情尽桥。
自此改名为折柳，任他离恨一条条。

　　据说，一天，他送客到情尽桥，问起桥名的由来，回答说："送迎之地止此。"雍陶听后，不以为然，随即在桥柱上题了"折柳桥"，并写下这首绝句。

　　诗的第一句道出万事有尽而情难尽的真谛，语气上无可置疑。第二句顺着势头，一声逼问："何事名为情尽桥？"这两句是"破"，后两句是"立"。"自此改名为折柳"，大气磅礴，斩钉截铁。接着，诗又从"折柳"二字上荡开，生出极富光彩的末句——"任他离恨一条条"。大家知道，"离恨"本不可见，但诗人有办法，他化虚为实，以有形的柳条写无形的情愫，"离恨一条条"，情感物化，醒目，惊心！使人想见一个又一个桥畔送别的缠绵悱恻的场面，且充满美感。

　　三、否动式。钱锺书先生说过一段很有见地的话："按逻辑来说，'反'包含有'正'，否定命题总预先假设着肯定命题。诗人常常运用这个道理。山峰本来是不能语而'无语'的，王禹偁说它们'无语'或如龚自珍《己亥杂诗》说'送我遥鞭竟东去，此山不语看中原'，并不违反事实；但是同时也仿佛表示它们原先能语、有语、欲语而此刻忽然'无语'。这样，'数峰无语''此山不语'才不是一句不消说的废话。"（《宋诗选注》）山峰能语，这是个假设性的肯定命题，是从否定命题推断出来的。写山可以这样写，写水也可以这样写。例如戴叔伦的《湘南即事》：

> 卢橘花开枫叶衰，出门何处望京师。
> 沅湘日夜东流去，不为愁人住少时。

诗的后两句是说：沅水湘江日夜不停地流向东方，为什么就不能为我这个愁情满怀的人停留片刻。流水东去，这是客观状态，根据这一状态，提出了"不为少驻"这个否定命题，却从对立面提出了流水能为愁人驻少时这个假设性的肯定命题。这也使得愁人的愁，显得那样绵长深厚，使得愁人更为难堪。

类似的用法在词中也有运用。例如欧阳修的《蝶恋花·庭院深深深几许》：

> 庭院深深深几许，杨柳堆烟，帘幕无重数。玉勒雕鞍游冶处，楼高不见章台路。　雨横风狂三月暮，门掩黄昏，无计留春住。泪眼问花花不语，乱红飞过秋千去。

词中的"问花花不语"，这个否定性的命题，却从对立方面提了花能言语这个假设性的肯定命题。惜春之情表达得曲折生动。

四、疑动式。疑动式是因为心理错觉或幻觉，对于静物，看起来怀疑它能动，有动。例如唐代诗人曹松《秋日送方干游上元》：

> 天高淮泗白，料子趋修程。

汲水疑山动，扬帆觉岸行。

云离京口树，雁入石头城。

后夜分遥念，诸峰霜露生。

"汲水疑山动"，山分明是不会动的，正常情况下也不能动。诗人却化静为动，山在水中汲水时，山的影子在水中晃动，诗人干脆说是山有动，本来静态的山，成了动态，这疑惑恰恰暗示诗人送别时的不宁静。"扬帆觉岸行"，"扬帆"，意味着船在行走，但是，水岸是不会随船一同前行的。可是，诗人就是写了"觉岸行"。随着帆船的行驶，两岸也随之移动。这是船行时所见两岸景物的疑动状态，表达出一种特殊的感受。这种船行岸移的感觉，在诗词中用得相当多。又例如辛弃疾《西江月·遣兴》词：

醉里且贪欢笑，要愁那得工夫。近来始觉古人书，信著全无是处。　昨夜松边醉倒，问松我醉何如。只疑松动要来扶，以手推之曰去。

标题虽说"遣兴"，似乎随意。实际上是用诙谐之笔，发泄内心的愤懑。词的下片写出了一个喜剧性的场面。词人"昨夜松边醉倒"，居然跟松说起话来。他问松："我醉的怎么样了？"看见松枝摇动，幻觉告诉他松树要扶他起来，他呢，便用手推开松树，并厉声喝道"去！"，醉憨神态，活灵活现。词人的倔强性格，借此也表露无遗。

第十讲 以动写静

上节课，我们讲了化静为动，说诗人笔下的静物，总能写得活动跳跃，富有生机。今天这节课，我们要讲以动写静。先看下面一首绝句：

钟山即事（王安石）

涧水无声绕竹流，竹西花草弄春柔。

茅檐相对坐终日，一鸟不鸣山更幽。

这首诗是谁写的呢？是宋代有名的王安石。尽管他官大学问大，诗也写得好，竟也闹出"点金成铁"的笑话来。《诗人玉屑》卷八引胡仔《苕溪渔隐丛话》说："王文海（籍）云：'鸟鸣山更幽'，皆反其意而用之，盖欲不沿袭之耳。'明人冯梦龙《古今谭概·苦海部》说："梁王籍诗云：'蝉噪林愈静，鸟鸣山更幽。' 王荆公（安石）改其句曰：'一鸟不鸣山更幽 。'山谷笑曰：'此点金成铁手也。'"明代的王世贞《艺苑卮言》卷三说："'鸟鸣山更幽'，本反'不鸣山更幽'之意，王介甫缘何复取本意而反之？且'一鸟不鸣山更幽'，有何趣味？宋人可笑，大概如此。"清代顾嗣立《寒厅诗话》也说："王半山（安石）改王文海'鸟鸣山更幽'句为'一鸟不鸣山更幽'，只是死句矣。学诗者宜善会之。"

这里的"鸟鸣山更幽"出自梁朝王籍《入若耶溪》诗：

> 艅艎何泛泛，空水共悠悠。
>
> 阴霞生远岫，阳景逐回流。
>
> 蝉噪林逾静，鸟鸣山更幽。
>
> 此地动归念，长年悲倦游。

诗的意思是说：划着船在溪中游览，只见长空溪水悠然相映；远处的山巅浮起了白云，近处的水流反映着日光；听到几声蝉鸣，更感到树林的静寂，听到几声鸟鸣，更感到山间的幽深。这里的美好景色触动了归心，因而对长期在外做官产生了厌倦情绪。

"蝉噪""鸟鸣"二句在当时就已经脍炙人口，后来也一直为人们所传诵。但对这两句诗看法不尽一致。颜之推《颜氏家训·文章》说："王籍《入若耶溪》诗云：'蝉噪林愈静，鸟鸣山更幽。'江南以为文外独绝，物无异议。简文吟咏不能忘之，孝元讽味，不可复得，至《怀旧志》载于籍传。范阳卢询祖，邺下才俊，乃言不成语，何事于能？魏收亦然其论。《诗》云：'萧萧马鸣，悠悠旆旌。'《毛传》曰：'言不喧哗也。'吾每叹此解有情致，籍诗生于此意耳。"

对王籍这两句诗有两种意见，一种意见认为"不成语"，没什么了不起，理由，他俩都没有具体说。另一种意见认为写得好，称为"文外独绝"，好在哪里呢？梁简文帝萧纲和梁元帝萧绎喜爱吟咏，都没有说出之所以好的具体意见。颜之推说，这两句诗是从《诗经·小雅·车攻》"萧萧马鸣，悠悠旆旌"生发出来的，好处是以动写静。《车攻》中，军容的整肃，气氛的俨静，从战马的嘶鸣声中可以体会出来；若耶溪景色的幽静，从鸟鸣蝉噪的声音里，也可领略得到。前者俨静，后者幽静，两种静趣不一样。颜之推说二者有启承关系，意思是说，两者都是以动写静。

诗中要创造"静"的境界，并不是一件简单容易的事情。如果离开了人的感受和感情，即使写风不吹，树不摇，猿未啼，鸟不鸣，树林里面，万籁俱寂，一片死静，要是谁身陷其中，他感受到的是什么呢？未必幽静，可能他觉得毛骨悚然，有一种骇动之感。不过，我国古代诗人在长期的艺术实践中，摸索了一套表现静景静趣的艺术手法。

静，有各式各样的，有寂静、肃静、幽静、恬静、宁静、闲静、清净等，各种不同的静，当然有一些特殊的表现手法，因人而异，不能千篇一律。但是，也有共同相通的表现手法。林东海先生指出，归纳起来，主要是两种：一种是以声音写意中之静，一种是以动态写意中之静。

以声写静，这种艺术手法是利用引起人们特殊感受的声音来写静境和静意。例如王维的《鸟鸣涧》：

> 人闲桂花落，夜静春山空。
>
> 月出惊山鸟，时鸣春涧中。

这首诗是王维题咏友人所居的《皇甫岳云溪杂题五首》之一。五首诗，每一首写一处风景，接近于风景写生。诗以"人闲"二字开头，值得注意，因为"人闲"，说明周围少烦扰，说明诗人内心的闲静。在这种情况下，细微的桂花从枝头落下，才被觉察到。这里诗人的心境和空旷的春山的环境气氛，相互融合又互相作用。

王维在他的山水诗里，喜欢创造静谧的意境。这首诗就是这样。"月出惊山鸟，时鸣春涧中"，在这春山中，万籁都陶醉在夜的宁静里。当月亮升起，空谷洒遍明亮银辉，竟使山鸟惊觉起来，不时啼鸣。这里，诗中所写的花落、月出、鸟鸣，这些动的景物，既使诗显得富有生机而不枯寂，同时又通过动，更突出地显示了春涧的幽静。动的景物反而取得了静的效果。"鸟啼山更幽"，这里面包含着艺术辩证法。又如贾岛《题李凝幽居》：

闲居少邻并，草径入荒园。

鸟宿池边树，僧敲月下门。

过桥分野色，移石动云根。

暂去还来此，幽期不负言。

诗的首联，诗人用经济的手法，描写了这一幽居的周围环境：一条杂草遮掩的小路通向荒芜的小园，近旁也少人居住。淡淡两笔，概括地写了一个"幽"字，暗示出李凝的隐士身份。

"鸟宿池边树，僧敲月下门"，是历来传诵的名句。这诗也借此两句而著称。"推敲"二字还有这样的故事：一天，贾岛骑在马上，忽然得"鸟宿池边树，僧敲月下门"，初拟用"推"字，又思改为"敲"字，一时拿不定主意，于是反复地做着推和敲的两种动作，不觉撞到京兆尹韩愈的仪仗队。随即被押至韩愈面前。韩愈得知贾岛得句而下字难定的事情后，思之良久，对贾岛说："作'敲'字佳矣。"这样，两人竟做起朋友来。大家说，韩愈说的有没有道理呢？尽管争论的双方，长久以来，都各有各的道理。但是，就我个人的看法，我觉得韩愈的说法更为合理些。为什么呢？你想啊，在一个寂静的夜晚，四下空旷，月光皎洁。一位老僧，走到门前，发出"笃笃"的敲门声，就惊动了宿鸟，鸟从窝中飞出，转了个圈，又栖宿巢中了。作者抓住了这短暂的瞬间，刻画出环境的幽静，响中寓静，有出人意料的胜概。倘用"推"字，是仅看出动作，当然没有"敲"所产生的艺术效果了。再读一首宋人梅尧臣的《鲁山山行》：

适与野情惬，千山高复低。

好峰随处改，幽径独行迷。

霜落熊升树，林空鹿饮溪。

人家在何许？云外一声鸡。

梅尧臣有两句话，极受欧阳修推崇。那就是"必能状难写之景如在目前，含不尽之意见于言外"。这首诗可以说做到了这一点。诗一开头，兴致勃勃地说"适与野情惬"，说恰恰跟我爱好山野风光的情趣相合。下句对此做了说明——"千山高复低"，作者的爱山情趣得到了突出的表现，而且显得跌宕有致。

颔联进一步写"山行"。"好峰随处改"，见得不断前行，不断看山，景随步换，不断变换美好的姿态。"幽径独行迷"，"径"说"幽"，"行"说"迷"。这样，更见出野趣之幽和野情之浓。

颈联"霜落熊升树，林深鹿饮溪"，这两句互文见意，写山行的动景。但这动景却透出静趣、静意。为什么这么说呢？你想啊，熊能悠闲自在地爬到树上，尤其是鹿，感觉非常灵敏，一有动静，会迅速逃离。不是林中安全、安静，它还会到溪边喝水吗？所以说，这里的动景是以动写静。此联真的达到了他自己说的不仅是"状难写之景如在目前"，而且是"含不尽之意见于言外"。

"人家在何许，云外一声鸡"。这个结尾，余味无穷。望近处，只见"熊升树""鹿饮溪"，没有人家；望远方，只见白云浮动，也不见人家；于是自己问自己："人家在何许"呢？恰在这时，云外传来一声鸡叫，不但回答了诗人疑问，更重要的是，这结尾的一声鸡叫，使得环境更空旷，更幽静。这也就是以声写静，而且显得异常警策。

下面接着讲以动写静的另一种类型：以动态写静意，也就是静中有动。这种手法，不乏其例。刚才举梅尧臣的两句诗"霜落熊升树，林深鹿饮溪"，就是明显的以动写静的例子。下面再举一首梅尧臣《秋日家居》：

移榻爱晴晖，翛然世虑微。

悬虫低复上，斗雀堕还飞。

相趁入寒竹，自收当晚闱。

无人知静景，苔色照人衣。

这首诗写"静景"，主要抓住静中之动来写。中间二联细致地描写虫和雀的动作，小虫吐丝自己悬挂着，一会儿下垂，一会儿上引，最后自己将丝收起来，被旁门遮住了；相斗的麻雀，一会儿掉下来，一会儿又飞上去，最后相随飞进了竹林里。鸟虫的动作写得很细微，很传神，通过这种动态，表现了"静景"。这种以动写静的手法古代诗人很喜欢使用。如钱起《山中酬杨补阙见过》诗"幽溪鹿过苔还静，深树云来鸟不知"，李频《古意》诗"玄鸟深巢静，飞花入户香"，司空图《赠鉴禅师》诗"夜深雨色松堂静，一点飞萤照寂寥"，徐铉诗"日华穿竹静，云影过阶闲"，等等，这些都借助鸟兽虫花云日的动态，来创造意中的静境。

从上边的一些诗例，我们还明白一个道理：说以声音写静和以动态写静两种类型的手法经常是配合使用的。既以声写静，也以动写静。例如陶渊明《归田园居·其一》：

……

方宅十余亩，草屋八九间。

榆柳荫后檐，桃李罗堂前。

暧暧远人村，依依墟里烟。

狗吠深巷中，鸡鸣桑树颠。

……

在这里，村宅，草屋，一片寂静，然而院内树木却不甘寂寞，榆树柳树护绕后檐，桃树李树罗列堂前，静中见动。远处村庄，炊烟飘动；深巷狗吠，树颠鸡鸣，动中更觉山庄之静。动中见静，静中见动，动静巧妙结合，构成妙境。又例如李白的《访戴天山道士不遇》：

> 犬吠水声中，桃花带露浓。
>
> 树深时见鹿，溪午不闻钟。
>
> 野竹分青霭，飞泉挂碧峰。
>
> 无人知所去，愁倚两三松。

诗法三十六讲

这里只讲前四句。这是李白写他到戴天山（又名匡山，在四川江油）去访问道士的情景。第一联，写到了山中，正是春雨初霁，桃花还挂着水珠；从桃花深处传来了泉水的流声，以及狗的叫声。两种声音交织在一起，把山中"静"烘托出来了。第二联写树林深处，不时见到鹿在跑动，这又进一步把山中的幽静无人的境界表现出来了，然后点出"溪午不闻钟"，没敲午时钟，说明道士不在了。"简短的四句诗，采用了以声音写静和以动写静相结合的艺术手法，就把优美闲静的意境创造出来了。"（林东海《诗法举隅》）。

这里有一个问题，是不是随便写什么声音，随便写什么动态都能够表现出静呢？当然不是。他应当满足如林先生所说的那样至少两个条件："一是所写的应是在静的环境中最易敏感到的声音和状态，二是应以静的心情来体会这些声音和状态。"（《诗法举隅》）

喧嚣的环境中的声响和动作，很难产生静感，如马路上的喇叭声，竟赛场上马匹奔腾的动，都难以产生静感，更不要说静趣了。只有在安静的环境中才会注意和感受到的声音和动作，才有可能产生静感的效果。又如乡间深夜，听到蟋蟀的叫声，看到流萤的飞动，这也是在静的环境下所常听到看到的，同时也因为听到和看到这种声音易于产生静感的，因此，要采用这一手法创造静的意境，就应当体察和选择在各种静境中，具有典型意义的声音和动景。

激动心情也是创造不了静的意境的。生活告诉我们，如果心情烦躁不安，烦闷激动，即使到了静的环境，听到鸟声，看到走兽，也都逗引不了静感，或许正相反，使人感到更烦，更激动。例如白居易的《琵琶行》，在写完送客浔阳江头，移船听弹琵琶及琵琶女自诉身世苦情之后，写自己的遭遇，有这样几句诗：

> 我闻琵琶已叹息，又闻此语重唧唧。
>
> 同是天涯沦落人，相逢何必曾相识！
>
> 我从去年辞帝京，谪居卧病浔阳城。
>
> 浔阳地僻无音乐，终岁不闻丝竹声。
>
> 住近湓江地低湿，黄芦苦竹绕宅生。
>
> 其间旦暮闻何物？杜鹃啼血猿哀鸣。
>
> 春江花朝秋月夜，往往取酒还独倾。
>
> 岂无山歌与村笛，呕哑嘲哳难为听。

大家看，白居易被贬浔阳，为江州司马，用他自己的话说是"天涯沦落人"，心情可想而知。因此，他看到宅旁芦苇，看到竹子，便感到心烦，了无美感；听到"山歌""村笛"，只觉得是"呕哑嘲哳"，难听刺耳；听到杜鹃声，想到的是"啼血"的惨状；听到猿猴的叫声，更是一片"哀"声。又比如，同是蝉鸣声，所处环境不同，心情不同，情趣自然大相径庭。前面提到的王籍《入若耶溪》一诗说"蝉噪林愈静，鸟鸣山更幽"，这时，王籍离家在浙江会稽做官，诗人在风景秀丽若耶溪泛舟畅游，听到几声蝉鸣，几声鸟叫，自然使他越发感到树林的寂静，山间的清幽。而王安石呢，在旅途官驿中生病，困在途中，无法启程赶路。深夜寂静，却难入睡，此时传来声声蝉鸣，他的感觉是"鸣蝉更乱行人耳，正抱疏桐叶半黄"。显然此时此地的他，自然是烦躁不安。大家看，心情闲静，蝉声鸟声才能托静。心境闲静，对于声音和动景才有静的感受。

清代王夫之《姜斋诗话》卷二说："情景名为二，而实不可离。神于诗者，妙合无垠。巧者则情中景，景中情。"王国维《人间词话》说："一切景语皆情语也。"诗，借景言情，写景就是为了写情。以动写静这种艺术手法，就是以静意观动景，而后以动景达静意，从而表现"妙合无垠"的艺术效果。

第十一讲 巧比妙喻

这一讲，我们讲巧比妙喻法。

这里的"喻"，就是比喻，或叫"打比方"，而"比 "，修辞中分为比拟和比喻两种。比拟，一般分为拟人和拟物，我们将在下一讲里详细谈，这里只谈比喻意义的比。

比喻，就是根据心理联想，抓住和利用不同事物之间的相似点，用另一个事物或情境来描绘所要表现的事物和情境。比喻是诗歌自《诗经》以来所用的三大创作方法（赋、比、兴）之一。可以这样说，没有哪一位诗人不是擅长设喻的。

比喻的构成，需要有两个成分，两个条件。两个成分，一是所描绘的对象，叫"本体"；二是用比方的事物，叫"喻体"。两个条件是：一、本体和喻体不同质，有差异处；二、两者之间有相似点。通常情况下，本体比较抽象，深奥，是交际对象感到生疏的；而喻体则比较具体，浅显，是交际对象所熟悉的。

比喻按用来作比的事物同所表现的对象之间的关系不同，区分为三种：明喻、暗喻和借喻。明喻，顾名思义，就是明白的表示本体、喻体都出现。通常用"如""似""像""犹"等比喻词，有时比喻词被省略，但意念上是存在着的。例如杜甫《茅屋为秋风所破歌》中的两句：

床头屋漏无干处，雨脚如麻未断绝。

"雨脚"是本体，"麻"是喻体，"如"字，标明了两者之间的关系是明喻。又如杜甫《房兵曹胡马诗》中的两句：

> 竹批双耳峻，风入四蹄轻。

这联诗是倒装句，且省去了比喻词，把它顺调过来即是：双耳峻（如）竹批，四蹄轻（似有）风入。"双耳"是本体，"竹批"是喻体；"蹄轻"是本体，"风入"是喻体。

暗喻，又称隐喻，它的结构方式是只出现本体和喻体，不用比喻词。取作比喻的事物，暗指所表现的对象，两者在句中彼此处在同一层次上。通常用"是""乃""即""成为""为""变为"等动词。从字面上看，它是一个判断句，实际上是一个比喻。诗歌中暗喻句，喻词往往被省略，但在作者的意念里，是存在的。例如谢朓《晚登三山还望京邑》中的两句：

> 余霞散成绮，澄江静如练。

这一联的上句"余霞"是本体，"绮"是喻体，联系两者的是动词"成"，是暗喻；下联句中明白写有"如"这个比喻词，表明是明喻。又如杜甫《绝句漫兴九首·其七》中的两句：

> 糁径杨花铺白毡，点溪荷叶叠青钱。

上句的"杨花"，下句的"荷叶"是本体，上句的"白毡"，下句的"青钱"是喻体。两句用的都是暗喻。

所谓借喻，以作为比喻的事物代替所表现的对象。它的特点是只出现喻体，本体和比喻词全都省去。由于隐去了本体，又省略了比喻词，表面上看不出是打比方，实际上是比暗喻还要深入一层的形象化说法。也正因为隐去本体，读者在阅读欣赏的时候，需要明白作者要说的事物，即补出本体去理解。例如刘禹锡《酬乐天扬州初逢席上见赠》中的两句：

沉舟侧畔千帆过，病树前头万木春。

这里的"沉舟""病树"比喻自己的寂寞、蹉跎；"千帆过""万木春"，比喻世事的变迁和同辈人的升迁。句中的本体和比喻词全部省去了，所以是借喻。直接用"沉舟""病树"代替自己，用"千帆过""万木春"代替陈说别人。

明喻、暗喻、借喻是比喻的三种基本的类型，也是古典诗歌中运用最为普遍的三种比喻形式。但在实际运用中，比喻还是有许多变式。限于篇幅，这里选择倒喻、反喻、差喻、博喻这四种来简单谈谈。

所谓倒喻，这是就明喻和暗喻中在比喻句中的位置关系情形而说的。在明喻或暗喻中，总是通过喻体去描述本体，本体在前，喻体在后，但有时为了表情达意的需要，将本体和喻体颠倒位置，先说具体的比喻的事物，再说抽象的被比喻的事物。例如秦观《浣溪沙·漠漠轻寒上小楼》中的两句：

自在飞花轻似梦，无边丝雨细如愁。

他不说梦似"飞花"（轻），愁如"丝雨"（细），而说飞花似梦，丝雨如愁，因而显得别致，新奇。

所谓反喻，就是从否定方面来描述本体，通过否定本体不具有喻体某方面的特性，从而达到使想要达到的正面意思，更加鲜明地凸显出来。如杜审言《渡湘江》：

迟日园林悲昔游，今春花鸟作边愁。

独怜京国人南窜，不似湘江水北流。

诗的最后两句，通过写"京国人南窜"不能像"水北流"，从而使作者怀念京国、悲怜南窜的愁苦思绪，得到了加强，从而显得十分强烈，异常感人。

所谓差喻，本体和喻体有共同的特征，而为了突出本体的这一特征，有意通过比较，使喻体有程度上的不足或超过本体。有的学者将这类比喻称作"弱喻"和"强喻"。运用常用的比喻词有"于""比""胜""不如""不及""胜过"等。例如李白《赠汪伦》中的两句：

桃花潭水深千尺，不及汪伦送我情。

潭水已深达千尺，而作者却说"不及汪伦送我情"。至于汪伦送李白的深情到底如何，则耐人寻味。又如杜牧《山行》中的两句：

停车坐爱枫林晚，霜叶红于二月花。

说经霜的枫叶，比江南二月的春花还要火红，还要鲜艳。作者用进一层的比喻法，表现了秋色的迷人，表达了内心的惊喜。

所谓博喻，就是连续用几个喻体形容本体某一方面的多个侧面，以获得强调突出的表达效果。例如贺铸《青玉案·凌波不过横塘路》中的几句：

试问闲情都几许？一川烟草，满城风絮，梅子黄时雨。

一连用满地的青草、满城的柳絮、满天的梅雨来比喻自己的愁情是何等深长、广大和密集。这样一来，既比说闲愁不可胜数要形象生动，也比只用一个比喻要强烈突出。又如苏轼《百步洪二首·其一》中的几句：

> 有如兔走鹰隼落，骏马下注千丈坡。
> 断弦离柱箭脱手，飞电过隙珠翻荷。

前两句用三个比喻状写水波的猛势，后两句用了三个比喻状写舟行动荡的情景，绘形绘色，逼真入神。

开始说过，比喻是一种古老的、使用相当广泛的修辞方法和艺术手法。其表达效果多种多样，异彩纷呈。

其一，用于写景，能使景物形象具体，特征突出。例如刘禹锡的《望洞庭》：

> 湖光秋月两相和，潭面无风镜未磨。
> 遥望洞庭山水色，白银盘里一青螺。

这首诗写于长庆四年八月诗人由夔州刺史转任和州途中，政治上一再遭贬，但诗人并未沉沦，写景状物，仍表现出壮阔不凡的气度，寄托着达观自适的情致。

面对水天浑茫的洞庭，写什么？怎么写？诗人没有过多渲染洞庭的朦胧夜色，而是选择了月夜遥望的角度，抓住最有代表性的湖光山色，通过丰富的想象、巧妙的比喻，展现洞庭美景，展示豁达的情怀。

月下的洞庭，风平浪静，月光洒在湖水上，彼此辉映，交相融合，仿佛琼田玉鉴。于是诗人思绪联翩，产生了一个极为贴切的联想：此时的洞庭湖多像一面未经磨拭、锃亮浑圆的大镜子啊！这个比喻，十分形象贴切地表现了千里洞庭安宁温柔的景象和月光下的朦胧美，恰到好处地展示了诗人此刻寻求慰藉、怡然自适的心态。

接下来，诗人的视线集中在君山上，月下的洞庭湖水，澄澈空明，湖中的君山越发显得青翠可人 。于是，诗人的情感的闸门再度大开，思想的潮水翻腾激起。终于由明镜的引发，造出"白银盘里一青螺"这奇思妙语。湖水是一只银盘，明亮剔透；君山像一只青螺，互相映衬，淡雅极了，和谐极了，美妙极了。诗情画意，引人入胜。

其二，用于状物，能使事物形象鲜明，特征显豁。例如贺知章的《咏柳》：

> 碧玉妆成一树高，万条垂下绿丝绦。
>
> 不知细叶谁裁出，二月春风似剪刀。

古往今来，杨柳是诗人们爱写的对象。而要说最负盛名的写柳之作，当推贺知章这一首。为什么一首小诗能产生如此大的效果呢？原因可能很多，但最为主要的是作者采取巧妙的"比"的手法，成功塑造了一个富有浪漫色彩的新颖的"春柳"形象。

写杨柳，该从哪里下笔呢？作者高明之处是先写柳的整体形象，用碧玉去"比"，说一树绿柳是"碧玉妆成"。而碧玉在古代文学作品里，几乎成了年轻貌美的女子的泛称。用碧玉来比喻，人们就会想到这美人还未到丰容盛鬋的年华；这柳还没有到密叶藏鸦的时候，和下文的"细叶"、"二月春风"又有联系。柳既已化身为美人，那"万条垂下绿丝绦"的千条万缕的柳丝，也就变成她的裙带。一起笔就描绘出了春柳楚楚动人的形象，把柳写活了。

最后两句，由看而想，由想而问，顺着思路，作者再次匠心独运，把无形的春风化为具体的形象，比作有形的"剪刀"。至于操持这剪刀的是谁呢？诗人没说，留给读者去猜想。正因为如此，这两句有着极强的艺术感染力，为后人传诵不衰，也给人以艺术的启示。

其三，用于写人，能使对象特点鲜明，生发美感。例如朱庆馀的《近试上张籍水部》：

> 洞房昨夜停红烛，待晓堂前拜舅姑。
> 妆罢低眉问夫婿，画眉深浅入时无。

这首诗又名《闺意献张水部》。表面上写新婚夫妇洞房生活情事，实际上以新妇比自己，新郎比张水部，以公婆比主考官，向张征求对自己作品的意见。有意思的是，这位张水部，投桃报李，也用比喻的手法回了一首诗。题为《酬朱庆馀》：

> 越女新妆出镜心，自知明艳更沉吟。
> 齐纨未是人间贵，一曲菱歌敌万金。

很显然，诗中这位容颜美艳、歌唱动人的采菱姑娘，比的就是朱庆馀。言下之意，朱的应试文章将受到大家的赞赏。朱的担心没有必要。朱的赠诗写得妙，张的酬答也写得好。千载之下，读着它，仍令人心旷神怡，感慨系之。究其原因，用比喻写人叙事是极大的奥妙所在。

其四，用于说理，能使道理透彻易明，别具情趣。例如朱熹的《观书有感二首》：

> 半亩方塘一鉴开，天光云影共徘徊。
> 问渠那得清如许？为有源头活水来。

昨夜江边春水生，蒙冲巨舰一毛轻。

向来枉费推移力，此日中流自在行。

　　从这两首诗的题目看，是谈读书体会的，意在讲道理，发议论，是说理诗。难能可贵的是，作者能避开直陈事理的俗笔，将心得体会寄寓在诗情画意之中，予以艺术的再现，耐人寻味。

　　第一首开头两句，诗人巧妙地借方塘鉴开、云影徘徊的自然景象喻示观书的感受：半亩方塘，地方不大，但它的水很深很清，也只有很深很清，才能反映天光云影，否则就不能反映，或者不能清晰地反映。联系到观书，蕴含着丰富的理性东西。比如，书观得清，思得深，才能驾驭自如，运用起来，做到条分缕析，融会贯通，得心应手，就像"天光云影"在清水之中"徘徊"一样，自得自如，随心所欲。三、四两句，同样是理性认识，寄托于感性形象去描绘。池水之所以"清如许"，正是因为"有源头活水"。这里，"源头"比喻治学要有深厚的知识底蕴，熟读博览，长期积累，水才源远流长，取之不尽，用之不竭。"活水"比喻治学要不断充实自己，不断更新知识，吐故纳新，活水长流，流水不腐。学习也是如此，不断吸收知识的精华，才能永葆旺盛的活力。

　　第二首，可以认为诗人用生动的比喻，描述循序渐进的读书效力。开头两句的比喻告诉我们：学习一旦由量的积累，达到质的飞跃，就会产生巨大的力量。在"春水""巨舰"的关系中，寄寓一个深刻的道理："蒙冲巨舰"，需要大江大海；水源泱泱，自然水涨船高，才不会搁浅，才能自在的航行。治学也是如此，只要刻苦攻读，功底宽厚，就能博大精深，创造成果。后两句，重在抒发他成就事业的由衷喜悦。没有"昨夜"的"春水"生，哪有"此日"的"自在行"。它告诉人们：读书如果揠苗助长，急于求成，将处处受挫；只要遵循规律，不断努力，循序渐进，就一定会得心应手，取得成功。

　　总之，这两首虽是说理诗，但由于作者是从自然界和社会生活中捕捉了形象，让形象本身说话，善于通过具体形象喻写读书的真切感受，揭示生活的真理，所以，不仅把道理讲了，而且讲得明，讲得深，讲得透，讲出了理趣，引人入胜，成为久诵不衰的好诗。

第十二讲 正反对比

这节课，我们讲讲正反对比。

对比，是把相反、相对的两种不同事物或一个事物的两个方面，进行对照比较的一种表达方式。

对比，是由对立的双方构成的。构成对比双方关系是并列的关系，并列的双方内容上矛盾对立，相互对照，不分主次，互为映衬。它的目的在于造成双方的差别更明显，特点更突出，使正者更正，反者更反。

按构成对比的内容来分，可以分为两体对比和一体对比。

先谈两体对比。

两体对比指的是把两种根本对立的事物放在一起进行比较对照，使好的显得更好，坏的显得更坏；大的显得更大，小的显得更小；美的显得更美，丑的显得更丑；强的显得更强，弱的显得更弱；等等。这种对比法在诗中常见，尤其在对偶句中最常见。例如杜甫《自京赴奉先县咏怀五百字》长诗中的名句：

朱门酒肉臭，路有冻死骨。

虽然《孟子》有"狗彘食人食而不知检，途有饿莩而不知发"，《史记·平原君传》有"君之宫婢妾，被绮縠，余粱肉而民衣褐不完，糟糠不餍"，《淮南子》有"贫民糟糠不接于口，而虎狼餍刍豢；百姓短褐不完，而宫室衣锦绣"之类揭露贫富贵贱之间衣食悬殊的话语，而杜甫把这种对比移入自己的诗中，把上层统治阶级的奢侈生活和下层劳动人民的悲惨命运，赤裸裸地展现在读者面前，作了鲜明的对比，情景事理更为鲜明强烈，令人惊心动魄，使人深深地感到现实的不合理性，看到社会矛盾的极端尖锐化，典型地反映了唐代安史之乱前夕的社会危机。

杜甫是很善于运用这种对比手法的。例如他的五律《不见》：

> 不见李生久，佯狂真可哀。
>
> 世人皆欲杀，吾意独怜才。
>
> 敏捷诗千首，飘零酒一杯。
>
> 匡山读书处，头白好归来。

首联，诗的第一句，"李生"指李白，杜甫的朋友。"不见"二字，放开头，表达了渴望见到李白的强烈愿望，又把"久"字放到句末，强调思念时间之长。紧接着第二句，诗人便流露出对李白怀才不遇、因而疏狂自放处境的哀怜和同情。"佯狂"一词，用得极为沉重。古代一些不满现实的人，往往佯狂避世，远害全身。像春秋时的接舆，李白就曾自命"我本楚狂人，凤歌笑孔丘"，并常常吟诗纵酒，笑傲公侯，以狂放不羁的态度来抒发自己的悲愤心情。一个有着远大抱负的人却不得不"佯狂"，是多么悲哀啊，"真可"二字修饰"哀"，真切地传达出无限的叹惋和同情的心事。

这种感情在颔联中得到进一步展现。"世人皆欲杀，吾意独怜才"，这两句用的是"反对"，产生了强烈对比的艺术效果。"世人"指统治集团中的人。永王璘一案，李白被牵连，这些人叫嚷着要将李白处以极刑。"怜"承接上句的"哀"而来，"怜才"不仅是指诗歌才能，当然也包含了他对李白政治上蒙冤受屈的同情。杜甫也因曾经上疏救房琯而被逐出朝廷，不也是"世人"的不公吗？"怜才"也是怜己。共同的遭遇使两位挚友的心紧密地连在一起。

颈联勾勒出一个诗酒飘零的浪漫诗人形象。杜甫想象李白在漂泊中以酒相伴，酒或许能浇其块垒，慰其忧愁，更深一层地抒发了怀念挚友的绵绵情思。

深情的怀念最后化为热切的呼唤，"匡山读书处，头白好归来"，希望他叶落归根，终老故里。真切的呼唤表达了对老友的深长情意。就章法而言，开头慨叹"不见"，结尾渴望相见，首尾呼应，使全诗显得异常完美。又例如唐代李约的《观祈雨》：

> 桑条无叶土生烟，箫管迎龙水庙前。
> 朱门几处看歌舞，犹恐春阴咽管弦。

诗仅四句。首句先写严重的旱情，这是求雨的原因。因为干旱的影响，养蚕的桑叶没有了，只见枯条，只能见干得冒烟的"土"。第二句的"水庙"，就是指龙王庙，是古代祈雨的场所。"箫管迎龙"正是祈雨的情形；人们表演娱神的节目，但人们的内心是焦虑的。

诗的后两句写了两种场面，形成强烈的对照：水庙前无数的百姓，吹吹打打，恭迎龙神；而少数"几处"豪家，却在这时品味管弦，欣赏歌舞。一方是唯恐不雨，一方却"犹恐春阴"。而恐不雨者，是关系生死攸关的生计；而"犹恐春阴"者，则仅仅是怕丝竹受潮，声音不动听而已。这样一方是深重的殷忧和不幸，另一方却是荒嬉与闲愁。这样的对比，仿佛告诉人们：世道竟然如此不平啊……

由此，不由让人又想起《水浒传》中的那首著名的民歌：

> 赤日炎炎似火烧，野田禾稻半枯焦。

农夫心内如汤煮，公子王孙把扇摇。

这首民歌，在主题和表现手法上与《观祈雨》都非常接近，深刻揭露了封建社会尖锐的阶级矛盾，对比鲜明，讽刺有力。不过，二者也有所不同。民歌的语言明快泼辣，对比的方式直截了当；而李约的《观祈雨》，语言含蓄曲折，对比的手法较为委婉。

以上几首诗是人与人的对比，还有物与物的对比。例如唐代唐备的《失题二首·其一》：

天若无雪霜，青松不如草。

地若无山川，何人重平道。

青松和草的对比，山川和平道的对比，意在比喻人的两种品质和性格，只是不把比喻的对象内容点明。又例如于濆的《对花》诗：

花开蝶满枝，花落蝶还稀。

惟有旧巢燕，主人贫亦归。

这首诗以蝶和燕对比，蝴蝶采花，花谢而去，暗喻爱富嫌贫的人；燕子就不同了，主人虽然贫穷，到第二年依然飞回主人的家里，以燕子喻不嫌贫穷的人。对比的运用，褒贬鲜明，引人深思。

下面讲一体两面对比。

把同一事物中矛盾对立的两个方面放在一起来说，能把事物说得更全面，更深透。诗词中，这种对比法，以叙述个体事状情感最为常见。例如孟宾于的《公子行》：

　　锦衣红夺彩霞明，侵晓春游向野庭。

　　不识农夫辛苦力，骄骢蹋烂麦青青。

　　这首诗揭露富家公子在春游中，纵马踏坏麦苗的恶劣行为。首二句描写公子穿上比彩霞还鲜艳的锦衣，一大早就兴致勃勃地骑马去野外春游，字里行间透露出其人的奢华与权势。

　　后两句紧切公子的身份，来揭露其骄纵行为。他们过的锦衣玉食的寄生生活，哪里懂得农民的辛苦和稼穑的艰难，所以"骄骢蹋烂麦青青"。"骄骢"是骄纵不顺的马，"骄"，既指马骄，也指人骄。他们只顾在田野上纵马狂奔，兜风赏景，全然不顾百姓地里的庄稼，把踩烂麦苗视作儿戏。

　　这诗前面以火红的彩霞、明媚的春光，描绘了一幅春景图画；后面勾画的，则是一片马蹄踏过的麦田、青青麦苗被踩烂的景象。前后形成鲜明的对比。在彩霞春光的映衬下，后面的残破景象更显得伤心惨目。这种鲜明对比所产生的艺术效果，自然会激起读者对这位贵族少爷的憎恶和感慨。又如李商隐的《柳》：

　　曾逐东风拂舞筵，乐游春苑断肠天。

　　如何肯到清秋日，已带斜阳又带蝉。

　　诗的前两句追忆柳在春日的情景：随风轻扬，吹拂舞筵，这是写柳之乐；后两句写眼前的柳在秋日的情形：斜阳冷照，寒蝉鸣条，写柳之衰。春柳的繁盛，反衬秋柳的枯寂。这种强烈的对比描绘，写出了秋柳的衰落悲凉的命运。诗虽借柳自伤迟暮，但就写柳本身而言，对比手法的运用，使得柳的特征更加鲜明，令人触目难忘。又如李商隐他的另一首律诗《富平少侯》：

七国三边未到忧，十三身袭富平侯。

不收金弹抛林外，却惜银床在井头。

彩树转灯珠错落，绣檀回枕玉雕锼。

当关不报侵晨客，新得佳人字莫愁。

题目"富平少侯"指汉代的张放。他是被封为富平侯张安世的孙子，但诗中的富平侯是个假托性的人物，作者意在托汉讽唐。

首联，第一句"七国"喻指藩镇割据叛乱，"三边"指边患，"未到忧"即未知忧，先指出不知国家忧患为何物。次句点醒"十三"袭位，有力地显示出童昏无知与身居尊位的尖锐矛盾。这种逆笔取势的开头写法，往往和作者所要突出强调的意旨密切相关。

颔联写少侯的豪侈游乐。"不收金弹"用韩嫣事。《西京杂记》载：韩嫣好弹，以金作弹丸，所失者日有十余。儿童闻嫣出弹，常随之拾取，显示出十足的豪奢。而下句，则又写他对放在井上未必贵重的辘轳架，倒颇有几分爱惜，从鲜明的对比中写出了他的无知任性。贵公子憨态特点的传神描写，讽刺中流露出耐人寻味的幽默。

颈联写其室内陈设的奢华：华丽的灯柱上环绕着层层灯烛，像明珠交相辉耀；檀木的枕头回环镂空，就像精美的玉雕。尾联写少侯的荒淫好色：守门的人，不给清晨到来的客人通报，因为少侯新得一佳人名叫莫愁。这里的"莫愁"也是假托。特借"莫愁"，关合首句的"未到忧"，以讽刺少侯沉湎女色，不忧国事；言外又暗讽其有愁而不知愁，势必带来更大的忧愁。笔致多么尖刻冷峭，耐人寻味。

上面所讲的不管是两体对比，还是一体两面对比，对比的两个方面都是清楚明白的，尽管是比喻性的，也往往稍微一想就能明白，可以称之为"显性对比"，还有一种对比是推理式的，可以称之为"隐性对比"。这种对比，没有将对比双方的情况都列出来，对比两方面都有因有果，往往只到一半。情理本该如此，而实际却正相反。情理和实际形成对比；这情又并不是直接表现出来的，而只写出条件，由读者去推而思之，得其道理。在古典诗歌中，常常用这种推理对比来揭露不合理的社会现实，既引人深思，同时又激发人们的感情。例如宋代梅尧臣《陶者》诗：

> 陶尽门前土，屋上无片瓦。
>
> 十指不沾泥，鳞鳞居大厦。

陶者，即是制作瓦片的人，按道理讲，应该住瓦屋才是，实际上是屋上一片瓦也没有，只能是茅棚草屋；十指不沾瓦泥的不劳者，理应住无片瓦，实际上却是居高楼大厦。这两种推理对比放在一起，就构成了陶者和不沾泥者两种情况的鲜明对比。又如大家熟悉宋代张俞《蚕妇》一诗：

> 昨日入城市，归来泪满巾。
>
> 遍身罗绮者，不是养蚕人。

不是养蚕人，按理不该穿罗绮，而实际上却穿上罗绮。两者一对比，孰是孰非，发人深思。又如李绅《悯农二首·其一》：

> 春种一粒粟，秋收万颗子。
>
> 四海无闲田，农夫犹饿死。

诗一开头，以"一粒粟"化为"万颗子"，具体而形象地描绘了丰收情形，用"种"和"收"，赞美了农民的劳动，从"一"和"万"对比中，洋溢着一种获得感。第三句推而广之，展现出四海之内，荒地变良田，和前两句联系起来，便构成到处硕果累累、遍地"黄金"的生动景象，表现出广大农民的巨大贡献和无穷力量。但是，且慢，结果展示的却是这样的景象："农夫犹饿死"！勤劳的农民通过他们的双手获得了丰收，而他们自己呢？不还是两手空空，惨遭饿死。诗中揭示残酷的现实，迫使人们不得不去思索：是谁制造了这人间悲剧？答案当然很清楚。诗人把这一切放在幕后，让读者去寻找，去思索。

第十三讲 纵横衬托

上一讲，讲的是正反对比，正反对比，往往是各自独立的，虽有侧重，但并非主从。接下来，我们讲衬托。

衬托是利用事物之间的相关、相似和反差，用其他事物来衬托所讲的主体事物。它既是修辞手法，也是表达技巧。

衬托，必然涉及主体事物和用来作陪衬的事物。由主体事物决定选用作陪衬的事物。主体事物是作者最要描述的最要突出强调的，是作者的目的所在。而为了能使主体事物获得突出的效果，便有意识地根据突出主体事物的需要，而选用作陪衬的事物。主体事物和陪衬事物的事物，可以是单项，也可以是多项。事物的具体内容可以是景，也可以是物，可以是人，也可以是情。其运用的方法有时是单层的，有时是多层的。有的从正面进行，有的从反面进行，有的从正反面进行。具体的表达方式多种多样，如以景衬情，以此景衬彼景，以此物衬彼物，以此人衬彼人等。

衬托，根据主体和衬体之间的不同意义关系，分为正衬和反衬。

我们先讲正衬。

正衬，是指衬体和主体的意义联系一致，衬体对主体在某个方面起烘云托月的作用，从而使得主体的特征，更加鲜明，更加突出。例如王昌龄的《长信秋词五首·其一》：

金井梧桐秋叶黄，珠帘不卷夜来霜。

薰笼玉枕无颜色，卧听南宫清漏长。

　　这是一首宫怨诗。诗人采取以景衬情的手法，写一个被剥夺了青春、自由和幸福的少女，在凄凉寂寞的深宫中，形单影只、卧听宫漏的情景，感人至深。

　　诗只有四句，总共二十八个字，按说，即令字字都写怨情，恐怕也不能写出她的怨情于万一。但是，作者竟然把大部分的笔墨用来描述景物，只到最后一句才点到人物。显然，作者并非为了写景而写景，它们是为最后出场的人物服务的，以景衬情，以景衬人。四句诗，情景融合为一体，很好地衬托了人物，表现出她的怨情。

　　诗，题为《秋词》，它的首句就以井边梧桐、深秋黄叶破题，同时起了渲染环境、烘托气氛的作用。一开始就把读者引入一个萧瑟冷寂的环境之中。第二句更以珠帘不卷、寒夜露重表明时间已是深夜，从而把这一环境描写得更为凄凉。第三句，接着视线转向室内。室内又如何呢？本来，室内可写的景物自然很多，而作者只选取了两样用具，一件是薰笼，一件是玉枕。写薰笼，是为了进一步烘托寒夜的气氛；写玉枕，能使人联想到枕上不眠之人的孤单。

　　最后，我们终于在薰笼旁边、玉枕之上看到了一位孤寂无眠的少女。看到她听"南宫清漏"嘀嗒嘀嗒下落，发出令人心碎的凄凉的声音，由此，也更真切地体会到这个宫女的凄苦的心情。再例如杜甫的《登高》：

风急天高猿啸哀，渚清沙白鸟飞回。

无边落木萧萧下，不尽长江滚滚来。

万里悲秋常作客，百年多病独登台。

艰难苦恨繁霜鬓，潦倒新停浊酒杯。

此诗是杜甫大历二年（767）秋在夔州时所写。全诗通过登高所见秋江景色，倾吐了诗人长年漂泊、老贫孤愁的复杂感情，慷慨激越，动人心弦。清人杨伦称此诗为"杜集七言诗第一"（《杜诗镜铨》），明代的胡应麟更推重此诗精光万丈，是古今七言律诗之冠。

诗的前四句写登高见闻。首联对起，"风急""天高""渚清""沙白""猿啸""鸟飞"，天造地设，自然成对；而且还有句中自对，上句的"天"对"风"，"高"对"急"；下句"沙"对"渚"，"白"对"清"，读来很有节奏感。一开头，就写成千古流传的名句。

颔联乃千古名句，大气磅礴。诗人极力表现夔州秋天的富有典型特征的景象。诗人仰望茫无边际、萧萧而下的树叶，俯视奔流不息、滚滚而来的江水，在写景的同时，便深沉地抒发了自己的情怀。"无边""不尽"，使"萧萧""滚滚"更加形象化，不仅使人联想到落木之声，长江汹涌之状，也无形中传达出韶光易逝、壮志难酬的喟感。

前两联集中写景，直到颈联，才点出"秋"字。秋天不一定可悲，只是诗人目睹苍凉的秋天，不由想到自己沦落他乡、年老多病的处境，因而生出无边的悲绪。"独登台"则表明诗人在高处远眺，这就把眼前景和心中情联系在一起了。"常作客"，指出了诗人漂泊无定的生涯。"百年"，本喻有限的人生，此处指暮年。"悲秋"两字写得沉痛，而诗人把久客最易悲秋、多病独爱登台的感情，概括在这一联之中，使人深深地感到了他那沉重跳动的脉搏。值得注意的是，这一联空间上的"万里"，时间上的"百年"，和上一联的横看的"无边"和纵看的"不尽"更有着相互呼应、正面烘托的作用：诗人的羁旅之愁和孤独之感，就像落叶和江水一样，"排泄不尽，驱赶不绝"（陶道恕），情有景托，情更深沉；景有情托，景更感人。景是哀景，情是哀情，意义方向上联系一致。情与景交相融合，极有韵致，正衬手法发挥了重要作用。

尾联对结，并分承五六两句。诗人备尝艰难潦倒之苦，国难家仇，使自己白发日多，再加上因病断酒，悲愁就更难排遣。千古之后令人感喟不已。

用来衬托的句子可以在前，也可在后，还可以前后两可。例如戴叔伦的《过三闾庙》：

> 沅湘流不尽，屈子怨何深。
> 日暮秋风起，萧萧枫树林。

三闾庙，是奉祀春秋时期楚国的三闾大夫屈原的庙宇。司马迁论屈原时说："屈平正道直行，竭忠尽智，以事其君，谗人间之，可谓穷矣。信而见疑，忠而被谤，能无怨乎？"（《史记·屈原列传》）这首诗正是围绕一个"怨"字，抒发对屈原的感怀。

诗以沅湘两条江流开篇，既是即物起兴，也是比喻：沅水湘江，江流不尽，有如屈子千年不尽的怨恨。骚人幽怨，又何以形容？好似沅湘深沉的流水。前一句的"不尽"，写愁之绵长；后一句的"何深"，表怨之深重。开头两句，将屈子的一生忠愤写得何等形象深刻！

那么，屈子为什么怨？怨什么呢？诗人自己的感情态度又怎样呢？诗人并没有全部写出，只是运用衬托手法，描绘一幅特定的形象的图景，引导读者去思索。"袅袅兮秋风，洞庭波兮木叶下"，"湛湛江水兮上有枫，目极千里兮伤春心"。这是屈原《九歌》和《招魂》中的名句。诗人抚今追昔，借来化为诗的结句："日暮秋风里，萧萧枫树林"。季节是"秋风起"的秋天，具体的时间是"日暮"，景象是"枫树林"，加上"萧萧"这一象声叠词的运用，更觉幽怨不尽，情伤无限。这种写法，称为"以景结情"，从表达技巧上说，不也正是正面衬托在结尾中的运用吗？

现在接着讲反衬。

前面在讲正衬的时候说过：正衬的衬体和主体的意义联系一致，衬体从正面衬托本体。而反衬，衬体和主体的意义联系不一致，衬体是从相反的方向对主体起突出作用，衬体从反面衬托主体。反衬，在诗词作品中用得极其普遍。有人认为：反衬比正衬更有力量。《诗经·小雅·采薇》写守边士兵的劳苦。士兵出征时心里是愁苦的。诗人写道："昔我往矣，杨柳依依。"用杨柳在春风中依依飘荡的美好来反衬士兵的愁苦。春天是欢乐的季节，士兵却在这时被迫出征，所以加倍显得愁苦。士兵回来时是愉快的，诗人写到："今我来思，雨雪霏霏。"在雨雪中赶路是苦的，用苦景反衬愉快的心情，见到士兵急于回家而不顾雨雪忙着赶路，加倍显出心情的愉快。正因为如此，所以王夫之在他的《姜斋诗话》上说："以乐景写哀，以哀景写乐，一倍增其哀乐。"大家想想，是不是这么回事？

下面谈谈反衬在几首诗中的运用。先看杜审言的《渡湘江》：

> 迟日园林悲昔游，今春花鸟作边愁。
>
> 独怜京国人南窜，不似湘江水北流。

这是一首即景抒情之作，是他在流放边疆的途中写的。诗的首句，是因眼前春光，回忆起往昔的春游。当年春日迟迟，园林如绣，该是心旷神怡的。而这里忆昔游时却用了一个"悲"字。这个悲，是今天的悲，是从今天的悲追溯昔日的乐。"昔游"的乐反衬出今日的悲。用现在的情移过去的境，为昔日的欢乐注入今天的悲伤之情。

诗的第二句，"今春花鸟作边愁"，是从昔游的回忆写到今春的边愁。鸟语花香本能令人欢乐，可是这景物在诗人心目中，只构成远去边疆的哀愁。从艺术手法上说，"花鸟"与"边愁"，既形成对比也是从反面来衬托边愁。

诗的第三句，是全诗的中心，起承上启下的作用。写明远离京城，正在"南窜"途中。最后一句"不似湘江水北流"，提到湘江，点破诗题。

而又以"水北流"来烘托"人南窜",也是用反衬对比手法来加强诗的中心内容。与杜审言这句诗写法近似的,有他的孙子杜甫《春望》诗中的"感时花溅泪,恨别鸟惊心"一联,以花鸟可娱之物来写"感时"、"恨别"之情,采用的不也是反衬手法的吗?由此可见,这首诗的艺术特色和积极影响了。

下面就讲讲杜甫《旅夜书怀》这首诗:

> 细草微风岸,危樯独夜舟。
> 星垂平野阔,月涌大江流。
> 名岂文章著,官应老病休。
> 飘飘何所似,天地一沙鸥。

诗的前四句描写"旅夜",后四句写的是"书怀"。第一、二句写近景:微风吹拂着江岸上的细草,竖着高高樯杆的小船,在月夜孤独地停泊着。通过写景,展示他的境况和情怀:像江岸细草一样渺小,像江中孤舟一样寂寞。第三、四句写远景:明星低垂,平野广阔;月随波涌,大江东流。这两句写景,雄浑阔大,为人称道。诗人写了辽阔的平原、浩荡的大江、灿烂的星月,正是为了反衬出他孤苦伶仃的形象和愁苦无告的凄怆心情。这就是乐景写哀情的艺术手法啊!

第五、六句说,有点名声,哪里是因为我的文章好呢?做官,倒是因为年老多病而退休。这是反话,表达含蓄。诗人素有远大的抱负,但长期被压抑而不能施展。因此声名竟然因了文章而著,这实在不是他的情愿。最后两句说,飘然一身像个什么呢?不过像广阔的天地间一只小小的沙鸥罢了。诗人即景自况,以抒悲怀。天地广阔,一鸥渺小;水天空阔,沙鸥飘零;人似沙鸥,转徙江湖。这里有比喻,有对比,有反衬,情景交会,深刻地表现了诗人内心漂泊无依的感伤。真是字含酸泪,感人至深。下面再看元稹的《行宫》一诗：

> 寥落古行宫，宫花寂寞红。
>
> 白头宫女在，闲坐说玄宗。

"这首短小精悍的五绝，具有深邃的意境，富有隽永的诗味，倾诉了宫女无穷的哀怨之情，寄托了诗人深沉的盛衰之感。"这段话是林东海先生说的。他还说：诗人塑造意境，艺术上主要运用了两种表现手法。一是"以少总多"。并指出：四句诗，首句指明地点，是一座空虚冷落的古行宫；次句暗示环境和时间，宫中红花盛开，正当春天季节；三句交代人物，几个幸存下来的老宫女；末句描写动作，宫女们正闲坐无聊，回忆谈论天宝遗事。二十个字，地点、时间、人物、动作，全都表现出来了，构成了一幅非常生动的画面。

林先生指的另一个表现手法是以乐景写哀。下面都是他老先生说的话，我直接把它引用出来，以利大家节省翻阅的时间。他说：

我国古典诗歌，其所写景物，有时从对立面的角度反衬心理，利用忧思愁苦的心情同良辰美景之间的矛盾，以乐景写哀情，却能收到很好的艺术效果。这首诗也运用了这一手法。诗所要表现的是凄凉哀怨的心境，但却着意描绘红艳的宫花。红花一般是表现热闹场面，烘托欢乐情绪的，但在这里，却起了很重要的反衬作用：盛开的红花和寥落的行宫相映衬，加强了时移世迁的盛衰之感；春天的红花和宫女的白发相映衬，表现了红颜易老的人生感慨；红花美景与凄寂心境相映衬，突出了宫女被禁闭的哀怨情绪。红花，在这里起了很大的作用。这都是利用好景致与恶心情的矛盾，来突出中心思想，即王夫之《姜斋诗话》所谓"以乐景写哀，一倍增其哀"。

最后，我们谈谈杜牧的《题桃花夫人庙》这首七绝：

> 细腰宫里露桃新，脉脉无言度几春。
>
> 至竟息亡缘底事，可怜金谷坠楼人。

桃花夫人是春秋时息国的息君夫人，故又称息夫人。据古书记载，因蔡哀侯向楚王称赞了息夫人的美，导致楚灭息。息夫人被掳进楚宫，后来还生了两个孩子，但她始终不说话。她的无言的抗议，在旧时被传为美谈。唐时还有祭祀她的"桃花夫人庙"。

开头一联，用诗歌形象概括息夫人的故事。"细腰宫"即楚宫，"露桃新"意味春来，暗示时光易逝；"无言"是息夫人故事的情节，加上"脉脉（含情）"表达出夫人对故国故君的思念和失身的痛苦。两句中，桃花与桃花夫人，景与情，物与人，水乳交融，意境优美，诗味隽永。

诗人同情息夫人吗？没有！到第三句，突然一转，由脉脉含情的描述转为冷冷一问：到底息国灭亡是因为什么事呀？息亡不正是因为夫人的美貌吗？她的隐忍苟活，纵然无言，又怎能无咎无愧？诗到此，引出另一个女人来。那就是晋代富豪石崇家的乐妓绿珠。权贵孙秀因向石崇求绿珠不得，矫诏收崇下狱。临捕时，石崇对绿珠叹道："我今为尔得罪。"绿珠含泪回答："当效死于君前。"于是坠楼而死。相形之下，绿珠临死不屈的刚烈反抗，使得息夫人就显得懦弱了。这里对绿珠既无一赞，对息夫人也无一贬，只是一声深沉的感叹："可怜金谷坠楼人"！"金谷"是石家名园。诗中的褒贬尽在其中。由此不难看出，绿珠的死，反衬出息夫人的不死。高下自见，而表达蕴藉，令我们深长思之，至为感动。

第十四讲　宾主引衬

上两讲，我们讲了正反对比和纵横衬托，今天，我们讲宾主引衬。

应该说，引衬跟衬托极为相似，也可以说它是衬托的一种。而实际上，对比、衬托、引衬之间还是有不同之处的。将引衬与衬托区分开来讲，不管是理解还是运用，都有它的方便之处和必要之处。

所谓宾主引衬，顾名思义，就是宾由主引，主引宾衬。为了突出某一事物，而将由该事物引发的相关的、相似的事物，进行陪衬和烘托。王夫之在他的《姜斋诗话》里讲过这样一段话：

> 诗文俱有宾主。无主之宾，谓之乌合。俗论以比为宾，以赋为主，以反为宾，以正为主，皆塾师赚童子死法耳。立一主以待宾，宾无非主，主宾者乃俱有情而浃洽。若夫"秋风吹渭水，落叶满长安"，于贾岛何与？"湘潭云尽暮山出，巴蜀雪消春水来"，与许浑奚涉？皆乌合也。"影静千官里，心苏七校前"，得主矣，尚有痕迹。"花迎剑佩星初落"，则宾主历然，熔合一片。

贾岛那两句出自于他的《忆江上吴处士》的五言律诗。诗是为忆念一位到福建一带去的姓吴的朋友而作的。首联"闽国扬帆去，蟾蜍（指月）亏复圆"，是说朋友坐着船去福建，很长时间了，却不见他消息。接下来就是那两句话。王夫之认为这两句和贾岛没有关系，其实是有作用的。

当日送友人时还没到秋天，如今长安郊外的渭水吹起秋风，自然想到分别的情形，至少有渲染环境气氛的作用。许浑那两句，出之于他的《春日思旧游寄南徐从事刘三复》，回忆同刘三复往日各地游览的情景，那一联写的就是湘潭、巴蜀的游踪。王夫之认为这两句和许浑无涉，很显然这是有直接关系的，而且是他的得意之作，所以在《凌歊台》中也用了它。"影静千官里，心苏七校前"，出自于杜甫《自京窜至凤翔喜达行在所三首》的第三首。写的是杜甫从安史叛军所占的长安逃出，安全到达肃宗身边，担任左拾遗的官职。置身千官朝班，旁有七校武士，没有杀身威胁，充满复兴希望，自然觉得平静而心苏。这两句诗把情和景结合了起来，所以王夫之认为杜甫"影静"两句表现得情深而且宏博，"得主矣"。但他还嫌"尚有痕迹"，没有达到情景交融、浑化无迹的境地。"花迎剑佩星初落，柳拂旌旗露未干"两句是岑参《和贾至舍人早朝大明宫作》一诗的第三联。写的是清晨朝中的情景。"花迎剑佩""柳拂旌旗"，能为晓色传神，还能借以为朝官抒情，景生情，情生景。"宾主历然，融合一片"（王夫之语）。

王夫之讲的主宾关系，是情与景关系，是要所写的景物直接寄寓着作者的情意，否则景物就成了"无帅之兵"，谓之"乌合"。这跟我们上一讲讲的衬托，更为接近，跟今天讲的"引衬"距离要远些。

用来衬托的事物，可以是单项，也可以是多项。事物的具体内容可以是人，也可以是物，也可以是景，也可以是情。

引衬手法，古典诗歌，运用还是比较多的。常见的有两种类型，一种是写实的，也就是把人的活动和生活现象，引来衬主；一种是浪漫的，也就是他把自然界的景物及其幻象引来衬主。

下面先讲写实型引衬方法。例如，大家熟悉的汉乐府名篇《陌上桑》前面一段：

诗法三十六讲

> 日出东南隅，照我秦氏楼。
>
> 秦氏有好女，自名为罗敷。
>
> 罗敷喜蚕桑，采桑城南隅。
>
> 青丝为笼系，桂枝为笼钩。
>
> 头上倭堕髻，耳中明月珠。
>
> 缃绮为下裙，紫绮为上襦。
>
> 行者见罗敷，下担捋髭须。
>
> 少年见罗敷，脱帽著帩头。
>
> 耕者忘其犁，锄者忘其锄。
>
> 来归相怨怒，但坐观罗敷。

这一段，只简单地写了罗敷爱劳动和打扮，并没有多施笔墨，写罗敷的脸蛋如何漂亮，眼睛如何传神，头发如何乌亮，身段如何匀称，只是把由罗敷引起的各种旁观者所产生的影响，简约地勾画出来，虽简约，却生动：挑担赶路的人看见罗敷，放下担子，捋着髭须；少年看见罗敷，不知不觉地摘下帽子，露出了帩头（包头发的纱巾）；耕地的人看见罗敷，忘记耕地；锄草的人看见罗敷，忘记锄草。这些人因为见了罗敷，把活计都耽误了，回家还生气自己的妻子长得不好看。

在这里，罗敷的美是主，各种人看罗敷的表现是宾。他们的状态都是罗敷的美引起的，这就把罗敷的美丽形象，非常生动地突出来了。不写主体，而主体突出。曹植《美女篇》表现美女的美貌，写道："行徒用息驾，休者已忘餐。"走路的人，因为被美女吸引，因而停下来不走；休息的人，该用餐了，因为看美女看入了神，因而忘记了吃饭。这种宾主引衬的方法，可以看出是直接从汉乐府《陌上桑》继承下来的。又例如唐诗，李益的《从军北征》：

天山雪后海风寒，横笛遍吹行路难。

碛里征人三十万，一时回首月中看。

这里是一个壮阔而又悲凉的行军场景，极富有感染力。这是因为，作者善于运用独特的敏锐的观察力，从远征途中无数的题材中选取了一个动人的画面，并以宾主引衬的诗笔写成诗篇。首句"天山雪后海风寒"，只七字，地域、时令、气候，交代明白。接下来，虽然没写行军如何的艰难，只用"横笛遍吹行路难"一句，折射出征人的心情。为什么这么说呢？王昌龄《变行路难》中有"向晚横吹悲"的句子。《乐府解题》中说，他的内容兼及"离别悲伤之意"，何况这里还是"遍吹"。想象一下那此吹彼和、响彻夜空的合鸣，只把读者带进一个悲中见壮的境界。

诗的后两句"碛里征人三十万，一时回首望长安"，在边塞的三十万兵士，听到《行路难》的笛声，却回头望月思乡。三十万兵士望月的状态是"宾"，它是由笛声引起的，其作用是突出笛声的感人。突出了笛声，也就突出了这首诗所要表现的从征艰难的主旨。我们还知道，李益还有《夜上受降城闻笛》的绝句：

回乐烽前沙似雪，受降城外月如霜。

不知何处吹芦管，一夜征人尽望乡。

这首诗的手法，大家看，是不是差不多。由此不难看出，描写音乐感人，运用写实的引衬手法，是能产生很好的艺术效果的不错的选择，只要不胶柱鼓瑟、固守不化就好。

下面谈浪漫型的宾主引衬法。先看唐代诗人胡令能的《观郑州崔郎中诸妓绣样》：

日暮堂前花蕊娇，争拈小笔上床描。

绣成安向春园里，引得黄莺下柳条。

这是一首赞美刺绣精美的诗。首句静态写物，次句动态写人：落日的霞光，宽敞的庭院，娇美的花蕊，众物争美。一群绣女，正竞相拈取小巧的画笔，在绣床上写生，描取花样。三、四句写绣成绣品的精美，巧夺天工：把绣好后的绣屏风，安放到春光烂漫的花园里去，虽是人工，却足可以假乱真。你看，黄莺却上当了，纷纷离开柳枝，向屏风飞来。乱真的效果，表明绣女的心巧手巧。不言绣女，而绣女自出；不言女红之巧，而工巧自见，创造了动人的情趣。之所以如此，是引衬手法运用得恰到好处。又例如李益的《听晓角》：

边霜昨夜堕关榆，吹角当城汉月孤。

无限塞鸿飞不度，秋风卷入小单于。

正如有学者指出的那样："这首诗旨在写征人的边愁边思，但诗中只有一片角声在回荡，一群塞鸿在盘旋，既没有明白表达征人的愁思，甚至始终没有让征人出场。诗篇采用的是镜中取影法，从角声、塞鸿折射出征人的处境和心情。它不直接写人，而人在诗中；不直接写情，而情在篇外。"（陈邦炎语）

这里所说的"镜中取影法"，指的是不描形体，描写它的影子，通过影子来显出形体，因为影子是由形体引发产生的，所以，取影就是引衬。

诗的前两句以环境气氛烘托角声，点明这片角声响起的地点是边关，季节是深秋，时间当是破晓。两句只是写景，写角声。但这是以没有出场的征人为中心，写他的所见所闻，而字里行间却透露出他的所感。直到"无限塞鸿飞不度，秋风卷入小单于"一出，一切都明白：长期身在边关的李益，深知边声，能体会出边声的笛声、角声等是怎样拨动征人的心弦、牵动征人的愁思的。前边讲的他的《从军北征》和《夜上受降城闻笛》两首绝句的后两句，都是从笛声写到听笛的征人，以及由此触发的情思和引发的反应。这首《听晓角》诗，也从音响着眼下笔，但在构思和手法上另有其巧。它不从角声写到倾听角声的征人，并进而道出他的感受，诗人的视线仍然停留在寥廓的秋空，从天边的孤月移向一群飞翔的鸿雁。这里，诗人目迎神往，运用夸张的浪漫诗笔，想象和描写这群从塞北飞到南方去的候鸟，听到秋风中传来画角吹奏的《小单于》曲，也深深为之动情，因而在关上低回流连，盘旋不度。雁犹如此，人何以堪，征人的感受就不必再叙述了。这就是引衬产生的艺术效果。

李商隐有一首七律《筹笔驿》：

> 猿鸟犹疑畏简书，风云常为护储胥。
> 徒令上将挥神笔，终见降王走传车。
> 管乐有才原不忝，关张无命欲何如？
> 他年锦里经祠庙，梁父吟成恨有余。

筹笔驿在四川广元县北，相传三国时蜀汉诸葛亮伐魏，曾驻此筹划军事。作者以此为题，其实是吊古咏怀的诗篇。诗写诸葛亮之威、之智、之才、之功，颂其威名，钦其才智；同时借以寄托遗恨，抒发感慨。今天在这里不打算铺开细讲，主要谈谈这首诗首联在表现手法的独到之处——宾主引衬之法，其余大家课后自由讨论。

"猿鸟犹疑畏简书，风云长为护储胥。"首句说，猿（一本作鱼）和鸟都畏惧诸葛亮的军令，说明军威尚存；次句说，风云还在护卫诸葛亮的营垒，说明仍有神助。这里没有直接刻画诸葛亮，只是通过猿鸟风云的表现，在作者浪漫主义的想象中，是由诸葛亮引起的反应，这就是"宾"，用以突出诸葛亮这个"主"。这些作为宾的自然景物，具有人的某些特性，是拟人化的，更有浪漫主义色彩。用这种宾主引衬的手法表现诸葛亮的军威，收到了极好的艺术效果。

运用宾主引衬的手法的诗例还有很多，就不一一细说了。这里回过头来讲一讲这种宾主引衬法的特点，主要有三：

第一，宾是由主直接引发出来的。主引来了宾，宾服务于主。两者具有因果关系。像在《陌上桑》这首诗中，罗敷的美貌直接引来各种人，行人"下担"，少年"脱帽"，耕者忘耕，锄者忘锄，他们的动作以及回家的表现都是由罗敷的美貌引起的；没有罗敷的貌美，就不会出现他们的表现。当然写宾，并不是为了表现宾，写这几种人的表现，不是为了表现这些人，而是为"主"服务的，一切都是为了突出罗敷的美。

第二，不写主而主突出。《陌上桑》没有直接刻画罗敷的五官形貌，没有说罗敷有沉鱼落雁之容，闭月羞花之貌，更没有写脸似什么，眉似什么，口似什么，眼似什么之类的俗套，却将罗敷的美丽动人非常突出地表现出来了。在《咏绣障》中，并没有写绣女这个主，也没有写她们的绣技如何了得，这是将她们的绣品"安向春园里"，却能以假乱真，"引得黄鹂下柳条"。这样出奇的结果，比说出绣品精美，绣女技术高超要突出得多。不言绣女，而绣女自出；不言女工之巧，而工巧自见。

第三，宾主之间有夸张色彩。在现实生活中，有的看见美女出神是有的，但像《陌上桑》所写的那些人的状态，似乎很少，那显然是夸张了的。《筹笔驿》中，尽管说诸葛亮威重，智强，才高，功大，而能使猿鸟畏惧其军令，让风云护卫其营垒，首先就是一种浪漫想象，一种拟人写法，自然也就带有夸张色彩。

第十五讲　艺术夸张

这节课，我们讲艺术夸张。

杜甫写了一首《古柏行》，描述诸葛亮庙里的古柏树，里面有两句说："霜皮溜雨四十围，黛色参天二千尺。"宋朝一位很博学的学者沈括，在《梦溪笔谈》卷二十三注意了杜诗中的数字，加以计算，而后提出非议说："四十围乃是径七尺，无乃太细乎……此亦文章之病也。"他认为直径七尺的树木不可能二千尺高，比例失调，批评杜甫的语病。

另一位科学家范镇《东斋记事》卷四说："杜工部云'黛色参天二千尺'，其气盖过，今才十丈。古之诗人好大其事，率如此也。"他是说他到武侯庙实地观测，古柏不过十丈高，杜诗言过其实。

两位学者，沈括通过算术计算，认为比例失调，不合理；范镇通过实地观测，古柏不过十丈高，认为不真实。

也有为杜甫辩解的。宋代又一位学者黄朝英的《靖康湘素杂记》说："古制以围三径一，四十围即百二十尺，即径四十尺矣，安得云七尺也？武侯庙柏从古制为定，则径四十围，其长二千尺宜矣。岂得以为太细之乎？"

宋朝又一位学者赵次公，则从《均州图经》和《太平寰宇记》两书中寻找根据，说明这两书确有大四十围、高二千尺的柏树的记载，证明杜诗的描写有来历出处，不应指责为不真实。

这四位学者争论的焦点，是杜甫描写的古柏的圆周和长度的尺寸究竟是否科学，他们用纯科学性的眼光来看这个问题。

当然，也有人注意到艺术夸张。同时代的王观国《学林》卷八说："子美（杜甫字）《潼关吏》诗曰：'大城铁不如，小城万丈余。'世岂有万丈余城耶？姑言其大耳；'四十围'、'二千尺'者，姑言其高也。诗人之言当如此，而存中（沈括字）乃拘拘然以尺寸较之，则过矣。"

范温《诗眼》也说："余游武侯庙，然后知古柏诗所谓'柯如青铜根如石'，信然，决不可改，此乃形似语；'霜皮溜雨四十围，黛色参天二千尺'，此激昂之语，不如此则不见柏之大也。文章固多端，警策往往在此两体耳。"范温认为诗的作法虽然很多，其中主要有两体：一是形似之语，也就是相当于今天所说的写实手法；一是激昂之语，也就是今天所说的夸张手法。王观国和范温这两位学者从艺术夸张的角度来理解，是比较中肯的。没有这两种手法，就很难把事物生动传神地表现出来。

鲁迅先生说："漫画虽然有夸张，却还是要诚实。'燕山雪花大如席'，是夸张，但燕山究竟有雪花，就含有一点诚实在里面，使我们知道燕山原来有这么冷。如果说'广州雪花大如席'，那可就变成笑话了。"这段话是说，艺术夸张是以客观实际为基础，突出其本质特征。艺术的真实，是对生活的集中和概括，比生活更集中，更高，所以给人更鲜明、更深刻的印象。

从上面介绍的那场围绕杜甫诗句的争论和鲁迅先生对李白那句诗的阐释，能让我们明白这样一些问题。其一，夸张必然有现实根据，武侯庙里有没有柏树呢？有。这就是说，杜诗不是无中生有，而是有事实根据的，只是问题在于如何夸张。其二，夸张不能近乎事实，要几倍、几十倍或上百倍地夸张。否则容易产生误会，引发争议。古柏的高大尺寸，用"二千尺""四十围"来形容，因为古今关于"度"的计算方法和标准不一致，这两个数字按某种长度单位计算，比较接近于事实，所以容易被人误以为真的。像"白发三千丈""小城万丈余"之类的说法，因为距事实距离远，极度夸张，所以在客观上不会引起误会。

夸张，一般有三种划分类别的方法。第一种是按照构成方式的不同，分为单纯夸张（不凭借其他修辞格）和兼格夸张（运用比喻、比拟、借代等辞格）两小类，也称为直接夸张和间接夸张两小类。第二种是按照表达方式的不同，分为叙述夸张和描写夸张两小类。第三种是按照表达内容的不同分为扩大夸张、缩小夸张、超前夸张三小类。这里采用第三种说法。

一、扩大夸张。就是故意言过其实，故意往大处（或多处、快处、高处、强处、长处等）去描述，以让读者对于作者所要表达的内容有一个更突出深刻的印象。例如李白《秋浦歌十七首·其十五》：

> 白发三千丈，缘愁似个长。
>
> 不知明镜里，何处得秋霜。

秋浦，在今天安徽贵池县。清溪流过其境，县西南有秋浦，是唐代银铜产地之一。天宝十年（751），李白漫游到这里，作秋浦歌十七首，这篇是第十五首。作者素抱匡时济世之志，然而难得一展。因此时有怀才不遇的怨愁。本篇淋漓地宣泄了这种愁思和怨恨。构想造语，匪夷所思！一开篇，劈空而来，似大潮奔涌，似火山爆发，骇人心目。单看"白发三千丈"一句，真叫人无法理解，白发怎么能"三千丈"呢？读了下句"缘愁似个长"，豁然明白，原来"三千丈"的白发是因愁而生，因愁而长！愁生白发，人人皆知，而长达三千丈该有多深重的愁思？十个字的千斤重量落在一个"愁"字上。奇想出奇句，不能不使人惊叹诗人的气魄和笔力。人们不但不会因"三千丈"的无理而见怪诗人，相反，会由衷赞美这出乎常情又入乎人心的奇句。前联说自己因愁而白发，后联又诧异明镜里何以能出现秋霜，仿佛不知道镜子里的秋霜就是自己头上的白发的映像。啊呀，怎么这镜子里有这么多秋霜！诗人故作憨态，委婉深沉地表现出愁肠百结、难以自解的苦衷。又例如李德裕《登崖州城作》：

> 独上高楼望帝京，鸟飞犹是半年程。
> 青山似欲留人住，百匝千遭绕郡城。

先让我们了解一下作者，这有助于我们更好地理解这首诗。李德裕是唐代一位杰出的政治家。武宗李炎朝任宰相。到宣宗李枕继位之后，政局发生变化，白敏中、令狐绹当国，一反李德裕所推行的政令，李德裕也成为他们打击陷害的主要对象。起初外放为荆南节度使；不久，改为东都留守；接着左迁太子少保，分司东都；再贬湖州司马；最后，将他窜逐到海南，贬为崖州司户参军。这诗就是他在崖州时写的。

诗一开头，他那即使处于炎海穷边之地，他那眷怀故国之情不改。他登临北望，主要不是像普通人那样怀念乡土，而是出于政治的向往与感伤。"独上高楼望帝京"，诗一开头，这种心情便赫然呈现；因而全诗所抒之情，和一般人是有所区别的。"鸟飞犹是半年程"，极言去京遥远。这便是夸张。这种艺术上的夸张，其中含有浓厚的抒情因素。哪能像鸟那样自由迅速地飞翔！可是，即使是鸟吧，也要半年才能飞到。这里，深深吐露了依恋家国的情怀。

"青山似欲留人住，百匝千遭绕故城。"这百匝千遭正是四面环伺、重重包围的敌对势力的象征。人到极端困难、极端危险的时刻，心情有时反而会平静下来。不诅咒着可恶的穷山僻岭，不说人被山所阻隔，却说"山欲留人"，这中有多么的豁达，多么的无奈，多么的深沉，又表达到多么含蓄啊。

以上两例是景物夸张，下面介绍两首人事夸张。第一首是李益《宫怨》：

> 露湿晴花春殿香，月明歌吹在昭阳。
> 似将海水添宫漏，共滴长门一夜长。

长门宫是汉武帝时陈皇后后的居处，昭阳殿是汉武帝皇后赵飞燕居处，唐诗通常分别用以泛指失宠、得宠宫人居地。

诗的前两句，境界极为美好，春暖花正开，晴花沾玉露，越发娇美浓艳。夜风吹过，更是暗香满殿。这种美好境界，与昭阳殿歌舞人的快乐情形极为协调。这里，诗人巧施妙笔，暗示连月亮也是昭阳殿的特别明亮。这两句虽全写境，但能使读者感到境中有人，继而由景入情。这两句不是宫怨，是得宠承恩的情景。

诗的后两句突然转折，与昭阳殿形成鲜明对比。这里有的是滴不完、流不尽的漏声，是挨不到头的漫漫长夜。这里有一个不眠人存在。彼此对比，有强烈的反衬作用，突出深化了"宫怨"的主题。

铜壶滴漏是古代计时的器具。宫中专用的为"宫漏"。更阑则漏尽，漏不尽则夜未明。"似将海水添宫漏"，则是以海水的巨大容量来表示长门的夜永漏永。这是夸张的说法。现实中绝对没有以海水添宫漏的事。但这种夸张既有现实基础，因为"水添宫漏"实有其事；长门宫人的愁思失眠也实有其情。两者统一，就造成了"似将海水添宫漏，共滴长门一夜长"的意境。宫人的愁怨，借此得到很好的生动表现，读者也由此获得阅读上的满足。

第二首请看杜牧《过华清宫绝句三首·其二》：

> 新丰绿树起黄埃，数骑渔阳探使回。
> 霓裳一曲千峰上，舞破中原始下来。

诗人从"安史之乱"的纷繁复杂的史事中，摄取"渔阳探使回"的一个场景，匠心独具。唐玄宗时，安禄山兼任平卢、范阳、河东三镇节度使后，伺机谋反。玄宗对他十分信任，在太子和宰相的屡屡奏请中，才派中使辅璆琳以赐柑为名去探听虚实。璆琳受安禄山厚赂，回来后盛赞他的忠心。玄宗轻信谎言，此后更加高枕无忧，恣情享乐了。前两句，正是描写探使从渔阳经由新丰，飞马转回长安的情景。这探使身后扬起的滚滚黄尘，既是迷人的烟幕，又象征叛乱即将爆发的战争风云。

"霓裳一曲千峰上，舞破中原始下来"，把玄宗耽于享乐、执迷不悟可谓刻画得淋漓尽致。说一曲霓裳舞衣曲可达千峰之上，而且竟能"舞破中原"，显然这是极度夸张，是不可能的事，但这样写并非不合情理。因为轻歌曼舞纵然不能直接"破中原"，而中原之破，却实实在在是由统治者无尽无休的沉浸于歌舞造成。而且，不这样写不足以形容歌舞之盛，不这样夸张不能表现统治者醉生梦死的程度以及由此产生的国破家亡的严重后果。正是深刻的思想内容和完美的表现手法的有效结合，使之成为脍炙人口的名句。

二、缩小夸张。就是故意往小处（或少处、慢处、低处、弱处、短处等）去描述。例如李贺《梦天》：

老兔寒蟾泣天色，云楼半开壁斜白。

玉轮轧露湿团光，鸾珮相逢桂香陌。

黄尘清水三山下，更变千年如走马。

遥望齐州九点烟，一泓海水杯中泻。

在这首诗中，诗人梦中上天，下望人间。开头四句，描写梦中上天的过程及景物。第五、六两句写诗人同仙女的谈话。最后两句，是诗人下望人间所见的景色。"齐州"指中国。中国古代分为九州，所以诗人觉得大地上的九州有如九点"烟尘"。"一泓"等于一汪水，作者形容东海如同一杯打翻的水一样，都是夸张形容它们的小。李贺在这首诗里通过梦游月宫，描写天上仙境，以排遣个人苦闷。天上众多仙女，你来我往，过着宁静愉悦的生活。而俯视人间，时间是那样短促，空间是那样狭小，寄寓了诗人对人事沧桑的深沉感慨。表现出冷眼看待现实的态度。想象丰富，构思奇特，夸张新颖，体现了李贺诗歌变幻怪谲的艺术特色。

三、超前夸张。夸张不只限于扩大和缩小，凡事往极度处说而超出事理都是夸张。而在时间上，把后发生的事物提前一步说出，这种夸张形式称为超前夸张。例如下列诗词的句子：

1. 坑灰未冷山东乱，刘项原来不读书。

（章碣《焚书坑》）

2. 函关归路千馀里，一夕秋风白发生。

（唐无名氏《杂诗》）

3. 小荷才露尖尖角，早有蜻蜓立上头。

（杨万里《小池》）

4. 愁肠已断无由醉，酒未到，先成泪。

（范仲淹《御街行·秋日怀旧》）

5. 春畦雨过罗纨腻，夏垄风来饼饵香。

（苏轼《和文与可洋川园池三十首·南园》）

6. 六月禾未秀，官家已修仓。

（聂夷中《田家》）

例1，原诗前两句是"竹帛烟销帝业虚，关河空锁祖龙居"，该诗对秦始皇焚书的行径进行了嘲讽和谴责。就史实而言，从秦始皇焚书到陈胜吴广在大泽乡举起义旗，前后相隔有四年时间，说"坑灰未冷"便

"山东乱"，这是在时间上的一种超脱的说法，从而艺术地突出了焚书行为的乖谬，同时表达了作者对这一行为的讽刺和嘲笑。例2，说"白发"在一个晚上就长出来，极言其速，超前夸张。例3，一个"才露"，一个"早立"，从时间的前后矛盾中，透出无限情趣。例4，"愁肠已断"本属夸张，而酒未入肠，已"先成泪"，较之于作者在《苏幕遮》中所说"酒入愁肠，化作相思泪"，又添一折，又进一层，这是超前夸张。例5，夏天麦子在田，南风吹来，作者既早闻到了用麦子做成的"饼饵"的香味了，超前夸张，洋溢欢乐之情。例6，田里的稻谷还没有抽穗，而官家收税的仓库已经修好了等待征收。由此可见，官家收租何等心急，田家受剥削是多么严重。超前夸张，揭露深刻，讽刺有力。

运用艺术夸张，写景状物，便于突出形象，引发想象；运用夸张恰当，叙事抒情，便于揭示本质，激越感人；运用夸张得当，斥恶誉美，便于媸妍毕现，发人深思。夸张的这些作用，都可以从上面所举的例子中清楚地看出来。

夸张的好处多多，运用夸张必须力求新颖，不落俗套，同时，运用夸张描述事物，必须遵循艺术的真实性和合理性，也就是夸而尽兴，富有情趣，饰而不诬，合乎情理。

第十六讲　视听通感

这节课，我们讲视听通感。

先让我们读一首词，就是宋祁的《玉楼春》：

> 东城渐觉风光好，縠皱波纹迎客棹。绿杨烟外晓寒轻，红杏枝头春意闹。　浮生长恨欢娱少，肯爱千金轻一笑？为君持酒劝斜阳，且向花间留晚照。

大家觉得这首词写得如何？写得好吧，确实是好。作者凭这首词，博得了"红杏枝头春意闹尚书"的美称。可是，由于古代的诗论家对"感觉挪移"的手法缺少明确的认识，在对待个别作品的评论时，不时会产生争论不休的公案。例如清代李渔在《窥词管见》第七则说：

> 琢句炼字，虽贵新奇，亦须新而妥，奇而确。妥与确，总不越一理字，欲望句之惊人，先求理之服众。时贤勿论，吾论古人。古人多工于此技。有最服人心者，"云破月来花弄影"郎中是也。有蜚声千载上下，而不能服强项之笠翁者，"红杏枝头春意闹"尚书是也。"云破月来"句，词极尖新，而实为理之所有。若红杏之在枝头，忽然加一"闹"字，予实未之见也。"闹"字可用，则"吵"字、"斗"字、"打"字，皆可用矣。……予谓"闹"字极粗极俗，

且听不入耳，非但不可加于此句，并不当见于诗词。

在李渔看来，"闹"字用得无理，令人难以着解且极粗极俗。其实，宋祁的这首《玉楼春》词，上片写春光之美，下片抒发人生的感慨。

词的开头即以"风光好"呼起，表现出热爱春光的欣喜之情。次句写湖上泛舟，春风轻拂，水面波纹如纱微皱，境界明丽醉人。诗人伫立小舟之上，仰观远望，但见绿杨烟外，白云悠悠；近看岸边，红杏压枝，春意盎然，构成一幅色彩明丽的春景图。最后一句着一"闹"字，则给这明亮的春景图增添了无限的生机。以上所写之景，均为诗人仰观俯瞰的视觉形象，用一个"闹"字，"把事物的无声状，说成好像有声音的波动，仿佛在视觉里获得了听觉的 感受。"（钱锺书语）。一方面写出了花色之红艳，花开之繁盛；一方面又摄出了春意之神，这就使上片的景物描写，既表现了静态的色彩美，又洋溢着富有生命力的动态美。通感运用的艺术效果可谓大矣！

在日常生活中，人们感受外界事物，通过视觉、听觉、触觉、嗅觉和味觉来分辨其不同的颜色、形状、声响、温度、气味等，眼、耳、鼻、舌、身的器官各有所司，但当他们把信息输入脑神经中枢之后，是可以互相沟通的。

我国古代佛家就有"六根互通"之说。《涅槃经》云："如来一根能见色闻声，嗅香别味知法，一根现尔，余根亦然。"《楞严经》中说到"无目而见""无耳而听"" 非鼻而闻香""异舌知味""无身觉触"等等，都属"六根互用"。钱锺书先生在他的著名文章《通感》中，率先提出"通感"这一科学术语。并对通感问题做了专门研究，他列出了许多诗例，而后指出：

花红得发"热"，山绿得"冷"，光度和音量忽然有了体积——

诗法三十六讲

"瘦"，颜色和香气忽然都有了声息——"闹"；鸟声竟熏了"香"，风声竟染了"绿"；白云学流水声，绿荫生寂静感；日色与风共"香"，月光有籁可"听"；燕语和"剪"一样明利，鸟语如"丸"，可以抛落；五官的感觉，简直是有无相通，彼此相生。

"通感"是复杂的社会现象，是形象思维的特性。艺术中的"通感"现象产生，一是有其生理基础，也就是五官信息在大脑中枢中的相互作用；再者，由于艺术的联系和想象，沟通了五官在"感知"中的相互作用，调动了五官的各自功能，使"意象"成为感觉的复合体，使读者获得综合的但又是具体的形象。

我们先分析"寒"字在古代诗词中如何发挥了通感的特点，从而使之随物赋形，表现出种种意境，极尽意趣的。"寒"是凉冷的一种感觉，如天寒，风寒、水寒等，这是人和外界自然之物接触所获得的一种生理上的感觉。但这种生理感觉，必然变成心里的感觉，因此，在诗词中，直接描写感觉中的"寒"，以表现某种特定的景物或心情，这是极为常见的。例如："饮马渡秋水，水寒风似刀"（王昌龄《塞下曲》），"香雾云鬟湿，清辉玉臂寒"（杜甫《月夜》），"乍暖还寒时候，最难将息"（李清照《声声慢》），这些，都是生理常规对自然界的直觉。当然，在诗词中，这种直觉都会成为诗人心理情感的反映。所以，写"寒"是为了抒情，而不是物理学上的温度的说明。作者对"寒"的感觉，也不只是停留在生理的直觉阶段，而是和主观感情结合，或以描写环境，或以渲染气氛，或以表现内心的凄苦寒冷，或以比喻人情世态的变化。如此等等，不一而足。

"寒"，不仅直接诉诸人们的触觉，还可以诉诸听觉、视觉，"寒"不仅使人感到有声有色，而且似乎还有重量。诗歌中，对"寒"的表现，可以调动各种感官的作用，形成感觉的复合，增强它的感染力。例如，杜甫在《冬日洛城北谒玄元皇帝庙》中，有"碧瓦初寒外"的句子，清代叶燮曾对它作了很好的阐释。他说：

> 初寒无象无形，碧瓦有物有质，合虚实而分内外，吾不知其写碧瓦乎？写初寒乎？写近乎？写远乎？使必以理而实诸事以解之，虽稷下谈天之辩，恐至此亦穷矣。

显然，这就是通感所形成的意象情形，其关键在于想象。碧瓦本来透过视觉可见，但这视觉使人通过碧瓦似乎感到初寒，而碧瓦具有寒的感觉，而初寒又转化为有形有质的可感之物。这就是艺术"意象"给人的审美特征。

类似的用法，如李白《菩萨蛮》"寒山一带伤心碧"，山而有寒山之感，是透过"碧"感受到的，而这一碧一寒，又都为表现"伤心"二字，这样，我们对这首词，就获得一种综合的感受，获得一种新奇的享受。再如，李商隐《无题》诗云："晓镜但愁云鬓改，夜吟应觉月光寒。"月光就它的本色来说，是白的，但诗人却以"寒"来形容。

望月而生寒的感觉，既和对广寒宫的联想有关，更是与诗人愁苦的心情、凄凉的心境有关。

下面，我们集中看一看我们古代诗词中通感运用的例子：

> 杨花扑帐春云热，龟甲屏风醉眼缬。
>
> ——李贺《蝴蝶飞》
>
> 天阶夜色凉如水，卧看牵牛织女星。
>
> ——杜牧《秋夕》

以上是将视觉形象转化为触觉形象。

芳气随风结，哀响馥若兰。

——陆机《拟西北有高楼诗》

雨过树头云气湿，风来花底鸟声香。

——贾唯孝《登螺峰四顾亭》

以上是将听觉形象转化为嗅觉形象。

小园烟景正凄迷，阵阵寒香压麝脐。

——林逋《梅花》

春着湖烟腻，晴摇野水光。

——唐庚《栖禅暮归书所见二首·其二》

以上是将嗅觉形象转化为触觉形象。

剪剪轻风未是轻，犹吹花片作红声。

——杨万里《又和二绝句·其二》

月凉梦破鸡声白，枫霁烟醒鸟话红。

——李世熊《剑浦陆发次林守一》

以上是听觉与视觉相通。

御炉香焰暖，驰道玉声寒。

——窦叔向《春日早朝应制》

上句是嗅觉与视觉相通，下句听觉与触觉相通。

以上所说通感的运用，是中国古代诗歌对词语的超常使用的一种表现。这种超常使用，丰富了诗歌的词语含量，增强了诗歌语言的弹性，扩大了语义构成的空间。这种语词运用的灵活多变，给读者提供了想象的余地，使读者在阅读与鉴赏过程中，获得一种审美感受。

下面，我们读一首描写音乐时，用想象性的通感来表现的诗篇，郎士元《听邻家吹笙》：

> 凤吹声如隔彩霞，不知墙外是谁家。
>
> 重门深锁无寻处，疑有碧桃千树花。

这是一首在通感运用上颇具特色的一首听笙诗。笙这种乐器，由多根簧管组成，参差如凤翼；其声清亮，宛如凤鸣，故有"凤吹"之称。首句说，笙曲似从天而降，极言其超凡入神。"隔彩霞"三字，就比一般地说"如听仙乐耳暂明"来得具体、形象，来得高妙。将听觉感受转化为视觉应象，给读者的感觉更生动具体。同时，这里的"彩霞"，又与白居易《琵琶亭》、韩愈《听颖师弹琴》中运用的许多摹写乐声的视觉形象不同。它不是说声如彩霞，而是声自彩霞之上来；不是摹状乐声，而是设想奏乐的环境，间接烘托出音乐的明丽新鲜。

"不知墙外是谁家"，是悬想揣问，不仅进一步渲染了笙声的奇妙撩人，还见出听者的专注神情，也间接表现音乐的吸引力。第三句"重门深锁无寻处"，一墙之隔竟然无由得见，不禁令人惆怅和产生更加强烈的憧憬，由此激发了更为绚丽的幻想。末句"疑有碧桃千树花"，联想瑰丽奇特，以花为意象描写音乐，与前面的"隔彩霞"呼应。并且，这里的"碧桃"，应是天上的碧桃，是王母娘娘的桃花。竟然至于千树之多，是何等繁盛绚丽的景象！它意味着奇妙的、非人间的音乐，真应该是如此奇妙的！同时又象征着笙声的明媚、热烈、欢快。简言之，这首诗从"隔彩霞"到"碧桃千树花"，"它用视觉形象写听觉感受，把五官感觉错综运用，而又避免对音乐本身正面形容……从而有力表现出音乐的美妙。在'通感'运用上算得是独具一格的"（周啸天语）。

下面，我们再读一首词，李璟《摊破浣溪沙·菡萏香销》：

> 菡萏香销翠叶残，西风愁起绿波间。还与韶光共憔悴，不堪看。
> 细雨梦回鸡塞远，小楼吹彻玉笙寒。多少泪珠何限恨，倚阑干。

这首词通篇写的香销叶残之景，以衬托一位容光憔悴的人。主人孤独、愁恨，在细雨绵绵、西风飕飕的夜晚，独倚栏干，珠泪不尽。作者没有明说，主人公恨什么，愁什么，但读者却深深为此情此景所打动了。这里的景是清冷寂寞之景，主人公的心情也是冰凉之情；西风，细雨，已是一片寒意。主人公的内心，似乎达到冰点了，所以小楼玉笙的声音，也带来了寒意。显然，这不单单是自然景物的反映，更重要的是主人公的主观感受，所以，"小楼吹彻玉笙寒"一句，就使人在感觉、视觉、听觉之间，都有寒的感受，感情气氛被十分强烈地表现出来了。

从这里，我们领悟到通感之妙。此外，"寒"字还可以使人觉得它具有体积和重量呢！宋祁《玉楼春》中的"绿杨烟外晓寒轻"，欧阳修《蝶恋花》中的"雨后轻寒犹未放"，秦观《浣溪沙》中的"漠漠轻寒上小楼"，不就是以轻重形容寒意的么？由此看来，古人写诗下字，似乎随心所欲，其实却大有讲究。

快下课了，再和大家谈一个故事。我前不久在读安徽大学何庆善先生《学诗札记》一书时，注意到何先生讲的这样一件事情：他在校点清初诗人施润章诗文集时，曾在北京图书馆查阅施遗存的诗文草稿，取来和刊本相对照，发现了有这样一处：施的《九日吟法华寺》一诗写重九登高。古诗写重九，习惯用温峤龙山落帽典故。本诗稿亦云："筋力吾衰还济胜，西风落帽兴纵横"而刊本呢，避开俗典，将后句改为"西风杖底落钟声"。说帽儿落，自是平常，而钟声可落，这个"落"就下得妙，下得奇，有奇趣。奇在何处？奇就奇在一个"落"字，传神地显示出那古寺的钟声，恍若从游山诗人的杖底落下，真是意趣盎然。究其究里，就是这里运用了通感，将听觉与视觉相勾连，相融洽，将看不见的"钟声"，转化成仿佛看得见的能飘飞、能落下的东西。你说好不好，你看妙不妙？你说"通感"对写诗是不是非常有作用？

第十七讲　无理而妙

这节课，我们讲无理而妙。

先看一段文字：

> 诗又有以无理而妙者，如李益"早知潮有信，嫁与弄潮儿"，此可以理求乎？然自是妙语。至如义山"八骏日行三万里，穆王何事不重来"，则又无理之理，更进一层。总之，诗不可执一而论。

这段文字，出自清代贺裳《载酒园诗话》卷一。其中李益全篇是这样，《江南曲》："嫁得钱塘贾，朝朝误妾期。早知潮有信，嫁与弄潮儿。"诗的前两句以白描手法传出一位商人妇的口吻和心声：空闺独守，过着孤单寂寞的生活。诗的后两句，平地翻起波澜。竟然让这位少妇异想天开，忽然想到潮水有信，因而悔不嫁给弄潮之人。这从一个不同寻常的角度，深刻地展示了这位少妇的苦闷的心情。宁愿"嫁与弄潮儿"，既是痴语、天真语，也是苦语、无奈语。少妇的想法看似无理，看似荒唐，不如说它是真切、情至之语。这一由盼生怨，由怨而悔的内心活动的过程，正合这位诗中人的心理状态，并不违反生活的真实，所以贺裳夸赞这种写法是"无理而妙"！

"八骏日行三万里，穆王何事不重来"，出自李商隐的《瑶池》，全诗是这样的："瑶池阿母绮窗开，《黄竹》歌声动地哀。八骏日行三万里，穆王何事不重来？"瑶池是古代神话中仙人西王母居住的地方。诗中的阿母，即指西王母。据《穆天子转》记载：周穆王西游至昆仑山，遇西王母。西王母在瑶池设宴招待他。临别，作歌赠之："……将（希望）子毋死，尚能复来。"穆王答歌曰："比及三年，将复（返）而野（您的疆土）"。又载：穆王南游，在去黄竹的路上，遇北风雨雪，有冻人，穆王作《黄竹歌》三章以哀民。这首诗就是根据这个传说构思的。首句是仙境的绮丽风光，次句是人间凄厉情景，彼此形成强烈的对比。诗的末两句，写 西王母不见穆王重来而产生的心理活动。诗人巧挥妙笔，不言穆王已死而其死自明，即令仙人如西王母，也不能挽救周穆王一死，则人间那些所谓长生不老之术，自然是靠不住了，不言求仙之虚妄而其虚妄自见。诗中所叙之事，自然虚幻无理，但对求仙的讽刺来说，以具体生动的形象来表露，构思乃极为巧妙。所以贺裳说这种无理而妙是"无理之理，更进一层"。

无理而妙，表面说出来的是反语、错话，不合常理，表达的却是具有深层意义的正话、对的话，从而在说的方式与说的意义两者之间，构成了读者回味不尽的奥妙。这就如苏轼说的那样："诗以奇趣为宗，反常合道为趣。"在中国古代诗歌的长河中，无论纯粹表现情的"缘情"诗，还是表现思想的"言志"诗，多多少少也包含着一定的"理"，更不要说那些明显寓含哲理的诗歌了。

无理而妙，是一种相反相成的艺术辩证思想在诗歌中的具体体现。它的表现形式多种多样。今天，我们主要从运用修辞方面谈谈以下六个具体方法。它们是：移就、粘连、通感、拟人、拟物和夸张。只是夸张已在前边第十五讲讲过了，这里就不再重复。

一、移就法。移就法就是把描写甲物性状的修饰词语移来描写乙事物性状的一种修辞方法。这种修辞格的特点是超常修饰。结构形式上，是把状写彼物的修饰语临时移植过来，用作此物修饰词语，组成偏正式的定语＋中心词的定中结构。在诗词中，见到最多的是移情于物和移甲物性于乙物性。比如"寂寞"这个词，《辞海》的解释是①清静，②冷落；

孤独。一般用来状写环境和人的情感的。但在诗歌作品，就可将它状写范围对象扩大去写物或别的事物。

①凄凉大同殿，寂寞白兽闼。

（杜甫《北征》）

②寂寞富春水，英气方在斯。

（柳宗元《哭连州凌员外司马》）

③寥落古行宫，宫花寂寞红。

（元稹《行宫》）

例①用以修饰"白善闼"建筑物。句中"凄凉"也是移就。

例②用以修饰富春水。例③用以修饰"红"这种颜色。三个例子中的"寂寞"一词都了超常使用，达到了无理而妙的艺术效果。

在诗词中，见得最多的是，把状写人的感情的词语移来状写景物，简单地说，就是"移情"。例如下面几个例子：

①行宫见月伤心色，夜雨闻铃肠断声。

（白居易《长恨歌》）

②瀚海阑干百丈冰，愁云惨淡万里凝。

（岑参《白雪歌送武判官归京》）

③怒涛卷霜雪，天堑无涯。

（柳永《望海潮·东南形胜》）

④岳阳楼上听哀筝。楼下凄凉江月、为谁明。

（李祁《南歌子·袅袅秋风起》）

⑤乱石穿空，惊涛拍岸，卷起千堆雪。

（苏轼《念奴娇·赤壁怀古》）

诗法三十六讲

例①，诗人描绘唐明皇因杨贵妃已死，在蜀地行宫望月，觉得他发出的是令人伤心的光；过秦岭时雨夜闻铃，觉得它的声音也令人哀痛肠断。那一见一闻，一色一声，互相交错，从而表现人物内心的愁苦凄情。人的感情，被移到月色和铃声上。李白的《菩萨蛮》开头两句"平林漠漠烟如织，寒山一带伤心碧"，也是这种用法，或者说是白居易取法于李白。为什么说"伤心碧"呢？伤心的是那位思家的人而不是寒山；词里说寒山伤心，就是移情。例②的"愁"，本是面对浓重稠密的冬云和送别友人时的内心感受，这里直接移来状云，说是"愁云"，情人景中，恶劣的天气和人物的愁绪，都因"愁"字的巧妙的超常使用，得到了较好的体现和暗示。例③的"怒"，本是形容人的，这里移来修饰"涛"，似乎无理，但突出了钱塘江那又急又高的潮头的气势声威，摄人心魄。词的移情使用，甚为精妙。例④的"哀"和"凄凉"，本是描述人物情态的词语，这里直接移来修饰"筝"和江上的"月"，移人情于物，使物带上了人的哀怨、悲凉的感情色彩，言简意丰。例⑤的"惊涛"，是巨浪的意思，用写人惊骇感觉的"惊"字移来修饰浪涛，避免了平庸，给人以惊心动魄的艺术效果。

再看杜甫的《对雪》：

> 战哭多新鬼，愁吟独老翁。
>
> 乱云低薄暮，急雪舞回风。
>
> 瓢弃尊无绿，炉存火似红。
>
> 数州消息断，愁坐正书空。

此诗写于安禄山占领长安时。开头反映唐军的失败，继而写诗人自己独坐愁吟，急雪严寒，无酒（"绿"代指酒）无炭；结句表现对时局的忧虑，对家人的关怀，伤感而又无能为力。书空，用晋人殷洪的典故，指忧愁无聊，用手空画写字。为什么说炉子空存而"火似红"呢？这是作者的心理作用，本来就没有木炭了，还觉得火是红的，一个"似"字，点出幻境。明明是冷不可耐，明明是炉中只有灰烬，由于对温暖的渴求，诗人眼前却出现了幻象：炉中燃起了熊熊的火，照得眼前一片通红。这样的无中生有、以幻作真的描写，非常深刻地挖出了诗人此时内心的隐秘。这是在渴求的心理驱使下出现的一种 幻象。这样来刻画严寒难忍，就比诸如"炉空冷似冰"之类似的直写好多了。作者将自己的感觉、想象移之于物，就恰当地把诗人所要表现的思想情感生动地表现出来。

移情法不仅指移人情于物，还包括移物性于人，也就是将本来修饰物的词语移来修饰人或人的行为。例如下列四例：

①素心爱美酒，不是顾专城。

（李白《赠从弟南平太守之遥二首·其二》）

②夜阑接软语，落月如金盘。

（杜甫《赠蜀僧闾丘师兄》）

③独抱浓愁无好梦，夜阑犹剪灯花弄。

（李清照《蝶恋花·暖雨晴风初破冰》）

④ 一曲清歌一束绫，美人犹自意嫌轻。

不知织女萤窗下，几度抛梭织得成？

（茜桃《呈寇公二首·其一》）

例①的"素"，本是未经染色的白色生绢，多用以形容事物的本色。这里用它修饰"心"，表达作者对美酒的一片真情。例②的"软"字，多是形容物体的柔软，诗中超常使用，用它来修饰话语，突出了话语的温和和委婉，表达出彼此关系的融洽与密切。例③的"浓"，一般用于描述修饰液状物的，这里移来修饰情感"愁"，自是稀奇，不但给人以鲜明的视觉印象，而且使得抽象愁情，有了浓得化不开的质感。例④，寇公，就是北宋名相寇准，茜桃是他的侍妾。句中的"清"字，本来适用于描述修饰纯净的液体或气体。诗中移来修饰"歌"，使"歌"带上了清水一般的味道，显得平平常常，从而婉转批评了寇公轻赏滥赐的不当。

二、拈连法。拈连法就是利用上下文的联系，把原来只适用于甲事物的词语，巧妙地用到乙事物上的一种表达手法。这种用法的特点在于甲乙两项事物连用，借助上下文的语义关联，把上文用过的动词或形容词，顺手拈来，用在下文，述说本来不相搭配的事物上，组成动宾结构或主谓结构。这个顺手拈来的拈连词，本来同它后面的名词宾语或前边的主语名词习惯上是不能直接搭配的，只是由于有上下文的关联衬垫，才趁势联结，临时搭配运用，而产生"无理而妙"的艺术效果。比如《诗经》有这样的句子：

> 白圭之玷，尚可磨也。
> 斯言之玷，不可为也。

这句话教人慎言，其意思是：白圭的斑点还可磨去，而语言的斑点却无法磨去。上文的"白圭之玷"用"磨"去述说是正常的用法，下文的"斯言之玷"用什么样的词语述说呢？由于有那样的上下文作了衬垫，依然从上文拈出"磨"字，用来述说"斯言之玷"，使"斯言之玷"与"为（磨）"获得了超常搭配。虽然无理，但很巧妙。

拈连，按拈连词出现的次数，分为双拈式和单拈式。下面各举两例介绍给大家，分析点到为止，不作详细说明。

双拈式，例如韩偓《招隐》：

> 立意忘机机已生，可能朝市污高情

时人未会严陵志，不钓鲈鱼只钓名。

"钓鲈鱼"是平常的支配关系，而"钓名"是把"钓鲈鱼"的"钓"从中拈出，用来支配下文的"名"。动宾拈连，言简意明，无理而妙。又如苏轼《南乡子·送述古》：

回首乱山横，不见居人只见城。谁似临平山上塔，亭亭。迎客西来送客行。　归路晚风清，一枕初寒梦不成。今夜残灯斜照处，荧荧。秋雨晴时泪不晴。

此中的"秋雨晴"是一般的正常搭配，而"泪不晴"是怎么回事呢？是超常搭配。"泪不晴"的"晴"，借上文语势，拈出"晴"，从相反方面对泪进行述说。这是主谓拈连。

下面接着讲单连式。这种拈连的词语，在特定的情况下，只出现一次。它实际上是双项式拈连中，将正常搭配的上文省略一次使用。它比双连式的表达更醒目，更有味。例如李德裕《无题》：

松倚苍崖老，兰临碧洞衰。
不劳邻舍笛，吹起旧时悲。

诗的后两句意思是：请邻家的笛子吹点好听的乐曲，不要吹起往日的哀事愁情。"吹"在支配说明"旧时悲"时，省去吹乐曲这一层一般性的说法，直接与"悲"搭配，即"吹起旧时悲"。又如赵令畤《乌夜啼·春思》：

楼上萦帘弱絮，墙头碍月低花。年年春事关心事，肠断欲栖鸦。

舞镜鸾衾翠减，啼珠凤蜡红斜。重门不锁相思梦，随意绕天涯。

词的最后一句中的"重门不锁相思梦"的意思是：重门可锁，但无法锁住相思之梦。"锁"在支配说明"相思梦"的时候，省去"锁门"这层一般性的说法，用笔经济，但极有韵致，生动的表现出人物内心的孤寂和刻骨铭心的思念之情。

三、通感法。在第十六讲，我们已经谈过通感。这里想重提一下，增强对艺术通感的理解和把握。艺术通感，就是通过感觉的互通，对词语的超常使用。它通过看似无理的"感觉挪移"，使语义与对象属性相背离，从而扩大读者在阅读和鉴赏中的感觉空间。例如韩愈《芍药歌》：

> 丈人庭中开好花，更无凡木争春华。
> 翠茎红蕊天力与，此恩不属黄钟家。
> 温馨熟美鲜香起，似笑无言习君子。
> 霜刀剪汝天女劳，何事低头学桃李。

"翠茎红蕊"是视觉，"温"是肤觉，"馨"是嗅觉，"熟""鲜""美"是意觉，"香"又是嗅觉。在这里，诗人把几种感觉，都互相移通了。似觉无理，却很巧妙。又如李煜《捣练子令·深夜静》：

> 深夜静，小庭空，断续寒砧断续风。无奈夜长人不寐，数声和月到帘栊。

捣练声怎能和月到帘栊上去呢？这不是乱说，原来听觉形象，引起月圆的视觉形象联想，再引起"人不寐"的意觉形象的联想，而又互相融合，于是，主人公便"看"到几杵砧声和月儿映到帘栊上了。大家想想，"数声和月到帘栊"，这意境是不是很空灵，很美妙。这不就是"无理而妙"吗？

四、拟人法。拟人的方法就是把物当作人来摹写，赋予物以人的感情，使物人格化，也就是让物具有人一样的思想、情感、品质、性格、表情和动作等。这个物，可以是动物、植物，也可以是非生物和抽象事物。例如：

①烦君最相警，我亦举家清。

（李商隐《蝉》）

②鸟雀呼晴，侵晓窥檐语。

（周邦彦《苏幕遮·燎沉香》）

例①用称人的称呼"君"称蝉，例②用人的动作"呼""窥""语"称鸟雀。这是动物拟人。

③桃花嫣然出篱笑，似开未开最有情。

（汪藻《春日》）

④细草摇头忽报侬，披襟拦得一西风。

荷花入暮犹愁热，低面深藏碧伞中。

（杨万里《暮热游荷池上》）

例③"出篱笑""最有情"只能是人才有的事情，这里用来写"桃花"，例④用"摇头""报"写"细草"，用"愁热""低面"写荷花。这是植物拟人。

⑤好雨知时节，当春乃发生。

（杜甫《春夜喜雨》）

⑥蜡烛有心还惜别，替人垂泪到天明。

（杜牧《赠别二首·其二》）

例⑤用"知时节"写"好雨"，例⑥用"有心""惜别""垂泪"写蜡烛。这是非生物拟人。

⑦饥来驱我去，不知竟何之。

（陶渊明《乞食》）

⑧青春背我堂堂去，白发欺人故故生。

（薛能《春日使府寓怀二首·其一》）

例⑦"驱我"的是"饥"，例⑧"背我"的是"青春"，欺人的是"白发"。这是抽象事物拟人。

在上述的例子中，不管是动物还是植物，也不管是非生物还是抽象事物，都是把它们当作人来写的，或者把用于人的代词运用于"物"，或把适用人的动词、形容词用来直接描述"物"，这些事情，从现实生活层面上看，都是不合理的，难以说得通的，但是，从艺术层面上说，字里行间，体现出作者的奇思妙想，洋溢着作者浓烈的感情，表达显得生动活泼，新颖形象。这也是"无理而妙"！

下面，我们再读一首韩愈的《春雪》：

新年都未有芳华，二月初惊见草芽。

白雪却嫌春色晚，故穿庭树作飞花。

这是一首咏物诗，题咏的是春雪。那么是如何写春雪的呢？大家看，在写雪之前，作者先从侧面着笔，说时届新年了，还没有芬芳的鲜花，都到二月了，仍没有鲜花，只能见到刚刚出土的草芽。春天似乎故意迟来。这开头，为雪的出场作了很好的反衬。"白雪却嫌春色晚，故穿庭树作飞花"，完全将雪人格化，"却嫌""故穿"，雪是多么性急，又是多么美好而有灵性。这样的构思，不仅巧，而且奇！

五、拟物法。这是把人当物写，使所写的对象失去人性，如同动植物或非生物一样地加以描述：或者把此物当作彼物加以描述。在诗词中，以后一种为常见。而其中的"此物"，又以抽象的无形的事物为常见。"彼物"则往往隐去不说，化虚为实，从而使作品的形象生动饱满，具体可感。例如唐琪《题龙阳县青草湖》：

> 西风吹老洞庭波，一夜湘君白发多。
> 醉后不知天在水，满船清梦压星河。

诗的一、二句，把对历史的追忆与对眼前壮阔的自然景色，巧妙结合起来，写秋风兴起，洞庭湖水泛起层层白波，但这诗却为我们塑造了一个白发湘君的形象。说湘君一夜间愁成满头银发，这种夸张构想，大家说是不是十分新奇啊。三、四两句更为奇妙。船在天上与天在水中正相关合，而梦无形体，却说清梦满船；梦无重量，却用"压"字来表现，把幻觉写得十分真切。又例如，明代陆娟《代父送人之新安》：

> 津亭杨柳碧毵毵，人立东风酒半酣。
> 万点落花舟一叶，载将春色过江南。

题中代父，不是代父亲送客，而是代父作送别诗。这诗设色鲜丽，如同画卷。全诗由两幅画面组成。前两句为一幅，为告别图：渡口一亭，亭旁杨柳，柳条垂绿，飘拂风中；树下站立着行者与送者，正在作最后的告别，彼此酒已半酣。图景美丽。第三句转入舟行江上，描写落花风中飞舞，漫天春色，环绕行人。末句借助联想，想象舟行江南，一路飞花，始终可以满载春色。"春色"，一叶小舟可"载"，无形体的事物成了有形体、有重量的东西，寄托着行人良好的祝愿，情意浓，诗味足。

第十八讲 开篇之法

这节课，我们讲诗的开头方法。

俗话说"万事开头难"，写诗也是这样。严羽在他的《沧浪诗话》就说过开篇的重要，他说："对句好可得，结句好难得，发句好尤难得。"这就是说，好的对偶句可以得到，好的结句则不容易得到，而好的起句尤其难以得到。徐增在《而庵诗话》中也讲了这一点，说"诗无一定腔拍，只须净落笔，第一句起头一二字尤要紧"。

古人讲究"工于发端"，对诗词的开头是颇费斟酌的。考查古人诗作好的开头，大致有两种情形。一是要切题。如果离题，势必越扯越远，即使再扯回来，那也兜了个圈子，诗作便松散、累赘。近体诗都有句数、字数限制，发端离题，就无法在规定的诗行里完篇。二是要切意。这个意，指的是诗的主题，也就是诗的主旨，作者在该诗中所要表达的主要的感情态度。

我们不妨先看几首名篇的切题开头。

李白的《朝发白帝城》："朝辞白帝彩云间，千里江陵一日还。"发端直指从白帝城起航，这就是切题。切题就能写得集中简洁，引人入胜。如果李白先把到白帝城的缘由交代一番，或者把白帝城周遭的景物描写一番，都与三峡航行的题旨无关，更与在白帝城忽接赦书，惊喜交加的心情相去甚远，对这首小诗全无必要。这种开头切题对短小绝句尤为重要。

再如王昌龄的七绝《闺怨》："闺中少妇不知愁，春日凝妆上翠楼。

忽见陌头杨柳色，悔教夫婿觅封侯。"又如毛泽东的七律《登庐山》也这样开头："一山飞峙大江边，跃上葱茏四百旋。"

切意或者说"意切"开头的名篇也不少。例如孟浩然五绝《宿建德江》"移舟泊烟渚，日暮客愁新。野旷天低树，江清月近人。"第一句"移舟"就是暗示移船近岸的意思，"泊"有停船宿夜的含意；第二句"日暮"交代"泊"的时间，"客"即作者自己。虽露出一个愁字，但立即又将笔触转到景物描写方面去了。可见这个开头的切意是颇有特色的。

再如张继的七绝《枫桥夜泊》："月落乌啼霜满天，江枫渔火对愁眠。姑苏城外寒山寺，夜半钟声到客船。"又如毛泽东的七绝《为女民兵题照》："飒爽英姿五尺枪，曙光初照演兵场。中华儿女多奇志，不爱红妆爱武装。"

上面举的都是绝句或律诗的例子。其实歌行体古诗，也是要开篇切题的。例如：

杜甫《兵车行》："车辚辚，马萧萧，行人弓箭各在腰。"

白居易《琵琶行》："浔阳江头夜送客，枫叶荻花秋瑟瑟。主人下马客在船，举酒欲饮无管弦。"这是一首长诗。这样的开头入题，很快就把琵琶女引出来了。

所以说，不论律绝诗，也不论抒情诗、叙事诗，开篇切题，是应当注意的。

对多数人来说，写诗开头切题不离题，是比较容易做到的，而做到既切题又恰当却不容易。若开头要做到不仅恰当而且开得漂亮，就要付出长期的极大努力，才有望成功。

那么，怎样才能开好头呢？方法当然很多，也没有一定的格式。周振甫先生在他的《诗词例话》一书中，阐述了四种：

一是"境界阔大，即景生情"。举谢朓《暂使下都夜发新林至京邑赠西府同僚》"大江流日夜，客心悲未央"，并解释说："谢朓被人排挤，用大江的日夜东流来比悲愁的深广，更显出境界壮阔。"此外，还举了杜甫的《送远》和《秦州杂诗》之六、曹植的杂诗、王维的《送梓州李使君》以及柳宗元《登柳州城楼寄漳汀连封四州》。

二是"刻画气氛，用作烘托"。举曹植《七哀》"明月照高楼，流光正徘徊"，并分析道："这首诗写高楼中少妇想念远行的丈夫，作者选择明月高照、流光徘徊的景象，用来烘托少妇对月怀人的婉转的愁思，是情景相称的。"此外，还举了王维的五律《观猎》。

三是"大气包举，笼罩全篇"。所举的例子是高适《送浑将军出塞》："将军族贵兵且强，汉家已是浑邪王。"浑邪王就是汉代匈奴部落的昆邪王。他分析说："这个开头，指出浑将军是归顺唐朝的少数民族首领之一，拥有强悍的少数民族部队，为唐朝出力。下面讲他怎样出兵的事，这个开头具有笼罩全篇的作用。"此外还举例分析了杜甫《丹青引》的开头。

四是"发端突兀，出人意料"。他举了欧阳修《戏答元珍》"春风疑不到天涯，二月山城未见花"的例子，并指出："这个开头也好，先提出疑问，引人注意，比较突出。倘倒过来，先说'二月山城未见花'，所以'春风疑不到天涯'，就没有这样突出了。"

这是周先生就表达效果角度举例来谈开头方法的。也有从表达方式结合句式来论说开头方法的，如赵仲才先生在他的《诗词写作概论》一书中就介绍了这样的五种：①写景开头——开头描写景物或环境，从而即景抒情或展开记叙；②记述开头——指记叙和陈述二者，包括记事、记人、记言和述理、述思、述状等；③抒情开头——抒情词句要为下文的写景或记事宕开写作天地；④设问开头——开篇提问，或带出主题，或为造成悬念，或可引起读者注意，能收到较好的艺术效果；⑤比兴开头——或设比喻，或因物起兴。

两位先生列出的开头方法，自然简洁扼要，如果从初学者来说，还嫌不够具体。我今天试着从操作层面，从十个方面摘要谈谈。

一、明起。就是明就题面说。刘公坡《学诗百法·章法》有这样几句话：
"作诗起笔，有明起、暗起、陪起、反起之别。明起者，开口即就题之
正意说起，虽明见题字，然不得谓之骂题。"也就是前人所说的"破题"。
破题，原是指八股文的第一股，用一两句话，说破题目的要义。在诗歌中，
一般指在第一联点明题目中的中心词语。例如唐代王睿《牡丹》：

> 牡丹妖艳乱人心，一国如狂不惜金。
> 曷若东园桃与李，果成无语自成阴。

题目为"牡丹"，一开笔就出现在首句中。又如贾岛《早行》：

> 早起赴前程，邻鸡尚未鸣。
> 主人灯下别，羸马暗中行。
> 蹋石新霜滑，穿林宿鸟惊。
> 远山钟动后，曙色渐分明。

首联第一字就点明题目中的"早"字，而"赴前程"就是"行"字
的意思。首句明说就是早行。再如杜甫《江村》：

> 清江一曲抱村流，长夏江村事事幽。
> 自去自来堂上燕，相亲相近水中鸥。
> 老妻画纸为棋局，稚子敲针作钓钩。
> 但有故人供禄米，微躯此外更何求？

大家看，这是两个字的题目。"江"字在首联第一句中的第二字点明，
"村"字在第二句的第四字点明。

二、暗起。就是"不就题面说，而题意自见"（刘坡公《学诗百法》）。在咏物诗中这种手法最为常见。例如罗隐《雪》：

> 尽道丰年瑞，丰年事若何。
>
> 长安有贫者，为瑞不宜多。

俗话说"瑞雪兆丰年"，罗隐用"丰年瑞"开篇，岂不就是暗示为"雪"？又如宋代李纲《病牛》：

> 耕犁千亩实千箱，力尽筋疲谁复伤？
>
> 但得众生皆得饱，不辞羸病卧残阳。

首句"耕犁千亩"者，非"牛"莫属，不言自明。"实千箱"，说打下的粮食很多。两个"千"字，显示牛的辛劳，也突出了牛的功绩。次句"力尽筋疲"含有"病"意。筋力已尽，谁复哀怜？点出了人们对"病牛"的态度，是同情，是哀怜，还是漠视？这是诗人直接向人们提出抱怨性的责问，具有强烈的感情色彩。三、四两句"但得众生皆得饱，不辞羸病卧残阳"，虽是写牛作答，更是写己。拟人手法，形象生动，感人肺腑，抒发了"先天下之忧而忧，后天下之乐而乐"的襟抱。与其说是一首咏物诗，不如说是一首言志诗。

三、景起。就是开头描写景物，渲染环境，营造气氛，创造情境。例如刘方平的《月夜》：

> 更深月色半人家，北斗阑干南斗斜。
>
> 今夜偏知春气暖，虫声新透绿窗纱。

夜半更深，朦胧的斜月映照着家家户户，庭院一半沉浸在月光下，另一半则笼罩在夜的暗影中。这明暗的对比，越发衬出月夜的静谧、空空庭院的阒寂。天上，北斗星和南斗星都已横斜，这不仅进一步从视觉上点出了"更深"，而且把读者的视野由"人家"引向寥廓的天宇，让人感到那碧海青天之中也笼罩着一片夜的静寂，只有一轮斜月和横斜的北斗南斗在默默无言地暗示着时间的流逝。应该说，这样的开头，颇有画意，在描绘月夜的静谧方面是成功的。又如杜甫的《登高》开头：

风急天高猿啸哀，渚清沙白鸟飞回。

这首诗前半首写登高所闻所见的情景，后半首写登高时触发的感慨。首联由"风急"带动秋日天高气爽，这里却猎猎多风，登上高处，峡中不断传来高猿长啸。下句移动视线，由高处转向江水洲渚，在水清沙白的背景下，点缀着飞翔回旋的鸟群，真是一幅精美的画图。其中天、风、沙、渚、猿啸、鸟飞，天造地设，自然成对。不仅上下两句对，而且还是句中自对，如"天"对"风"，"高"对"急"；下句"沙"对"渚"，"白"对"清"。读来富有节奏感。十四个字，字字精当，无一虚设，达到了奇妙难名的境界。

四、情起。抒情的语句，要为下文的写景或记事，拓开写作的天地。例如李白《宣州谢朓楼饯别校书叔云》：

弃我去者，昨日之日不可留；
乱我心者，今日之日多烦忧。

开端既不写楼，也不写景，更不叙别，而是陡起壁立，直抒郁结之情。"昨日之日"与"今日之日"，是指许许多多个弃我而去的"昨日"

和接踵而至的"今日"。也就是说，每一天都深感日月不居，时光难驻，心烦意乱，忧愤抑郁。这里既含了精神上的苦闷，也熔铸着诗人对污浊的政治现实的感受。他的"烦忧"既不自"今日"始，他所烦忧的也不止一端。理想与现实的尖锐矛盾所引起的苦闷，在这里找到了适合的表达形式。破空而来的发端、重叠复沓的语言，既说"弃我去"，又说"不可留"；既言"乱我心"，又说"多烦忧"，以及一气鼓荡、长达十一字的句式，都极其生动形象地显示出诗人郁结之深、忧愤之烈、心绪之乱，以及一触即发、发则不可抑止的情感状态。又如李商隐《宫辞》：

> 君恩如水向东流，得宠忧移失宠愁。
> 莫向尊前奏花落，凉风只在殿西头。

诗写宫女们的悲惨命运。开头一句用流水比君王的恩宠，构思巧妙。流水，流动不定。君恩既如流水不定，那宫女之得宠，也随之变化不定，今日君恩流来，明日君恩又会流去；宫女今日得宠，明日又会失宠；一旦失宠，君恩就像流水一样一去不返。所以得宠也罢，失宠也罢，等待她们的，都只能是不幸。于是，水到渠成地自然引出第二句宫女对自己的命运的担忧：得宠时，害怕君王感情变化，恩宠转移；而失宠时，又愁肠欲断，悲苦难言。细致地刻画出宫女既患得宠，又患失宠的矛盾痛苦的心理。

五、事起。指通过记叙事件、介绍人物等开头的方法。例如杜甫《石壕吏》的开头两句：

> 暮投石壕村，有吏夜捉人。

首句单刀直入，直叙其事。在封建社会里，社会秩序混乱，旅途荒凉。

旅客大多"未晚先投宿"，更何况在兵祸不断的时期。而杜甫，却于暮色苍茫之时，才匆忙投奔到一个小村庄里借宿。可以设想，他或许压根不敢走大路，或许沿途的城镇荡然一空，无处歇脚，或许……寥寥五字，不仅点明了投宿的时间和地点，而且和盘托出了兵荒马乱、鸡犬不宁的景象，为悲剧的出现提供了典型环境。第二句"有吏夜捉人"，是全篇的提纲，以下情节，都由这里生发出来，不说征兵、招兵，而说"捉人"，于简单的叙述中寄寓着揭露、批判之意，蕴含着对被捉者的疑惑和同情之情。再加上一个"夜"字，含意更丰富了。又例如贺知章《回乡偶书》：

> 少小离家老大回，乡音无改鬓毛衰。
>
> 儿童相见不相识，笑问客从何处来。

首句用"少小离家"与"老大回"的句中自对，概括出几十年客居他乡的事实，暗寓自伤老大之情。次句以"鬓毛衰"具体写出自己的老大之态，并以不变的"乡音"映衬变化了的鬓发，从而为后两句儿童不相识而发问做好铺垫。

六、议起。开篇直接议论，明确是非，揭示规律，给人以高屋建瓴、痛快淋漓之感。例如杜牧《题乌江亭》：

> 胜败兵家事不期，包羞忍耻是男儿。
>
> 江东子弟多才俊，卷土重来未可知。

乌江亭在安徽和县东北，旧传是项羽兵败之所。这首诗针对项羽兵败而亡的史实，批评他不能总结失败的教训，惋惜他的"英雄"事业归于覆灭，同时暗寓同情。诗的首句，直截了当地指出"胜败乃兵家之常"这一普通常识，并暗示如何对待，为下文做好铺垫。又例如孟浩然《与诸子登岘山》：

> 人事有代谢，往来成古今。
>
> 江山留胜迹，我辈复登临。
>
> 水落鱼梁浅，天寒梦泽深。
>
> 羊公碑尚在，读罢泪沾襟。

这是一首吊古伤今的诗。所谓吊古，是凭吊岘首山的羊公碑。羊祜生前有政绩，死后，襄阳百姓在岘山建碑立庙，岁时祭祀。作者登上岘首山，见到羊公碑，引出浩瀚的心事。"人事有代谢，往来成古今"，是一个平凡的真理。大到朝代更替，小到一家兴衰，总是不停地变化着，人人都应该感觉到；寒来暑往，春去秋来，时光也在不停地流逝，这也是人人感觉到的。首联凭空落笔，语淡情浓。

七、倒起。指诗一起首，即用倒叙方法，以造成突兀的效果，令人惊绝，"如高山坠石，不知其来"（方东树）。例如王维《观猎》：

> 风劲角弓鸣，将军猎渭城。
>
> 草枯鹰眼疾，雪尽马蹄轻。
>
> 忽过新丰市，还归细柳营。
>
> 回看射雕处，千里暮云平。

清人沈德潜对这首诗崇拜之至，说它"章法、句法、字法俱臻绝顶，盛唐诗中亦不多见"（《唐诗别裁》）。诗一开篇就是"风劲角弓鸣"，还没来得及写人，就先全力写其影响：风呼、弦鸣。风声与角弓（用兽角装饰的硬弓）声彼此相应：风之劲由弦的震响听出，弦鸣声则因风而益振。"角弓鸣"三字已带出"猎"意，能使人去想象那感人的射猎场面，无形中唤起读者对猎手的悬念。待声势俱足，才推出射猎主角来：

"将军猎渭城"。将军的出现，恰合读者的期待。这发端一笔，先声夺人，震撼人心。又如杜甫《登楼》首联：

> 花近高楼伤客心，万方多难此登临。

这个看头，以乐景写哀情，用的是衬托手法。而行文上，一般说来，见花本来是令人高兴的事，为什么这种会出现见花伤心的反常现象呢？原来是由于"万方多难"的缘故！因果倒装，起势突兀；"登临"二字，则以高屋建瓴之势，领起下面的种种观感。

八、喻起。即用比喻开篇给人以美感。如贺知章《咏柳》：

> 碧玉妆成一树高，万条垂下绿丝绦。
> 不知细叶谁裁出，二月春风似剪刀。

"碧玉妆成一树高"，诗一开篇，杨柳就化身为美人而出现；"万条垂下绿丝绦"，千万缕的垂丝，也随之变成了她的裙带。上句的"高"字，衬托出美人婷婷袅袅的风姿；下句的"垂"字，暗示出纤腰在风中款款摆动。诗中没有"杨柳"和"腰肢"之类的文字，然而这早春的垂柳以及柳树化身的美人，却给写活了，写神了。比喻开篇，韵味无限。又如李商隐的《宫辞》：

> 君恩如水向东流，得宠忧移失宠愁。
> 莫向樽前奏花落，凉风只在殿西头。

这首宫怨诗，抓住宫嫔最切身的得宠失宠的问题，写出她们的悲惨命运。开头一句用流水比君王的恩宠，构思非常巧妙。流水，则流动不定。

一旦失宠，君恩就如流水一去不返。于是，自然引出第二句宫女对自己命运的担忧：得宠时，害怕君王感情变化，恩宠转移；而失宠时，又愁肠欲断，悲苦难言。从而刻画出宫女既患得宠，又患失宠的矛盾痛苦的心情。后两句以失宠者的口吻警醒得宠者。虽然全篇议论，但由于比喻、双关运用极为巧妙，就使它在议论中含有形象，所以读来意味深长，含蕴有味。

九、总起。以首句或首联总说题意，或者有关键词语，概括诗的中心内容以笼罩全篇，使表达集中，思路清晰。古人对这种开头方法有一个形象的称谓，叫"总帽格"。例如祖咏《苏氏别业》：

> 别业居幽处，到来生隐心。
> 南山当户牖，沣水映园林。
> 屋履经冬雪，庭昏未夕阴。
> 寥寥人境外，闲坐听春禽。

首句"别业居幽处"，一个"幽"字是对苏氏别业的整体概括。正因为此处幽静、幽美，于是自然生发出隐居此地的想法。此地怎个"幽"法？颔联从"山当户牖""水映园林"，写地之幽。颈联写景之幽，尾联归到"生隐心"，闲坐听禽，不正含有幽意吗？所以，开篇"幽"字，为我们读这首诗，提供了打开全篇内容的一把钥匙。一路看去，心旷神怡，趣味多多。又如韦庄《建昌渡暝吟》：

> 月照临官渡，乡情独浩然。
> 鸟栖彭蠡树，月上建昌船。
> 市散渔翁醉，楼深贾客眠。
> 隔江何处笛，吹断绿杨烟。

对于这首诗，我在这里只想介绍清代黄生《唐诗摘抄》的一段话，供大家自行揣摩：

> 起联总帽。三四与马戴《楚江怀古》"猿啼洞庭树，人在木兰舟"本同一句法，但觉逊其神韵，要是地名欠佳耳。通首写景，单衬第二句。一"独"字便是一诗血脉，盖思乡之情苦无人知，今夜独宿于此，则见夕照自临也，鸟自栖也，月自上也，渔翁自醉，贾客自眠也，隔江自吹笛也，多少寂寞无聊之景，唯我一人独受之，此际乡情，宁不转深也哉？

十、问起。篇首提问，或为带出主题，或为制造悬念，或为引起读者注意，能收到较好的艺术效果。例如李白《古风·其一》开头两句：

大雅久不作，吾衰竟谁陈？

这是一首文言古诗，全诗二十四句。诗的开头这两句，是全诗的纲领。第一句统摄第三到第十二句。这样开门见山，分写两扇，完全是堂堂正正的笔仗。这两句虽然只有十个字，总觉得感慨无穷。这里的"大雅"，并不是指诗经中的《大雅》，而是泛指雅正之声。雅声久已不起，这是正面的意思，是第一层。然而谁能兴起呢？当今舍我其谁？落出"吾"字，表出诗人的抱负，这是第二层。可是，诗人这时候已非少壮，即使能施展抱负，也已来日无多了，这是第三层。何况茫茫天壤，知我者谁？这一腔抱负，究竟向谁展示呢？这是第四层。这四层转折，一层深于一层，一唱三叹，感慨苍凉，而语气却又浑然闲雅，不露郁勃牢骚，确是五言古诗的正统风度。又如杜甫的《天末怀李白》：

诗法三十六讲

凉风起天末，君子意何如。

鸿雁几时到，江湖秋水多。

文章憎命达，魑魅喜人过。

应共冤魂语，投诗赠汨罗。

首句以秋风起兴，给全诗笼罩一片悲愁。时值凉风乍起，景物萧疏，怅望云天，此意如何？只此两句，已觉人海苍茫，世路凶险，无限悲凉，凭空而起。次句不言自己心境，却反问远人："君子意何如？"看似不经意的寒暄，而于许多话不知从何说起时，用这不经意语，反表现出最关怀的心情。这是反璞的高度概括，言浅情深，意象悠远。这开头两句，轻轻一问，真是深情无限啊！

最后，我们再看看钱起的《归雁》：

潇湘何事等闲回，水碧沙明两岸苔。

二十五弦弹夜月，不胜清怨却飞来。

钱是吴兴人，生在南方，入仕后，却一直生活在北方。他看到秋雁南飞，曾写过《送归雁》的诗。其中有"怅望遥天外，乡情满目生"的句子。这首《归雁》，同样写在北方，所咏却是从南方飞回北方的春雁。作者和历代诗人把雁北归视为理所当然的习惯不同，他故意对大雁的归去表示不理解，一下笔就运用设问，询问归雁为什么舍得离开那环境优美、水草丰盛的湘江而回去。这突兀的询问，一下子就把我们的思路引上了诗人所安排的轨道——不理会大雁的习性，而另外探寻大雁回归的原因。正是借写充满客愁的旅雁，婉转地表露了宦游他乡的羁旅之思，笔法空灵，抒情婉转，意趣含蕴。

第十九讲 结尾之法

上节课，我们讲了诗的开篇之法；这节课，我们讲结尾之法。

结尾很重要。俗话说："织筐编篓，重在收口。"有些人甚至认为结尾比开头还要重要，如元代著名诗人杨载《诗法家数》就说过这样的话："诗结尤难，无好结句，可见其人终无成也。"能够开一个好头，相对来说比较容易些，能够结一个好尾真是难。前人说："为人重晚节，行文看结穴。"诗的结句实际上是盖棺论定的时候，就是最后要结果，最后要提升，最后要给人留下一种更深印象的时候，有时甚至还要给人开拓出新的前景、新的方向。如果你结句弱，就会影响整首诗的艺术效果。明末清初的李渔在《窥词管见》讲过这样的一段话：

> 如不能字字皆工，语语尽善，须择取菁华所萃处，留备后半幅之用。宁为处士于前，勿作强弩之末。

他这个话有没有道理呢？我看就很好，讲得有道理。如果你觉得结尾结得不好，干脆把精华的部分，留着不用，放到结尾。就好比《西厢记》里说，崔莺莺最是临去秋波那一转，临走之际，眼波一转，给人留下勾魂摄魄的印象。所以，结尾很重要。

看结尾，一般说来，大致有两种情况：第一种是词意俱尽，诗句结束了，诗意也随之结束了，这当然不好，不能给人以联想，不能供人玩味；

第二种呢，是词尽意不尽，诗句写完了，但诗意仍翻腾，读者仍在觉得余味难尽。这当然是好的了。所以，《诗人玉屑》说："诗已尽，而味方永，乃善之善也。子美诗云：'明年此会知谁健？醉把茱萸仔细看。'"的确，杜甫这联诗，上句一个问句，表现出诗人沉重的心情和深广的忧伤，含有无限悲天悯人之意；下句鲜明地刻画出诗人此时的情态：虽已醉眼蒙眬，却仍盯着手中的茱萸细看，不置一言，却胜过万语千言。

正因为结尾重要，所以古人在这方面花了很大的心思，谈了许多的方法。这里我们先读沈德潜《说诗晬语》中的一段话：

> 收束或放开一步，或荡出远神，或本位收住。张燕公"不作边城将，谁知恩遇深"，就夜饮收住也。王右丞"君问穷通理，渔歌入浦深"，从解带张琴宕出远神也。杜工部"何当击凡鸟，毛血洒平芜"，就画鹰说到真鹰，放开一步也。

这段话指出了三种结尾。一、就题目收住。如张说《幽州夜饮》，而结句用"边城"来结"幽州"，用"夜饮"来结"恩遇"，这是就题收住。二、宕出远神。如王维《酬张少府》"君问穷通理，渔歌入浦深"，这首诗是写隐居生活的，所以上文说"松风吹解带，明月照弹琴"。在这种生活中，他的朋友要问他穷通得失的道理，对一个隐居的人来说，他已不关心个人的穷通得失，所以并不回答，只指点给朋友听"渔歌入浦深"。这个结尾避开了朋友的问话，另外描述一种景象，所以说宕出远神。这种景象，好像同问话无关，实际上是用不回答来回答。就是说，我所关心的是入浦的渔歌，至于穷通，我并不关心，你去问关心做官的人去吧。所以这个结尾是很含蓄的。三、放开一步。如杜甫《画鹰》"何当击凡鸟，毛血洒平芜"。根据题目，我们知道这首诗是写画上的鹰，那自然不会飞出去搏击凡鸟，洒血平芜。而作者在结尾处把笔锋一转，把画上的鹰当作活鹰，把假的鹰当作真的鹰。所以说放开一步。

上面讲的三种结尾，我们知道，这是从诗的题目方面说的，目标明确，针对性强。有收题的，有从题目宕出的，有就题目放开的。由近到远，思路清晰，实用性强，也好把握。细加体会，认真领会，对我们写作，应该说有一定的指导作用。要是不从题目说、从写作技巧来说，方法还有好多种。在这节课上，我们就周振甫先生在他《诗词例话·结尾》中所举例分析概括的几条来看：

> 要是不从题目说，从写作技巧来说，那么对结尾还可有各种不同的说法。像李白《听蜀僧濬弹琴》："不觉碧山暮，秋云暗几重。"听琴听得出神，不觉得天暗下来了。这个结尾，是写弹琴弹得高明，用的是衬托手法。又像杜甫《春宿左省》："明朝有封事，数问夜如何。"因为明朝有奏章上奏，所以睡不着，几次问几点了。这是写他在宫里的情况，反映作者关心国事的心情。用的是借叙事来抒情的手法。又像《房兵曹胡马》："骁腾有如此，万里可横行。"用议论作结。章承庆《南行别弟》："万里人南去，三春雁北飞。未知何岁月，得与尔同归？"用疑问作结，反映不得同归的离情。张九龄"自君之出矣，不复理残机。思君如满月，夜夜减清辉"，用比喻作结，颇见巧思。储光羲《江南曲》"日暮长江里，相邀归渡头。落花如有意，来去逐船流"，用写景来抒情，并寄托含意。李白《越中怀古》"越王勾践破吴归，战士还家尽锦衣。宫女如花满春殿，只今唯有鹧鸪飞"，三句说盛，一句说衰，构成反衬，来抒怀古之情。杜牧《过华清宫》："长安回望绣成堆，山顶千门次第开。一骑红尘妃子笑，无人知是荔枝来。"上写千门开、妃子笑，结尾点明荔枝来，是画龙点睛手法，使命意显露。好的结尾是多种多样的。

大家看，周先生举例分析，谈了八种结尾方法：①衬托法；②借叙事抒情法；③议论作结法；④疑问作结法；⑤比喻作结法；⑥写景抒情，寄托含意；⑦反衬法，寄托含意；⑧画龙点睛法。是不是就穷尽了呢？当然没有穷尽，也没有办法穷尽，但可以说常见的、主要的，基本上都有了。那我们就从中选几点说说。

一、以景结情法。这是指诗歌在议论、抒情或叙事的过程中，戛然而止，转为写景，以景代情作结，结束全篇，使得诗歌显得意犹未尽，可以使读者从景物的描写中，驰骋想象，体味诗的意境。例如戴叔伦《过三闾庙》：

沅湘流不尽，屈子怨何深。

日暮秋风起，萧萧枫树林。

"三闾庙"是奉祀春秋时楚国三闾大夫屈原的庙宇。此诗为凭吊屈原而作。诗以沅江、湘江两条江流开篇，既是即景起兴，同时也是比喻：江流有如屈子千年不尽的怨恨。然而，屈子为什么怨，怨什么，诗人自己的感情态度又怎样，诗人都没有写，只是描绘了一幅特定的形象的图景，引导读者去思索。季节是"秋风起"的深秋，时间是"日暮"，景物是"树枫树林"，再加上"萧萧"这一象声叠词的运用，更觉幽怨无限。体现了意余象外、含蓄悠远之妙。怪不得清代诗人施补华评价这首诗，说此诗"并不用意，而言外自有一种悲凉感慨之气，五绝中此格最高"（《岘佣说诗》）。又如李白《黄鹤楼送孟浩然之广陵》：

故人西辞黄鹤楼，烟花三月下扬州。

孤帆远影碧空尽，唯见长江天际流。

这是一首送别诗。首句写送别的地点，次句写送别的时间和对方要去的地方。诗的后面两句写送别后的情形，看似写景，但在写景中包含着一个充满诗意的细节：船已扬帆而去，李白的目光望着帆影，一直看到帆影逐渐模糊，直至消失在碧空的尽头，可见目送时间之长。"唯见长江天际流"，是眼前景，可是谁又能说是单纯的景语呢？李白对朋友的一片深情，正体现在这富有诗意的一江春水之中。与其说江流不尽，不如说别情无尽、友情无尽。王国维的"景语是情语"，在这里得到了非常好的印证。

二、画龙点睛。这是比喻的说法，是指诗的前部分写景、叙事，到结尾，别开生面，写出点睛之笔，点破主旨，点醒诗意，点明实质，使内容更加生动有力。例如王安石的《登飞来峰》：

飞来山上千寻塔，闻说鸡鸣见日升。
不畏浮云遮望眼，自缘身在最高层。

王安石领导的变法运动遇到挫折，一些大地主、大官僚集团的人，对他的变法运动进行种种非议和攻击。这首诗，诗人借登高眺远，不畏浮云蔽日，来表现自己不为目前的非议、攻击而改变自己变法主张的壮阔情怀和坚定意志。这一警策的语句作结，极富表现力，说明了站得高、望得远的生活哲理，这正是全诗的精神所在。又如虞世南的《蝉》：

垂緌饮清露，流响出疏桐。
居高声自远，非是藉秋风。

诗很短，首句写蝉的形状和食性。次句写蝉声的远传。表面上是状物叙事，实际上处处含比兴象征。人格化的蝉显得那么的清华隽朗。三、四两句是全篇的比兴寄托的点睛之笔。它是在前两句描述基础上的议论，告诉我们这样的一个道理：立身品格高洁的人，并不需要某种外在的凭借（例如有力者的帮助），自能声名远播。这里突出强调了人格美、人格的力量。又例如毛泽东《七绝·为李进同志题所摄庐山仙人洞照》：

> 暮色苍茫看劲松，乱云飞渡仍从容。
> 天生一个仙人洞，无限风光在险峰。

结尾如异军突起，阐述了极其深刻的道理，使全诗进入一个崇高的境界：只有登上顶峰，才能领略到无限风光；而只有不畏艰险、勇于斗争、勇于攀登的人，才能达到胜利的顶峰。这是诗的主旨所在，但作者不作空泛议论，而是寓情于景，寓理于境，意境深远，启人遐想深思。

三、想象联想。想象是人在头脑里，对已储存的表象，进行加工改造，形成新形象的心理过程。联想，由于某人或某事物而想起其他相关、相似和相反的人或事物。作为诗歌创作的思维方式和写作方法，运用想象联想，往往能生发出奇思妙想，引人入胜。例如李商隐的《嫦娥》：

> 云母屏风烛影深，长河渐落晓星沉。
> 嫦娥应悔偷灵药，碧海青天夜夜心。

前两句描绘主人公的环境和长夜不眠的情景，环境氛围的渲染，使得主人公的孤清凄冷的情怀和不堪忍受寂寞的意绪，几乎可以触摸得到。寂寞的长夜，天空中最引人注目、引人遐想的，自然是一轮明月。看到明月，又自然会联想到神话传说中的仙子——嫦娥。孤居广寒宫殿，寂寞无伴的嫦娥会怎样呢？作者张开想象的翅膀，心底升腾起这样的意念：嫦娥想必也懊悔当初偷吃了不死仙药，以至年年夜夜，幽闭月宫，面对

碧海青天，寂寥清冷之情难以排遣吧？后两句让人体会到，作者对嫦娥
处境的深情体贴，也使人仿佛听到了主人公寂寞的心灵独白。又如李商
隐的另一首诗《马嵬·其二》：

> 海外徒闻更九州，他生未卜此生休。
>
> 空闻虎旅鸣宵柝，无复鸡人报晓筹。
>
> 此日六军同驻马，当时七夕笑牵牛。
>
> 如何四纪为天子，不及卢家有莫愁。

首联借杨贵妃的死，讥讽唐玄宗"愿世世为夫妇"的密约的虚幻。
颔联和颈联写在马嵬坡发生的悲剧的经过。尾联说，当了四十多年的皇
帝，唐玄宗却保不住自己宠爱的妃子，同时，作者作了对比联想：作为
普通百姓的卢家，能够保住既善于"织绮"，又能"采桑"的媳妇莫愁；
于是冷峻一问，为什么当了四十多年的皇帝，唐玄宗还不如普通百姓，
保不住自己的妻子呢？这一问，何其新颖，何其深刻！

还有一种写作方法，前人叫作"对面写来"。可以用于构思全篇，
也可以用于诗的结尾。前者如杜甫的《月夜》："今夜鄜州月，闺中只
独看。遥怜小儿女，未解忆长安。香雾云鬟湿，清辉玉臂寒。何时倚虚幌，
双照泪痕干。"后者如王维的《九月九日忆山东兄弟》：

> 独在异乡为异客，每逢佳节倍思亲。
>
> 遥知兄弟登高处，遍插茱萸少一人。

诗的结尾两句，不说我想远方的兄弟，而从对面着笔，写远方兄弟
想我。"遍插茱萸少一人"，从对面写来，比正面直接说，要好得多。
类似的写法，又如白居易《邯郸冬至夜思家》：

邯郸驿里逢冬至，抱膝灯前影伴身。

想得家中夜深坐，还应说着远行人。

诗的第一句叙说客中遇上冬至节。第二句写他在客栈里过节，没有正面说思家。那他是怎么写的呢？诗人的感人之处，正是他的高明之处。他在思乡之时，想象出来的情景，却是家人如何想念自己。当自己抱膝灯前，想念家人，在想到深夜的时候，家里人大约同样也是没睡，坐在灯前"说着远行人"吧！从对面写来，质朴的语言、平常的话语，道出了一种人们常有的生活体验，显得真挚动人。

四、问句启发。在前面，我们就章承庆《南行别弟》提到了"疑问作结"开头，此外，用在结尾的反问也比较多。反问本是无疑而问，作用是引发思考，增强语气，突出感情。例如孟郊《游子吟》：

慈母手中线，游子身上衣。

临行密密缝，意恐迟迟归。

谁言寸草心，报得三春晖。

这是一首吟颂母爱的诗篇，千百年来一直脍炙人口。开头两个句子（实际是两个偏正短语），从人到物，由物及人，写出了母子相依为命的骨肉之情。紧接两句，笔墨集中在慈母的动作和意态上，慈母的一片深情，朴素自然，亲切感人。最后两句，翻出进一层的深意："谁言寸草心，报得三春晖。"诗人出以反问，意味深长啊。它是前四句的升华。通过形象的比兴，加以悬绝的对比，寄托了赤子炽热的情意；对于春天阳光般深厚博大的母爱，区区小草似的儿女怎能报答于万一呢。母恩浩荡，欲报无极啊。再如王翰《凉州词》：

葡萄美酒夜光杯，欲饮琵琶马上催。

醉卧沙场君莫笑，古来征战几人回。

　　诗咏边塞情景。首句从美酒说起，第二句"欲饮"一顿，句法上是上二下五式："欲饮——琵琶马上催"。第三、四句应该说是筵席上的畅饮和劝酒吧。将士们兴致飞扬，你斟我酌，畅快淋漓。也许有人想放下酒杯，这时座中便有人高叫："怕什么，醉就醉吧，就是醉卧沙场，也请诸位莫笑。古来征战几人回？我们不是早将生死置之度外了吗？"表现出来的不是消极悲伤之情，而是豪放、兴奋的情感，有视死如归的勇气，它能给人一种激动和向往的艺术魅力。

　　下面再看看李商隐的《隋宫》：

紫泉宫殿锁烟霞，欲取芜城作帝家。

玉玺不缘归日角，锦帆应是到天涯。

于今腐草无颜色，终古垂杨有暮鸦。

地下若逢陈后主，岂宜重问后庭花。

　　诗的首联点题，中间两联揭示杨广的穷奢极欲的行径，尾联揭示荒淫误国的主题。本来，最后一句，如果改用陈述语气，"不宜重问后庭花"，并无不可，但作者却选用了反诘句式、反问语气，"岂宜重问后庭花"！问而不答，不仅增强了讽刺的力量，而且使诗的主旨表达得更蕴藉，更深刻，又能进一步激发人们深思。诗人希望当时和以后的统治者从隋亡的历史悲剧中吸取教训，引以为戒，其艺术感染力自然就强多了。

第二十讲 中篇之法

前两节课，我们分别讲了开篇之法和结尾之法，明白了开头结尾对于一首诗来说，多么重要，所以开头结尾要讲究，力求精彩。但是，中间部分也不能忽视，尤其是对五言律诗、七言律诗来说，中间两联是一首诗的核心部分，如果处理不好，整首诗就缺少坚实的内容，势必给人乏力的感觉，留下遗憾。

律诗中间两联四句究竟写什么，怎么写，情况还是比较复杂的，并不是像有的人所说的那样，情景相隔，一联写景，一联写情，更有人径直将它们称为景联、情联。不是的：实际的情形，多种多样，景联、情联只是其中常见的一种。我们将从情景联说起。

一、先景后情。 例如孟浩然《望洞庭湖赠张丞相》：

> 八月湖水平，涵虚混太清。
>
> 气蒸云梦泽，波撼岳阳城。
>
> 欲济无舟楫，端居耻圣明。
>
> 坐观垂钓者，徒有羡鱼情。

这是一首干谒诗。唐玄宗开元二十一年（733），孟浩然西游长安，写了这首赠当时在相位的张九龄，目的是想得到张的赏识和荐用。但写得很是委婉，极力隐藏干谒的痕迹。

诗的开头两句，点明时间和洞庭湖水，写得极开朗，也极涵浑，汪洋浩阔，润泽着千花万树，容纳了大大小小的河流。

三、四句写湖。"气蒸"句写出湖的丰厚和蓄积，仿佛广大的沼泽地带，都受到湖的滋养哺育，才显得那样草木繁茂，郁郁苍茫。而"波撼"两字放在"岳阳城"上，衬托出湖的澎湃动荡，也极为有力。

后四句是即景生情。所谓"欲济无舟楫"，是从眼前景物触发出来。面对浩浩湖水，想到自己还是在野之身，要找出路却无人援引，真如想过湖却没有船只一样。所谓"端居耻圣明"是说，在这个"圣明"的太平盛世，自己不甘心闲居无事，要出来做一番事业。这两句是正式向张丞相表白心事，但这心事不是直白说出的，而是用比喻的方式表达的，显得那样婉曲，那样贴切，那样得体。

最后两句，仿佛向张丞相发出深切的呼唤："垂钓者"暗指当朝执政的人物，其实专指张丞相。因为诗人巧妙地运用了"临渊羡鱼，不如退而结网"（《淮南子·说林训》）的古语，另翻新意；而且"垂钓"也正好与"湖水"照应。因此不大露出痕迹，但孟浩然要求援引的心情是不难体味的。

律诗中间的两联以这种一景一情的结构模式为常见。我曾经做了一个简单统计，发现诗人杜甫就比较喜欢颔联写景、颈联写情的这种方式。喻守真编注的《唐诗三百首详析》选了杜甫十首七律，它们依次是：《蜀相》《客至》《野望》《闻官军收河南河北》《登楼》《宿府》《咏怀古迹》（五首选二）《阁夜》《登高》。其中有五首都是那样的。但不能把中二联一景一情的写法扩大化、僵化，像金圣叹那样，将律诗八句采取粗暴的"二分法"，说前四句写景，后四句写情。

二、先情后景。这种结构安排跟上种做法相反，是先抒情议论，后写景。例如刘禹锡《始闻秋风》：

昔看黄菊与君别，今听玄蝉我却回。

五夜飕飕枕前觉，一年颜状镜中来。

马思边草拳毛动，雕眄青云睡眼开。

天地肃清堪四望，为君扶病上高台。

　　这是一首高亢的秋歌。开头两句采用拟人化手段，以"我"称"秋风"，也可以说是"秋"的象征。"看黄菊""听玄蝉"，形象而准确地点明秋风去而复还的时令。

　　颔联，诗人从自己角度来写：五更时分，凉风飕飕，一听到这熟悉的声音，就知道是"你"回来了，一年不见，"你"还是那么劲疾肃爽，而"我"那衰老的颜状，却在镜中显现出来。后一句是写"始闻秋风"而生发的感慨。

　　颈联，由上联的情转到写景。这一转，精神顿现。骏马思念边塞秋草，昂起头，抖动拳曲的毛；猛雕睁开睡眼，顾盼着万里青云。这一"动"一"开"，极为传神地刻画出骏马、猛雕的形象，显示出感人的力量。

　　三、情景兼到。例如岑参《寄左省杜拾遗》：

联步趋丹陛，分曹限紫微。

晓随天仗入，暮惹御香归。

白发悲花落，青云羡鸟飞。

圣朝无阙事，自觉谏书稀。

　　诗的前四句叙述与杜甫同朝为官的生活情况：每天总是小跑（趋）进朝廷，分列殿虎两侧；清早，他们随威严的仪仗入朝，直到晚上身上沾染"御香"而归。字里行间，流露出对这种日复一日的庸俗无聊生活的厌恶。

五、六两句，这联情景交融"悲""羡"是情；"白发""花落""青云""鸟飞"是景。这里"悲"不可轻易放过，因为"悲"是中心，一个字概括了诗对朝官生活的态度和感受。为浪费年华的"晓随天仗人，暮惹御香归"的无聊生活而悲，也为"联步趋丹陛，分曹限紫薇"的木偶般的境遇而愁闷。因此，低头见庭院落花而倍感神伤，抬头见高空飞鸟而顿生羡慕。这两句，语愤情悲，抒发了诗人对世事和身世的无限感慨。这种情景兼融的联语，并非仅见。再如杜甫《客夜》颔联"卷帘残月影，高枕远江声"。"卷帘""高枕"，动作传情；"残月影""远江声"，一为视觉的景，一为听觉的景。又例如刘长卿《新年作》的颈联："岭猿同旦暮，杨柳烟共风。"上句的一个"同"字，将"岭猿"的凄厉的叫声，跟自己"朝""暮"生活联系起来，见出诗人对"老至居人下，春归在客先"（刘长卿《新年作》的颔联）境遇的不满和无奈。

四、两联皆景。这种结构安排，在唐诗中以纪游写景诗为常见。只是颔联和颈联选景安排上要体现远近、角度的变化。例如韩翃《同题仙游观》：

仙台初见五城楼，风物凄凄宿雨收。

山色遥连秦树晚，砧声近报汉宫秋。

疏松影落空坛静，细草香闲小洞幽。

何用别寻方外去，人间亦自有丹丘。

诗一落笔，便用仙家典实做总冒，切题中"观"字。颔联写观外的景物，上句是从视觉写"见"，"山色遥连秦树晚"，下句是从听觉写"闻"，"砧声近报汉宫秋"。这联"秦树"切地，"砧声"切题，并回应次句的"风物凄凄"，表明是秋天的景象。颈联视觉由观外移到观内，集中写观内的景物。写的角度也有变化。上句写高处的"疏松""空坛"，下句写低处的"细草""小洞",并且分别用"静"和"幽"二字来概括,由此见出,道士所居的观,不是寻常的居处,是值得别人喜欢的地方。于是末联顺势说出称赞羡慕的话语,仍用表示世外的"方外"和表示仙境的"丹丘"归结到"观"。章法如此安排,手法如此巧妙,值得借鉴。

五、两联皆情。这种结构较为少见。因为两联皆虚,内容易流于空乏,除非有深厚的真情实感。例如韦应物《寄李儋元锡》:

> 去年花里逢君别,今日花开又一年。
> 世事茫茫难自料,春愁黯黯独成眠。
> 身多疾病思田里,邑有流亡愧俸钱。
> 闻道欲来相问讯,西楼望月几回圆。

诗是寄赠好友的,所以叙别开头。首联说去年春天在长安分别以来,已经一年。以花里逢别起,即景抒情,欣然回忆,而以花开一年衬托,又流露出别后境况萧索的感慨。颔联写自己的烦恼苦闷。"世事茫茫",既指国家的前途,也包含个人的前途。而作为朝廷任命的地方官员,在任一年了,却一筹莫展,无所作为,深感愧疚。颈联具体写自己的思想矛盾。正因为他有志而无奈,所以多病更促使他辞官归隐;但因为他忠于职守,看到百姓贫穷逃亡,自己觉得于国于民都有愧,所以他不能一走了事。在这种进退两难的矛盾苦闷的处境下,诗人十分需要友情的慰藉,末联便以感激李儋的问候和企盼他能来访作结。

这首诗,范仲淹赞叹它是"仁者之言",朱熹赞叹作者"贤矣"。这首诗之所以历来为人传颂,主要是因为诗人真实地展示了封建官员的思想矛盾和苦闷,尤其是"身多疾病思田里,邑有流亡愧俸钱"两句,真实地展现了一个清廉正直的人物形象,体现出较高的思想境界。

六、两联皆事。诗人通过叙述日常生活的情形,反映生活,彰显性情。

例如杜甫《客至》：

> 舍南舍北皆春水，但见群鸥日日来。
>
> 花径不曾缘客扫，蓬门今始为君开。
>
> 盘飧市远无兼味，樽酒家贫只旧醅。
>
> 肯与邻翁相对饮，隔篱呼取尽余杯。

这是一首洋溢着浓厚生活气息的叙事诗，表现诗人诚朴的性格和喜客的心情。作者自注"喜崔明府相过"，简单说明了题意。

首联从户外的景色着笔，点明客人到访的时间、地点和来访前夕作者的心境。以"鸥来"兴起"客至"。颔联的笔触移到庭院，引出"客至"。作者采用与客谈话的口吻，增强了宾主接谈的生活实感。上句说，一向紧闭的家门，今天才第一次为你崔明府打开。这两句前后映衬，互文见义，情韵深厚。颈联而转入实写待客。作者舍弃了其他情节，专门拈出最能显示宾主情份的生活场景，着意描画。"盘飧市远无兼味，樽酒家贫只旧醅"，语言朴实，情感真实，家常话语听来十分亲切，我们能容易感受到主人的盛情和歉疚，也可以体会到主客之间真诚相待的深厚情谊。尾联，诗人巧妙地把席间的气氛，推向更热烈的高潮："肯与邻翁相对饮，隔离呼取尽余杯"。以此作结，细节生动，细腻逼真，别开境界。总的来看，这首诗把门前景、家常话、身边事、主客情，编织成富有情趣的生活场景，以它浓郁的生活气息和人情味，显示出特点，吸引着后代的读者。

七、抑扬褒贬。诗若咏史、写人物，往往用此法。例如李商隐《筹笔驿》：

> 猿鸟犹疑畏简书，风云常为护储胥。

徒令上将挥神笔，终见降王走传车。

管乐有才真不忝，关张无命欲何如？

他年锦里经祠庙，梁父吟成恨有余。

筹笔驿在今天的四川广元县北，相传三国时诸葛亮出兵伐魏，曾驻此筹划军事。驿，驿站，古代传递文书的人以及官员中途更换马匹或休息、住宿的地方。

诗写诸葛之威、之智、之才、之功，但不是一般的赞颂，而是集中写这个"恨"字。为突出"恨"字，作者用了抑扬交替的手法。首联说猿鸟怕其军令，风云护其藩篱，极写其威严，一扬；颔联却说徒有神智，终见刘禅投降，长途乘坐驿车，被送到洛阳，蜀汉归于败亡，一抑；颈联出句称其才真无愧于管仲、乐毅，又一扬；对句写关羽、张飞无命早亡，失却羽翼，又一抑。抑扬之间，似是自相矛盾，实则文意连属，一以贯之。以其威智，霸业理应可成，然而时无英主，结果社稷覆亡，一恨；以其才略，出师理应告捷，然而时无良将，结果未捷身死，又一恨。一切抒情议论都集中到"恨有余"这一落脚点上。以一扬一抑的议论来表现"恨"的情怀，显得特别婉转约致。

八、今昔顺逆。这是从时间上看内容安排顺序的一种写作手法。

例如刘长卿《送李中丞之襄州》：

流落征南将，曾驱十万师。

罢归无旧业，老去恋明时。

独立三边静，轻生一剑知。

茫茫江汉上，日暮欲何之？

诗一开头，就将"流落"和"征南将"联在一起，显得非常警醒，又为下文留下地步。首联第二句是写从前，"曾驱十万师"，可谓军威赫赫。颔联写现在。上句写"罢归"后的清贫，下句写"老去"的情感态度。颈联回应"曾驱"写过往的忠勇。这一联字炼句凝，尤以"静""知"二字，写出老将威风凛凛和忠心耿耿。然而尾联的"茫茫""日暮"又归到眼前，流露出作者对这位老将的关心、怜惜、尊敬和不舍的深情。

九、远近变化。诗写空间，总须变化。或由远到近，或由近到远，这样，显得条理清爽，引人入胜。否则，忽近忽远，教人眼花缭乱。我们先看一首由远到近的诗。例如孟浩然《过故人庄》：

> 故人具鸡黍，邀我至田家。
>
> 绿树村边合，青山郭外斜。
>
> 开轩面场圃，把酒话桑麻。
>
> 待到重阳日，还来就菊花。

诗一开头，未说"过"，先写"邀"，而以"鸡黍"相邀，既显出田家特有的风味，又见待客之简朴。颔联是远望，未到庄而见庄外的风景"绿树村边合，青山郭外斜"，绿树环抱，别有天地；青山斜出，则又展示一片开阔的远景。颈联由远及近，由庄外转到室内，此处叙述人在屋里饮酒交谈，共话桑麻。轩窗一开，就让外景跌入户内，更给人心旷神怡之感。农庄的生活，深深吸引着诗人，于是临走时，向主人表示，将在秋高气爽的重阳节，再来观赏菊花。这样的结尾使得故人相待的热情、诗人作客的愉快、主客之间的亲切融洽，都跃然纸上，令人羡慕。你看，这首诗就是这样，未说过"过"，先叙"邀"；既说"至"，却叙"望"，到庄之后，还留有后约。一路写来，纯任自然，这是本诗结构方法上的一大特色。

再来看一首由近到远的诗。例如柳宗元的《登柳州城楼寄漳汀封连四州》：

> 城上高楼接大荒，海天愁思正茫茫。
> 惊风乱飐芙蓉水，密雨斜侵薜荔墙。
> 岭树重遮千里目，江流曲似九回肠。
> 共来百越文身地，犹自音书滞一乡。

全诗先从登楼写起。而"楼"前着"高"字，便示所见则远，立身则高，所见则更远，所想也自然越多。并为以下逐层叙写展开了宏大的画卷。颔联写的是近处所见，写得也细致。在这里，芙蓉和薜荔象征着人格的美好与芳洁。而"惊风乱飐""密雨斜侵"，景中含情，境中蕴意。颈联写远景，由近景过渡到远景的契机是近景所触发的联想。自己身处这样的境地，那朋友们的处境又是怎样呢？于是，心驰远方，目光也随之移向漳、汀、封、连四州。"岭树""江流"两句，同写遥望，却一仰一俯，仰观则岭树密林，重遮千里之目；俯察则江流曲折，有似九回之肠。景中寓情，愁思无限。尾联由前联生发而来，表现出关怀好友处境而望而不见的惆怅之情。隔离已是痛苦，而连音书都无法送到，其痛苦倍加。诗到这里，余韵袅袅，余味无穷。可见诗人用笔何等精妙！

当然，中二联的写法还有很多很多。如虚实法、分合法、疏密法、顿挫法等，主要精神就是要有变化，这里就不再多谈了。希望大家能举一反三，在实践中不断提高自己。

第二十一讲 诗的衔接

这节课，我们讲诗的衔接。

诗作词章，都是一句一句组成的。它的每一句，在作品中都占有一定的位子，承担着一定的任务。这就决定了句与句之间，这一部分与那一部分之间，会有这样那样的联系。有时句子一样，由于组合的顺序不同，作品的意义就会有异，有时甚至有很大不同。比如，唐代诗人李涉有一首诗叫《题鹤林寺僧舍》：

> 终日昏昏醉梦间，忽闻春尽强登山。
>
> 因过竹院逢僧话，偷得浮生半日闲。

有人把李涉诗的第一句和第四句换了个位置，改为：

> 偷得浮生半日闲，忽闻春尽强登山。
>
> 因过竹院逢僧话，终日昏昏醉梦间。

大家的感觉如何呢？是不是有不同？依我看呀，这一改，两诗的思想内容和给人的感觉，就有了很大的差别：前者表达的是，自己因登山而获得了半日清闲的一种轻松自得之情，给读它的人的感觉也是轻松愉快的；而后者表达出来的却是对僧人的讽刺——僧人的话使自己昏昏欲睡，给读它的人以幽默辛辣之感。由此可见，衔接在篇章中是不容忽视的。

衔接的方式很多，若按传统的虚实性质分，有实接和虚接；若按材料性质分，有正接和反接。我们今天从方便角度考虑，从衔接的顺序方向角度，谈谈顺接、逆接、交接和跳接。

先讲顺接。

诗词中的顺接，就是后一句或后一联的意思跟前一句或前一联的意思具有一致性。所谓的一致性，或是时间上先后有序，或是空间上远近有序，或情理上因果有序，彼此衔接自然，鱼贯而下。例如贺知章《回乡偶书》：

> 少小离家老大回，乡音无改鬓毛衰。
> 儿童相见不相识，笑问客从何处来。

诗只有四句，却环环相扣。首句叙事，"少小离家老大回"，表明久客他乡。第二句"乡音无改"四字接应首句"少小离家"，"鬓毛衰"三字接应首句的"老大"，暗寓自伤老大之情。第三句在绝句章法上是"转"，起、承、转、合，绝句的"转"最为关键，也最见功力。转不能忘接。其实，转也是一种接，只是以能转出新意为好罢了。这首诗转处就非常高明：虽写自己，却转向儿童，翻出新意；虽为自伤，却借儿童"笑问"的欢快场面反衬写出，并且前后因果联系异常紧密——正因为自己老大回乡，鬓毛已衰，所以儿童们相见而不相识，又因为"儿童相见不相识"，所以会问"客从何处来"。四句之中，都是上句是因，下句是果。果由因生，前后衔接真可谓密不透风。诗也正是在这自然的接转之中，使作者内心的苦涩显得格外深长感人。又如，上节课中已经提到过的孟浩然《过故人庄》：

故人具鸡黍，邀我至田家。

绿树村边合，青山郭外斜。

开轩面场圃，把酒话桑麻。

待到重阳日，还来就菊花。

　　孟浩然的诗，以清淡著称。其好处，是通篇自自然然，不见大开大合，且气韵生动，诗意盎然。《过故人庄》就很能说明这一点。诗描述的是一次普通的朋友招待，布局上完全按照事情的先后顺序来安排结构。首联从相邀写起，可说是起得平稳，交代得简洁。颔联承"邀"，接写到庄前所见："绿树村边合，青山郭外斜"。空间上由远到近，视野却是近窄而远阔。颈联承颔联的望，接写相聚："开轩面场圃，把酒话桑麻"。空间上由外而内，视线也由室外写到眼前。景美情美，转换之间，不留痕迹。尾联，情事上虽是一换，写今后重阳的打算。但，由于时间是前日——今日——他日的自然延伸，所以，自始自终总显得那么的从容不迫。读这样的诗，如饮甘醇，诗中描写的秀美的农村风光，所表达的淳朴的诚朴友情，令人自然陶醉。

　　诗词中还有一种层层倒卷的顺接。《诗人玉屑》第六卷有"意脉贯通"条，其中引《小园解后录》一段话，很有启发意义：

　　"打起黄莺儿，莫教枝上啼。啼时惊妾梦，不得到辽西。"此唐人诗也。人问诗法于韩子苍，子苍令参此诗以为法。

　　这里援引的五言绝句，它的作者是唐代的金昌绪，题目叫《春怨》。

　　只是第三句绝大多数选本作"啼时惊妾梦"。文中提到的子苍，是宋代诗人韩驹，子苍是韩驹的字。为什么韩驹把金昌绪那首诗作为写诗章法的典范呢？因为这首诗在章法上有一个特点："一气蝉联直下"（沈德潜《唐诗别裁》），"章法圆紧"（王世贞《艺苑卮言》）。四句诗，句句相承，环环相扣。层层深入而又余意丰富。"打起黄莺儿"，首句陡起，造成悬念，是谁要打黄莺儿？为什么要打黄莺儿？次句回答原因："莫教枝上啼"。只是这一回答又生新的疑问：为什么不让黄莺啼叫呢？于是，又有了第三句的进一步解释，因为黄莺的叫声"惊妾梦"。至此，读者才明白了主人公的妻子身份，但何以惊破夜梦就那么恼怒，仍然是个谜。直到最后才一语道破："不得到辽西"。话虽说完，但意犹未尽。读者的疑惑依然没有完全消除，如为什么"到辽西"于她那么重要？她的什么亲人在那里？在那里干什么？诸多问题，仍是一个诱人的谜团，令人咀嚼，引人入胜。由此，我们是不是能从中意识到顺接方式的另一种美呢？回答应该是肯定的吧。

接着讲逆接。

诗词当然要讲究意脉贯通，但对意脉贯通不能作狭隘的理解，认为只有从先到后、由近及远、先因后果才叫意脉贯通。实际上，有时候时序颠倒一下，空间转换一番，先说果，后说因，往往会造成篇章的曲折多姿，形成叙述的波澜起伏，从而别具一种美。例如杜甫的七律《腊日》：

> 腊日常年暖尚遥，今年腊日冻全消。
> 侵凌雪色还萱草，漏露春光有柳条。
> 纵酒欲谋良夜醉，还家初散紫宸朝。
> 口脂面药随恩泽，翠管银罌下九霄。

这首诗结构上最大的特点是全诗"从时间上说是笔笔倒数，从心理上说层层追溯"（俞平伯语）。或者说全篇章法上因果倒装，层层逆接。诗的首联就腊日的今年与往年的气候相比较，强调的是今年腊日的"冻全消"的美好感觉。颔联描写萱草萌芽、柳条舒展的美好景象，景中含情，感觉也是美好的。但这只是果，那美好的感觉产生的原因是什么呢？原来都是尾联所写的在朝得到皇上的恩赐（口脂面药），心情激动。本来，尾联叙写的受赐之事在先，理应先写，其余各联所写的事情在后，应后写，其中颈联所写受赐回家的事情又应在首联颔联之前，但诗人一一突破时空界线，先写所感、所见、所欲，后写所由。逆接的章法，使得全诗结构别致，诗人那份欣喜之情显得格外真切动人。

还有一种逆接：最后一句陡然翻转。例如贺铸的《减字浣溪沙·闲把琵琶旧谱寻》：

> 闲把琵琶旧谱寻，四弦声怨却沉吟。燕飞人静画堂深。
>
> 敧枕有时成雨梦，隔窗无处说春心。一从灯夜到如今。

这首词，历来评价很高，说得最为中肯的要算清代词论家陈廷焯：

> 贺老小词工于结句，往往有通首渲染，至结处一笔叫醒，遂使全篇实处皆虚，最属胜境。如《浣溪沙》云……妙处全在结句，开后文无数章法。（《白雨斋词话》）

这里，"一笔叫醒，遂使全篇实处皆虚"，的确道出了贺铸这首词的妙处。如果我们再深入一步思考，这"叫醒"全篇的结构诀窍又是什么呢？可以说，那就是巧用逆接法。全词六句，前五句都是眼前的情事，到结句才写出原委。正是这结句的翻转一笔，使得前五句所想的实笔顿时成了虚笔。不难设想，如果把这最后一句移到篇首，先写事情的起因，然后写情事，那就显得平庸无趣了。

再接着说交接。

交接就是交互承接。这种衔接在散文中不多见，在诗歌中却不罕见。

这是因为诗词的句子受押韵、对仗的限制，作者在不影响结构完整性的前提下，往往采用跳跃的方法来安排内容材料。交接运用得当，往往能收到断续激荡的修辞效果。例如王维《汉江临眺》：

> 楚塞三湘接，荆门九派通。
>
> 江流天地外，山色有无中。
>
> 郡邑浮前浦，波澜动远空。
>
> 襄阳好风日，留醉与山翁。

这首诗旨在歌颂汉江景致的美好，抒发心中喜爱之情。诗的首联从大处落墨，汉江接三湘，通九派，勾勒出汉江雄浑的景色和浩渺的水势。律诗中间两联要求对仗。于是，作者在中间两联四句中，调动交互接续的手法，从山（荆门山）水两个方面安排层次，描述景物。第三句"江流天地外"，接上句的"九派"，写出江水的流长旷远；第四句"山色有无中"，接上句荆门山，见出山色微茫。第五句又上接"山色"，写远望中的沿江郡邑的浮动错觉；第六句中的"波澜"，遥接第三句的"江流"。"波澜动远空"，写出了汉江的摇荡之势。"如此交互承接，题意发挥殆尽，汉江的浩渺，就可使读者想象而得了。"（喻守真《唐诗三百首详析》）

最后讲跳接。

跳接，就是前后内容层次之间，安排上呈现跳跃突进式的接续。跳接又可称为突接，层次内容之间的转换不用提示语。例如杜甫《奉济驿重送严公四韵》：

> 远送从此别，青山空复晴。
>
> 几时杯重把，昨夜月同行。

列郡讴歌惜，三朝出入荣。

江村独归处，寂寞养残生。

　　这是首送别诗。同许多同类题材的诗作一样，旨在倾吐友情，抒发依恋惜别之意。但杜甫这首诗章法有特别之处。一是前四句曲折见奇趣。这四句，从时间上看，有三个方面的内容：昨夜月下进行交谈，今日在奉济驿送别和对未来重见的期待；但结构安排上却打乱了时空界限，先写今日送别，次说期待未来，后写昨夜同行；这样写，使得平静的诗句下面，别情翻卷，恋意回荡。二是尾联跳过颈联与开头两联相接续。尾联跳过了颈联所写的严武受到当地人民的赞颂和官运隆盛等方面的内容，用"独归""寂寞"遥接颔联的"昨夜""几时"和首联的"远""送"，进一步抒发离别后的孤单无依和冷落惆怅的愁苦情怀。

　　当然，这里说跳接，并不是说那颈联与作者的抒情无关。实际上，这样写，不仅因为严武与作者有着非同一般的关系，而且借他人对严公的讴歌和对严公离去的惋惜，更能衬托出杜甫对严武的深情厚谊和惜别之情。跳接方法的有效运用，使得这首诗的章法，在严谨有度中又多了一份曲折跳荡之美。

　　词如周邦彦的《应天长·商调》：

　　　　条风布暖，霏雾弄晴，池塘遍满春色。正是夜堂无月，沉沉暗寒食。梁间燕，前社客。似笑我，闭门愁寂。乱花过，隔院芸香，满地狼藉。　　长记那回时，邂逅相逢，郊外驻油壁。又见汉宫传烛，飞烟五侯宅。青青草，迷路陌。强载酒，细寻前迹。市桥远，柳下人家，犹自相识。

　　这首词，结构上的突出特点，就是时空变化不是依次进行，而是突然接续，意脉显得变化难测。全词可分六层。开头3句为第一层，写的是寒食节白天郊外之景；由"正是"到"愁寂"为第二层，写的是寒食节夜里的情形；以下到歇拍为第三层，写的又是白天户外之景；过片由"长忆"领起的3句为第四层，写的是对当年寒食郊外邂逅的回忆；"又见"两句为第五层，写的是城里的日暮之景；最后3句为第六层，写的是郊外重寻前迹的情景。除第四层有"长忆"作标明外，其余各层意思都是突然而起，突然而接。这种结构安排，对读者来说，的确带来许多麻烦，有时甚至是困惑。不过，从另一方面看，也正是有了这样的错综变化，才使读者在细寻理脉之后，享受到一种腾挪跌宕、意脉细密的艺术之美。

第二十二讲 诗的照应

上节课我们讲了诗的衔接，这节课，我们讲诗的照应。

明代戏剧理论家李渔曾将编戏比作缝衣，将照应比作密针线。

他说："编戏有如缝衣，其初则以完全者剪碎，其后又以剪碎者凑成。剪碎易，凑成难。凑成之功，全在针线紧密；一节偶疏，全篇之破绽出矣。每编一折必须前顾数折，后顾数折。顾前者，欲其照映；顾后者，便于埋伏。映照埋伏，不止照映一人，埋伏一事，凡是此剧中有名之人，关涉之事，与前此后此所说话，节节俱要想，宁使想到而不用，勿使有用而忽之。"（《闲情偶寄·词曲部》）编戏是如此，写诗填词也应如此。一首诗或一首词，只有脉络清楚，结构缜密，才能较好地传情达意。

说照应不能不说交代。交代和照应，是一件事情不可分离的两个方面。如果前有交代，那么，后就要有照应，否则，读者就会感到不完整；反过来，如果只有照应而没有交代，读者就会感到莫名其妙。交代和照应运用得当，不仅可以显示章法的严谨，而且有助于主旨的表达。

照应的方式方法很多。就表达方式而言，有叙述、描写、抒情、议论之间的照应；就表达顺序而言，有顺承照应、对比照应等；就词语表达而言，有词义反复、回答释悬和总分开合照应等等。下面我们从照应的位置方面，谈谈照应的几种模式，或可简单，容易领会些。

先说文题照应。

诗有题目。如果是"阙题"，总能补出；如果是"无题"，也只是

这首诗的构思之巧历来被人们称道。本是忆内诗，作者偏偏不从自己方面说，而从妻子方面说。首联不说自己见月思妻，却说妻子看月忆己。颔联不说自己见月忆儿女，偏说儿女不知道母亲忆自己。尾联更用"双照"照应开头的"独看"，由此见出其忆之深、其思之切。全篇诗情浓郁，感人肺腑。又如高适的七律《送李少府贬峡中王少府贬长沙》：

> 嗟君此别意何如，驻马衔杯问谪居。
> 巫峡啼猿数行泪，衡阳归雁几封书。
> 青枫江上秋帆远，白帝城边古木疏。
> 圣代即今多雨露，暂时分手莫踟蹰。

"嗟君此别意何如？驻马衔杯问谪居。"一开篇，诗人就紧扣题目中的"送"字，写出了当时的具体情境之中的"别"，并突出了安慰的"问"。高适送的是两人，不是一人，题目中的两个"贬"字交代了这一点。中间四句紧承首联中的"别意"与"谪居"来写，意脉贯通，而用的是分承式的两应笔法。"巫峡"一句写峡中的李少府，"衡阳"一句写贬长沙的王少府。"青枫江"一句再写王，"白帝城"一句再写李，都遥遥呼应了首联"谪居"二字。结尾两句中的"圣代即今多雨露"，表现了一种封建正统的客套官话，而"暂时分手莫踟蹰"结句，以"分手"很好地照应开篇的"别意"。在章法上，首尾圆合，交叉相应，引人入胜。

词如苏轼的《念奴娇·赤壁怀古》，以浩浩长江开篇："大江东去，浪淘尽，千古风流人物。"这一开头，"把倾注不尽的大江与名高累世的历史人物联系起来，布置了一个极广阔而悠久的空间时间背景。它既使人看到大江的汹涌奔腾，又使人想见风流人物的卓荦气概，更可体味到作者兀立江岸，凭吊胜地所诱发的起伏激荡的心潮"（刘乃昌语，见《唐宋词鉴赏辞典》）。词以"人间如梦，一尊还酹江月"照应开头，结束全篇。

这样"感情激流忽作一跌宕，犹如在高原阔野中奔涌的江水，偶遇坎谷，略作回旋，随即继续流向旷远的前方"（刘乃昌语），使得整首词结构上起结有力，又舒卷自如，格调上雄浑阔大的同时，又呈郁勃深沉之象。又如他的《水调歌头》：

> 明月几时有？把酒问青天。不知天上宫阙，今夕是何年。我欲乘风归去，又恐琼楼玉宇，高处不胜寒。起舞弄清影，何似在人间。转朱阁，低绮户，照无眠。不应有恨，何事长向别时圆？人有悲欢离合，月有阴晴圆缺，此事古难全。但愿人长久，千里共婵娟。

这中秋词作，原有一个短序："丙辰中秋，欢饮达旦，大醉，作此篇，兼怀子由。"序中的子由，是作者的弟弟苏辙的字。词用"明月"开篇，借以自喻清高，又以"千里共婵娟"结束，用以寄托相思，结构上首尾照应，虚实结合，读来令人感到圆转自然，豪宕中见无限趣韵。

最后讲前后照应。

一首好的诗词作品是一件完整的艺术品。这种完整不仅体现在立意上，还体现在层次安排上，更体现在上句与下句，此句与彼句词语的照应上。前后照应紧密，才能使全篇浑然，美不胜收，给人以艺术享受。例如韦应物的《秋夜寄邱员外》的一首五绝：

> 怀君属秋夜，散步咏凉天。
> 空山松子落，幽人应未眠。

这是一首怀人诗。前半部就自己方面说，后半部就邱员外方面说。首句由"怀"字领起，既点明诗的主旨，又交代了时间。次句承接非常自然。"散步"与"怀君"相照应，"凉天"与"秋夜"相扣合。此时此地的情景，通过表面冷静的叙述，显得浓烈而清晰。三、四句虽然是转合，但仍然与前两句保持着紧密的联系。第三句的"空山"是邱员外之所在，与自己之所在，暗相照应，而"松子落"三字，近承"凉天"，远接"秋夜"，照应绵密。第四句的"幽人"也与作者自己暗相联系，而"应未眠"三字又同样是近承"散步"，遥合"怀君"。可以说，整首诗是句句前后照应，字字前后照应。眼前景与意中景巧妙比照，怀念的人与被怀念的人自然相连，将一种真诚的友情表达得自然而深挚，充分体现出作者一贯的"古淡"风格。又例如杜审言的《和晋陵陆丞早春游望》：

独有宦游人，偏惊物候新。

云霞出海曙，梅柳渡江春。

淑气催黄鸟，晴光转绿蘋。

忽闻歌古调，归思欲沾巾。

这是一首和诗，既和原唱同题，又有"忽闻歌古调，归思欲沾襟"的诗句，据此推测，两诗当同是抒发宦游他乡、不能归去的感慨和愁情。原唱已不可见，杜诗却流传后世，个中原因也已不得而知，但杜诗写得情真意切，形象丰满，起结别致，语言独到，却是事实。尤其是细针绵密，更是长期以来令人称道。全诗的关键句是"偏惊物候新"。一个"惊"字，点明了"游望"的突出感受，一个"新"字，概括了早春的景物特点。中间两联的"云霞""梅柳""黄鸟""绿蘋"是说"物"，"曙""春""淑气""晴光"是写"候"，前后照应是何等的精彩。从这个意义上说，这首诗章法上的高妙之处，恰在前后照应手法运用的纯熟和独创上。

第二十三讲 诗的炼字（上）

　　这节课，我们讲诗的语言——炼字。

　　文学是语言的艺术，而诗词则是语言艺术的最高表现形式。历来的诗人词家，在重视选题立意、诗篇布局的同时，无不十分讲究选字用词。一首诗，总是作者细心挑选，精心安排一个个汉字，组成词、配成句、写成篇的心血结晶。不独卢延让说"吟安一个字，捻断数茎须"，方干说"吟成五个字，用破一生心"，就连杜甫也曾感叹"为求一字安，耐得半宵寒""一字未安，绕室终日"。可见诗词的炼字何等重要，何等艰辛。唯其如此，我国古代诗人和传统诗论，无不强调诗词创作中炼字的重要。刘勰《文心雕龙》说："一字穷理，两字穷形。"苏轼说："诗赋以一字见工拙。"宋胡仔《苕溪渔隐丛话后集》说："诗以一字为工，自然颖异不凡，如灵丹一粒，点石成金也。"元代杨载《诗法家数》说："诗要炼字，字者眼也。"清代王夫之《姜斋诗话》对于诗的炼字，也说得极为有力肯定："古人修辞之诚，下一字而关生死。"袁枚《随园诗话》主张："一切诗文，总须字立纸上，不可字卧纸上。"

　　诗歌的炼字之法，主要靠读和改。杜甫不是说过"新诗写罢自长吟"吗？诗稿成篇后，自己反复地朗读，读后又改，改罢重读，选用准确贴切、合乎事理的字词，以取代那些含混不清或有歧义的字词；选用具体的、生动形象的字词，以取代那些抽象的、概念化的字词；选用声音协谐的、响亮的字词，以取代那些声音哑拗的字词，以达到沈德潜《说诗晬语》

所说"平字见奇，常字见险，陈字见新，朴字见色"的高度。

诗歌中字词的锻炼从何处着手呢？这个问题，历代的诗话、词话和札记里，谈到的具体事例是非常多的。这里仅从炼动词、炼形容词、炼虚词三个方面来谈。

先讲炼动词。

动词是表示动作行为发展变化的词。能给被陈述对象以生动形态的，主要靠常常充当句子谓语的动词。正因为如此，具象动词的提炼，就成了中国古典诗歌炼字的主要内容之一。古代诗坛上这方面的故事特别多。例如贾岛的那个"推敲"故事，王安石那个"东风又绿江南岸"的典故。又如《陈辅之诗话》里有这样一个故事：

> 萧楚知溧阳县，张乖崖作牧，一日召食，见公几案有一绝云："独恨太平无一事，江南闲杀老尚书。"萧改"恨"作"幸"字。公出，视稿曰："谁改吾诗？"左右以实对。张曰："萧弟，一字师也。"

不错，"恨"在文言文中，确有"遗憾"一意，但也容易让人自然地理解为"不满"，说"有幸"就不会有歧义，当然杜绝了给别有用心的人钻空子的机会，也使自己的思想表达显得明确些，自然些，妥帖些。例如王维《汉江临眺》：

> 楚客三湘接，荆门九派通。
>
> 江流天地外，山色有无中。
>
> 郡邑浮前浦，波澜动远空。
>
> 襄阳好风日，留醉与山翁。

这首诗给我们展现了一幅色彩素雅、格调清新、意境优美的水墨山水画。诗的开篇，一笔勾勒出汉江雄浑壮阔的景色：只见莽莽古楚之地和从湖南方向奔涌而来的"三湘"之水相连接，汹涌汉江入荆江而与长江九派合流，概写总述，语工形肖。颔联写远处的山光水色。汉江滔滔远去，好像一直流到天地之外去了，两岸重重青山，迷迷蒙蒙，时隐时现，若有若无。着墨虽淡，却气韵生动。特别是颈联"郡邑浮前浦，波澜动远空"，显得波澜壮阔，飘逸流动。明明是所乘之舟上下波动，却说是前面的城郭在水面上浮动；明明是波涛汹涌，浊浪排空，却说成天空也为之摇荡起来。动静交错，进一步渲染了磅礴的水势。这里"浮"和"动"两个动词，起到了极大的作用。又如王安石《书湖阴先生壁·其一》：

> 茅檐长扫静无苔，花木成畦手自栽。
>
> 一水护田将绿绕，两山排闼送青来。

首二句赞美庭院的整洁清幽。让人似乎看到一个人品高洁、富于生活情趣的人物肖像：所居为"茅檐"，他不仅扫，而且"长扫（即常扫）"因而"静（即净）无苔"；"花木成畦"，布置合理，不赖他人，而是他"手自栽"。可见他清静脱俗，朴实勤劳，是位高士。诗的后两句千古传诵。"一水""两山"被转化为生命感情亲切的形象。"一水护田"加以"绕"字，正见得那个小溪曲折生姿，环绕着绿油油的农田，着一"护"，"绕"的神韵明确显现。而"送青"之前，饰以"排闼"二字，更似神来之笔。它既写出了"绿"不只是欲滴，也不只是可掬，而竟似扑向庭院而来！拟人和描写融为一体，交融无间，相映生色，既奇崛又自然，既经锤炼又无斧凿之痕，清新隽永，韵味深长。

杜甫是一个严谨的诗人，创作时十分注重字句的锤炼。他自称"为人性僻耽佳句，语不惊人死不休"（《江上值水如海势聊短述》），他在诗中的动词运用的艺术是很多人无法企及的。我们以一个普通的"绊"

字为例，试作简要说明。

"绊"字的基本义是"挡住或缠住，使跌倒或行走不方便"（《现代汉语词典》）。这是一个有形的动作，施动也都是有形的。根据于年湖先生的统计，《全唐诗》中共有"绊"字46处，杜诗之前的所有用例和杜诗之后的绝大部分用例都使用"绊"的基本义。而杜诗中用"绊"字6处，除"绊之欲动转欹侧，此岂有意仍腾骧"（《瘦马行》）一例外，其余五处均用引申义，即"绊"字的施动者变成了"名""官"无形的东西。如：

> 细推物理须行乐，何用浮名绊此身。
>
> （《曲江二首·其一》）
>
> 泱泱泥污人，听听国多狗。既未免羁绊，时来憩奔走。
>
> （《大云寺赞公房四首·其四》）
>
> 羁绊心常折，栖迟病即痊。
>
> （《秋日夔府咏怀奉寄郑监李宾客一百韵》）
>
> 万事纠纷犹绝粒，一官羁绊实藏身。
>
> （《寄常徵君》）
>
> 盐官虽绊骥，名是汉廷来。
>
> （《李监宅二首·其二》）

把"绊"这一动作化有形为无形是杜诗的一大特色。这一特色，也影响了后来的诗人，全唐诗中杜诗之后的诗歌把"绊"这一动作化有形为无形的用例共有八处，有些比较明显地化用了杜诗。如化用"何用浮名绊此身"的句子有：

> 超然尘事外，不似绊浮名。

（朱庆馀《闲居即事》）

若使浮名拘绊得，世间何处有男儿。

（罗隐《题袁溪张逸人所居》）

化用"一官羁绊实藏身"的句子有：

好是清凉地，都无系绊身。

（白居易《题报恩寺》）

犹被分司官系绊，送君不得过甘泉。

（白居易《酬别微之·临都驿醉后作》）

杜诗中将一些字的本义或基本义进行比喻和引申，使得原来平淡的事物、行为更加生动形象，更具有感染力的例子很多，这里就不再举例细说了。课后大家找来杜甫的诗读一读，自然就很容易知道。

再讲炼形容词。

形容词是表示事物性质、状态的词。诗歌要反映生活，少不了绘景摹状，使人如触其物，如历其境。这种任务，大多是由形容词来承担的。我们还是先看一个故事吧：

一天，苏轼、黄庭坚、秦观、佛印四人游一寺院，见墙壁上题有杜甫一首七律《曲江对雨》，第二联"林花著雨胭脂□，水荇牵风翠带长"，上句最后一字看不清楚。四人尝试要为这句补缺。苏轼补的是"润"字，黄庭坚补的是"老"字，秦观补的是"嫩"字，佛印补的是"落"字。谁好谁歹，四人争论不下。寺院老方丈见状，拿来杜甫诗集一查对，原来最后那个字是"湿"字。四人面面相觑，仔细玩味，觉得还是"湿"字好。一个湿字，将润的形态、老的衰情、嫩的色质、落的态势都包容了，熔形、情、色、态于一炉，将林花着雨的意境，准确、鲜明、形象、生动地表现了出来。四人无不叹服杜甫遣词炼字的匠心。

古典诗词炼形容词时，主要有两种情况：一种是形容词的重叠运用，一种是表颜色的形容词于句首和句尾的运用。叶梦得《石林诗话》讲的就是第一种情况："古人下双字极难，须使七言、五言之间，除去五字、三字外，精神兴致全见于两言，方为工妙。唐人记'水田飞白鹭，夏木啭黄鹂'李嘉佑诗，摩诘窃取之，非也。此两句好处，正直添'漠漠''阴阴'四字，此乃摩诘为嘉佑点化，以自见其妙。如李光弼将郭子仪军，一号令之，精彩数倍。不然，嘉佑本句，但是咏景耳，人皆可到。要之，当令老杜'无边落木萧萧下，不尽长江滚滚来'与'江天漠漠鸟双去，风雨时时龙一吟'等仍为超绝。"

炼形容词于句首或句末的诗例自然也不少见。如杜甫"青惜峰岚过，黄知桔柚来""红入桃花嫩，青归柳叶新""碧知湖外草，红见海东云"等，便是形容词炼于句首。而王维的"日落江湖白，潮来天地青"，元稹的"寥落古行宫，宫花寂寞红"，李商隐的"曾是寂寥金烬暗，断无消息石榴红"，李清照的"守着窗儿，独自怎生得黑"，杜甫的"重来梨叶赤，依旧竹林青""问道奔雷黑，初看浴日红"等，都是形容词炼于句末的范例。

在形容词中，特别是颜色词，由于色彩鲜明，形象丰富，所以古人非常注重颜色词的使用。这方面，杜甫使用颜色词更是行家里手，令人叹服。例如：

①回身视绿野，惨澹如荒泽。（《送李校书二十六韵》）
②桃花细逐杨花落，黄鸟时兼白鸟飞。（《曲江对酒》）
③影遭碧水潜勾引，风炉红花却倒吹。（《风雨看舟前落花，戏为新句》）

①中的"绿"，②中的"黄""白"，③中的"碧""红"等颜色词，

都是用作形容词在句中作定语。一方面是对其后面的名词的修饰和限定，表明了名词所代表的事物本身所具有的性状；另一方面，也增加了语言的生动性，同时，对情感的抒发也具有较好的作用。再如王维《使至塞上》：

> 单车欲问边，属国过居延。
>
> 征蓬出汉塞，归雁入胡天。
>
> 大漠孤烟直，长河落日圆。
>
> 萧关逢候骑，都护在燕然。

诗的首联叙事，写出使。颔联叙事兼写景。出使恰在春天，途中见归雁北翔，即景设喻，一笔两到，自比贴切自然。特别是颈联"大漠孤烟直，长河落日圆"，是被王国维称为"千古壮观"的名句。句中的"直"字、"圆"字，准确地描绘了边疆沙漠奇特壮丽的景象，同时蕴含着作者深切复杂的感受。曹雪芹在《红楼梦》中借香菱之口，说了这样两段话："据我看来，诗的好处，有口里说不出来的意思，想去却是逼真的。有似乎无理的，想去竟是有理有情。""我看他《塞上》一诗，内一联云：'大漠孤烟直，长河落日圆。'想来烟如何直？日自然是圆的；这'直'字似无理，'圆'字似太俗。合上书一想，倒像是见了这景的。若说再找两字换，竟找不出两个字来。"

接着讲炼虚词。

现代汉语的虚词，一般指副词、介词、连词、助词，代词在古汉语中也作虚词看待。在古典诗词作品中，虚词的作用绝不是简单的点缀，虚词用得恰到好处，可以获得疏通文气、开合呼应、悠扬委曲、活跃情韵、化板滞为流畅等艺术效果。

罗大经《鹤林玉露》曾经指出："作诗要健字撑住，活字斡旋。

撑住如屋之有柱，斡旋如车之有轴。"他说的"健字"，相当于我们今天说的实词，"活字"相当于我们今天说的虚词。张炎在《词源》中谈到虚字作用时说："词之句有二字三字四字五字六字七八字者，若堆叠实字，读且不通，况付之雪儿（歌者）乎？合用虚字呼唤，单字如'正''但''甚''任'之类，两字如'莫是''还又''那堪'之类，三字如'更能消''最无端''又却是'之类。此等虚字，却要用之得其所，若能尽用虚字，句语自活，必不质实，观者无掩卷之诮。"如果说诗歌作品的实词如同珍珠，那么虚词就像一条金线，将颗颗珍珠串联起来，使作品显得疏朗、典雅、别致。

古典诗歌锤炼虚词的佳例更是不胜枚举。例如杜甫的《蜀相》：

> 丞相祠堂何处寻？锦官城外柏森森。
>
> 映阶碧草自春色，隔叶黄鹂空好音。
>
> 三顾频烦天下计，两朝开济老臣心。
>
> 出师未捷身先死，长使英雄泪满襟。

第二联上句"自"，下句"空"，这两个虚词就运用得极好。碧草映阶，自为春色，见之而寂寞之心难言；黄鹂隔叶，空有好音，闻之而苍凉之感无限，真是字虚而情切，字少而义丰。古人早就认识到这一点。清人薛雪在《一瓢诗话》中说："老杜善用'自'字，如'村村自花柳''花柳自无私''寒城菊自花''故园花自发''风月自清夜''虚阁自松声'之类，下一'自'字，便觉其寄身离乱、感时伤事之情，掬于纸上。"岂止是"自"字，又例如他的七律《又呈吴郎》：

> 堂前扑枣任西邻，无食无儿一妇人。
>
> 不为困穷宁有此？只缘恐惧转须亲。

即防远客虽多事，便插疏篱却甚真。

已诉征求贫到骨，正思戎马泪盈巾。

这首诗的目的是劝告吴郎，希望他能像自己一样，体贴邻居寡妇。前四句现身说法，陈述原因，后四句冷静分析，婉言劝说。全诗内容实在，立意鲜明，说理亲切，在艺术上有一个很重要的特点，就是充分发挥虚词的表情达意的积极作用。 第三句"不为……宁有……"语气上 一进一转，婉转熨帖。第四句"只缘……转须……"语气一缩一伸，流转自然。第五、六 两句"即……虽……便……却……"上下一气，相互关联，相互依赖，相互补充，措辞又十分委婉含蓄，句式选择恰如其分。最后两句"已诉……，正思……"，更是极尽虚词递接转捩的能事，将诗意引向更远、更大、更深的境地。正是诗中运用了大量虚词作转接，从而使诗人的感情表达得既强烈而鲜明，又毫不板滞牵强，既体现了律诗的形式美、音乐美，又蕴含了散文的灵巧性、活泼性，抑扬顿挫，耐人寻味，感人至深。

第二十四讲 诗的炼字（下）

上节课，我们讲了诗中词语的选用，这节课，我们接着讲词语的活用。

古代诗文词语的活用，一般指实词的活用，而这里的"实词"主要是名词、动词、形容词和数词。"活用"就是在句子中，按照一定的语言习惯，把经常用作甲类词的，临时转用作乙类词。词类活用，常见的有下列五种：使动用法、意动用法、名词用作动词、名词用作状语、形容词活用为名词。

先讲第一种：使动用法。

所谓使动用法，是指动词与宾语的关系不是一般的"支配与被支配"的关系，而是谓语动词具有"使宾语怎么样"的意思。诗词作品中的使动用法，同文言文的使动用法差不多，谓语动词有的本来就是动词，有的是形容词、名词变化来的，由于与原来的词类不同，活用作使动的时候，它们所表示的语法意义也不完全相同。不过，使动用法还有多种具体的情形。下面一一说明。

（1）动词的使动用法

跟文言文动词使动用法一样，诗词中的使动用法，一般多为不及物动词。不及物动词本来不带宾语，用于使动时，后面就会出现宾语。例如李益《听晓角》开头第一句"边霜昨夜堕关榆"中的"堕"字，就是使动用法。这里，"边霜"是句子的主语，"关榆"，当指边关上榆树的叶子，用在句中"堕"的后面充当宾语，但它又不是一般的支配和被支配的动宾关系，而是使动关系，即：昨夜，边关上的浓霜使榆树叶子飘零。全句的意思是：深秋的清晨，边关上浓霜满地，榆叶凋零。一开头，描写边关环境，渲染气氛。此外，"堕"的使动用法使人感到既新鲜又精练，收到言简意丰的表达效果。类似用法的诗例，如王维《鸟鸣涧》首句"月出惊山鸟"的"惊"字，本身是不及物动词，现在它带了宾语"山鸟"，但这个"惊"，用如使动，"惊山鸟"的意思是：月亮升起，银辉满空，竟使山鸟惊觉起来。又如秦观《踏莎行》一词开头两句"雾失楼台，月迷津渡"，这里"失"和"迷"都是使动用法。"失楼台"就是"使楼台失"，"迷津渡"就是"使津渡迷"。这两句的意思是：夜雾迷漫，四周的楼台都看不见了；月色朦胧，渡口已认不清在哪儿。

（2）形容词的使动用法

形容词用作使动，这个形容词就转化为动词，并使所代表的人或事物具有这个形容词的性质或状态。例如王安石《泊船瓜洲》：

京口瓜洲一水间，钟山只隔数重山。

春风又绿江南岸，明月何时照我还。

这首诗作于熙宁八年（1075）二月。当时王安石第二次拜相奉诏进京，船泊瓜洲。首句，以愉快的笔调写从京口渡江，抵达瓜洲。次句，以依恋的心情写他对钟山的回望。第三句，描绘了江岸美丽的春色，寄托了诗人浩荡的情思。其中"绿"字经过精心筛选，这是大家熟知的故事。洪迈《容斋续笔》卷八有说："吴中士人家藏其草。初云'又到江南岸'圈去'到'字，注曰：'不好'。改为'过'，复圈去而改为'入'。旋改为'满'。凡如是十许字，始定为'绿'。"为什么"绿"字最好呢？因为"到""过""入""满"都只是从风本身的流动着想，给人的感觉也只是流动感，但风是无形的，看不见的，依然显得抽象，也缺少个性；

而"绿"就大不同，它本身就是个颜色词。绿色能给人舒服的感受，也给人以希望，再用作使动，显然生意盎然，充满生机，就把看不见的春风，转换成鲜明的视觉的动态形象——春风拂煦，百草始生，千里江东，一片新绿！这就写出了春风的精神，诗意也饱满得多了。类似的用法如杜甫的"绿垂风折笋，红绽雨肥梅"中的"肥"用如使动，"雨肥梅"就是雨使梅肥了，也就是梅在雨中肥大了；黄庭坚《次韵柳通叟寄王文通》"心犹未死杯中物，春不能朱镜里颜"中的"朱"用作使动。这两句的意思是：饮酒豪兴仍不减当年，但春天能使万物复苏，却不能恢复他青春的红颜。

再讲第二种，意动用法。

所谓意动用法，是指谓语动词具有"认为（或以为）宾语怎么样"的意思，诗词作品中的意动用法，同文言文意动用法差不多，一般限于形容词或名词。相对说来，诗词中的意动用法比使动用法少见些。

（1）形容词的意动用法

形容词用作意动，是主观上认为后面宾语具有这个形容词的性状或状态。例如唐朝吕温的《刘郎浦口号》：

吴蜀成婚此水浔，明珠步障幄黄金。

谁将一女轻天下，欲换刘郎鼎峙心。

这首诗第三句"谁知一女轻天下"的"轻"字用作意动。这两句的意思，直白地说很简单：刘备以天下为重，不会为了一个女子而改变自己的心志。现在诗人以问语的形式说：谁会为了一个女子而看轻天下呢？而孙权、周瑜居然想用来换取刘备鼎足三分的决心，结果如何呢？再如王维《从岐王》"涧花轻粉色，山月少灯光"中的"轻"和"少"用作意动。这句话的意思，王力先生的解说是：涧花白极了，令人以粉色为不够白；山月明极了，令人以灯光为不够亮。又如宋代词人陈亮《水调歌头》"尧之都，舜之壤，禹之封，于中应有、一个半个耻臣戎"。其中"耻"，本为形容词，这里用作意动。"耻臣戎"，即是"以臣戎为耻"。这句话的意思是：在尧、舜、禹圣相传的国度里，总该有一个半个耻于向金人称臣的人吧。

（2）名词的意动用法

名词用作意动，是把名词后面的宾语所代表的人或事物看作这个名词所代表的人或事物。例如柳宗元《柳州城西北隅种柑树》七律的颔联："方同楚客怜皇树，不学荆州利木奴。"联中下句的"利"，用作意动。全句的意思是：（他）爱柑橘是因为读楚客屈原的《橘颂》引起了雅兴，而不是像三国时丹阳太守李衡那样，想通过种橘发家致富,给子孙留点财产。"利木奴"，即"以木奴为利"。毛泽东《沁园春·长沙》"指点江山，激扬文字，粪土当年万户侯"中的"粪土"用作意动。该句的意思是：当年，我们这些青年学子视万户侯为粪土。这形象地反映了当时革命青年的豪迈气概。

第三，名词用作动词。

名词是表示人或事物的名称的词。它在句中常常充当主语、宾语和定语，它一般不能带宾语、补语，不受能愿动词或副词的修饰。可是，大家知道，动词是表示动作行为发展变化的词，它大部分能带宾语，经常受能愿动词或副词的修饰。如果一个句子中的名词，并不具备以上所说的名词的那些特点，反而具备了动词的那些特点，那么，这个名词就转为动词了。例如许浑《登洛阳故城》首联："禾黍离离半野蒿，昔人城此岂知劳？"联中下句的"城"字带上了表"这里"意思的"此"这个补语，用作动词了。"城"，"筑城"的意思，"城此"就是在这里筑城。许浑这首诗是他登上已荒废的洛阳旧城而凭吊感怀。登临送目，一片荒凉颓败的图景展现在眼前：禾黍成行，蒿草遍野，再也不见旧时城市的风貌，暗含对过去王朝兴灭更替的追思。下句念及当年兴建时的情景，"昔人城此岂知劳"，意思是说，从前，人们在这里修筑城池，哪里顾得上疲劳辛苦。反问句强调了劳动人民世代不辞辛苦，用双手修建起来的这座城市，任其弃置荒废，岂不令人痛惜？名词用作动词在诗中常见。如王安石《午枕》的颔联，"野草自花还自落，鸣鸠相乳亦相酬"中的"花"和"乳"，原本是名词，但这里，前面分别受到副词"自"和"相"的修饰，名词用作动词，是"开花"和"哺乳"的意思。陆游《枕上作》颈联"郑虔自笑穷耽酒，李广何妨老不侯"，联中下句的"侯"的前面有否定副词"不"的修饰，名词用作动词，即"封侯"。

跟文言文一样，在诗词作品中，不仅普通名词可以用作动词，方位名词也可活用为动词。例如韩愈《左迁至蓝关示侄孙孙湘》的颈联"云横秦岭家何在？雪拥蓝关马不前"中的"前"字前有否定副词"不"修饰，用作动词，表"向前行"的意思。又如苏轼《浣溪沙·游蕲水清泉寺，寺临兰溪，溪水西流》下片"谁道人生无再少？门前流水尚能西。休将白发唱黄鸡"中的"西"字，因为前面有能愿动词"能"的修饰，活用为动词，表示"向西流"。

第四，名词作状语。

状语，是用在动词、形容词前面，起修饰、限制作用的词。现代汉语中，只有时间名词才能用作状语，普通名词一般情况下不能作状语。而在诗词作品中，不但时间名词，而且普通名词，也可以用作状语。

普通名词用作状语，所起的作用是多种多样的，有的还具有浓厚的修辞色彩。这节课我们各举两例，讲讲名词作状语常见的六种情形：表示比喻、表示对人的态度、表示工具和方式、表示处所、表示趋向、表示时间。

（1）表示比喻

① 秦王扫六合，虎视何雄哉！（李白《古风·秦王扫六合》）

② 谈笑间，樯橹灰飞烟灭。（苏轼《念奴娇·赤壁怀古》）

例①，"虎"在此作"视"的修饰语，表示"像猛虎一样"。以此形容秦始皇的勃勃英姿和赫赫声威。例②，"灰""烟"分别修饰"飞"和"灭"，句子的意思是：谈笑之间，强大的敌人就像灰尘烟雾那样被消灭了。

（2）表示对人的态度

① 天游一丘壑，孩视几公卿。

（戴复古《寄韩仲止》）

② 鲁国高名悬宇宙，汉家小吏待公卿。

（张以宁《严子陵钓台》）

例①，"孩视"不是表示孩童看什么，而是说：把名公巨卿看得如同孩童一样。例②，"小吏待"，不是表示小吏待谁怎样，而是表示像对待小吏一样对待名公巨卿。

（3）表示工具和方式

① 珠玉买歌笑，糟糠养贤才。

（李白《古风·其十五》）

② 手种堂前垂柳，别来几度春秋。

（欧阳修《朝中措·送刘仲原甫出守维扬》）

例①是说与筑黄金台延请郭隗的燕昭王相比，当今君王只管挥霍珠玉珍宝，追求声色淫靡，而听任天下贤才过着贫贱的生活。例②的"手"是亲手、亲自的意思，表示种的方式。

（4）表示处所

① 故人西辞黄鹤楼，烟花三月下扬州。

（李白《黄鹤楼送孟浩然之广陵》）

② 梅子黄时日日晴，小溪泛尽却山行。

（曾几《三衢道中》）

例①"西辞"，从西方离开。黄鹤楼在武汉，武汉在扬州市的西方，所以这样说。例②"山行"，指山路中行走。全句说：在小溪里，船到了尽头，又改走山路了。

（5）表示趋向

① 大江东去，浪淘尽，千古风流人物。

（苏轼《念奴娇·赤壁怀古》）

② 江汉西来，高楼下、蒲萄深碧。

（苏轼《满江红·寄鄂州朱使君寿昌》）

例①的"东"，表示动作行为的所向。"东去"，向东流去。例②中的"西"，是表示动作行为的所自，"西来"的意思是"从西边流来"。

（6）表示时间

① 八骏日行三万里，穆王何事不重来。（李商隐《瑶池》）

② 雨行山崦黄泥坂，夜扣田家白板扉。（戴复古《夜宿田家》）

例①，"日"表示"一日"，"日行三万里"，一日可行走三万里，表示行走的速度快。例②的"夜"，表"在夜里"。

第五，形容词活用为名词。

形容词是表示人或事物性质、状态的词。在诗词中，形容词的活用，除了前面谈到的使动用法和意动用法，还可以活用为名词。形容词活用为名词，表现出来的往往是那个形容词所替代的跟它性质、状态有关的人或事物。它实际上是一种借代用法，能给人以强烈的视觉效果。例如杜甫《对雪》：

> 战哭多新鬼，愁吟独老翁。
>
> 乱云低薄暮，急雪舞回风。
>
> 瓢弃樽无绿，炉存火似红。
>
> 数州消息断，愁坐正书空。

杜甫这首诗是在被安禄叛军占领下的长安写的。首句暗点唐军战败的惨痛事实及自己愁苦的心情。第三句写黄昏时的乱云。第四句写旋风中乱转的急雪。满怀愁绪，仿佛和严寒的天气交织融化在一起了。第五、六两句，写诗人贫寒交困的情况。"瓢弃樽无绿"，古人诗文中通常称盛茶酒的葫芦为瓢。句中以酒的绿色代替酒，形容词活用为名词。诗人困居长安，生活非常艰苦。在苦寒中找不到一滴酒。酒葫芦早就扔掉，樽里空空如也。"炉存火似红"，"红"，形容词活用为名词，指炭火。也没有柴火，剩下来的是一个空炉子。这里诗人不说炉中没有火，而偏偏要说有"火"，而且还下一"红"字，写得好像炉火熊熊，满室生辉，然后用一"似"字点出幻境。明明是冷不可耐，明明是炉中只有灰烬，由于对温暖的渴求，诗人眼前出现了幻象：炉中燃起了熊熊的火，照得眼前一片通红。这样的无中生有、以幻作真的描写，非常深刻地挖出了诗人此时内心世界的隐秘，恰当地把诗人所要表现的思想感情表现出来，做到了既有现实感，又有浪漫感。类似用法如王维《鹿柴》"空山不见人，忽闻人语响"，"响"代指声，"人语响"即"人语声"。宋祁《落花二首·其一》"坠红翻素各自伤，青楼烟雨忍相忘"联中上句的"红"和"素"，指红色和白色的花，泛指各种各样的花。

从上述词类活用的诗例来看，我们不难感受到词类活用的艺术效果。词类活用，能使人感觉新颖，有新鲜感，产生兴趣。词类活用的想象，并不是每一首诗歌都会出现，就整体而言，它还是很少见到。正因为如此，一旦见到，读者就会感到新鲜，表现出高度关注。若思而得趣，就会获得艺术上的极大享受。例如王维的名句"白水明田外，碧峰出山后"（《新晴野望》），读到它，我想，任何人都会觉得眼前一亮，精神为之一振。句中的"明"，本是形容词，这里用如动词，指闪耀银光。它不仅给人以强烈的光感，而且衬托出"田"的绿，表现鲜明的层次感。如果把"明"换成"流"，就很难激起读者的兴趣。这是因为，"流"这个动词在类似的语境中，已经司空见惯了，变得太普通，太寻常了。

词类活用，能使语言表达精练，收到言简意丰之效。这是因为被活用的那类词，在拥有自身信息优势的同时，还拥有另类词类的言语信息，两者相兼，其内容含量自然就丰富了，表达效果自然更趋理想。例如前面提到过的王安石"春风又绿江南岸"一句中的"绿"，是从多个词中精选而定的。活用为动词，不仅给人以鲜明的视觉形象，而且使人真切地感受到春风的精神，且与他二次拜相、奉诏回京的心情相谐和。真是一"绿"能胜千言。

词类活用，还能突出人、物及动作行为的特征，增强作品的形象性。前面所举"形容词活用为名词"的例子，就能很好地说明这一点。每一个用作名词的形容词，都使该形容词所表示的人或物的特征得到突出，如同局部放大的镜头，能使读者对人或物的特别之处，获得特别深刻的印象。例如杜甫《对雪》中的"瓢弃樽无绿，炉存火似红"的"绿"和"红"的活用情形，大家翻看一下就能明白，这里就不再重复了。

第二十五讲 诗的炼句（上）

　　上节课，我们讲了诗的炼字用词，这节课，我们开始讲诗的炼句，锤炼诗句。

　　一般说来，句子的各个部分的正常位置、先后顺序是比较固定的。就基本成分说，主语在谓语前，宾语在动词谓语或介词后；就附加成分说，定语和状语在其所修饰的中心词前，补语在其所补充的中心词后。这一点，无论是古代还是现代，都是基本相同的。即使要改变正常次序，也要讲究一定的条件，如在否定和疑问语气的句子里，宾语可以置于动词前，只是该宾语必须是代词。

　　但在诗词中，由于受到诸如平仄或押韵的限制，或者出于表情达意的需要改变句子正常位置的情况比散文要多得多。近人喻守真有言："王彦辅说'子美用故事及常语，多颠倒用之，语峻而体健，如"露从今夜白，月是故乡明"之类是也。'其意谓这二句意不过是今夜露白，故乡月明而已，经子美一为颠倒，便觉矫健有力，于此可悟造句方面化平板为神奇的方法。"（《唐诗三百首详析》）

　　从修辞的角度看，诗词中句子成分的常位和变位，很难简单地说哪种好，哪种不好。这需要根据表达的侧重点、格律的要求以及上下文的衔接来安排取舍。

　　下面就从作品中一些比较常见的情况进行讨论。

一、主谓换位。

主语在前，谓语在后，这是古今汉语的一般次序。诗词的句子也多是这样。五言如王维《使至塞上》："大漠孤烟直，长河落日圆。"主语"孤烟""落日"在前，谓语"直""圆"在后。七言如刘长卿《闻虞沔州》："早雁初辞旧关塞，秋风先入古城池。"主语"早雁""秋风"在前，谓语"辞""入"在后。

但在诗词中，谓语在前、主语在后的情况还是能经常碰到的。究其原因，有押韵的关系，有平仄的关系，也有表达效果的关系，其间往往相互作用。例如：

> 空山新雨后，天气晚来秋。
> 明月松间照，清泉石上流。
> 竹喧归浣女，莲动下渔舟。
> 随意春芳歇，王孙自可留。

这是唐代大诗人王维的山水名篇，题目是《山居秋暝》。它以清新的笔触，写出了秋日傍晚的山景，寄托着诗人高洁的情怀。诗的颈联描绘的是这样的图景：竹林里传来了一阵阵的歌声笑语，那是洗衣姑娘们笑逐着归来；亭亭玉立的荷叶纷纷颤动着，向两旁披分，那是打鱼的小船顺流而下。但原诗只有十个字："竹喧归浣女，莲动下渔舟"。按照散文的一般顺序，应该是：浣女归而竹喧，渔舟下而莲动。"浣女"和"渔舟"是上下句的主语，应先说，"归"和"下"是各自的谓语，应后说。但因为这是律诗，要运用律句。而律句，首先要满足平仄的需要。这首五言律诗，是平起式，根据粘对的规则，到颈联，应当是平起仄收和仄起平收的句式，如果先说主语，便不恰当。同时这首诗押的是"尤"韵，很显然，因为韵脚关系，如果不将主语后移，就必须改换韵脚。更为重要的是，诗人先写"竹喧""莲动"，与表达效果大有关系。因为浣女隐在竹林之中，渔舟被遮在莲叶之下，起初未见，等到听到竹林喧声，看到莲叶纷披，才发现浣女、渔舟。这样写，不但更富有真情实感，而且产生了先声夺人、引人注目的效果，更富有诗情画意。

主语后置的句子，在诗词作品中不为少见。例如：

漠漠水田飞白鹭，阴阴夏木啭黄鹂。（王维《积雨辋川庄作》）

正常的语序是：漠漠水田白鹭飞，阴阴夏木黄鹂啭。

去矣英雄事，荒哉割据心。（杜甫《峡口二首》）

正常的语序是：英雄事去矣，割据心荒哉。

彭蠡湖边香橘柚，浔阳郭外暗枫杉。

正常的语序是：彭蠡湖边橘柚香，浔阳郭外枫杉暗。

暂止飞乌将数子，频来语燕定新巢。

正常的语序是：飞乌暂止将数子，语燕频来定新巢。

二、动宾移位。

古今汉语，宾语受动词支配，一般位于动词的后面。诗词中的句子也多是这样。五言如杜甫《为农》"圆荷浮小叶，细麦落轻花"，"圆荷""细麦"是主语，在前，"浮""落"是动词，在主语后，"小叶""轻花"是宾语，在动词后。七言如王昌龄《万岁楼》诗"年年喜见山长在，日日悲看水独流",动词"见""看"在前,宾语"山长在""水独流"在后。

在古代散文中,如果宾语放在动词前面,那还需要一定的条件,如作宾语的必须是代词,必须是否定句或疑问句等。而诗词中的宾语,常有无条件前置的情况。其原因,既与平仄押韵有关,也与表情达意有关。例如杜牧《清明》:

> 清明时节雨纷纷,路上行人欲断魂。
> 借问酒家何处有?牧童遥指杏花村。

诗的第三句,是雨中的那位行人向牧童提问,就内容看,正常的表达顺序应当是"何处有酒家",可是诗人偏偏不这么说,而是先提"酒家",再说"何处有",虽然这一句不能简单地变作"借问何处有酒家",原因是这样于律句的平仄不合,但改成"借问何方有酒家"又如何呢?很明显,平仄尽管无大毛病,但是,表达效果就差远了。正因为原诗将宾语"酒家"前置,就使得这"酒家"显得很突出。这一突出,正透露出这行人对酒的渴望。大家试着想想看,清明,本是柳绿桃红、春光明媚的季节,但天不作美,偏又细雨纷纷,而这"雨纷纷",自然是景语,实际上呢,不正也形容了那雨中行路者的纷烦心绪吗?所以,诗的第二句一承接,便是"路上行人欲断魂"了。这糟糕的心情,自然需要摆脱的,靠什么摆脱?毫无疑问,自然是酒。于是乎,寻觅酒家,就成了这雨中的路上行人最为关心的事情:寻到一个酒家,一来歇歇脚,避避雨,二来饮它三两杯,解解春寒,暖暖身子,最为紧要的是,借此散散心头的愁绪。所以说,"借问酒家何处有"比"借问何处有酒家"之类,除了合乎格律要求外,重要的是在表情达意方面要好得多。

宾语前置的例子,在诗词作品中很多。例如:

楚塞三湘接，荆门九派通。

（王维《汉江临眺》）

正常的语序是：三湘接楚塞，九派通荆门。

柳色青山映，梨花夕鸟藏。

（王维《春日上方即事》）

正常的语序是：柳色映青山，梨花藏夕鸟。

塞上长城空自许，镜中衰鬓已先斑。

（陆游《书愤》）

正常的语序是：空自许塞上长城 。

竹怜新雨后，山爱夕阳时。

（钱起《谷口书斋寄杨补阙》）

正常的语序是：怜新雨后（之）竹，爱夕阳时（之）山。

三、主宾换位。

在主语、谓语动词和宾语都齐全的句子里，正常的顺序是：主—谓—宾。散文的句子是这样，诗词中的句子也多是这样。五言如杜甫《晚晴》诗："夕阳薰细草，江色映疏帘。"联中，"夕阳""江色"是主语，"薰""映"是动词谓语，"细草""疏帘"是宾语。七言如杜甫《奉和贾至诗》："五夜漏声催晓箭，九重春色醉仙桃。"联中，"漏声""春色"是主语，"催""醉"是谓语，"晓箭""仙桃"是宾语。

但在诗词中，主语和宾语的位置可以互相交换，成为"宾—谓—主"的顺序。诗人之所以要将主语和宾语在句中的位置交换，也是除了平仄、押韵的因素外，更与表情达意有关。如李珣的《浣溪沙》词：

> 红藕花香到槛频，可堪闲忆似花人，旧欢如梦绝烟尘。
> 翠叠画屏山隐隐，冷铺 纹簟水潾潾。断魂何处一蝉新。

这首词的下阕，历来为人们所激赏，尤其是前两句，有评论家称之为在艺术手法上"堪称杰构"。原因有三：首先，对仗十分工巧，又具有鲜明的词的特色；其次，比喻新奇，既有季节特点，又有人的感受，十分出色；再次，这第一句写屏风，其上远山含翠，隐约多姿，第二句写竹簟，其上竹纹如波，清澈生凉。按正常语序，"画屏""竹簟"都应在主语的位置上，"翠""冷"受"叠""铺"支配，是宾语，本该说"叠翠""铺冷"。现在呢？作者将主语和宾语打乱，让它们交换了位置，说成"翠叠画屏""冷铺纹簟"。这样一来，先说"翠"，先说"冷"，那动人的青翠山色，那冷冷凉意，便直扑读者，给人以异常强烈的感觉。

这种用法的例子也相当多。如：

> 绿垂风折笋，红绽雨肥梅。
>
> （杜甫《陪郑广文游何将军山林》）

正常的顺序应当是：风折（之）笋垂绿，雨肥（之）梅绽红。

> 客心洗流水，遗响入霜钟。
>
> （李白《听蜀僧弹琴》）

正常的顺序，上句的语序应当是：流水洗客心。"流水"用伯牙弹琴的典故，代指蜀僧所弹琴音。既然能用"流水"代琴音，那么琴音作用于听者，便可以用"洗"来比喻，"洗"的对象是"客心"，主宾换位，成了"客心洗流水"。

少年骑马入咸阳，鹘似身轻蝶似狂。

（陆游《晚春感事》）

正常的顺序，下句的语序应当是：身轻似鹘狂似蝶。

秋色渐将晚，霜信报黄花。

（叶梦得《贺新郎》）

正常的顺序下句应当是：黄花报霜信。

四、定语、中心词移位。

定语在句子中，对中心词起修饰和限制作用，两者组成偏正结构的短语。定语在中心词之前，是一般顺序，古今汉语一般都如此。如杜甫《旅夜书怀》诗："细草微风岸，危樯独夜舟。"上句的"岸"是中心词，"细草""微风"都是修饰语；下句"舟"是中心词，"危樯"和"独夜"也都是修饰语。但在诗词中，定语的位置相当灵活，它可以离开它所修饰的中心词而前移，还可以离开中心词而后移。先看宋代诗人黄庭坚《次韵王定国扬州见寄》这首诗：

清洛思君昼夜流，北归何日片帆收。

未生白发犹堪酒，垂上青云却佐州。

飞雪堆盘脍鱼腹，明珠论斗煮鸡头。

平生行乐亦不恶，岂有竹西歌吹愁。

这首诗表达的是作者对朋友的思念和劝慰之情。五、六两句描述的是想象中的王定国在扬州的生活：切细的鱼腹，堆在盘中，像飞来的白雪；煮熟了的鸡头米，多得论斗，像透明的珍珠。而诗人运用移位技巧，借两个生动的比喻，将"飞雪""明珠"提炼到醒目的句首，倒装成"飞雪堆盘脍鱼腹，明珠论斗煮鸡头"。这样"飞雪""明珠"就显得突出，表达出对朋友生活的美化，并引起人们对美好事物的充分联想。同时，又极其自然地过渡到诗的尾联对宽慰内容的叙说。

类似的例子如：

<blockquote>

青惜峰岚过，黄知桔柚来。

（杜甫《放船》）

</blockquote>

正常的顺序是：惜青峰岚过，知黄桔柚来。

<blockquote>

休翻雨滴寒鸣夜，曾抱花枝暖过春。

（李觏《残叶》）

</blockquote>

正常的顺序是：休翻雨滴鸣寒夜，曾抱花枝过暖春。

<blockquote>

千古江山，英雄无觅、孙仲谋处。

（辛弃疾《永遇乐·京口北固亭怀古》）

</blockquote>

正常的顺序是：千古江山，无觅英雄、孙仲谋处。

这是定语前移的例子，还有定语后移。例如欧阳炯《春光好》词：

<blockquote>

天初暖，日初长。好春光。万汇此时皆得意，竞芬芳。　笋

</blockquote>

迸苔钱嫩绿，花偎雪坞浓香。谁把金丝裁剪柳，挂斜阳。

这首词叙写成都春光，题目与词牌同为一意。上片大处着笔，写感觉印象；下片近处取景，写特定环境。下片开头两句"笋迸苔钱嫩绿，花偎雪坞浓香"，写的是园林春色，写得相当巧妙。本来"嫩绿"是形容笋的，"浓香"是形容"花"的。放在各自的中心词前面，是正常结构，可是作者将它们都置于句末了。这样写，固然是出于词句节奏、平仄、押韵的需要，但重要的是，这样写好处多多：（1）"笋""花"单音词打头，它们显得更醒目；（2）"迸""偎"这两个动词，一个显得劲拔有力，一个显得柔美缠绵，让它们各自出现在句中第二个音节上，各尽其妙，其作用得到最大的发挥；（3）"嫩绿""浓香"放在句末，并且同处在相同的节奏点上，其色泽、香味给人的刺激格外强烈。同时，似乎还能兼说"苔钱""雪坞"，一箭双雕，使修饰语发挥了最大的作用。大家看，是不是写得很别致？

下面再举三例类似用法的例子：

> 晓看红湿处，花重锦官城。
>
> （杜甫《春夜喜雨》）

正常的语序末句应当是：锦官城花重。

> 叶浮嫩绿酒初熟，橙切香黄蟹正肥。
>
> （刘克庄《冬景》）

正常的语序应当是：嫩绿叶浮酒初熟，香黄橙切蟹正肥。

　　　　色侵书帙晚，阴过酒樽凉。

　　　　　　　　　（杜甫《严郑公宅咏竹》）

　　正常的语序应当是：晚色侵书帙，凉阴过酒樽。

　　五、状语、中心词移位。

　　王力先生在《汉语诗律学》（修订本）中说："词的语法和近体诗的语法没有什么区别。唯有'一字豆'为近体诗所无，于是他所表现的语法也有特殊的地方。依普通说法，副词总是置于主语之后及其所修饰的谓语之前的，如'人渐老''花正开'等。在词里副词可提到主语的前面，如秦观《满庭芳》'渐酒空金榼，花困蓬瀛'，王安石《桂枝香》'正故国晚秋，天气初肃'。"另还举有十例，现择其四例如下：

　　　　方春意无穷，青空千里。

　　　　　　　　　（张先《庆春泽》）

　　正常的顺序应当是：春意方无穷，青空千里。

　　　　渐暝色朦胧，暗迷平楚。

　　　　　　　　　（叶小鸾《桂枝香》）

　　正常的顺序应当是：暝色渐朦胧。

　　这是单音节的副词，诗词中还有双音节的。例如：

　　　　身经百战曾百胜，壮心竟未嫖姚知。

　　　　　　　　　（郎士元《塞下曲》）

正常的顺序是：壮心嫖姚（指将帅）竟未知。

> **毕竟西湖六月中，风光不与四时同。**
>
> （杨万里《晓出净慈送林子方》）

正常的顺序是：西湖六月中，风光毕竟不与四时同。

上述是状语前移，诗词中还有状语后移。状语除了可以离开它所修饰的动词前移以外，还可以后移，充当状语的可能是一个短语。状语之所以要后移，有一些是因为押韵的关系，有的则是出于其他的需要。例如顾敻《虞美人》词：

> 深闺春色劳思想，恨共春芜长。黄鹂娇啭芳妍，杏枝如画倚轻烟，琐窗前。　凭栏愁立双娥细，柳影斜摇砌。玉郎还是不回家，教人魂梦逐杨花，绕天涯。

词的上片末尾两句，说成"杏枝如画琐窗前，倚轻烟"，从平仄和押韵方面看，都无不可，但次序不同，表意的重点和表达的效果也不一样。"杏枝如画琐窗前"，只是交代语，画面单调、呆板，缀以"倚轻烟"，又多少有点零乱感。现在写成"杏枝如画倚轻烟"，描写语，杏枝倚立于淡淡的烟雾之中，恬静如画，再缀以"琐窗前"，又增强了空间上的疏阔感，很好地衬托着思妇此时的落寞空虚的情怀，同时，又与下片的开头"凭栏愁立"云云相接应。

下面再举三例：

> **何必奔冲山下去，更添波浪向人间。**
>
> （白居易《白云泉》）

末句正常语序应当是：更向人间添波浪 。

　　　　手种堂前垂柳，别来几度春风。

　　　　　　　　（欧阳修《朝中措》）

正常语序应当是：堂前手种垂柳，别来几度春风。

　　　　十年踪迹走红尘，回首青山入梦频。

　　　　　　　　（陈抟《归隐》）

正常语序应当是：回首青山频入梦。

第二十六讲 诗的炼句（下）

这节课，我们接着谈"诗的炼句"，主要是讲句子的成分省略和句子的语意隐略。

一开始，我们就讲过，诗歌的语言是高度凝练的语言。古代诗歌有时为了语言的精炼，有时为使重点词语醒目突出，有时为了使语言生动传神，有时为了使句式整齐和谐，不得不尽量省去一切不言而喻的成分。

常见的省略有省略名词、省略代词、省略动词、省略介词。

一、名词的省略。

名词是表示人或事物名称的词，在散文中，常见的有对话省、承前省、蒙后省。而在诗词中，名词的省略则要复杂些。主要情形有：偏正结构的名词性的词语、省略中心词、省略方位词、省略时间词等。

先说省略中心词。

本来是一个偏正结构的名词性的词语，只是将该中心词省去不说，而直接拿修饰语代替。例如苏轼的《江城子》，词上阕："老夫聊发少年狂。左牵黄，右擎苍，锦帽貂裘，千骑卷平岗。"这里指的是左手牵着黄犬，右手擎着苍鹰。正因为"黄犬"省"犬"只说黄，"苍鹰"省"鹰"只说"苍"，不但满足了词牌中两个三字句的对仗与押韵的需要，而且显得色彩鲜明，特征突出，展示出出猎的飒爽英姿。

同类的例子，如王维《使至塞上》最后一联"萧关逢候骑，都护在燕然"，联中的燕然，指都护在燕然山；杜甫《羌村三首》"歌罢仰天叹，四座泪纵横"，联中的"四座"指四座之父老；李煜《菩萨蛮》"玉京人去秋萧索，画檐鹊起梧桐落"，其中的"梧桐"指梧桐叶；朱淑真《春霁》"年年来对梨花月，瘦不胜衣怯杜鹃"，其中的"杜鹃"指杜鹃的啼叫声。

再说省略方位词。

方位词的主要用法是和它前面的名词结合，共同表示处所，语法上归入名词，是名词的一个附类。但是，由于上古汉语名词可直接表示处所，一般不须加方位词，如《诗经·关雎》"关关雎鸠，在河之洲"，《诗经·鸤鸠》"鸤鸠在桑，其子七兮"。因而后世诗词中方位词的使用，情形同上古用法相同，往往可以省略。方位词省略后，诗句显得简洁，所描写的景物相反而因此更丰富，更醒目。例如王维《鹿柴》诗："空山不见人，但闻人语响。返景入深林，复照青苔上。"首句的"空山"是指"空寂的山里"。由于省略了"中""里"之类的方位词，而直接说"空山"便又利于表现山里环境空寂清冷。如果变"空山"为"山中"，虽平仄也合，但处所的意味加强了，其结果，诗句便显得板滞而减少了情味。类似的例子如王昌龄《芙蓉楼送辛渐》："洛阳亲友如相问，一片冰心在玉壶。"《唐诗三百首》章燮注："存心明洁，有如一片冰贮玉于玉壶之中，不为尘垢所侵也。"张祜《赠内人》："禁门宫树月痕过，媚眼唯看宿鹭窠。"上句"禁门宫树"指'禁门前宫树上'。翁宏《宫词》："落花人独立，微雨燕双飞。"句中"落花"指落花下，"微雨"指微雨中。

再说省略时间词。

时间词的作用在于明确指出事情发生的时间，无论是散文还是诗歌，一般是不能省略的，但在诗词作品中，借助一定的上下文，也可以将时间词省去，而且省略了时间词后，句子显得简洁跳跃，诗意更加浓郁。例如刘长卿的《送李中丞归汉阳别业》：

> 流落征南将，曾驱十万师。
>
> 罢归无旧业，老去恋明时。
>
> 独立三边静，轻生一剑知。
>
> 茫茫江汉上，日暮欲何之？

这是一首送别退职军人的诗，饱含惋惜之情。首联两句，上句写眼前，下句写从前。但都省去了"今日""昔日"之类的时间词。（由"曾"字可以想到）这样，使得今昔形成巨大反差，诗人伤他老去流落的那份情感，表达得既深刻又强烈。又如陆游的《钗头凤》：

> 红酥手，黄縢酒，满城春色宫墙柳。东风恶，欢情薄，一怀愁绪，几年离索。错，错，错。　春如旧，人空瘦，泪痕红浥鲛绡透。桃花落，闲池阁。山盟虽在，锦书难托。莫！莫！莫！

词的上片写往昔美满的爱情生活以及被迫离异的痛苦，下片写现实痛苦的情形，表达内心深哀剧痛。上下片都没有明确的时间交代。词里像这样写法，一层写今，一层写昔，而不用时间词特别点出的做法是常见的。

二、代词的省略。

代词是有代替指示作用的词。有人称代词、疑问代词和指示代词。诗词中，省略最多的是代替人或事物的人称代词。省略代词，有利于协和韵律，使作品呈和谐之美；有利于简练表达，使作品呈现简洁之美；有利于婉曲传情，使作品呈现含蓄之美。例如王昌龄《芙蓉楼送辛渐》七绝的后两句："洛阳亲友如相问，一片冰心在玉壶。"下句承前句"相"字省"我"，诗人以晶莹透明的冰心玉壶自喻，传达出推崇光明磊落的品格和坚守冰清玉洁的信念，透露性情又不着痕迹，显得含蓄蕴藉。又如白居易《郡斋暇日》："才富不如君，道孤还似我。"利用对仗的结构特点，上句蒙下句省"我"字，下句承前句省"君"字，诗句简洁而彼此的深情厚谊却表达得晓畅缠绵。再如陈师道《送兄子孝忠落解南归》："短发我今能种种，晓妆他日看娟娟。"这两句是原诗的颔联。上句写自己，下句写对方而省略了"汝"字，用女子梳妆得体比喻对方文章高妙，应试得中，字里行间充满鼓励和期待。又如陆游《野炊》："访古颓垣荒堑里，觅交屠狗卖浆中。"下句省一个特殊的代词"者"字，在散文里是不能省去的，诗词中有时却可省略。又如杜牧《朱坡》："小莲娃欲语，幽笋稚相携。"下句的"幽笋稚"等于说"幽笋之稚者"，也就是长在幽暗处的幼笋。

三、动词的省略。

动词在句子中常作谓语。一般说来，一个句子可以没有主语，却不能没有谓语。但诗词中，在谓语位置上的动词有时也可省去，至于其他位置上的动词更是如此。

动词省略主要有以下几种情况：

（一）省略比喻词

比喻中的明喻，一般本体、喻体和比喻词组成，暗喻也有用表判断的动词"是"表示。在诗词中，比喻词和判断动词都可以不说。

这种情况，固然是由于诗词的句子有一定字数的限制，省去比喻词，让诗句尽可能多地表达丰富的内容，但同时，由于句子中的比喻词被省去，本体和喻体的联系便更为紧密，甚至彼此交织，相互辉映，显得气韵生动，从而增强了作品的艺术感染力。例如李白《送友人》：

> 青山横北郭，白水绕东城。
>
> 此地一为别，孤蓬万里征。
>
> 浮云游子意，落日故人情。

挥手自兹去，萧萧班马鸣。

诗的中间两联都运用比喻写离别的深情。颔联写此地一别，友人就要像蓬草那样，随风飞转到万里之外去了，而诗人不写"如蓬征万里"，省去比喻词直接说"孤蓬"，那种对友人漂泊生涯的关怀以及自己因友人离去而落寞孤寂的情感，便表达得更为深切。颈联，诗人又巧妙地用"浮云""落日"作比，表明心意：天空中漂浮的白云，象征着友人生活不定；远处那轮迟迟不忍下山的夕阳，隐喻着诗人依依惜别的心情。这里有景有情，写法上以景喻情，正由于没有比喻词，情景之间便交相融合，自然美和人情美交织在一起，显得极为自然生动。如果写成"浮云如子意，落日似吾情"之类的话，显然就难以获得原诗那种情景交融，动人心魄的艺术效果。下面再举两例。1.白居易《新春江次》"鸭头新绿水，雁齿小红桥。"这两句意思是：新绿水似鸭头，小红桥如雁齿。2.赵秉文《寄王学士端》："浮云世态纷纷变，秋草人情日日疏。"意思是：似浮云般的世态不断变化，如秋草般的人情日渐疏远。

（二）省略判断词

王力先生《汉语诗律学》在论及判断句时说："散文里的判断句，多数用'也'字煞尾，偶尔用'乃''是'等字置于主语和判断之间。至于不用'也'字而又不用'乃''是'等字者，则颇为罕见；但是诗里的判断句却以此为常规。这也是诗与散文相异之点。"

诗词中省略表判断的词语，使得句子显得更为紧凑，减少了陈述的意味，多了描写的意味。例如苏轼一词的末尾三句："料得年年断肠处，明月夜，短松冈。"这里的判断意思是清楚明白的。由于没有用判断的词语，整个句子显得异常流畅，充分展示了月下松冈这一凄清幽独的画面，从而使得这首悼亡词格外的蕴蓄有味。又例如王维《送孙二》："书生邹鲁客，才子洛阳人。"补上判断词句子就成为：书生为邹鲁客，才子是洛阳人。再如杜甫《梦李白》："千秋万岁名，寂寞身后事。"补上判断词，句子就成了：千秋万岁之名，已是寂寞身后之事。

（三）省略存在动词

汉语里有一种表示事物存在或否定事物存在的句子，习惯上称之为存在句。存在句典型的动词是"有"和否定形式的"无"字。"有"在诗词中常常可以省略。同判断句中省略判断词的情形相似，省去"有"字，句子便减少了叙述意味，而增加了描写意味。例如林升《题临安邸》：

> 山外青山楼外楼，西湖歌舞几时休。
> 暖风熏得游人醉，只把杭州作汴州。

诗的前两句，尽情的展现当时杭州到处楼台，无穷歌舞的景象。如果只作"山外有青山，楼外有高楼"式的介绍，就不能显示出空间的无限量和时间的无止休，自然也就很难产生原诗那种宛转批评和辛辣讽刺的艺术效果。词中省略存在动词的例子如苏轼《满庭芳》："三十三年，今谁存者，算只君与长江。"末句意为"算只有君与长江"。再如辛弃疾《西江月·夜行黄沙道中》："七八个星天外，两三点雨山前。"应当是：天上有七八个星，山前有两三点雨。

（四）省略普通动词

在散文中，一个句子的谓语动词如果不出现，那就难以成话，但在诗词中，在很多情况下，动词可以不出现。这样一来，句子的容量加大了，描写的意味变浓了，给读者留下想象的空间也更加广阔了。例如张志和《渔歌子·渔父》：

> 西塞山前白鹭飞，桃花流水鳜鱼肥。
> 青箬笠，绿蓑衣，斜风细雨不须归。

这首小词，寄情于景，写山写水，写白鹭肥鱼，写斜风细雨，但中心是写渔父，借渔父以寄托自己淡怀逸致。但手法极为高明。词中只有末尾"不须归"三字直接写到人，而头戴箬笠，身披蓑衣，正是渔父本来的形象，但作者就是将人物的动作隐去不说，只说"青箬笠，绿蓑衣"，让这"青箬笠，绿蓑衣"与山水相谐和，与白鹭、肥鱼相映衬，与斜风细雨相融合，共同构成一幅清新和美的江南水乡的渔歌图。再如王绩《野望》："树树皆秋色，山山唯落晖。"补出动词即是：树树皆含秋色，山山唯余落晖。又如晏殊《无题》："梨花院落溶溶月，柳絮池塘淡淡风。"补出动词是：溶溶月映照梨花院落，淡淡风吹拂柳絮池塘。

四、介词的省略。

在诗词中，有时为了使语言更简练，在不影响意思清楚表达的前提下，一些虚词如介词，也可以省略不说。常见的如省"于"字。例如郑文宝《柳枝词》"亭亭画舸系春潭，直到行人酒半酣"。前一句应当是：亭亭画舸系于春潭柳树下。再如省"被"字。例如陈师道《寄亳州林待制》："青衫作吏非前日，白首论文笑后生。"末句"后生"，虽在"笑"字的后面，但不是笑的对象，而是被动用法，但又没有用表被动的虚词如"被"字，句子的意思，准确的理解应当是：白首论文被后生笑。又如省"为"字、"向"字。例如杜甫《蜀相》："三顾频烦天下计，两朝开济老臣心。"上句应当理解为：三顾频烦为天下计。辛弃疾《菩萨蛮》："西北望长安，可怜无数山。"应当理解为：向西北望长安。又如省"从"字、"自"字。例如李白《望天门山》："两岸青山相对出，孤帆一片日边来。"末句应当是：一片孤帆从日边来。又如苏轼《儋耳》："垂天雌霓云端下，快意东风海上来。"准确的理解应当是：垂天雌霓自云端下，快意东风从海上来。

第二十七讲　曲折表达

这节课，我们讲曲折表达。

清代诗人袁枚说："贵直者人也，贵曲者文也。天上有文曲星，无文直星。木之直者无文也，木之拳曲盘纡者有文；水之静者无文，水之被风挠激者有文。孔子曰：'情欲信，辞欲巧。'巧即曲之谓也。"（《小仓山房尺牍》）这里的所谓曲，就是曲折表达。它不是一目了然的正面直说，而是旁敲侧击，委婉曲折地表情达意。田同之《西圃诗说》说："不微不宛，径情直发，不可为诗；一览而尽，言外无余，不可为诗。"这话虽然说得有点绝对，但是，诗词创作，忌浅薄直露，而运用曲折表达的艺术手法，的确能够收到含蓄有味的艺术效果。

曲折表达具体方式有多种，如借景言情、借事传意、借典抒怀等。这里另外拈出四种谈谈。

一、借物法。

这种方法，不是直抒胸臆，而是借助物象从侧面表现本意。清代吴乔《围炉诗话》卷三说："诗意大抵出侧面，郑仲贤《送别》云：'亭亭画舸系春潭，只待行人酒半酣。不管烟波与风雨，载将离恨过江南！'人自别离，却怨'画舸'。义山往事而怨锦瑟亦然。文出正面，诗出侧面，其道果然。"郑仲贤名文宝，在宋初颇负诗名，他写《送别》诗，抒写的是离愁别恨，却怨在自己和朋友酒兴未尽、许多话还没说够的时候，"画舸"偏要解缆起航，送走朋友，"载将离恨过江南"。不怨"行人"，却怨"画舸",看似无理,而那种难舍难分的情意却借此一层曲折,表达得风流蕴藉。李商隐的《锦瑟》诗"锦瑟无端五十弦,一弦一柱忆华年",则借锦瑟抒发追忆往事的感慨,曲折表达出郁结心中的深情苦意,千载之下,读之仍令人发一浩叹。

宋人魏庆之在《诗人玉屑》卷六引的《小园解后录》一段话,对我们进一步理解借物达意这一技法,很有意义:"'打起黄莺儿,莫教枝上啼。几回惊妾梦,不得到辽西。'此唐人诗也。人问诗法于韩子苍,子苍令参此诗以为法。"这里所引的五言绝句,它的作者是唐代的金昌绪,题目叫《春怨》。诗的第三句,多数选本作"啼时惊妾梦",文中提到的韩子苍,是宋代诗人韩驹,子苍是韩驹的字。为什么韩驹把金昌绪这首诗作为"诗法"的典型呢?因为这首诗除了在章法上层层倒叙、"篇法固紧"(王世贞《艺苑卮言》)外,在表达方式上还有一个重要的特点,那就是借物以曲折达意:写思妇怀念远在辽西征戍的丈夫,希望能在梦中相会,为怕惊梦而不教莺啼。似乎是黄莺有意跟她作对,要破坏她的好梦,所以迁怪于黄莺,要把黄莺赶走。本来是一首写怀念征人的普通小诗,因为写得曲折而显得别具情趣。

借物写法在诗歌创作中很常见。例如下面两首唐诗:

> 韶州南去接宣溪,云水苍茫日向西。
>
> 客泪数行先自落,鹧鸪休傍耳边啼。
>
> (韩愈《晚次宣溪辱韶州张端公使君惠书叙别酬以绝句》)
>
> 近寒食雨草萋萋,著麦苗风柳映提。
>
> 早是有家归未得,杜鹃休向耳边啼。
>
> (无名氏《杂诗》)

鹧鸪的叫声,古人听来似"行不得也哥哥"。韩愈借它以表达被贬南行的愁苦深慨；杜鹃的叫声，古人听来如"不如归去"，无名氏借它以表达漂泊思归的悲伤之情。两诗所借的具体对象虽然不同，而表现手法却相同，就是借物以曲折达意。

下面再看一首今人诗家刘征先生的《赠克家同志》：

> 停车望岳情难尽，时雨当春花自开。
> 小立如闻花有语，明年此日待公来。

1982年4月中旬，臧克家赴济南参加"臧克家学术讨论会"，返京时，已是5月中旬，误了和程光锐、刘征一起去景山公园赏牡丹的约定。因此，刘征写了这首绝句。明明是诗人自己寄希望于明年一起赏花，却巧用借物法，说"如闻花有语"，说花"明年此日待公来"，这样一来，避开直说，就显得很是亲切，很是别致，很是有味。这里，大家看，是不是借物法发挥了非常好的作用？

二、言用法。

诗人不直指本意，只是写出由本意和主体引起的作用。写出了作用，也就从侧面将本意和全体表现出来了。这种方法，古人称之为"言用不言体"。《诗人玉屑》卷十引《漫叟诗话》说："尝见本朝论诗云：'前辈谓作诗当言用，勿言体，则意深矣。若言冷，则云'可咽不可漱'；言静，则云'不闻人声闻履声'之类。本明何以得此！'"这段话中的所谓"体"，就是所要表现的本意和主体；所谓"用"，就是本意所产生的作用和影响。苏轼《宿海会寺》诗说"木鱼呼粥亮且清，不闻人声闻履声"，正是山寺中环境安静，所以"不闻人声闻履声"；因为天冷，所以感到"可咽不可漱"。这种曲折表达方式颇为诗人推重。陆游《老学庵笔记》卷四载宋僧可遵诗说："道得可咽不可漱，几多诗将竖降旗。"之所以如此，是因为诗人说出了作用，读者自然要想一想，才能悟出作者所要表现的本意和主体，诗自然也因此显得隽永有味，高人一筹。

这种表达方式，林东海先生指出，早在《诗经》中就已运用。《诗经·卫风·伯兮》云："自伯之东，首如飞蓬。岂无膏沐，谁适为容。"诗要表现的本意是思妇怀念征夫。说自从丈夫远征服役，自己便懒于梳栉，头发就像蓬草一样乱，不是不洗涤抹油、梳妆打扮，因为丈夫不在家，梳妆打扮给谁看呢？"首如飞蓬"，正是因怀念所产生的结果。言用不言体法，后世诗歌中运用很多。徐幹《室思》第三章后四句说：

> 自君之出矣，明镜暗不治。
>
> 思君如流水，无有穷已时。

其手法显然是由《诗经·卫风·伯兮》脱胎而来的。明镜之所以发暗，是因为蒙上灰尘；之所以蒙上灰尘，是因为不照镜，是因为"君"已远离，诗中人物的思念之情，溢于言表。"自君之出矣"后来成了乐府的诗题。六朝时期的宋孝武帝刘骏，梁朝范云、颜师伯，陈朝的陈后主和隋朝的陈叔达，直至唐代的张九龄、李康成、辛弘智和张祜等，都有仿写之作。所用手法，和徐幹《室思》是同一路子，即"言用勿言体"。

忧思使人消瘦，消瘦会使人腰带松缓，所以有人就用衣带宽松来表现忧思。如古诗十九首《行行重行行》"相去日已远，衣带日已缓"，《古歌》"离家日趋远，衣带日趋缓"，柳永《凤栖乌》"衣带渐宽终不悔，为伊消得人憔悴"，也是从这一路子出来的。

这种手法还可以用以写美，汉乐府《陌上桑》就有成功的运用：

> 行者见罗敷，下担捋髭须。
>
> 少年见罗敷，脱帽着帩头。
>
> 耕者忘其耕，锄者忘其锄。

来归相怨怒，但坐观罗敷。

诗中不写罗敷如何漂亮，只是将罗敷对"行者""少年""耕者""锄者"所产生的作用，生动地勾画出来。罗敷的美，虽然没有直接写出，但经过这样曲折表达，却产生了不写之写、呼之欲出的积极效果。

唐代诗人杜牧有首《屏风绝句》：

屏风周昉画纤腰，岁久丹青半未销。

斜倚玉窗鸾发女，拂尘犹自妒娇娆。

这首诗旨在赞美屏风上的仕女图画得好。诗人的高明之处，在于巧妙地避开对画中屏风上人物作正面直接地描绘，只是从侧面着笔，曲折表达。说大画家周昉所画的美人图，虽然年深日久、颜色退去不少，但一个"斜倚玉窗"的"鸾发女"，在拂尘观画之际，竟然忘记自个儿的"娇娆"，反而在那里"妒娇娆"，即嫉妒画中的美人。这样，屏风上的仕女，虽没有写出她的美，而其美自生。不仅如此，由于表达的曲折有致，读者从想象中追寻画的旧影，获得了比直接显现更为隽永有味的艺术享受。正如莱辛在《拉奥孔》中所说的那样："诗人呵，替我把美所引起的热爱和欢欣描写出来，那你就把美本身描绘出来了。"

三，对写法。

这是"从对面设想"的一种表现手法。明明是主人公对对方有所举动，作者却不直接描述，而是发挥想象，描述对方的情形。用这种方法来写，比正面直接地说出，显得深婉而更见风致。如最为人们乐道的杜甫《月夜》：

今夜鄜州月，闺中只独看。

遥怜小儿女，未解忆长安。

香雾云鬟湿，清辉玉臂寒。

何时倚虚幌，双照泪痕干。

诗意要说的是身在长安的作者思念远在鄜州的妻子儿女。但作者构思见巧，从对面落笔：首联想象妻子思念自己的情形；颔联用小儿女"不解""忆"，反衬妻子"独看"的"忆"；颈联设想妻子独自看月而孤独久立的形象；最后才写出自己的愿望。这种从对面透过一层的对写法，比直说自己如何想念，如何担心，等等，显得更为委婉曲折，深沉感人。

这种手法在唐诗中不少见。如孟浩然《早寒又怀》：

木落雁南度，北风江上寒。

我家襄水曲，遥隔楚云端。

乡泪客中尽，归帆天际看。

迷津欲有问，平海夕漫漫。

这首诗的颈联，表达的是作者的思乡之情。这联的上句点明乡思，而下句却从对面写来，悬想家人思己，盼望自己归去。正是有了家人思己这一层曲折，从而使诗人的思乡之情，抒发得更为强烈，极富感染力。又如王维《九月九日忆山东兄弟》：

独在异乡为异客，每逢佳节倍思亲。

遥知兄弟登高处，遍插茱萸少一人。

这首诗是作者十七岁时的作品。诗因重阳节思念家乡的亲人而作。诗的前两句，直接表现客中思乡的情感，三、四两句说的是：远在故乡的兄弟们今天登高时都佩上了茱萸，却发现少了一位兄弟——自己在内。好像遗憾的不是自己未能和故乡的兄弟共度佳节，反倒是兄弟们佳节未能完全团聚；似乎独在异乡为异客的处境不值得说，反倒是兄弟们的缺憾更须体贴。这种表达，曲折有致，出乎常情。而这种出乎常情之处，正是诗的深厚的地方，跟杜甫的《月夜》的写法异曲同工，警策感人。

又如白居易的《邯郸冬至夜思家》：

> 邯郸驿里逢冬至，抱膝灯前影伴身。
>
> 想得家中夜深坐，还应说着远行人。

诗的三四句，作者通过一幅想象的画面，即冬至夜深时分，家人还围坐灯前谈论着自己这个远行之人，以此来表达"思家"之情。这也是从对方落笔，曲折写来，语言质朴无华，而情感却深厚绵长。

四、侧写法。

诗人不直接说出所咏的真正意旨，只是将有关的事物写出来，读者从诗人所展示的图景中去探索和理解诗人的本意。例如王维《同崔傅答贤弟》：

> 洛阳才子姑苏客，桂苑殊非故乡陌。
>
> 九江枫树几回青，一片扬州五湖白。
>
> 扬州时有下江兵，兰陵阵前吹笛声。
>
> 夜火人归富春廓，秋风鹤唳石头城。

诗中，不直说洛阳的崔傅、贤弟二人在洛阳住了几年，而说"九江（古属扬州）枫树几回青"，不直说扬州爆发战争，而说兰陵吹军号，南京吓得风声鹤唳，有人逃到浙江富春去。多处用了侧写手法，表达相当婉曲有致。又如岑参《高冠潭口留别舍弟》：

> 昨日山有信，只今耕种时。
>
> 遥传杜陵叟，怪我还家迟。
>
> 独向潭上酌，无人林下棋。
>
> 东溪忆汝处，闲卧对鸬鹚。

这首诗的大意是：作者告别他弟弟，说是家里来了信，让他赶紧回去，他走了。诗中不说家里人让他回去，却说有长者"杜陵叟"，责怪他"还家迟"，这是一层侧笔婉曲；不直接写杜陵叟如何责怪自己，却说那老头儿没有人做伴饮酒下棋，一起游山玩水，感到如何没趣，如何无聊，这又是一层侧笔婉曲。

五、超极法。

这是为了表现极度的情感或状态，有意将这种情感或状态，推向极致，超越极限，甚至超越现实，以加强诗的感情色彩，增强表达效果。例如宋朝的李觏有一首《乡思》诗：

> 人言落日是天涯，望极天涯不见家。
>
> 已恨碧山相阻隔，碧山还被暮云遮。

这首诗所表现的正如题目所写：乡思。首二句从极远处着笔，写诗人极目天涯时所见所感。人们都说落日处是天涯，可我望尽天涯，落日可见，故乡却不可见，故乡还在落日处以外。两句极力写故乡的遥远。

三、四两句从近处着墨，写凝视碧山的所见所感。"已恨"句既承接上句，补充说明"不见家"的缘由：不仅因为遥远，还因为路途阻隔。第四句再递进一层：故乡为碧山阻隔，已令人恨恨不已，何况眼下碧山又被暮云遮掩。诗用"还被"二字，使人觉得障碍重重，恨意重重，超极表达，使得乡思之情浓得化不开。

钱锺书《宋诗选注》在注释这首诗时，引了与本诗首二句"词意相类"的多条例子：石延年《高楼》"水尽天不尽，人在天尽头"，范仲淹《苏幕遮》"山映斜阳天接水，芳草无情，更在斜阳外"，欧阳修《踏莎行》"楼高莫近危栏倚，平芜尽处是春山，行人在春山外"，《千秋岁·春恨》"夜长春梦短，人远天涯近"。他们与李觏同时，情之所至，感受相同。这是自然的巧合，也可认为是表达极度情感状态的不谋而合。由此使我们看到超用法曲达方式的艺术效果。

还有一种用超越实际来反衬极度的感情和状态的超用曲达方式。例如汉乐府《上邪》：

> 上邪，我欲与君相知，长命无绝衰。
>
> 山无棱，江水为竭，冬雷震震夏雨雪。
>
> 天地合，乃敢与君绝！

这里，高山化为平地，长江的水流干了，冬天打雷，夏天下雪，天地相合，这些都是不可能发生的事，如果不可能发生的事发生了，两情方能断绝，表现了爱情的极度坚贞的决心。又如敦煌曲子词《菩萨蛮》：

> 枕前发尽千般愿，要休且待青山烂。
>
> 水面上秤锤浮，只待黄河彻底枯。
>
> 白日参辰现，北斗回南面。
>
> 休即未能休，且待三更见日头。

这首词的写法，与前面的《上邪》有些相似，两个情人在枕边发誓言，说如果分离，只有等到这样的事情发生：青山腐烂，秤砣上浮，黄河干枯，参星昼见，北斗指南，夜半见日。这一连串的事情都是不可能发生的，所以结论就是：你我绝对不能分离。这样极而言之，所要表现的意思是两人决心永远相好，绝不改变！

需要说明的是，曲折表达毕竟只是一种表达手法，并不是不能运用别的手法，并非每首诗都须运用这个手法。古今诗歌中，也有某些篇章不讲曲折，而是以率直取胜的，那是另一种手法。

第二十八讲 诗的含蓄

上一讲，我们谈的是诗的曲折表达，这节课，我们讲诗的含蓄表达。

曲折与含蓄比较接近，但意义有不同：含蓄是作者将所要表达的情意内隐或溢于言语之外；而曲折是作者的情意并不内隐，它是作者不肯平直说出，通过曲折委婉以达意的表现方法。

含蓄，是中国古代诗歌创作中常用的一种艺术手法，为历代学者诗人所津津乐道。梁启超在《中国韵文里头所表现的情感》一文中说："向来写情感的多半以含蓄蕴藉为原则，像弹琴的弦外之音，像吃橄榄的那点回甘味儿，是我们中国文学家所最乐道。"作为一种艺术表现手法，含蓄，是指在作品中作者的情、志、意、念，不直接明白地说出，而是欲露还藏，蕴涵于形象和意境之中，或者是寄意言外，通过对人事与景物的描写，引起读者言语之外的联想。当含蓄这种艺术手法贯穿作品的始终，得到鲜明突出的表现时，它便会成为作品的基本风格。

含蓄作为一种艺术风格，其特征至少有以下三点。

其一，含蓄富于暗示性。晚唐的司空图在《诗品》中形象地称它是"不着一字，尽得风流"。所谓"不着一字"，是说不用一个直接表明意思的字眼；"尽得风流"，是说反而获得最大限度的精神情韵。诗词的含蓄美，从某种意义上说，是一种"不言之美"。作为受格律限制的近体诗和词作，尤其是篇幅短小的绝句和小令，在表现上总是要凭借极为有限的词句，尽量地开拓作品的内容含义，以少少许表达多多许，并为读

者提供广阔的想象空间。因此,作品就不能不讲究含蓄。例如张仲素的《春闺思》:

> 袅袅城边柳,青青陌上桑。
>
> 提笼忘采叶,昨夜梦渔阳。

　　诗的故事简单,写一个女子采摘桑叶时,提着篮子在那里愣神,原来她正回味昨夜梦见到渔阳的情景。那么,渔阳为什么让他那样牵肠挂肚呢?原来那是古代的征戍之地,意在暗示那里正是女子丈夫守边的处所,表述女子对丈夫的思念。诗不明写依恋思乡之辞,只写梦渔阳后采桑叶时走神的一个细节,至于梦见什么,梦见后又怎样,以及此刻的心情又如何等等,一概不了了之,都留给读者去思考,去品味,表达含蓄,韵味无穷。

　　其二,含蓄还带有朦胧性。由于不作平铺直叙,表现上常用曲折比兴的笔调传意言情,因而意象呈朦胧状,可以"横看成岭侧成峰"。日本的厨川白村在《苦闷的象征》中曾引用波特莱尔的话说:"从一个开着的窗户外面而看进去的人,决不如那看一个关着窗户的见得事情多。再没有东西更深邃,更神秘,更丰富,更隐晦,更眩惑,胜于一支蜡烛所照的窗户了。"厨川白村说"烛光照着的关闭的窗户是作品",这个比喻非常恰当和深刻。因为这种窗户不像敞开的窗户一览无余,它虽然关闭着,淡然烛光下,室内的一切若明若暗,富有一种诱惑力,令人不禁要去揣度和想象。比如李商隐的《锦瑟》:

> 锦瑟无端五十弦,一弦一柱思华年。
>
> 庄生晓梦迷蝴蝶,望帝春心托杜鹃。
>
> 沧海月明珠有泪,蓝田日暖玉生烟。

此情可待成追忆，只是当时已惘然。

这首诗素称难解。有人认为锦瑟是令狐楚家婢女名，是首爱情诗；有人认为是为追怀他死去的妻子王氏而作，是首悼亡诗；有人认为他自伤身世，是首咏怀诗；还有人说是描绘音乐的咏物诗；甚至还有人说"自题其诗，开宗明义，略同编集之自序"，是首题序诗。这从另一个方面表明了含蓄的诗味之所在。

其三，含蓄的诗带有多义性。含蓄体现的是言外的意旨和象外的风神，所以，意象往往不止于所写的一端。例如南宋诗人叶绍翁《游园不值》：

应怜屐齿印苍苔，小扣柴扉久不开。
春色满园关不住，一枝红杏出墙来。

诗仅四句，二十八个字，但意蕴丰富，趣味无穷，不仅写春景抓住了特色，突出了重点，而且景中有人，景中有情，景中寓理，给人以哲理的启示和精神的鼓舞。"'春色'一旦'满园'，那一枝红杏就要'出墙来'，向人们宣告春天的来临。一切美好的、向上的、生机勃勃的事物，都具有顽强生命力，难道是墙能围得住、门能关得住的吗？"（霍松林《唐诗鉴赏词典》）。

含蓄作为一种表现手法，它的具体方法很多。今天我们讲两个方面：藏而不露和意在言外。

一、藏而不露。

写诗，如果把意思直说出来，把意思说尽，一览无余，言尽意尽，引不起读者的联想和思考，这是诗的大忌。诗的形式短小，一首就那么几句，能说多少和多深的意思呢？所以，直露容易流入浅陋，缺乏丰富的内涵，难有鲜明的形象，给读者留不下深刻的印象，虽然分行押韵，读来却少诗味。尤其是初学写诗的，最容易犯这样的毛病。

魏庆之《诗人玉屑》引《漫斋语录》说："诗文要含蓄不露，便是好处。古人说雄深雅健，此便是含蓄不露也。用意十分，下语三分，可见风雅；下语六分，可追李杜；下语十分，晚唐之作也。用意要精深，下语要平易，此诗人之难。"陆时雍《诗镜总论》云："善言情者，吞吐深浅，欲藏还露，便觉此衷无限。"说的都是含而不露的意思。例如杜甫《江南逢李龟年》：

> 岐王宅里寻常见，崔九堂前几度闻。
> 正是江南好风景，落花时节又逢君。

李龟年是唐代开元天宝时期著名的歌唱家。杜甫初遇李龟年是在他少年时期，当时正值"开元盛日"，他曾经在洛阳岐王和崔涤宅中听过李龟年唱歌。几十年后，杜甫漂泊到潭州，李龟年也流落江南，在凄凉的晚年，诗人与李龟年在江南相遇，自然会产生世事沧桑的沉痛伤感，只有细心寻味，才能领悟深藏在作品中凄凉和伤感。前两句，追忆当年在"岐王宅""崔九堂"与李龟年的接触，听其引吭高歌，看似随笔写来，但却语浅情深，在对往事的追忆中，蕴涵着对开元盛世的无限缅怀与眷恋。后两句从对往事的回忆中拉回到现实，江南风景正好，而面对的恰是满目凋残的"落花时节"。"落花时节"是即事写景，又有所寄托，使人联想到世事的艰难，社会的动乱和诗人的衰病。这首诗的感情是非常沉痛的，但却又尽在不言之中。喻守真在《唐诗三百首详析》谈此诗作法时说："写伤感诗偏不流露出一字半句的伤感，使人读了，也只觉得毫不可悲。细加回味，才知别有所指。元范德机指此诗为'藏咏'，正是卓见。蘅塘退士评此诗说：'世运之治乱，年华之盛衰，彼此之凄凉冷落，俱在其中。少陵七绝，此为压卷。'"两人都给予这首诗很高的评价，并指出含蓄的风格特点。

藏而不露，可以通过运用典故或环境渲染来表现。例如温庭筠的《瑶瑟怨》：

> 冰簟银床梦不成，碧天如水夜云轻。
> 雁声远过潇湘去，十二楼中月自明。

这首诗是写闺怨的，但诗中却没有一个"哀""怨"的字样，不明言哀怨，而哀怨之情自在其中，含而不露。诗写室内是"冰簟银床"，一派清冷，女主人公辗转反侧，寻梦不成，便步出室内，独立于楼头之上，只见长空澄碧，片云微度。夜色朦胧中，传来声声雁鸣，暗示女主人公凝神谛听、若有所思的情态，因而有雁过潇湘的联想。"雁声远过潇湘去"一句暗用《楚辞·远游》"使湘灵兮鼓瑟"的典故，使人联想起湘水女神湘灵，把哀怨的主人公与上古哀怨的鼓瑟神女连成一体。结句突出沉浸在明月中的"十二楼"。据《史记·郊祀志》应劭注："昆仑、玄圃五城十二楼，仙人之所常居。"这"十二楼"或许正暗示了女主人公的身份，那一份幽怀也融进了如水的月色中，悠悠不尽。这在情感的表现上，主要得力于环境的渲染、典故的暗示和风格含蓄上。

藏而不露还表现在作者想要表达的意思欲说还休上。例如朱庆馀《宫中词》：

> 寂寂花时闭院门，美人相并立琼轩。
> 含情欲说宫中事，鹦鹉前头不敢言。

这首诗写的是深锁在宫中的宫女的痛苦，不直写在宫廷中黑暗恐怖统治下她们的内心的幽怨，却绘出开花时节她们被关闭宫门之内，凭琼轩而立，满怀辛酸却欲说还休的一幅情景。诗未写一个苦字、一个怨字，只写她们在会学舌的鹦鹉旁边不敢说话，略一思索，就知道她们所忍受的黑暗恐怖的统治了。又例如辛弃疾的《丑奴儿》：

> 少年不识愁滋味，爱上层楼，爱上层楼，为赋新诗强说愁。
>
> 而今识尽愁滋味，欲说还休，欲说还休，却道天凉好个秋。

这首词，是辛弃疾被劾去职、闲居带湖时所作。词的上片，着重描写自己的少年时代：那时涉世不深，对于人们常说的愁，缺乏真切的体验。首句过后，连用两个"爱上层楼"，这一叠句的运用，避开了泛泛的描述，而有力带起了下文。前一"爱上层楼"，跟首句构成因果关系，意谓年轻时思想单纯，不懂什么是忧愁，所以喜欢登楼赏玩。后一个"爱上层楼"，又同后面"为赋新诗强说愁"构成因果关系，意思是说，因为爱上层楼而触发诗兴，勉强说些愁闷之类的话。

词的下片，作者处处注意同上片进行对比，表现自己随着年岁的增长，处事阅历渐深，对于这个"愁"有了真切的体验。辛弃疾他一生，力主抗战，恢复失地，一直为投降派所排挤，"一腔忠愤，无处发泄"，其心中的愁闷痛苦可以想见。"而今识尽愁滋味，欲说还休，欲说还休"两个叠句，作者用它来表示自己愁闷已极，隐含着无限感慨，很能反映出他饱经忧患的心理特征。前句承上句"尽"字而来，深沉的忧愁翻作无话可说，可见忧愁至极。后一句"欲说还休"离愁别绪，则紧连下文。大家知道，他胸中的忧愁绝不是个人的离愁别绪，而是忧国伤时、报国无门之愁。但在当时投降派把持朝政的情况下，直抒这种忧愁是犯大忌的，因此作者不便直说，只得转而言天气，言在此而意在彼。"天凉好个秋"，表面形似轻脱，实则十分深沉含蓄，细细体味，真是愁绝！欲说还休，吞吐之间，情感表达之妙，于此可见一斑。

二、意在言外。

意在言外，指诗人在作品中，欲指与已指之间发生偏离，使要表达的意思超越了字面本身的意义现象。如果说"藏而不露"可言内求之，读者通过细心的寻味与体会，便可获得作者所表达的情意；那么，"意在言外"，则需要在文字之外寻求，读者通过想象与联想，才能获得作者的真蕴。明人王鏊在他的《震泽长语》中说：

> 余读诗至《绿衣》《燕燕》《硕人》《黍离》等篇，有言外无穷之感。后世唯唐人诗或有此意：如"薛王沉醉寿王醒"，不涉讥刺，而讥刺之意溢于言外；"凝碧池边奏管弦"，不言亡国，而亡国之痛溢于言外；"溪水悠悠春自来"，不言怀友，而怀友之意溢于言外；"潮打空城寂寞回"，不言亡国，而亡国之痛溢于言外：得风人之旨矣。

他说不明言欲说之意，而言外有无穷之感。他举的五句七言近体律句为例，也正是唐人的作品。司马光在评论杜甫五律《春望》"国破山河在，城春草木深。感时花溅泪，恨别鸟惊心……"说："'山河在'明无余物矣；'草木深'明无人矣；花鸟平时可娱之物，见之而泣，闻之而悲，则时可知矣。"这也是说意在言外，使人思而得之。

意在言外，表现方法可以通过双关修辞手法完成。双关的特点是双关语兼顾了两种不同的事物，关顾表里两层意思，其表层的字面意思说此，人们看得见、听得懂，但那不是作者的本意所在；其里层意思在彼，是作者的本意所在，则需要人们透过语言的表层来领会里层意思，从而把握作者的真正意图。例如刘禹锡《竹枝词》：

> 杨柳青青江水平，闻郎江上唱歌声。
>
> 东边日出西边雨，道是无晴却有晴。

诗的最后一句中的"晴"，明写晴雨之晴，暗谐感情、爱情之情。"道是无晴却有晴"也就是："道是无情却有情"。

正因为双关的特点是言在此而意在彼，表现含蓄，因此，一些不便明说的场合常用双关，如政治隐语，讽刺谐谑，表达爱情等。例如《乐府诗集·子夜歌》"明灯照空局，悠然未有棋"，其中"棋"和"期"谐音，构成双关，表达不胜孤单的寂寞和能够与亲人早日团聚的渴望。再如李白《春思》："燕草如碧丝，秦桑低绿枝。当君怀归日，是妾断肠时。"首句中的"丝"谐"思"，次句中的"枝"谐"知"，独处秦地的思妇见绿桑而生情，悬揣其在燕地的丈夫见春草而思归。生动地传写出思妇对丈夫的真挚情感和彼此之间心心相印的亲密情形。如鲁迅《哀范爱农》：

风雨飘摇日，余怀范爱农。

华颠萎寥落，白眼看鸡虫。

世味秋荼苦，人间直道穷。

奈何三月别，竟尔失畸躬。

这首诗第四句中的"鸡虫"，是不值得重视的东西。当时绍兴的自由党主持人何几仲排斥范爱农，范爱农非常鄙视他。鲁迅先生怀念范爱农，轻蔑何几仲，利用绍兴话"几仲"与"鸡虫"谐音，构成双关，以表达爱憎分明的感情。以上几例，都是利用语音的相同或相近的条件构成双关，还有利用词语的多义条件构成双关，叫寓意双关。例如李商隐的《宫词》：

君恩如水向东流，得宠忧移失宠愁。

莫向尊前奏花落，凉风只在殿西头。

诗中的"花落"语含双关，既指乐府横吹曲中的笛曲名《梅花落》，又暗指花被凉风吹落。诗的后面两句的意思是说：你不要得意地在君王宴前演奏《梅花落》了，凉风就在殿的西头，你不久也将像花儿一样被它无情吹落的。由于比喻、双关运用得很是巧妙，读来意味深长，比明白直说，含蓄有味多了。又例如李适之的《罢相》：

> 避贤初罢相，乐圣且衔杯。
> 为问门前客，今朝几个来。

作者是李唐皇室的后裔，为相五年，这中间与权奸李林甫"争权不协"（《旧唐书·列传第四十九》），到后来，当与他友善的多人为李林甫所中伤，相继被逐，他便"惧自不安，求为散职"。天宝五年，当他获准辞去相职，改任太子少保时，"遽命亲故欢会"，并写了这首诗。本来要求罢相，原因是畏惧权奸，为的是远祸求安。个中况味，如果直说，便成笨伯，甚至会招来祸殃。所以作者只能含蓄曲达，说罢相是给贤者让路，自己非常乐意。"乐圣"，语含双关。"圣"即"圣人'，而"圣人"又兼用两个代称：一是唐人称皇帝为"圣人"，二是沿用三国魏人徐邈称清酒为"圣人"的隐语。"乐圣"的意思是说，使皇上乐意而自己也乐于开心饮酒，君臣皆乐，公私两便。很显然，作者反话正说，强颜欢笑，知情者、明眼人一看便知。令人叹服的是，作者说得俏皮，说得诙谐，说得机智。而这，又恰恰是双关的艺术手法发挥了重要的作用。

意在言外，还可以通过反问的修辞方法去完成。反问的特点是无疑而有问。"无疑"，是指作者说话的意义是明确的，说话的目的，不在乎期待有什么回答；"有问"，是指采用的句子形式是疑问的。作者之所以无疑而偏要问，是旨在加强表达的力度，加深语言的韵味。例如李商隐的《咏史》：

北湖南埭水漫漫，一片降旗百尺竿。

三百年间同晓梦，钟山何处有龙盘？

　　这首诗借吴至陈亡这一历史时期建都金陵的六个朝代代谢的史实，来抒写对历朝衰亡的感慨和认识。他不是直述感慨，议论因由，而是首先描绘一幅饱经六朝兴废的湖山图。北湖即玄武湖，南埭即鸡鸣埭，都是六朝帝王寻欢作乐的地方。首句用"水漫漫"概括，说这些六朝的胜迹，如今只剩下汪洋一片；这个形象蕴含着抚今伤昔的兴废之感。第二句用"一片降旗百尺竿"的形象，点明六朝的末代皇帝们都是高挂降旗而亡国的；明了历史的人都知道，这个形象概括了六朝末代统治者昏庸无能、荒淫丧国的历史事实。第三句来了一个转折，由历史回到现实发感慨：三百年有如晓梦，短暂而亡。末句紧接着发抒议论：人们都说钟山龙蟠，石城虎踞，金陵有王气；而一个个朝代寿命是那样短促，一个个投降亡国。可见兴废存亡，在人事而不在天地灵气。"钟山何处有龙盘？"一个反问句，发人深思，也蕴含万千言语。全诗熔写景、感触、议论于一炉，蓄意深切。

　　含蓄是一种美。无论是藏而不露还是意在言外，都能够激发读者的想象和联想，具有"言近旨远""言有尽而意无穷"的妙处。尽管这种所要表达的情意是内隐的或是超离文字本身的，但"观文者披文以入情，沿波讨源，虽幽必显"（《文心雕龙·知音》），仍然能够获得所要把握作品的真蕴。如果作者所要表现的情、思、意、念，不是蕴涵在形象和意境之中，缺少一定客观规定性，读者看不出，猜不透，这样的作品是晦涩而不是含蓄，不能把两者混为一谈。

第二十九讲 正反出入

这节课，我们讲表达感情的正反出入法。

这里的"正"，指肯定的表达方式；反，指否定的表达方式。表达感情，可以用肯定方式表达，称之为正入而正出；也可以用否定方式表达，称之为反入而正出。也就是说，一种思想感情，可以用截然相反的两种方式来表达，而两种截然相反的思想感情，可以用相同的方式来表现。例如，在生活中，痛苦的心情，有时表现于哭，痛哭流涕；有时表现于笑，强颜欢笑。这时，痛苦之极时发出的笑声，有时比哭更富于感人的力量。痛苦的心情和喜悦的心情，是截然相反的，然而喜悦的心情同样表现于笑，又可以表现于哭。一个人快乐的时候，有时会乐出泪花。一般说来，表现喜悦的心情，笑的方式是"正"，哭的方式是"反"；表现痛苦的心情，哭的方式是"正"，笑的方式是"反"。然而，有时"反"的方式倒能取得特殊的效果。正入正出和反入正出是两种主要的表达方式。前人抒情达意，或用前者，或用后者，都产生了许多优秀作品。

林东海先生在他的《诗法举隅》一书中讲了一个很好的例子。王维有一首题为《相思》的小诗：

> 红豆生南国，春来发几枝。
>
> 劝君多采撷，此物最相思。

他说，在不同的版本和不同的选本中，出现异文，第三句的"劝"一作"愿"；"多"，有的写着"休"。于是，有的人向他询问不同的原因，认为肯定只有一种是对的，另一种是错的。他认为出现异文的原因有二：一是对于版本异同有时会出现异文的情况不熟悉，二是对用不同方式表达同一诗意不很理解。至于诗用"多"与用"休"在用意方面是截然相反还是翕然合一；在手法方面是分道扬镳，还是殊途同归？林先生在文中也有很好说明。他说："'劝君休采撷，此物最相思'，意思是说，红豆这东西，最易勾起相思之情，请不要采撷呀，别因为相思伤害了您的身体。用'休'字，是担心对方思念成疾，表现出自己深深地爱着对方，这是一种表达方式。'愿君多采撷，此物最相思'意思是说，红豆这东西，最能引起相思之情，希望多多采撷，时时想念着我，莫辜负了我的一片真情。用'多'字，则是担心对方忘了我，同样表现出自己深深地爱着对方，这又是一种表达方式。不管是用"多"字，还是用"休"字，这里有一个共同的心理基础，就是诗中的主人公对于所思念的人的深沉诚挚的爱念。两字的运用，其间没有不可逾越的鸿沟，更不是截然相反，其感情基础是一致的，只是表达方式有别，落墨中心不同罢了。"

"表达感情，可以用肯定方式表达，正入而正出；也可以用否定方式表达，反入而正出。"（林东海）古来诗人抒情，或用正入而正出法，或用反入而正出法。王维《相思》取"多采"是正，也就是正入而正出；取"休采"是反，是否定，是反入而正出。不管取哪一个字，顺理成章，都难分高下。表现同一类感情，不论用正入正出手法，还是用反入正出手法，都可以达到想要表达的效果，都能创作出好的诗章。例如下面两首诗：

玉阶怨（李白）

玉阶生白露，夜久侵罗袜。

却下水晶帘，玲珑望秋月。

古意（崔国辅）

净扫黄金阶，飞霜皎如雪。

下帘弹箜篌，不忍见秋月。

大家看，这两首诗都是秋夜怨思，同样以写望月来表达怨情。但用词和表达方法却不同。

李白的《玉阶怨》，开头两句写女子独处，无言独立阶砌，以致冰凉的露水浸湿罗袜，这表明：夜色已浓，夜已很深，伫立的时间已长，可见人的幽怨很深很深。三、四两句，"却下水晶帘，玲珑望秋月"，由室外转写到室内。原来夜深怨重，无可奈何而入内，入室之后，却又怕隔窗的明月照进室内，添人幽独，所以放下帘栊。谁知下帘以后，却更见凄苦。无可奈何之中，却又去隔窗望月，以慰寂寞孤单。下帘欲掩幽怨，却幽怨更深；隔窗望月欲慰寂寞，却又更加寂寞。"玲珑"二字，初看是不经意间说出，其实颇显深意：以月之玲珑，衬人之幽怨。正人而正出，为读者留下想象余地，使诗情无限辽远，无限幽深。

崔国辅的《古意》与李白的《玉阶怨》相比较，正如俞陛云在他的《诗境浅说续篇》所说的：

> 此与宫怨词"却下水晶帘，玲珑望秋月"，词异而意同。彼言下帘望月者，邀静夜之姮娥（即嫦娥，此处代指月亮），伴余独处；此言不忍见月者，却虚帷之孤影，愁对清晖，皆悱恻之思也。

大家觉得俞陛云这段话，是不是体味到了这首诗的巧妙之处，只是没有说出究竟是通过什么手段达到了这种"悱恻之思"的巧劲来。见月，怕望而增添愁思，所以不忍见。写法和李白"玲珑望秋月"不一样，是从否定角度也就是从反面写来，反人而正出。两种写法不同，却都臻完美，各有各的妙处。

类似的表现手法，在古代诗歌中不为少见。不妨再举两个例子来看看。皇甫曾《淮口寄赵员外》诗云：

> 欲逐淮潮上，暂停鱼子沟。
> 相望知不见，终是屡回头。

开头两句，"欲逐淮潮上"写诗人淮上送客，"暂停鱼子沟"，是写与赵员外分手的处所。叙事清爽，却饱含离情别意。"相望知不见，终是屡回头"，"知不见"，见出"相望"已久，直到故人所乘小船渐渐远去。

虽然明明看不见了，回去的路上，诗人依然不肯罢休，还是情不自禁地多次回头眺望，希望多看故人一眼。这是写回望友人，正入正出。友情之深，近于痴迷。

白居易有一首《南浦别》，也是写送别的，作法却有不同：

> 南浦凄凄别，西风袅袅秋。
> 一看肠一断，好去莫回头。

"南浦"，就是南面的水滨。古人常在南浦送别亲友。《楚辞·九歌·河伯》"送美人兮南浦"，江淹《别赋》"送君南浦，伤如之何"。因此，"南浦"就像"长亭"一样，成为送别之处的代名词，成了一个熟识的意象。一见"南浦"，令人顿生离情。而送别的时间又是秋天，秋风萧瑟，木叶飘落，此情此景，自然会令人难堪。分手之后，再回望身影，一定会倍增别意离愁。李白不是有"孤帆远影碧空尽，唯见长江天际流"的诗句吗？那样，必然使自己的情怀更加难堪。

后两句写得更是情真意切，缠绵悱恻。既然"一看肠一断"，干脆，就这样走吧，别回过头来，"好去莫回头"，看似横下心来，劝慰离人。看似平淡，细细咀嚼，却意味深长，实际上还是在表不忍离别、离肠寸断的意思。"莫回头"是反入正出，都是情致之语。正面着墨也好，反面着墨也罢，只是表达方式不同，而表达效果，都能引人入胜，各见奇巧。

反入正出，前面说过，是用否定句式，从反面表达正面的意思。这种表达方式有时可以通过比照的方式进行。例如李白的《赠汪伦》：

> 李白乘舟将欲行，忽闻岸上踏歌声。
> 桃花潭水深千尺，不及汪伦送我情。

诗的前半是叙事，先写自己要离去，接着写送行者，展示了一幅离别的画面。但巧就巧在只闻其声，不见其人，但是人物已经呼之欲出了。诗的后半是抒情，"桃花潭水深千尺"，描绘了潭的特点，见出潭水是那样深湛，更触动了离人的情怀，难忘汪伦的深情厚谊，水深情深，两者自然地联系起来。潭水已"深千尺"，那么汪伦送李白的情谊该有多深呢？这就耐人寻味。清代沈德潜特别欣赏这一句，他说："若说汪伦之情比于潭水千尺，便是凡语。妙境只在一转换间。"（《唐诗别裁》）真是一语中的。大家想啊，如果写成类似"桃花潭水深千尺，恰似汪伦送我情"，是不是便缺少奇妙之趣？

正入正出，是用肯定句式正面表达情感，是说了又说。例如张籍《秋思》：

> 洛阳城里见秋风，欲作家书意万重。
> 复恐匆匆说不尽，行人临发又开封。

第一句说客居洛阳，又见西风，不可避免勾起漂泊异乡的孤寂情怀，引起对家乡、亲人的思念。第二句正面写"思"字。《晋书·张翰传》记载了这样一个故事：张翰"因见秋风起，乃思吴中菰菜、莼羹、鲈鱼脍，曰：'人生贵得适志，何能羁宦数千里，以邀名爵乎？遂命驾而归。"祖籍吴郡的张籍，此时客居洛阳，当他"见秋风"而起乡思的时候，也许曾经联想到张翰的这段故事。但他不能像张翰那样"命驾而归"，只能靠修家书来寄托思乡的情感。三、四两句，撇开写信的过程和具体内容，只选取一个细节，"复恐匆匆说不尽，行人临发又开封"。书成封就之际，似乎已经言尽，但当捎信的行人就要上路的时候，却又忽然感到由于匆忙，虽然说了许多，但是还是生怕信里漏了什么重要的内容，于是再次拆开信封，将信看了又看，检查漏写的事项，添写没有说尽的内容。这种了又说的写法，正是正入正出的手法，对感情的表达有着积极的效果。再如牛希济《生查子》一词：

> 春山烟欲收，天淡星稀小。　残月脸边明，别泪临清晓。语已多，情未了，回首犹重道。记得绿罗裙，处处怜芳草。

这首词写一对恋人分别时的情景。上片写天刚亮，雾散星稀，月光照见离人脸上的眼泪，写出他们从夜里话别，直到天亮不忍分手的情形。下片写昨夜说了一个通宵，早上临别时还觉得内心情感未表达完；分手了，回头再说一声，看到萋萋满别情的绿色芳草，就该想起我这绿色的罗裙。这里用絮絮叨叨的方式，从正面表达她内心丰富的感情。这也正是说了又说，以不厌其烦的动作，用正入正出的方式来表达情意。柳永《雨霖铃》写临别的情景是这样写的：

> 都门帐饮无绪，留恋处，兰舟催发，执手相看泪眼，竟无语凝咽。

临别时，两人拉着彼此的手，舍不得松开。照理，这时该有千言万语，但是一句话竟也说不出来。所有心里话，全都融化在两人的眼泪之中和手心之上了。这是"说而不说"的表达方式，这是从反面抑制，将要说的许多话抑制住了，将要充分表达的丰富感情抑住了。许多东西，一压就缩，一缩就浓。感情也是这样，一经压抑就浓缩，其味也就越醇。用这种方式写出的作品，也就比较含蓄有味。

"正""反"的艺术手法来源于生活。在生活中，表达思想感情的方式是多种多样的。爱，有时可以说成恨，有的说"我爱你"，有时则说"我恨死你了"，不说爱，而说恨，更有特殊的表达效果。爱人有时可以说成冤家，这是一种昵称。乖，本意是不顺，但在生活中，大人夸赞小孩有时却说"这孩子乖"，意思是说这孩子很听话。以反义词表达正面的意思。以否定的方式表达肯定的意思，表现在艺术手法上，就是正面意思从反面写来，反入正出。由此可见，这种手法是从经典诗词作品概括出来的，更是从生活体验概括出来的。

第三十讲　谈赋比兴

今天，我们谈谈赋比兴。

作诗是一种创作，是一种艺术活动。任何艺术创作，都要求有鲜明的形象性。诗歌，这种艺术创作自然也不例外，所以说："要用形象思维。"正因为它要求有鲜明的形象，所以就要用形象思维，这就决定了"比兴两法是不能不用的"（毛泽东语）。把赋比兴和"形象思维"联系起来讨论，是我们讨论诗学问题不能回避的问题。

赋比兴，在我国文学理论上提出的时候很早。最先见到的是《毛诗·大序》："《诗》有六义焉：一曰风，二曰赋，三曰比，四曰兴，五曰雅，六曰颂。"而《周礼·春官》中的"教六义"，次序与《诗·大序》完全相同，也是风、赋、比、兴、雅、颂。据学者研究，认为比较有说服力的考证，认为《诗·大序》是东汉初年卫宏所作，《周礼》是东西汉之间，刘向、刘歆父子所编纂。这两个来源都出于西汉末年至东汉初。至于谁是创见，谁是因袭，已无从断定了。

唐孔颖达《毛诗正义》说："风、雅、颂者，诗篇之异体，赋、比、兴者，诗文之异辞耳。大小不同而并为六义者，赋、比、兴，是诗之所用，风、雅、颂，是诗之成形。用彼三事，成此三事，是故成为六义，非别有篇卷也。"意思是说：风雅颂是就《诗》的篇体而言的，赋比兴是就《诗》的文辞而言的。用赋比兴三义作诗，按风雅颂的形式成篇，所以就把这六种同称为义，并列为《诗》的六个要点。而第一个把赋比兴从六义中分开的人，则是梁朝钟嵘，他在《诗品序》中说："故诗有三义焉：一曰兴，二曰比，三曰赋。"不过，他不是用来讲《诗》三百篇，而是用来讲汉代以来的五言诗。主张"宏斯三义，酌而用之，幹之以风力，润之以丹彩，使味之者无极，闻之者动心，是诗之至也"。钟嵘认为作诗要酌而用此三义，才能使诗味醇厚，足以感人，达到很高的境界，这的确了不起。

赋比兴应如何理解呢？三者中间，相对说来，"赋"较为简单，也较易理解，一般也没有异议；"比"也好懂，只是就比的方法来说，不限于单纯的一种，运用就难些；至于"兴"，则说法不一，直到今天，仍然没有解决，尤其自唐以后，诗人常把"比、兴"连在一起，作为一种而不是两种方法，而且有时还不说"兴"或"比兴"，却说"兴寄""兴会"等等，且日滋纠缠不清。

关于赋，古人所说甚多。郑玄《周礼》注："赋之言铺，直铺陈今之善恶者。凡言赋者，直陈君之善恶，更假外物为喻，故云铺陈言也。"他的解释完全是以诗的政治作用说的，是把诗歌作为美刺来讲的，并不是讲三种写作方法，离开了"赋"的本义。晋挚虞《文章流别论》说："赋者，敷陈之称也。"梁钟嵘《诗品序》说："直书其事，寓言写物，赋也。"朱熹说得最为明白："赋者，敷陈其事而直言之者也。"他们对赋的解说基本一致。我们可以这样简单地说：赋，就是直接叙述事物的写作方法。

赋，既可以写景、叙事，也可以述志抒情。描写景物，讲究文采，要"铺采摛文"。不过，《诗经》里赋的手法后来有了发展，构成一种文体。这种文体是从《诗经》中赋的手法演变而来的，所以称为"古诗之流"。赋的源头是诗，诗的流是赋。赋的手法既可写景、叙事、述志、抒情，而这种作品，从形体和内容上不断扩大，不是诗体所能限，这就成了赋的文体。而作为文体的赋，是包括比兴在内，与写作手法之一的赋又不同了。

赋的意义有这样的变化，到清朝，讲赋，又与以前讲的两种赋稍有不同。比如杜甫《吹笛》："吹笛秋山风月清，谁家巧作断肠声。风飘律吕相和切，月傍关山几处明。胡骑中宵堪北走，武陵一曲想南征。故园杨柳今摇落，何得愁中却尽生？"吴乔就讲这《吹笛》诗"前六句皆兴，末二句方是赋，意只在'故园愁'三字耳。"也就是说，前六句是引起题意的，后两句是直接点明题意的。因为兴有引起的意思，所以称前六句为兴，称后两句点明题意的为赋。

那么，吴乔这样讲赋和兴有什么意思呢？意思是便于体会诗的主旨。把直接点明主旨的话称为赋，把引起主旨的话称为兴，更容易理解全诗的主旨。按照吴乔的说法，诗从月下闻笛说起，由月下引起月照关山，由月照关山到闻笛，想起胡骑北走，因为胡骑正是月下闻胡笳声而思乡北走的。这里就归到思乡，以思乡为旨。

总而言之，诚如周振甫先生在《诗词例话》中所说：

> 《诗经》里的赋是一种叙述手法，跟比兴不同，后来用叙述手法来写的诗，其中也可以包含比兴。这种叙述手法，又变成了一种文体，不再是一种叙述手法了。最后又把赋同比兴作为一种理解作品的分析方法。

下面我们讲比兴。先了解一下历来解释比兴的代表性意见。郑玄《周礼》注："云比，见今之失，不敢斥言，取比类以言之。兴见今之美，嫌于媚谀，取善事以喻劝之。"他的解释完全是以诗的政治作用而言，是把诗作为政治的美刺来讲的，不是讲写诗的方法，背离了"三义"的本义。郑众注："比者，比方于物，兴者，托事于物。"孔颖达《毛诗正义》引郑众注《毛诗大序》说："比者，比方于物。诸言如者，皆比辞也。兴者，托事于物。则兴者，起也，取譬引类，起发己心。诗文诸举草、木、鸟、兽以见意者，皆兴辞也。……比之于兴，虽同是附托外物，比显而兴隐，故比居兴前也。"这段话的意思说得很明白：比，就是比方，凡《毛诗》每章传注所说的有"如"字的，都是比。兴，就是兴起，诗中凡举草、木、鸟、兽等物，借以表达心意者，都是兴。由此可见，比和兴都是依托外物以表达内心的意思，只不过"比"是明喻，文中就写出了"如""若"一类的字样；兴是隐喻，文中就没有写出了"如""若"一类的字样。晋挚虞《文章流别论》说："比者，喻类之言也；兴者，有感之辞也。"梁钟嵘《诗品序》说："文已尽而意有余，兴也；因物喻志，比也；直书其事，寓言写物，赋也。"

上面，我们引述的多家之说，很难得到一个明确的概念。这也从另一个方面告诉我们，古人对"兴"的解释始终没有统一的精确意见。不过，我们还是可以借此了解到兴的两点关键的认识：一是"起"，即发端的意思；二是"喻"，即譬喻的意思。"兴"，既是譬喻，又是发端，具有双重意义，因此，也就有了双重作用。究竟跟"比"只是譬喻有所不同，何况兴是隐喻，比是明喻，这中间又有差别。朱熹《诗集传》中说："兴者，先言他物以引起所咏之词。"他好像把"兴"只看作有起义，只是发端，并无譬喻的意思。朱熹之后，虽有多家阐述过赋、比、兴，词语虽有不同，说法不尽一致，但基本精神都和朱熹的解释相同或相近，即把"兴"只看作是"发端"，与比全然不同。与赋也不相干。

不过，实际上，朱熹在思想上对"兴"的看法是矛盾的。在解释"兴"时，他明确说"兴者，先言他物以引起所咏之词也"，并否定"兴"有比譬之义。可是在他具体注释"兴诗"时，却还是把许多"兴"说成有比譬之意。如《关雎》传，先说是"兴"，而接着又说："言彼关关之雎鸠，则相与和鸣于河洲之上矣；此窈窕之淑女，则岂非君子之善匹乎？言其相与和乐而恭敬，亦若雎鸠之情，挚而有别也。后凡言兴者，其文意皆放此云。"这又分明是告诉我们说：以关雎比拟淑女。那下两章"参差荇菜"的注释都是如此，都在说明兴既为"发端"，又是"譬喻"，兼有两义。

《诗》三百篇用比的方法已较为完备。《文心雕龙·比兴》曾举出"故金锡以喻明德，珪璋以譬秀民，螟蛉以类教诲，蜩螗以写号呼，浣衣以拟心忧，席卷以方志固：凡斯切象，皆比义也。"又例如《魏风·硕鼠》："硕鼠硕鼠，无食我黍！三岁贯女，莫我肯顾。逝将去汝，适彼乐土。乐土乐土，爰得我所……"把硕鼠比作贪婪与残暴的统治阶级。

在《诗》以后，继起的诗体，以屈原《离骚》为代表的楚辞，开始采取整段乃至整篇用比兴来抒情，写景，叙事，言志，并逐渐引起后世诗人效法，创作了"比体诗"。就是全篇诗写一种事物，但诗人本意却并不在诗中所写的事物本身，而是借以发抒心中所要写的另一种情志。例如，屈原我国诗歌史上第一首完整意义上的咏物诗《橘颂》：

> 后皇嘉树，橘徕服兮。受命不迁，生南国兮。
>
> 深固难徙，更壹志兮。绿叶素荣，纷其可喜兮。
>
> 曾枝剡棘，圆果抟兮。青黄杂糅，文章烂兮。
>
> 精色内白，类任道兮。纷缊宜修，姱而不丑兮。
>
> 嗟尔幼志，有以异兮。独立不迁，岂不可喜兮？
>
> 深固难徙，廓其无求兮。苏世独立，横而不流兮。
>
> 闭心自慎，终不失过兮。秉德无私，参天地兮，
>
> 愿岁并谢，与长友兮。淑离不淫，梗其有理兮。
>
> 年岁虽少，可师长兮。行比伯夷，置以为像兮。

这篇作品，屈原以拟人的笔法描写了橘树的形象和品质，并融入了自己的感情。作者对橘树的生活之所（南国）、花叶（绿叶白花）、形状（枝条纷披）、果实（圆而多汁）、色泽（青黄相杂）等外在形态作了细致传神的刻画。同时，橘树又是作者感情的寄托和象征。屈原对它的"深固难徙，廓其无求，苏世独立，横而不流"以及"闭心自慎""秉德无私"

的秉性的颂赞，实则是对自己纯洁忠贞的人格的自信和自励。

前面我们已经讲过，兴有两个主要意思：一个是"发端"的意思，一个是譬喻的意思。白居易在《与元九书》中说："设如'北风其凉'，假风以刺威虐也；'棠棣之花'，感华以讽兄弟也；'采采苤苢'美草以乐有子也，皆兴发于此，而义归于彼。"白居易从传统教化观点出发，解释《诗经》中"兴"的运用，这也从一个方面说明"兴"的发端兼譬喻的意思。

明人王鏊在《震泽长语》中说："余读诗至《绿衣》《燕燕》《硕人》《黍离》等篇，有言外无穷之感。后世唯唐人诗或有此意：如'薛王沉醉寿王醒'，不涉讥刺而讥刺之意溢于言外；'君向潇湘我向秦'，不言怅别，而怅别之意溢于言外；'溪水悠悠春自来'，不言怀友，而怀友之意溢于言外；'潮打空城寂寞回'，不言亡国而亡国之意溢于言外；得风人之旨矣。"他说，不明白地说出想说的意思，而言外有无穷之感，所以这就是"兴"。他举了五句七言绝句为例，依次分别是唐代李商隐《龙池》、郑谷《淮上与友人别》、王维《菩提寺禁裴迪》、刘禹锡《伤愚溪三首》、刘禹锡《石头城》。大家不妨课后一一找来看看，对理解"兴"是有帮助的。这里就不一一细说了。古人论杜甫的诗，往往举他的五律《春望》："国破山河在，城春草木深。感时花溅泪，恨别鸟惊心。……"并评注说："'山河在'明无余物矣；'草木深'明无人矣；花鸟平时可娱之物，见之而泣，闻之而悲，则时可知矣。"这也是说明了意在言外，"使人思而得之"，这也就是"兴"。所以，宋朝人罗大经《鹤林玉露·卷十》说："诗莫贵乎兴。……盖兴者，因物感触，言在于此，而意寄于彼，玩味乃可识，非若赋、比之直言其事也。故兴兼比、赋，比、赋不兼兴，古诗皆然。"姜书阁先生对"兴"曾有较好的说明："凡诗'情融乎内而深且长，景耀乎外而真且实'，就景中写意，托物以寓情，这也便是兴。因为这样写法，近似意在言外，情在景中，不直说出，使人自得之，便

有余味可供读者玩索，足以起人深思，发人深省，既有'起'义，又有'喻'义，当然便是兴的精神了。"（《诗学广论》）

总而言之，兴的手法从某种意义上说，实际上是一种衬托性的比喻。正因为如此，所以人们常常把比兴连说。但兴与一般性的比喻至少有三点明显的不同。其一，从诗人创作的过程看，兴是诗人先目睹了一种景物，偶然触动心中的情感，因此便托物兴情，发而成篇；比则是情感或意象在诗人的心中已有酝酿，然后索物以抒情。如《关雎》一诗，是诗人先有感于雎鸠之和鸣，因而起了求淑女以配君子的意象，这便是兴。如《柏舟》诗："我心匪石，不可转也；我心匪席，不可卷也。"是诗人先有了不可转、不可卷的意象，才拿石和席来反比，这便是比。其二，一般性的比喻只关系局部。像朱庆馀的《近试上张水部》："洞房昨夜停红烛，待晓堂前拜舅姑。妆罢低眉问夫婿：画眉深浅入时无？"诗中的新妇自比，以新郎比张籍，以公婆比主考官。在具体的描写中，尽管比喻关乎全诗的内容，但这只是运用比喻的手法，本体并不出现，而把喻体当作本体来写。兴则不同，起兴的物一定要出现在诗中，而且往往贯穿全章乃至全篇。如左思《咏史》第二首："郁郁涧底松，离离山上苗。以彼径寸茎，阴此百尺条。世胄蹑高位，英俊沉下僚。地势使之然，由来非一朝。金张籍旧业，七叶珥汉貂。冯公岂不伟，白首不见招。"诗的前四句，用"涧底松""山上苗"起兴，暗喻世间存在的不合理现象。中间四句，直写门阀制度的不合理：士族集团垄断政治，身居高位，世代相传；寒微之士，无法跻身社会上层，只能沉沦下僚。最后四句，转向咏史。金日磾家七代为内侍；张汤家有十多人位居高职；汉文帝时的冯唐，富有才识，但到老仍居郎官小职，不被重用。作者用"涧底松""山上苗"兴起，笼罩全诗的用意。其三，兴句多用于诗的开头，而比句则大多在章中。正如朱自清先生所说："兴是譬喻，又是发端，便与'只是'譬喻不同，前人没有注意兴的两重意义，因此缠夹不已。"

第三十一讲 爱国诗

从这一讲开始，我们在诗歌类别中择取六小类，谈谈它们各自的创作方法。这一讲，我们先讲爱国诗。

中华民族的历史，是全民族人民争取民族繁荣、民族解放而英勇斗争的历史，是被压迫、被奴役的各族人民为民族生存进行英勇战斗的历史，是无数爱国志士为祖国独立富强而英勇奋斗、勇于献身的历史。中华民族历史进程的这一特色，决定了国家兴亡的题材是中国古典诗歌的传统题材，爱国主义精神是中国古典诗歌的传统主题。

下面，我们分五个方面谈谈。

一、表达爱国之志。

早在我国第一部诗歌总集《诗经》中，就沸腾着火热的爱国激情，例如《秦风·无衣》："岂曰无衣，与子同袍。王于兴师，修我戈矛。与子同仇。"全诗重章叠唱，每章只调换几个同义字，反复咏唱，生动地表现了同仇敌忾的精神和战友间团结友爱的感情。 例如李白的 《塞下曲》：

五月天山雪，无花只有寒。

笛中闻折柳，春色未曾看。

晓战随金鼓，宵眠抱玉鞍。

愿将腰下剑，直为斩楼兰。

《塞下曲》是唐乐府新题,多写边境上的军旅生活。战争是关系到国家命运的大事,李白极为关注。他热爱祖国,主张维护国家的统一,因而对抵抗他族侵扰的战争,进行了热烈的颂扬,表现了李白的爱国精神。

诗的前四句重在写景。首联点明时间、地点和恶劣天气。"雪"字写出景的特点,都五月了,仍是一片白雪,没有花开,没有柳绿,不见春色。颔联写《折杨柳》的笛声,衬出环境的恶劣,从而写出了军旅生活的艰辛,烘托出将士内心的凄苦。

诗的后四句重在写将士的生活情景和精神世界。将士们拂晓出击,闻鼓声而冲杀;夜晚宿营,尚要抱鞍而眠,随时准备应战,充分展现了将士们昂扬的斗志和豪迈的气概。诗以"愿将腰下剑,直为斩楼兰"作结,益发使全诗的格调雄壮昂扬了,将士们不畏艰苦,誓灭强敌而为国立功的精神境界,得到了充分的展示。形象鲜明,气势非凡,有力的描绘出唐军将士的英雄气概,爱国情怀。又如于谦的《春日客怀》:

> 年年马上见春风,花落花开醉梦中。
>
> 短发轻梳千缕白,衰颜借酒一时红。
>
> 离家自是寻常事,报国惭无尺寸功。
>
> 萧涩行囊君莫笑,独留长剑倚青空。

"千锤万击出深山,烈火焚烧若等闲。碎骨粉身浑不怕,只留清白在人间。"这是于谦年轻时写的《石灰吟》,也是他一生为人的写照。这首诗是他中年时巡抚各地时所作。首联两句,概括出宦游心境,流露出孤独哀伤之情。在颔联,这哀伤,化为具体形象:辛苦经年,操劳半生,已是满头白发,衰老的容颜,竟然在酒后才显出片刻的红润。岁月沧桑,人生失落,就在这白发衰颜中透露出来。

然而,到颈联,诗风一转,心神陡换:为国奔忙常年在外,我心甘情愿，自然是寻常小事；所惭愧的就是为国家还没建几许功勋。朴素的话语，使我们看到了他那豁达的胸襟、献身的精神。在尾联，诗人直抒胸襟：莫笑我老来行囊空空，但是，这行囊中，独独留下了一柄撑持天地的长剑。这就是于谦！

崔道怡先生指出："于谦留给人间的，当然不仅是诗，更可贵的是爱国忧民的高尚品德。他主要不是以诗人，而是以民族英雄名垂青史的。"

二、赞美英雄人物。

《诗经》有一首诗《载驰》，选于《鄘风》。诗共分五章，塑造了一位贵族妇女许穆夫人勇赴国难的动人形象。诗熔叙事、抒情、议论于一体，贯穿着澎湃的爱国热情与光辉理想。

在我国万紫千红的诗歌园地里，第一首描绘战争酷烈、抒发爱国深情的杰出诗作，它是屈原的《国殇》。诗为祭奠英勇牺牲的卫国战士而作。质朴凝重，刚健悲壮。

又如北朝民歌《木兰诗》，又名叫《木兰辞》。它与汉乐府民歌《孔雀东南飞》被称为我国诗歌史上的"双璧"。这首诗描述了一个富有传奇色彩的故事。先写主人公木兰下决心替父从军，接写木兰准备出发到奔赴战场以及征战十年、立功凯旋的过程。再接写木兰功成不受赏，辞官回故乡，又还原成朴实可爱的"女郎"。表现了女子在国家民族的大事上不亚于男儿的思想。她的形象千百年来，一直被当作中国劳动妇女果敢、坚毅、以国事为己任的典范，她的名字至今常是"女英雄"的代称。又例如王维的《少年行·其二》：

> 出身仕汉羽林郎，初随骠骑战渔阳。
>
> 孰知不向边庭苦，纵死犹闻侠骨香。

"少年行"，原是乐府旧题，王维用此旧题写的《少年行》，是七绝组诗，共四首，这里是其中的第二首。

诗的前两句为我们展现出一个年少志高、英俊威武、意气纵横的少年游侠的形象。羽林郎，羽林军（禁卫军）的军官；骠骑，汉朝将官名，即骠骑将军。这里以汉托唐，指唐军将领，人物年轻有为，出类拔萃。

后两句将少年游侠放到更广阔的边地背景之中，"孰知不向边庭苦"，诗用反问句式，强调边地艰苦，条件恶劣，战争残酷，但是，他明知"边庭苦"，偏向"边庭"行。诗句以"孰"字作陪衬，烘托出少年游侠的高大形象，更深刻展现他崇高的精神世界。"纵死犹闻侠骨香"，这一让步句式，将少年游侠的献身精神，表露无遗。

"此诗格调高昂，气势豪迈，语言明快。诗人以满腔爱慕和景仰之情，用寥寥二十八个字，由表及里地塑造了一个较完美的爱国英雄形象，充分表现了王维前期热衷政治、渴望建功立业的雄心壮志。"（纪元始语）

三、抒发抗敌之情。

"在我国诗歌史上，边塞诗占有独特的一页。它们，或抒斗志，振奋爱国精神；或诉离愁，叹惋战事艰辛；有的雄健，焕发国威军胆；有的哀愁，表达民心政见，组成了一幅幅塞外风光、边境烽火的别样画图。"（崔道怡语）

在出塞诗中，最具代表性、思想蕴涵最深沉、艺术品位最精美的，就是王昌龄《出塞》，诗曰：

> 秦时明月汉时关，万里长征人未还。
> 但使龙城飞将在，不教胡马度阴山。

诗的起句就气象不凡，诗人着意点染年代，用秦汉的情与思，笼罩现实的月与关，教人见月想秦，凭关忆汉，便又从辽阔、威严之中，引出神秘、辽远；在险峻、苍茫之上，平添了庄严的历史感。诗的第二句，既颂扬民众保家卫国、英勇献身的无畏精神，又抒发了诗人对边关防务深深感慨。

第三、四两句，诗人借典明志。说只要选贤任能，起用像"汉之飞将军"李广那样的良将，何愁边关不固，定会抵挡异族，迫使敌人不敢度阴山进犯中原。这是作者的期待，也是因壮志难酬而倾诉愤慨，同时也奏出了《出塞》的最强音。"它以含蓄与明快完美地结合，体现了诗意与哲理交融的统一。"（崔道怡语）所以，明代文人李攀龙称之为盛唐七绝的压卷之作。又如俞大猷的《舟师》：

倚剑东冥势独雄，扶桑今在指挥中。

岛头云雾须臾尽，天外旌旗上下翀。

队火光摇河汉影，歌声气压虬龙宫。

夕阳景里归蓬近，背水陈奇战士功。

舟师，就是水军。明嘉靖年间，倭寇对我国东南沿海的侵扰十分猖獗。俞大猷曾转战江浙闽粤抗倭御敌，多立战功。"此诗通过对明朝水军与倭寇一次激战的描述，表现了诗人强烈的民族自豪感，赞扬了水军战士的英勇气概和辉煌战绩。"（纪元始语）

诗的首联，开门见山，总写激战前明水军的雄伟气势：明水军像一把倚天长剑，矗立于东海海面，实力强大无比，倭寇的命运完全掌握在我们手中，我们有必胜的信心和把握。开篇极富豪迈气概。

中间两联，描述此次水上激战的情形。颔联描述明水军船舰勇猛进击的情状：云消雾散，战船的旗帜在天水相接处迎风招展，上下翻飞。把进击之神速，描绘得简洁明快，活灵活现。颈联写激战的场景：船队发射出一串串、一排排愤怒的火炮，炮火冲天，排山倒海，大有震撼银河，压倒一切之势；战士们义愤填膺，高唱起威武雄壮的战歌，歌声气贯长虹，倭寇闻之丧胆。这四句，一气呵成，气势磅礴，读来真是提气。

尾联"夕阳景里归篷近，背水陈奇战士功"，联里的"陈"通阵。背水阵，即背水为阵或背水结阵，背靠河流，面对敌人，后退无路，只能拼死决战。尾联意思：夕阳西下，黄昏时分，船舰渐渐靠近岛头，胜利归来了；在这场激战中，战士们列出了背水阵，为维护国际民族尊严立下了大功。诗句高度赞扬了战士们大无畏的献身精神，同时表现出抗倭名将、民族英雄俞大猷的大将风度和光明磊落的人格。

四、表现忧国之思。

当外敌侵略、国土沦丧、民族危亡之时，抗敌救亡、忧国伤时，成为一个时代的进步精神。诗人的爱国主义激情更得到充分的发挥。例如南宋著名的爱国诗人陆游，他六十八岁时写的《十一月四日风雨大作》：

> 僵卧孤村不自哀，尚思为国戍轮台。
> 夜阑卧听风吹雨，铁马冰河入梦来。

前两句说，我虽然年迈力衰，独处孤村，并不悲哀绝望，还想替国家出征防守边关。第三、四句的意思是：夜阑（尽，晚）时听到外面风雨大作，好像雄师劲旅和冰冻的黄河都来到梦中。诗人奇雄壮阔的梦境，又展当年驰骋疆场的风采，显得他的爱国感情随年事增高而愈益深沉，也愈加感人。他临终前写的绝笔诗《示儿》，更感人至深：

> 死去元知万事空，但悲不见九州同。
> 王师北定中原日，家祭无忘告乃翁。

陆游一生极力主张北伐抗金，收复中原，统一中国。尽管不断遭受排挤和打击，但他的爱国热情并没有丝毫减弱，始终坚持抗金复国的理想。

诗的开头，无限深沉地写道：

"死去元知万事空，但悲不见九州同。"这里的"悲"，不是个人的生死，而是祖国的大好河山未能收复。诗人开阔的胸襟和崇高精神境界，由此可见。

诗人在生前看不到"九州同"，但他不绝望，仍然抱有坚定的信念，认为总有一天，南宋王朝的抗敌大军要挥戈北上，驱逐敌人，收复失地，恢复祖国的统一。那时候自己当然看不到了，但他相信儿孙们一定能看到。因此，谆谆嘱咐儿孙们，"王师北定中原日，家祭无忘告乃翁"，要把胜利的消息告诉他。这种把今世没有实现的愿望，寄托在不可知的死后的极其沉痛的心情，充分表现了诗人渴望收复中原的强烈愿望和坚定信念，表现了他的爱国热情和民族气节。诗，不仅立意新颖，境界开阔，诗人用浪漫的艺术手法，把现实和幻想结合在一起，具有感人肺腑的艺术魅力。又如一位资产阶级民主革命志士宁调元的《岳州被逮时口占》：

壮志澄清付水流，漫言后乐与先忧。

鬼雄如果能为厉，死到泉台定复仇。

读了这首诗，大家说，是不是感觉气势沉雄，笔力遒劲？是不是很容易想到陈毅元帅当年写的《梅岭三章·其一》："断头今日意如何，创业艰难百战多。此去泉台招旧部，旌旗十万斩阎罗。"两首诗，是不是有异曲同工之妙？

诗的开端，实写眼前极度遗憾的心情：平生立下反清救国、澄清天下的壮志，现在将随着自己被捕牺牲而付诸流水，向来决心效法先贤范仲淹"先天下之忧而忧，后天下之乐而乐"（《岳阳楼记》）的愿望，而今也谈不上了。

诗的后两句是虚写，说死后也要复仇的愿望，表明诗人的革命志向，坚定不移，死而不灭。诚如何尊沛先生所说的那样："全诗虚实结合，踔厉奋发，充分表现了诗人复仇报国、视死如归的英雄气概和矢志不移、斗争到底的革命精神，读来感人至深，足可警顽启懦。"（《历代诗分类鉴赏辞典》）

以上是三首七言绝句。我们再读读秋瑾的《黄海舟中日人索句并见日俄战争地图》：

> 万里乘风去复来，只身东渡挟春雷。
>
> 忍看图画移颜色？肯使江山付劫灰！
>
> 浊酒不消忧国泪，救时应仗出群才。
>
> 拼将十万头颅血，须把乾坤力挽回。

秋瑾是我国近代革命史上为国捐躯的第一位女革命家。这首七律，表现出她关心祖国命运、拯救民族危难的爱国主义思想和以身许国、勇于自我牺牲的大无畏革命精神。

首联写万里远航，东渡日本，只身往来于海上。这里的"乘风"用宋宗悫"愿乘长风，破万里浪"之典，表现诗人救国救民、一往无前的远大志向。颔联写看了日俄战争地图激起的愤慨：作为爱国者，怎能忍心看着祖国的神圣地图改变颜色，而让大好河山被侵略战火烧成灰烬呢！表明了诗人反帝救国的坚定信念和责无旁贷的报国使命感。颈联的意思是说：几杯浊酒，怎能消除忧国忧民的眼泪呢？要挽救危难的时局，应该依仗出类拔萃的革命人才。尾联"拼将十万头颅血，须把乾坤力挽回"，表明诗人以身许国、拼死革命的坚强决心，体现了她团结同志、力挽乾坤的领袖气质。

"这首以掷地作金石声文字，抒写反帝救国的革命豪情，笔力健举，语言雄放，气势磅礴，格调高昂。全篇纵横排奡，充满英雄主义气概，

唱出了时代的最强音。实不愧为秋瑾诗歌的代表作。"（何尊沛语）

五、咏叹亡国之痛。

《左传·昭公元年》有言："临患不忘国，忠也。"自古以来，中国人就把忠君爱国作为人生最高的追求和抱负，也视为道德规范的基本原则。在宋、明国家沦亡后，有一些怀念故国的遗民诗。这些诗，沉郁悲凉，表现了亡国的沉痛和誓死光复的决心。例如魏禧的《登雨花台》：

> 生年四十老柴荆，此日麻鞋拜故京。
>
> 谁使山河全破碎？可堪蓟伐到园陵。
>
> 牛羊践履多新草，冠盖雍容半旧卿。
>
> 歌泣不成天已暮，悲风日夜起江声。

魏禧是一位富有民族气节的人，生于明末，他的诗歌抒写故国之思和国破之悲。这首诗就表达了他对明清易代的伤感哀痛。

诗的首句点明诗人的布衣身份。次句交代事由，表达对故国的眷恋之情。第三、四两句，心头怒火陡然升起，发出激愤的责问：究竟谁是国家灭亡的罪魁祸首？控诉入侵者对明朝开国皇帝陵园的破坏践踏，表达了痛心疾首的义愤之情。第五、六两句，内心的怒火转化为憎恶怨恨：被牛羊践踏的田园一片荒芜，只有野草生新，与此相对的是雍容华贵的冠服车盖，招摇过市。那些在明朝为官为宦的"旧卿"们，在入侵者面前卑躬屈膝，摇身又变成了当朝的新贵。诗人强烈的民族气节愈加鲜明。上句表示对异族入侵的憎恨与轻蔑，下句表示对侧姿求媚者的讥刺与厌恶。最后两句，以景结情，写诗人在雨花台上悲愤难抑，满腹的悲愤还未倾吐净尽，却不觉暮色降临，凄风悲号，江声不断，日夜不息。这，更使诗人悲情不断，哀怨不停，愤激绵长！又如张煌言的《甲辰八月辞故里》：

国亡家破欲何之？西子湖头有我师。

日月双悬于氏墓，乾坤半壁岳家祠。

惭将赤手分三席，敢为丹心借一枝。

他日素车东浙路，怒涛岂必属鸱夷。

诗的首联以问答开篇：国亡家破，我还想往哪里去？杭州西子湖畔就有我学习的榜样。问得惊耳动心，事关生死荣辱，不容回避；答则正气磅礴，大义凛然。效法的楷模，便是长眠在西子湖头的于谦、岳飞。斩钉截铁，毫不含糊。"日月双悬"，称颂于谦抵抗瓦剌侵略的功绩永垂不朽，可与高悬空中的日月争光；"乾坤半壁"，赞扬岳飞英勇抗金，支撑南宋半壁江山的杰出贡献。

颈联转述自己心灵深处的活动。"惭将"句的意思是自己恢复明室的功业不成，在西子湖畔占一席之地，与于、岳鼎足而三，内心感到惭愧。但"敢为"又说：凭我一片爱国丹心也就敢于在他们身边借一枝之栖而葬身，婉转表白以死报国的决心。

尾联暗用春秋时伍子胥事作结：自己也要像伍子胥那样，人虽死而浩气长存，反清复明的斗志永远不会泯灭。

有专家指出："此诗为情而造文，一联起，二联承，三两转，四联结。这种章法，旧称'分层遥顶格'。诗人用此章法，将被执辞故里时内心感情，有层次地一一展示出来，酣畅淋漓。"（周治华《历代诗分类鉴赏辞典》）

第三十二讲 山水田园诗

这节课，我们讲山水诗歌和田园诗歌的创作方法。

山水田园，在很多时候，二者连带称呼，彼此不分；但细加辨析，毕竟还有区别，不完全是一回事。因此，我们还是分开讨论山水诗和田园诗。

所谓山水诗，指的是以山水等自然景观为主要描写对象的诗歌。从古到今，社会形态几经变化，朝代频繁更替、但人类的生活总是离不开山水。人类总是想方设法用语言文字、用诗歌文学来记录和描写自然山水，力图完美地抒发对自然山水的感觉和感情。

早在《诗经》《楚辞》的作品里，就已大量出现对山水的描写，如：

"蒹葭苍苍，白露为霜。所谓伊人，在水一方。"（《蒹葭》）

"伐木丁丁，鸟鸣嘤嘤。出自幽谷，迁于乔木。"（《伐木》）

"袅袅兮秋风，洞庭波兮木叶下。"（《楚辞·湘夫人》）

这些作品虽然都写了山水，但在《诗经》中只把山水当作劳动或生活的背景来描写，或者说是把山水当作比兴的媒介；在《楚辞》里虽然有精美的描写，但也还是局部的零散的，山水还没有成为主要的歌咏对象、审美对象；直到汉末时期，曹操写的《观沧海》，不仅以沧海为中心，对它作了生动的描绘，而且表现了它那孕大含深、动荡不安的情形，借以寄托诗人自己的宏伟抱负。《观沧海》才算是我国诗歌史上最早的一首完整的山水诗。下面分四点谈谈山水诗的写作方法。

一、突出山川形胜，讲究情韵。

前面说过，中国诗歌史上第一首完整的山水诗，是曹操的乐府组诗《步出夏门行》，如第一章：

> 东临碣石，以观沧海。水何澹澹，山岛竦峙。
>
> 林木丛生，百草丰茂。秋风萧瑟，洪波涌起。
>
> 日月之行，若出其中，星汉灿烂，若出其里。
>
> 幸甚至哉，歌以咏志。

曹操于建安十二年（公元 207）东征乌桓大胜，班师路经碣石，乘兴登临，即景抒情，写下这篇豪迈的诗章。诗篇描绘了波澜壮阔的大海图景。全诗以沧海为中心，动静并用，虚实结合，展现了那吞吐日月、涵蓄星辰的雄伟气势和浩瀚光涌的景象，寄托了诗人浩大宏伟的胸怀和统一天下的壮志雄图。

南朝的谢灵运，他的山水诗，名句很多。例如"林壑敛暝色，云霞收夕霏"（《登池上楼还湖中作》），又如：写春的"池塘生春草，园柳变鸣禽"（《登池上楼》），写夏的"白云抱幽石，绿筱媚清涟"（《过始宁墅》），写秋的"野旷沙岸净，天高秋月明"（《初去郡》），写冬的"明月照积雪，朔风劲且哀"（《岁暮》），等等。写景细致，语言工整凝练，清新自然，对后世的山水诗产生了深远的影响。

南朝齐诗人谢朓，他的山水诗在谢灵运刻意描摹的基础上，开始在描写山水中注入自己的情感和意趣，并能将景物的描写和情的抒发较好地结合起来。如名作《晚登三山还望京邑》，诗中描写自然山水最有名的两句是："余霞散成绮，澄江静如练。"这两句色彩明丽，比拟传神，历来为人称道。

唐代的山水诗派大多长于情韵。诗人于山川林野中寻求生活的情趣，寄情山水。如孟浩然的代表作《宿建德江》：

> 移舟泊烟渚，日暮客愁新。
> 野旷天低树，江清月近人。

人在旅途，泊舟异乡江岸，自然感触多多。而孟浩然只用了二十字，便写出了日暮时分烟水迷茫中的一抹树林，一轮水中清月。江、月、树、船、人，普通而平凡，却构成了一幅雅致的人在山水图，其中迷蒙的景致、淡雅的氛围、淡淡的伤感、浅浅的客愁，无不让人回味无穷。又如柳宗元的《江雪》：

> 千山鸟飞绝，万径人踪灭。
> 孤舟蓑笠翁，独钓寒江雪。

这是一幅寒江独钓图，也是比兴寄托自我人格的写照。四句诗宛如一幅画，有远景，有近景，有山水，有人物，动中有静，静中有动，既有层次，又有中心，广阔辽远，天地间完全被白茫茫的大雪笼罩，飞鸟绝迹，渺无人迹，构成独特意境。诗人以渔翁自比，身处逆境，不向恶势力屈服，流露出孤芳自赏和不肯同流合污的精神。

二、展现山水特色，讲究意境。

清代翁方纲《石洲诗话》卷二说："诗不但因时，抑且因地。如杜牧之云'南山与秋色，气势两相高'，此必是陕西之终南山，若以咏江西之庐山，广东之罗浮，便不是矣。"这也告诉我们，写一处山水，就要写出它的特色。王维是诗人兼画家，"画中有诗，诗中有画"，作品以意为主，求其神似。如代表作《山居秋暝》：

> 空山新雨后，天气晚来秋。
> 明月松间照，清泉石上流。
> 竹喧归浣女，莲动下渔舟。
> 随意春芳歇，王孙自可留。

这首诗写山居秋天傍晚的景色，活泼的字面创造出幽静的气氛，寓静于动，皎洁的明月，石上的泉水，喧闹竹林里的浣女，摇动莲花的渔舟，在恬静中又透露出盎然的生机。诚如袁行霈先生所说的那样："在清新宁静的生机盎然的山水中，感受到万物生生不息的生之乐趣，精神升华到了空明无滞碍的境界，自然的美与心灵的美完全融为一体，创造出如水月镜花般不可凑泊的纯美诗境。"（袁行霈主编《中国文学史》）又如王维另一首名作《终南山》：

> 太乙近天都，连山到海隅。
> 白云回望合，青霭入看无。
> 分野中峰变，阴晴众壑殊。
> 欲投人处宿，隔水问樵夫。

诗的首联是远眺，用夸张手法勾画出终南山的总轮廓；写景由近到远，远至无穷。次联写近景。这两句是"互文"，上下句交错为用，相互补充。诗人走出茫茫云海，前面又是蒙蒙青霭，仿佛继续前进，就可以摸着青霭了；然而走了进去，却不但摸不着，而且看不见；回过头去，那青霭又合拢来，蒙蒙漫漫，可望而不可即。这一联写烟云变化，移步换形，美不胜收。第三联又转到一个新的视觉，俯视整个山景，以中峰分野，变化阴晴，千山万壑，千姿百态。尾联又收结到"隔水问樵夫"一个具体画面上，给人玩味不穷的意境。

三、赞美大好山河，寄寓意趣。

李白擅长各种诗体和题材。他虽不以山水诗著称，但他的山水诗却超越前人，充分体现了盛唐的时代精神，以浪漫主义的情调、豪迈的气势、飘逸奔放的风格、瑰丽的语言，描绘祖国山河的雄奇壮美。《蜀道难》，气势磅礴，想象丰富，随着反复咏叹的主题"蜀道之难，难于上青天"，展开奇丽惊险的山川画卷，雄健的笔力蕴含着征服艰险的信念。又如他的《望庐山瀑布》：

> 日照香炉升紫烟，遥看瀑布挂前川。
> 飞流直下三千尺，疑是银河落九天。

大胆的夸张，奇特的想象，构成雄伟景观，那惊诧赞美之情跃然纸上。又如《望天门山》：

> 天门中断楚江开，碧水东流至此回。
> 两岸猿声啼不住，孤帆一片日边来。

"诗人写出大山雄伟的对峙，长江激流奔腾，它充满巨大的生命力，冲决一切阻遏前进的障碍，青山、白帆红日衬映，江山多娇，令人神往。"（夏传才《诗词入门》）

再看杜牧的《江南春》：

> 千里莺啼绿映红，水村山郭酒旗风。

南朝四百八十寺，多少楼台烟雨中。

这首诗写出了江南春景的美丽多彩，也写出它的广阔、深邃和迷离，在赞美中，又浮起对历史的感慨。而他的《山行》则写出迷人的秋景：

远上寒山石径斜，白云生处有人家。
停车坐爱枫林晚，霜叶红于二月花。

小诗写了山路、人家、白云、红叶，彼此映衬，有机联系在一起。主旨在第四句：夕晖晚照，枫林如染，红叶如霞，它比江南二月的春花还火红，还艳丽，真是美极了。情韵悠扬，余味无穷。

四、体现自然妙境，启发思考。

有人说：诗忌说理。大家的看法如何呢？依我看，诗忌说理，不是说诗不能有说理的文字，只是说，诗歌不要生硬地、枯燥地、抽象地说理，而不是在诗歌中不能揭示和宣扬哲理。例如王之涣《登鹳雀楼》：

白日依山尽，黄河入海流。
欲穷千里目，更上一层楼。

诗的前两句，写的是登楼所见的景色。首句写遥望一轮落日向着楼前连绵起伏的群山西沉，在视野的尽头冉冉而没，次句写目送流经楼前下方的黄河奔腾咆哮，在远处折而流归大海。这两句诗合起来，就把上下、远近、东西的景物，全都容纳进笔之下，使画面显得特别宽广，特别辽远。

后两句，诗人用"欲穷千里目，更上一层楼"两句，即景生情，把诗篇推入更高的境界，向读者展示了更大的视野。诗人想进一步穷目力所及，看尽远方景物，那还得登上楼的顶层。这里有诗人的向上进取的精神、高瞻远瞩的胸襟，阐发了要站得高才能看得远的哲理，激励人奋发向上，站到更高的立足点上，放开眼界，去领略更加辽阔、壮丽的风光，去追求更新更美的境界。

再如王安石《登飞来峰》：

> 飞来峰上千寻塔，闻说鸡鸣见日升。
> 不畏浮云遮望眼，只缘身在最高层。

站得高，望得远。正因为立足于高处，视线才不为浮云所遮蔽，高瞻远瞩，方可看到旭日从海中升起，千山万壑尽收眼底。其中深寓的哲理，令人深思。下面再读一首毛泽东的《题庐山仙人洞照》：

> 暮色苍茫看劲松，乱云飞渡仍从容。
> 天生一个仙人洞，无限风光在险峰。

诗人见景生情，领悟到这样的一个道理：只有不畏险阻，奋力攀登光辉顶点，才能领略那无限壮丽的风光。

现在讲田园诗。

与纯山水诗相比较，田园诗至少多了一些人和事。事是农事——栽秧收谷、割麦打场、闲话桑麻等等；人主要分两类，一是农人——农夫野老、樵夫渔父、稚子莲娃；二是文人——或明或暗地在诗中出现的身影。

描写田园生活的诗句，在《诗经》《楚辞》等作品里已大量出现。《诗经》之《豳风·七月》，则堪称最早反映田园生活的作品。《王风·君子于役》中"鸡鸣与埘，日之夕矣，牛羊下来"，对农家晚归场景的描写堪称经典，对后世的田园诗产生了深远的影响。

下面分三个方面来谈。

一、描写田园风光，寄托闲适心情。

陶渊明在他辞官归田之后，鲜明的表现了他厌恶卑污黑暗的官场，不满统治阶级内部血腥的杀戮，而热爱躬耕田园的淳朴生活。他的诗，描写了田园自然风光和农村生活的乐趣，表示对仕途的淡漠。代表作如《归园田居》，组诗共五首，下面是其第一首：

> 少无适俗韵，性本爱秋山。误落尘网中，一去三十年。
> 羁鸟恋旧林，池鱼思故渊。开荒南野际，守拙归田园。
> 方宅十余亩，草屋八九间。榆柳荫后檐，桃李罗堂前。
> 暧暧远人村，依依墟里烟。狗吠深巷中，鸡鸣桑树颠。
> 户庭无尘杂，虚室有余闲。久在樊笼里，复得返自然。

诗人把过去的仕途生活称为"误落尘网"，把辞官归田比作脱出樊笼，生动地吟咏"复得返自然"的愉快心情和乡居生活的乐趣，有声有色地以轻松欢畅的笔调和写意手法，展示了恬淡、平和的乡居田园风物。其第三首：

> 种豆南山下，草盛豆苗稀。
> 晨兴理荒秽，带月荷锄归。
> 道狭草木长，夕露沾我衣。
> 衣沾不足惜，但使愿无违。

这一首写耕耘虽然艰苦，但乐得其所，表现了诗人对躬耕生活的体验，庆幸自己实现了摆脱世俗官场的志愿。他歌唱劳动，歌唱淳朴平和的田园生活和自食其力的欢愉。全诗自然流转，精致清丽，影响深远。

唐代的王维的代表作有《渭川田家》：

> 斜光照墟落，穷巷牛羊归。
>
> 野老念牧童，倚杖候荆扉。
>
> 雉雊麦苗秀，蚕眠桑叶稀。
>
> 田夫荷锄至，相见语依依。
>
> 即此羡闲逸，怅然歌式微。

这是描写初夏傍晚农村生活的实景，充满田园牧歌的情调和浓郁的生活气息；平凡习见，又不乏乐趣，洋溢着令人陶醉的诗情画意，表达了内心深处的归耕之想。

二、描述农村生活，表达喜爱之情。

唐代以王维、孟浩然为代表的山水田园诗派除了吟咏山水，注重描绘田园风光，还使普通的农家生活富有诗情画意。如孟浩然的《过故人庄》：

> 故人具鸡黍，邀我至田家。
>
> 绿树村边合，青山郭外斜。
>
> 开轩面场圃，把酒话桑麻。
>
> 待到重阳日，还来就菊花。

沈德潜称孟浩然的诗"语淡而味终不薄"（《唐诗别裁》）。也就是说，读孟浩然诗，应该透过它淡淡的外表，去体会内在的韵味，用闻一多的话说是"淡到看不见诗"（《孟浩然》），诗的开篇，写故人以"鸡黍"相"邀"，可见待客之诚，而写我"至"，则可见不用客套的至交之间所具有的深情。这个开头则显示了气氛的融洽，为下文内容叙写作了很好的自然导入。

领联，上句是近景，绿树环抱，显得别有天地；下句是远景，廓外青山相伴，显得平静开阔。颈联写室内情形，"开轩面场圃，把酒话桑麻"，轩窗一开，给人以心旷神怡之感；话桑麻，更让人感到是田园，能领略强烈的农村风味、劳动的气息，主客的欢乐。不难想象，在这个时候，诗人政治追求中所遇到的挫折忘记了，名利得失忘却了，甚至隐居中孤独抑郁的情绪也抛开了。

尾联坦率地向主人表示，将在秋高气爽的重阳节再来观赏菊花，"待到重阳日，还来就菊花"，淡淡两句，故人相待的热情、作客的愉快、主客之间的亲切融合，以及对这个村庄的依恋，都跃然纸上。诗的朴实、恬淡、亲切，正和所描写的农家田园和谐一致，绿树、青山、场圃、桑麻和纯朴诚挚的情谊，构成一幅优美宁静的农村风情画，韵味天成。又如王建的《雨过山村》；

> 雨里鸡鸣一两家，竹溪村路板桥斜。
> 妇姑相唤浴蚕去，闲着中庭栀子花。

这首七绝，一开头就很有山村特有的风味，显出山村之幽。次句就由曲径通幽的过程，描写竹溪、村路、板桥，构成天然和谐的景致。写完景物，转而写农事，"妇姑相唤浴蚕去"，妇姑相唤而行，彼此招呼，显得多么亲切。末句的"栀子花"，一名"同心花"，诗中常常用来作爱之象征。少女少妇很爱采撷这种素色的花。诗写栀子花无人采，主要在于表明农忙时节，没有谈情说爱的"闲"工夫！这种含蓄的结尾，真的是妙趣横溢，摇曳生姿。全诗处处扣住山村特色，融入劳动情事，从写景写到人，从人写到境，运用新鲜活泼的语言，传达出浓郁的乡土气息，洋溢着山村生活的情趣。又如陆游的《游山西村》：

莫笑农家腊酒浑，丰年留客足鸡豚。

山重水复疑无路，柳暗花明又一村。

箫鼓追随春社近，衣冠简朴古风存。

从今若许闲趁月，拄杖无时夜叩门。

首联展现了丰年农村的欢欣景象，农家酒味虽薄，而待客的情意却十分深厚。次联山间水畔的景色，描写的是诗人置身山阴道上，信步而行，疑若无路，忽又开朗的情景。这种景致情形，不仅反映了诗人对前途所报的希望，也道出了世间事物消长变化的哲理。颈联转入人事，描摹农村风俗画卷，赞美淳朴的乡土风情，洋溢着深爱之情。最后一联，似与老农亲切絮语：但愿而今而后，能不时拄杖乘月轻叩柴扉。此情此景，快乐平和，一个热爱家乡、与农民亲密无间的诗人形象，跃然纸上。

三、反映民生疾苦，抨击社会黑暗。

同情人民疾苦，为受压迫、被剥削蹂躏的劳苦大众向封建统治阶级发出人道主义的呐喊和抗议，是中国古典诗词，特别是田园诗写作的又一优秀传统。

几千年来，历代优秀的诗人继承这一现实主义传统，描绘陷于水深火热之中的劳动人民的苦难，刻画出一幅幅令人触目惊心的图景。例如李绅的《悯农》：

春种一粒粟，秋收万颗子。

四海无闲田，农夫犹饿死。

诗写春天种下一粒粟，秋天化为万颗子；四海荒地都变作良田，农民以巨大的创造力获得丰收，粒粒粮食都渗透农民的汗水，但农民的最终命运是饿死。字里行间，包含着无限同情，蕴含着无限愤慨。又如聂夷中的《伤田家》：

> 二月卖新丝，五月粜新谷。
>
> 医得眼前疮，剜却心头肉。
>
> 我愿君王心，化作光明烛。
>
> 不照绮罗筵，只照逃亡屋。

唐末广大农村破产，农民遭受的剥削更加惨重，以至于颠沛流离，无以生存。这首《伤田家》就是一个明证。诗的开篇就揭露封建农村一种匪夷所思的事情：二月蚕种始生，五月秧苗始长，哪有丝卖？哪有谷粜（出卖粮食）？原来只是"卖青"——将尚未产生的农产品预先贱价抵押。而用血汗喂养、栽培的东西，是一年的衣食，是心头肉啊！但被搜刮去了，令人悲酸。紧接两句用一个形象比喻："医得眼前疮，剜却心头肉。""挖肉补疮"这是何等悲惨景象！唯其能入骨三分地揭示那血淋淋的现实，叫人一读就铭刻在心，永志难忘。后四句是陈情，表达改良现实的愿望。"绮罗筵"与"逃亡屋"构成鲜明对比，反映出两极分化的尖锐的阶级对立的社会现实，增强了批判性，充满作者对田家的真切同情。再如杜荀鹤《山中寡妇》：

> 夫因兵死守蓬茅，麻苎裙衫鬓发焦。
>
> 桑柘废来犹纳税，田园荒后尚征苗。
>
> 时挑野菜和根煮，旋斫生柴带叶烧。
>
> 任是深山更深处，也应无计避征徭。

诗的首句，从兵荒马乱的时代着笔，概括写出山中寡妇的不幸遭遇：战乱夺走了她的丈夫，迫使她逃入深山破茅屋中栖身。第二句抓住"衣衫""鬓发"细节，刻画出寡妇那贫困痛苦的形象：身着粗糙的麻布衣服，鬓发枯黄，面容憔悴。简洁的肖像描写，衬托出人物内心的痛苦，写出了她那饱经忧患的身世。颈联概述农民遭受的赋税剥削：由于战争的破坏，桑林伐尽了，田园荒芜了，而官府却照旧逼税和征收青苗税。颈联加倍强调山中寡妇那难以想象的困苦状况：只见她不时地挖来野菜，连菜根一起煮了吃；平时烧的柴火，都是新砍来的生柴还要"带叶烧"。真是苦不堪言呐。最后，诗人面对民不聊生的黑暗现实，发出深沉的感慨：纵使逃到"深山更深处"，也都无法避开无孔不入的魔爪，也无法逃脱苛敛重赋的征役罗网。诗人把寡妇的苦难写到了极致，造成了浓郁的悲剧氛围，从而使人民的苦痛、诗人的情感，都通过生活场景的描写，自然地流露出来，产生了感人的力量！

第三十三讲 咏史怀古诗

咏史怀古是中国古代诗歌的重要题材。

咏史诗，顾名思义，指的是以历史题材为咏写对象的诗歌创作，最早以"咏史"标目的诗歌，是东汉班固的五言古诗《咏史》；而怀古诗则指作者登临古地、凭吊古迹时（或之后），追念往事、抒发感慨而作的诗，最早以《怀古》冠题的诗歌是东晋陶渊明的《癸卯岁始春怀古田舍诗二首》。

有专家指出："咏史与怀古是既有区别又很接近的两类诗。大体上说，怀古诗是：诗人面对那些能够引起古今相接的时地与文物，兴发感慨而成的诗篇；咏史诗则无须具体事物作媒介，作者直接以史事为对象抚事寄慨。怀古是因景生情，抚迹寄慨，重在抒情；咏史则是因事兴感，抚事寄慨，重在议论。"（《唐诗分类选讲》）实际上，咏史怀古，各有侧重，交织难分。为方便起见，我们还是将它们分开来谈。

先讲咏史诗。

一、叙述史实，发抒感慨。

早在先秦时代，《诗经》《离骚》就有咏史类型的作品存在。《诗经·大雅》中的《生民》《公刘》《绵》《大明》《皇矣》等篇什，就记录了周部族的起源和周部族祖先的英雄事迹，从题材上说，应该属于最早的咏史之作，但算不得是完整意义的咏史诗。

诗歌史上第一首完整意义的咏史诗出现在东汉时期，是班固的《咏史》：

> 三王德弥薄，唯后用肉刑。
>
> 太仓令有罪，就递长安城。
>
> 自恨身无子，困危独茕茕。
>
> 小女痛父言，死者不可生。
>
> 上书诣阙下，思古歌《鸡鸣》。
>
> 忧心摧折裂，《晨风》扬激声。
>
> 圣汉孝文帝，恻然感至情。
>
> 百男何愦愦，不如一缇萦

这首《咏史》，所咏本事是历史上确有的缇萦舍身救父的事迹。在《史记·扁鹊仓公列传》有这样的记载：

> 文帝四年中，人上书言（淳于）意，以刑罪当传西之长安。意有五女，随而泣。意怒，骂曰："生子不生男，缓急无可使者！"于是少女缇萦伤父之言，乃随父西。上书曰："妾父为吏，齐中称其廉平。今坐法当刑。妾切痛死者不可复生，而刑者不可复续，虽欲改过自新，其道莫由终不可得。妾愿入身为官婢，以赎父刑罪，使得改行自新。"书闻，上悲其意。此岁中亦除肉刑法。

诗歌的开头两句追叙历史，写肉刑产生的历史。从"太仓令有罪"以后的基本上是史传所载内容的隐括，用诗歌敷写缇萦救父事件的始末。最后二句是作者针对缇萦救父一事抒发的感慨。班固的这首《咏史》不仅标题是《咏史》，开启了中国古代诗歌史上咏史一体的先河，而且是现存最早的一首文人五言诗。又如骆宾王《于易水送别》：

> 此地别燕丹，壮士发冲冠。
>
> 昔时人已没，今日水犹寒。

　　送别诗的主题多写惜别眷恋之情、劝勉祝愿之意。而骆宾王这首《于易水送别》却借送别以咏史，托怀古以概今，抒发抑郁不平、愤世嫉俗的思想感情。

　　战国末年，燕太子丹派荆轲行刺秦王，临行时，太子与宾客皆白衣素服送与易水，高渐离击筑，荆轲和歌。诗的开头两句直入史实，形象地描绘出当年送别的情景，隐含着诗人对古代英雄的崇敬之情和对友人的倾慕之意，气势豪迈，文约事丰，寄慨遥深。三、四两句由咏史转为论今，由叙事转为抒情、议论，呼应前文，点醒主题，说明荆轲虽已为国捐躯，但他那不畏强暴、舍生忘死地伸张正义的精神，就像易水一样，与天地长存；那壮志未酬的遗恨，犹如易水一样，日夜鸣咽，长流不断。

　　这首诗，将同地不同时的两件送别之事，联系在一起，今、昔相照，人没、水寒相对，熔物我于一体，咏史为论今服务，结构谨严，韵味无穷。

　　二、指点江山，评点人物。

　　清人王寿昌《小清华园诗谈》有言："吊古之诗，须褒贬人物，具有《春秋》之义，使善者足以动后世之景仰，恶者足以垂千秋之炯戒。"

　　诗人借咏史怀古指点江山，评点人物，或赞美英雄贤达，或鞭挞荒淫无道、祸国殃民的统治者，表示自己的观点，表达自己的态度。

　　杜甫的《蜀相》以崇敬之情，描绘了诸葛亮的人物形象，颂扬他的雄才大略和盖世功绩，赞美他的高尚品质，惋叹他壮志未酬的遗恨，寄希望于当世能臣良相之材，抒发个人的济世之志。诗曰：

> 丞相祠堂何处寻？锦官城外柏森森。
>
> 映阶碧草自春色，隔叶黄鹂空好音。

三顾频烦天下计，两朝开济老臣心。

出师未捷身先死，长使英雄泪满襟。

这首诗首联以问答的形式领起全篇，点明诗题。颔联写祠堂的自然景观。春草碧于天，映绿了祠堂的台阶；黄鹂声韵婉转悦耳，从树叶间声声传来。颈联是对诸葛亮一生功绩的概括性追述：前一句写一生事业的开始，后一句写一生事业的结束。叙述虽简约，但充满了尊敬和仰慕的深情。最后一联写诸葛亮的死和诗人的感慨。诸葛亮身死五丈原，而其辅佐蜀主一统天下之志却未能如愿，这自然使后世的英雄们为之扼腕叹息，流泪满面。要知道，写作此诗时（公元760年）中原依然是战火连绵，有家难回；重整乾坤的英雄何在？凭吊诸葛丞相，诗人自然想起的是对当世的担忧，对英雄的渴望。诗篇写景、叙述、议论相结合，承递自然顺畅，而语语含情，寄慨深深。又如许浑的《汴河亭》：

广陵花盛帝东游，先劈昆仑一派流。

百二禁军辞象阙，三千宫女下龙舟。

凝云鼓震星辰动，拂浪旗开日月浮。

四海义师归有道，迷楼还似景阳楼。

"广陵"就是扬州。诗的首联，写隋炀帝为东幸扬州观琼花，开凿大运河。颔联、颈联写他带二十万禁军和三千宫女辞别宫殿，登上龙舟，一路的鼓声上入云霄，行云为之停住，星辰为之震动。尾联写隋炀帝的荒淫而暴政终于导致天下大乱，义军归向于唐，炀帝在汴京所建迷楼和陈叔宝所建景阳楼，结果完全一样。荒淫失国的教训何其深刻。又如杨万里的《读子房传》：

> 笑睹乾坤看两龙，淮阴目动即雌雄。
>
> 兴王大计无寻处，却在先生一蹑中。

　　"咏史之诗，要有'史'，也要有'咏'；由'史'而'咏'出作者对历史的看法、评价，或借'史'而'咏'出作者对现实的见解、感慨。"（薛新力《历代诗歌分类鉴赏辞典》）杨万里这首小诗，就是既有"史"，也有"咏"，既在一定程度上体现着他的某种史观，也寄寓着他对现实政事的看法，抒发了他当时的情绪感慨。

　　三、借古讽今，抒写怀抱。

　　清代袁枚在他的《随园诗话》说："读史诗无新义，便成《二十一史弹词》。虽着议论，无隽永之味，又似史赞一派，具非诗也。余最爱常州刘大猷《岳墓》'地下若逢于少保，南朝天子竟生还'。罗两峰《咏始皇》云：'焚书早种阿房火，收铁还留博浪椎。'周钦来《咏始皇》云：'蓬莱觅得长生药，眼见诸侯尽入关。'松江徐氏女《咏岳墓》云：'青山有幸埋忠骨，白铁无辜铸佞臣。'皆妙。"

　　李商隐的《贾生》写的是汉代的贾谊，但作者选材别具情趣，议论精辟警绝。诗曰：

> 宣室求贤访逐臣，贾生才调更无伦。
>
> 可怜夜半虚前席，不问苍生问鬼神。

　　首句从正面着笔，汉文帝在宣室这个祀神的圣洁之地隆重地召见贾谊，可见礼遇之厚、之诚、之谦。次句，直接写贾谊的才华出众，这次重逢，使他对贾谊无与伦比的"才调"赞叹不已。由此看来，汉文帝是识才、爱才之主，贤臣遇明君，可谓珠联璧合，理应和衷共济，成就一番事业。字面上对汉文帝"宣室求贤"之举极尽褒扬赞美之能事。

后两句，诗人笔锋陡转，由褒而贬，由扬而抑。"可怜夜半虚前席，不问苍生问鬼神"，郑重求贤，虚心垂询，推重叹服，乃至"夜半前（向前移动）席"，不是为询求治国安民之道，却是为了"问鬼神"的本原问题！通过该问而不问的对照，让读者对此得出应有的结论。统治者表面上爱才敬贤，而实际上不能真正任用贤才，使他们充分发挥治国安邦的重大作用，对其徒有虚名的爱才尊贤的实质，作了无情的揭露和谴责，使读者不但为精辟的史论所折服，更为其高超的艺术技巧而叹服。又如他的《咏史二首·其一》诗：

> 北湖南埭水漫漫，一片降旗百尺竿。
>
> 三百年间同晓梦，钟山何处有龙盘。

这首诗，借三国孙权立国到隋亡这一历史时期中建都金陵的几个朝代纷纷代谢的史实抒发感慨的。首句的北湖即玄武湖，南埭即鸡鸣埭，都是六朝帝王寻欢作乐的地方。而经过改朝换代，到今天，却只剩下汪洋一片。六朝兴废之感融汇到茫茫湖水的形象之中。而第二句又是通过具体事物的特写形象表现六朝王运的终结，其中原因，令人可想而知。

第三句突转一笔，概括六朝三百年屈辱的历史，如同凌晨残梦，什么"钟山龙蟠，石城虎踞"，又有什么根据呢？所以最后一句"钟山何处有龙盘"这一反问，一针见血，且熔写景、议论于一炉，既含蓄又明快，富有韵味。他描写了一幅饱经六朝兴废的湖山图画，而隐藏在画面背后的意蕴，则是龙蟠之险并不可凭，看来龙蟠是处无处可觅的；六朝如此，正在走向衰亡的晚唐政权，亦是如此。

四、抚今追昔，理性反思。

诗人借咏历史，理性反思，能启人心智，明白道理，表达盛衰兴亡的感叹。如刘禹锡的《台城》：

> 台城六代竞繁华，结绮临春事最奢。
>
> 万户千门成野草，只缘一曲后庭花。

　　这首咏史诗，以古都金陵核心这一六朝帝王起居临政的地方为题，寄托了诗人的无限感慨。首句总写台城，综言六代，是一幅争奇斗巧、富丽堂皇的皇宫图。次句突出结绮、临春两座高楼，说它"事最奢"，虽是议论，但融化在形象之中，能引起读者对楼台中人和事的浮想：帘幕之内，香雾缥缈，舞影翩翩，歌声阵阵，陈后主和妖姬艳女们仿佛正在纵情作乐。

　　第三句记楼台今昔情形。眼前野草丛生，满目苍凉，这与当年"万户千门"的繁华景象，形成多么强烈的对比。昔日的盛景，变成了遍地野草，其中缘由，令人深思；其中意味，极富深意。结句论述陈后主失国因由，但他不是直白说的，而是借亡国之曲《玉树后庭花》说出，这样，歌声使人联想到当年歌舞的场面，不禁使人对这一幕幕历史悲剧，发生深沉的感叹，真是腐败就要亡国！又如杜牧的《题乌江亭》：

> 胜败兵家事不期，包羞忍耻是男儿。
>
> 江东子弟多才俊，卷土重来未可知。

　　"乌江亭"即安徽和县东北的乌江浦，旧传是项羽自刎之处。项羽溃围来到乌江，亭长建议渡江，他觉得愧对江东父兄，羞愤自杀。这首诗针对项羽兵败身亡的史实，对他战败自杀的行为，给予了重新的理解和认定，认为能屈能伸才算得上一个真正的英雄。首句指出胜败是兵家之常这一普通常识，并暗示如何对待的问题，为下文作好铺垫。次句强调指出，只有"包羞忍耻"，才是"男儿"。最后两句，一反常人见解，提出自己新的看法：如果能面对现实，包羞忍耻，采纳忠言，重返江东，再整旗鼓，则胜负之数，或未易量。宋人王安石不同意杜牧的观点，作七绝《乌江亭》说：

> 百战疲劳壮士哀，中原一败势难回。
>
> 江东子弟今虽在，肯与君王卷土来？

王安石认为项羽已经失去了人心，垓下一败，大势已去，谁还肯为你卷土重来呢？处在两宋之交的著名的女词人李清照有感于朝廷苟安一隅，不思收复中原，曾写下这样一首五言绝句《夏日绝句》：

> 生当作人杰，死亦为鬼雄。
>
> 至今思项羽，不肯过江东。

这是一首抚今追昔、发抒悲愤的怀古诗。诗中盛赞项羽宁愿自刎乌江、也不愿苟且受辱的英雄气节；举出项羽的不肯南渡，正是对怯懦畏葸、只顾逃命苟安的南宋君臣的辛辣讽刺。诗在字面上，只是对于千年以前英雄发感慨，但对时事的沉痛悲愤的谴责之情，却溢于言表。

现在讲怀古诗法，分四点来讲。

一、切人切事，破除俗见。

鲁迅先生说过："我一向不相信昭君出塞会安汉，木兰从军就可以保隋，也不相信妲己亡殷、西施沼吴、杨贵妃乱唐的那些古话。我以为在男权社会里，女人是绝不会有这样大力量的，兴亡的责任都应该男的负。"（《且介亭杂文·阿金》）唐代罗隐在《西施》一诗中表达了他进步的历史观，在本质上和鲁迅的看法相通。诗云：

家国兴亡自有时，吴人何苦怨西施。

西施若解倾吴国，越国亡来又是谁。

第一句，开宗明义，提出了国家的兴盛衰亡是按一定的时运进行的，是由天时、地利、人际关系等多种复杂因素决定的，怎么能单单归结于某一个人身上，尤其是没有政治权利的女人身上呢？第二句"吴人何苦怨西施"，点题并点明主旨，吴国败亡，事出有因。沼吴，意思是使吴变为沼泽，也就是使吴国败亡。"何苦"语含讥讽。后两句，言其执迷不悟，没有道理。巧妙地运用了一个事理上推论：如果说，西施是颠覆吴国的罪魁祸首，那么，越王并不宠幸女色，后来越国的灭亡，又能怪罪于谁呢？尖锐的批评通过委婉的发问语气表达出来，丝毫不显得剑拔弩张，而由于事实本身具有的逻辑力量，读来仍觉锋芒逼人。道理明白：越国最后招致灭亡的惨祸，罪责应由统治者自己承担，委过他人，多么荒唐，多么无理。又如皮日休《汴河怀古·其二》：

尽道隋亡为此河，至今千里赖通波。

若无水殿龙舟事，共禹论功不较多。

诗的开头两句，从众人的议论说起，接着语意一转，提出不同的看法。诗中说：很多追究隋朝灭亡原因的人都归咎于运河；然而大运河的开凿，使南北交通显著改善，对经济与政治统一有莫大好处，历史作用深远。此处"至今"是言时间之长，"千里"是说地域之广，"赖"，则说明运河的作用之大。周啸天先生指出："此句强调大运河的百年大利，一反众口一词的论调，使人耳目一新，这就是唐人咏史怀古诗常用的'翻案法'。翻案法可以使议论新奇，发人未发。"（《唐诗鉴赏辞典》）

三、四句作一个假说，说如果隋炀帝开凿运河不是为了自己的穷奢极欲，他开河的功绩，不是比大禹治水更多些吗？周啸天先生说："这种把历史上暴虐无道的昏君和传说受人敬仰的圣人并提，是欲夺故予之法。"诗人实际上等于说，开河造福人类的功绩如此之大，而隋炀帝非但与功无缘，而且遭后人唾骂，可见他的罪孽多么深重了。

皮日休生活的唐代，唐王朝政治已经腐败，已走上亡隋的老路，诗人以艺术家特有的政治敏感，重提隋亡的教训，应该说，在当时是有着深刻的现实意义的。诗以论带事，立意新颖，议论别致而含蓄，读后耐人寻味，具有很强大艺术感染力。

二、切时切地，阐发道理。

这节课一开始，我们就说过，怀古诗多为登临旧地有感而发之作。历代的文人墨客，在凭吊古代遗址后，曾产生过许多感慨与寄托，并留下许多脍炙人口的佳作。刘禹锡的《西塞山怀古》就是很好的一例：

王濬楼船下益州，金陵王气黯然收。

千寻铁锁沉江底，一片降幡出石头。

人世几回伤往事，山形依旧枕寒流。

今逢四海为家日，故垒萧萧芦荻秋。

西塞山在今湖北大冶东南，是三国东吴江防要塞。前四句是对西晋灭吴史事的概要追述：晋武帝的大将王濬，率战船，顺江而下，直取金陵，吴王孙皓投降。叙述语约而意丰。五、六两句，诗人从对历史的追忆中，回到眼前，抒写心中所感，眼中所见。诗人由东吴所想到的，是其后定都金陵的东晋和南朝宋齐梁陈多个朝代，他们也都在这里重蹈了历史的覆辙，成了一段段令人感伤的"往事"，提出国家兴废全仗人事，山川形势不可倚恃的深刻道理。诗人在尾联说，如今天下一统，而故垒萧萧，历史的教训难道不应该吸取吗？发人深思。

刘禹锡以金陵为题作过多首诗，脍炙人口的是《金陵五题》。这里选两首，先看组诗第一首《石头城》：

> 山围故国周遭在，潮打空城寂寞回。
> 淮水东边旧时月，夜深还过女墙来。

诗的前两句描写金陵典型的地形风物，渲染出昔日的辉煌不再，反衬出今朝败落凄凉的氛围。后两句抒发感慨，妙在不直说，而是借"旧时月""还过女墙来"，写出时代的变迁，写出时代的风云变幻。"诗人把石头城放到沉寂的群山中写，放在带凉意的潮声中写，放到朦胧月夜中写，这样尤能显示出故国的没落荒凉。只写山水明月，而六代繁荣富贵，俱归乌有。诗中句句是景，然而无景不融合着诗人故国萧条、生生凄凉的深沉感伤。"（周啸天语）计有功《唐诗纪事》记载，白居易览《石头城》诗，"掉头苦吟，叹赏良久，曰：'《石头》云：潮打空城寂寞回'，吾知后之诗人不复措辞矣。"又如组诗的第二首《乌衣巷》：

> 朱雀桥边野草花，乌衣巷口夕阳斜。
> 旧时王谢堂前燕，飞入寻常百姓家。

首句的"朱雀桥"，昔日车水马龙，好不热闹，而今所见，只是"野草花"，表示今天已经荒凉冷落了。次句的乌衣巷，曾是高门士族的聚居区，本来应该是衣冠往来、车马喧闹，而现在只是一抹斜阳，乌衣巷完全笼罩在寂寞苍凉的氛围之中。

经过环境的烘托、气氛渲染之后，诗人更巧挥妙笔，转写乌衣巷上空的飞燕，作者还特别指出，这些飞入百姓家的燕子，过去却是栖息在王导、谢安权门高大厅堂的檐檩之上的"旧时燕"，作者扣住了燕子作为候鸟有栖息旧巢的特点，这就足以唤起读者想象，暗示出乌衣巷昔日的繁荣，起到了突出今昔对比的作用。清人施朴华《岘庸说诗》评此诗后两句说："若作燕子他去，便呆。盖燕子仍入此堂，王谢零落，已化作寻常百姓矣。如此则感慨无穷，用笔极曲。"

三、凭吊古迹，寄托情怀。

咏史怀古，是诗人们钟情的题材。尤其是动乱年代或一个朝代发展的末期，由于社会黑暗腐败，个人前途暗淡，敏感而失望乃至绝望的心理，使诗人的创作表现落寞悲观的情绪。如许浑《咸阳城西楼晚眺》：

> 一上高城万里愁，蒹葭杨柳似汀洲。
>
> 溪云初起日沉阁，山雨雨来风满楼。
>
> 鸟下绿芜秦苑夕，蝉鸣黄叶汉宫秋。
>
> 行人莫问当年事，故国东来渭水流。

这首诗题目有两种不同文字，另一个题目是《咸阳城西东楼》，这里以《唐诗鉴赏辞典》里的题目为准。

诗的起句，将笔一纵，出口万里，随后又将笔一收，回到目前，开合自如，擒纵得法。颔联写景，云起日落，雨来风满，满目萧然，形成辽阔苍凉的意境。颈联从视觉写高处"鸟下绿芜"，下句从听觉写"蝉鸣黄叶"，在落日秋风中表现出一种浓重的衰飒情绪。末联的"过客"，泛指古往今来的征人游子，当然也可包括自家在内，而"莫问"，其意正是欲问，要问，而且问了多时了，末句的意思是，我闻咸阳古地的名城久矣，今天东来，到此一览，只有所见无几，只是渭水自流，诗人的感慨至此如水悠悠，长流不尽。再看温庭筠的《过陈琳墓》：

> 曾与青史见遗文，今日飘蓬过此坟。

> 词客有灵应识我，霸才无主始怜君。
>
> 石磷埋没藏春草，铜雀荒凉对暮云。
>
> 莫怪临风倍惆怅，欲将书剑学从军。

陈琳是汉末建安七子之一，得曹操重用，诗的首联上句，对陈琳的文采风流表示仰慕。第二句写过陈琳墓凭吊感怀，"飘蓬"二字，正见诗人身世零落之感。颔联写自己对自身文采的自信。颈联以景语寄托惆怅失意情怀。尾联表示失意之下而产生弃笔从军意，把投身军营、立功马上，看作实现人生价值的最佳抉择。但他的从军只是仕途失意的无奈之举，心境是悲凉的，折射出时代灰暗的色调，令人叹惋。

四、运用细节，传情达意。

利用细节和画面来传情感怀，是诗人咏史怀古诗的胜场。这一点，在尺幅短小的七绝中表现得非常明显。如李商隐的《齐宫词》：

> 永寿兵来夜不扃，金莲无复印中庭。
>
> 梁台歌管三更罢，犹自风摇九子铃。

这首诗里，选择九子铃这个物件，颇见心思之巧。九子铃是古代宫殿、寺观风檐前或帷帐上的装饰铃，用金玉等材料制成。这里的九子铃是齐宫故物，是南齐帝王享乐奢淫的见证。如今南齐覆亡，新主为欢，犹闻旧铃；铃声依旧，但物是人非。作者从细小的物件着眼，却反映出历史天翻地覆的变化。纪晓岚有评道："妙从小物寄慨，倍觉唱叹有情。"又如杜牧的《赤壁》：

> 折戟沉沙铁未销，自将磨洗认前朝。
>
> 东风不与周郎便，铜雀春深锁二乔。

　　诗一开篇，借一件古物兴起对前朝人物和事迹的慨叹。在一次大战中遗留下来一支折断了的铁戟，沉没在水底沙中，还没有蚀掉，现在被人发现了，经过一番磨洗，证明它是三国时赤壁大战遗留下来的物件，不禁引起了"怀古之幽情"，"由这件小小的东西，诗人想到了汉末那个分裂动乱的时代，想到那次重大意义的战役，想到那一次生死搏斗中的主要人物。"（沈祖棻语）

　　后两句是议论，但作者的高明之处就在：并不从正面来描摹东风，而从反面落笔；假使东风不给周瑜以方便，那么，胜败双方就要颠倒位置，历史形势将完全改观。因此，接着写假想中曹军胜利，孙、刘联军失败后的局面：大乔（孙策之妻）小乔（周瑜之妻）就被掳去，关在铜雀台上享受了。这是极有力的反跌，美人衬英雄，显得更有情致。

　　杜牧极是善运用以小写大的。他的另一首绝句《过华清宫绝句三首·其一》也是如此。诗曰：

长安回望绣成堆，山顶千门次第开。

一骑红尘妃子笑，无人知是荔枝来。

　　"这首诗通过送荔枝这一典型事件，鞭挞了玄宗与杨贵妃骄奢淫逸的生活，有着以微见著的艺术效果。"（张明非语）

　　起句描写华清宫所在地骊山的景色，接着展现出山顶上平日紧闭的宫门一道接一道打开。接着是两个特写镜头：宫外一名专使骑马风驰电掣般疾奔而来，身后扬起一团团红尘；宫内，妃子却嫣然而笑了。最后一句更见技巧。"千门"因何而开？"一骑"因何而来？妃子又因何而笑？始终不说原因，直到紧张而神秘的气氛憋得读者难受时，也只是说"无人知是荔枝来"，啊，原来是送荔枝给妃子啊！《新唐书·杨贵妃传》："妃嗜荔枝，必欲生致之，乃置骑传送，走数千里，味未变，已至京师。"

悬念顿然而释。"杜牧这首诗的艺术魅力就在于含蓄、精深，诗不明白说出玄宗的荒淫好色，贵妃的恃宠而骄，形象地用'一骑红尘'与'妃子笑'构成鲜明的对比，就收到了比直抒己见强烈得多的艺术效果……全诗不用难字，不使典故，不事雕琢，朴素自然，寓意精深，含蓄有力，是唐人咏史绝句中的佳作。"（张明非《唐诗鉴赏辞典》）

第三十四讲 友情送别诗

重视友道、友情是我们优秀的民族精神之一，也是中华诗歌的传统主题之一。早在2500多年前的春秋时期，思想家、教育家、儒家圣人孔子，在其经典著作《论语》第一篇《学而》就这样说道："学而时习之，不亦悦乎；有朋自远方来，不亦乐乎；人不知而不愠，不亦君子乎。"把志同道合的朋友从远方来，看作是人生十分快乐的事，充分体现了对友道的高度重视。而孔子的学生曾子，甚至把朋友交往中是否守信用，作为每天反省自身的内容之一："吾日三省吾身：为人谋而不忠乎？与朋友交而不信乎？传不习乎？"（《论语·学而》）

在中华文化中有一个脍炙人口的故事，也就是被提炼成一句精彩的成语，叫做"高山流水"，讲的就是关于伯牙与钟子期的友谊："伯牙鼓琴，钟子期听之。方鼓琴而志在太（泰）山，钟子期曰：'善哉乎鼓琴，巍巍乎若泰山。'少选之间，而志在流水，钟子期又叹曰：'善哉乎鼓琴，汤汤乎流水。'钟子期死，伯牙破琴绝弦，终生不复鼓琴，以为世无足为鼓琴者。"（《吕氏春秋·本味》）

这一讲，我们分四点来谈谈。

一、崇尚友道，珍惜友谊。

吟咏友情的诗，现存最早的当推《诗经·小雅·伐木》：

伐木丁丁，鸟鸣嘤嘤。

> 出自幽谷，迁于乔木。
>
> 嘤其鸣矣，求其友声。
>
> 相彼鸟矣，犹求友声。
>
> 矧伊人矣，不求友生？
>
> 神之听之，终和且平。

　　这是周代宴享亲友的乐章，这里选的是第一章，是《诗经》中谈论友情的著名篇章。诗以伐木起兴，由丁丁的伐木声引发鸟儿的鸣声，然后以鸟类作比，抒发议论。在大自然中，鸟禽呼朋引伴，寻求和鸣，是常见的现象，诗以这浅近的事例，告诉我们：鸟儿尚且渴望友伴，人类更是盼望，更应该广交良友以倾诉衷肠。人类像鸟儿一样相亲相爱，社会也就实现了幸福和平。战国时期的伟大诗人屈原《九歌·少司命》第二章这样写道：

> 秋兰兮青青，绿叶兮紫茎。
>
> 满堂兮美人，忽独与余兮目成。
>
> 人不言兮出不辞，乘回风兮载云旗。
>
> 悲莫悲兮生别离，乐莫乐兮新相知。

　　"悲莫悲兮生别离，乐莫乐兮新相知"，意思说得明白：在人生的长途上，最大的悲哀莫过于生时的别离，最大的快乐莫过于新结识一个知心朋友。这二句涵盖了人们对于友情的共同心理，内容十分丰富，所以成为中国文学史上表现友情的绝唱！

　　中国古代俗文学中曾归纳人生有四大乐事，叫做：洞房花烛夜、金榜题名时、久旱逢甘雨、他乡遇故知。这种归纳是否完全合理暂不去管他，但"他乡遇故知"，直到今天仍然是中国人生活中的一件赏心乐事则不假。

如"相逢意气为君欢，系马高楼垂柳边"（王维《少年行四首·其一》），
如"醉眠秋共被，携手日同行"（杜甫《与李十二白同寻范十隐居》），
如"人生大笑能几回，斗酒相逢须醉倒"（岑参《凉州馆中与诸判官夜
集》……这样的高歌痛饮，唱出了友情的温暖，唱出了人情的美好，唱
出了生命的精彩，其乐何极，其生何幸！

李白生性豪爽，喜好交友，他写过一首《赠汪伦》的诗：

> 李白乘舟将欲行，忽闻岸上踏歌声。
> 桃花潭水深千尺，不及汪伦送我情。

这首诗，我们在前面不止一次提到过，读了它，真让人齿颊留香。
程郁缀先生对这首诗有很好的评析："前两句叙事，简洁明了；后两句抒情，
用常得奇。一是'不及'一词用得好，表明深情无限，人们想象有多深
就有多深，实际上也是深得没有底；二是'桃花潭'这个意象选取得好；
桃花之火红热烈，潭水之清澈澄净，用来比喻友情，给人以美好、温暖、
纯洁之感。用来比喻的物象跟被比喻的情感之间，可谓是珠联璧合，相
得益彰。"（《唐诗宋词》）又如他的另一首著名的送别诗《黄鹤楼送
孟浩然之广陵》：

> 故人西辞黄鹤楼，烟花三月下扬州。
> 孤帆远影碧空尽，唯见长江天际流。

大家知道，李白与孟浩然的友情是十分深厚的。他在《赠孟浩然一
诗中写道："吾爱孟夫子，风流天下闻。红颜弃轩冕，白首卧松云。醉
月频中圣，迷花不事君。高山安可仰，徒此揖清芬。"李白与孟浩然"这
一场极富诗意的离别，对李白来说，又是带着一片向往之情的离别，被

诗人用绚烂的阳春三月的景色，用放舟长江的宽阔的画面，用目送孤帆远影的细节，极为传神地表现了出来。"（余恕诚语）尤其是结句，余韵袅袅，不绝如缕。

二、筵席离歌，真情惜别。

渴望真挚的友情，是人类共有的一种情感追求。朋友之间，非常重视聚散离合。因为古代生产力低下，交通不便，联系困难，山川阻隔，道路坎坷，朋友之间，一旦分手，至于什么时间再次重逢，难以预料。或经春历夏，或数年多载，甚或几十年，乃至诀别竟成永别，真是"相见时难别亦难"（李商隐《无题》）。所以呀，古人对送别朋友、设宴饯行之类的事，从来都是郑重其事的。诚如柳永所说的那样"多情自古伤离别"（《雨霖铃》），所以，中国诗歌史上描写离别情景，抒发惜别之情的诗歌很多，也写得很好。例如王维的《送元二使安西》：

> 渭城朝雨浥轻尘，客舍青青柳色新。
> 劝君更尽一杯酒，西出阳关无故人。

这诗又称《渭城曲》。诗的前两句写送别的时间，地点，环境气氛。从清朗的天宇，到洁净的道路，从青青的客舍，到翠绿的杨柳，构成了一幅色调清新的图景。后两句抒情。临别时频频劝酒，干了一杯，更尽一杯，情意绵绵，将深情厚谊倾注在杯杯美酒中，主客双方的惜别之情在这瞬间达到了顶点。"劝君更尽一杯酒，西出阳关无故人"，这句似乎脱口而出的劝酒词，在此刻，把惜别之情表达得是那样的强烈，那样的深挚，那样的绵长。又如晏殊的《踏莎行·祖席离歌》，词曰：

> 祖席离歌，长亭别宴，香尘已隔犹回面。居人匹马映林嘶，行人去棹依波转。画阁魂消，高楼目断，斜阳只送平波远。无穷无

诗法三十六讲

尽是离愁，天涯地角寻思遍。

词的上片开头叙事，通过送别情景的描写，表现了作者与"行人"离别时的怅惘之情；下片主要写友人去后，词人自家的孤独之感。结句很是感人："无穷无尽是离愁，天涯地角寻思遍"，词人思念超越了时空的界限，自身虽不能陪朋友远行，但自己的心，自己的思念却时刻伴随着朋友走遍天涯海角。意挚情浓。再如孟浩然的《送杜十四之江南》：

荆吴相接水为乡，君去春江正渺茫。
日暮征帆何处泊，天涯一望断人肠。

诗题一作《送杜晃进士之东吴》。诗一开篇，不言别情，先作宽慰之语，超乎送别诗常见写法，"凡送人多托酒以将意，写一时之景以兴怀，寓宽勉之词以致意"（杨载《诗法家数》）。次句写眼前事，眼前景，而两句联系一起，便产生味外之味。第三句，转景写情，日暮征帆与春江渺茫，形成极大的反差，表现出对朋友的殷切的关心，既担心那征帆晚来找不到停泊的处所，同时，更是揣度行踪，又表现出依依惜别之情。这一问，深情满满。末句卒章显志，将惜别之情推到顶点，达到了持久动人的效果。

三、远思遥想，吟咏友谊。

朋友之间，不管是得意的事，还是失意的事，总是渴望跟好朋友倾诉。因此，表现远思遥想，期盼朋友的到来，在诗歌中也是友情中的一个方面。如唐代郑唯忠写道："离忧将岁尽，归望逐春来。庭花如有意，留艳待人开。"（《送苏尚书赴益州》）庭院里的花儿也像主人一样有感情，留着芳艳，等待好友归来再开放，寄情与物，别有情韵。喻凫有诗云："银地无尘金菊开，紫梨红枣堕莓苔。一泓秋水一泓月，今夜故人来不来？"（《绝句》）前两句写景，形象生动，色彩鲜明，结句既道出了诗人等待朋友的焦急心情，又给人留下了想象的余地。"一泓秋水一泓月"，水月交辉，纯净，透亮，美好，简直就是纯洁、美好的友情的物化外露，显示出大自然的美与人的感情的美，相得益彰，情韵无限。宋诗人范成大有诗曰："论文无伴法孤起，访旧有情书数行。何日却同湖上醉，露帏宵幄为君张。"（《次韵杨同年秘鉴见寄二首·其二》）诗人准备好了泛舟湖上的遮蔽风露的帐帷，就盼望友人能够再度前来相会湖上，痛饮而醉。语简情真，引人羡慕。又如韦应物《寄李儋元锡》：

> 去年花里逢君别，今日花开又一年。
>
> 世事茫茫难自料，春愁黯黯独成眠。
>
> 身多疾病思田里，邑有流亡愧俸钱。
>
> 闻道欲来相问讯，西楼望月几回圆。

李儋，字元锡，是作者诗交好友。诗是寄赠好友的，自然叙别开头，回忆往事，即景生情。颔联写自己的烦恼苦闷，自觉无能为力，黯然成愁，以情叹景。颈联具体写自己的困境和思想矛盾。在进退两难的境况下，诗人需要友情的抚慰。末联便以感激李儋的问候和亟盼他来作结。"诗人诚恳地披露了一个清廉正直的封建官员的思想矛盾和苦闷，真实地概括出这样的官员有志无奈的典型心情。诗人能够写出这样真实、典型、动人的诗句，正由于他有较高的思想境界和较深的生活体验。"（倪其心语）又如王昌龄《送魏二》：

> 醉别江楼橘柚香，江风引雨入舟凉。
>
> 忆君遥在潇湘月，愁听清猿梦里长。

首句叙事写景，写送别时的地点和送别时的环境。"醉"字见情，暗示着不忍离别。次句"江风引雨入舟凉"，景中含情。"凉"字，不仅写风雨的"凉"，更是送别时的心"凉"。一字双关，很是见巧。后两句，诗人推开眼前情景，由"忆"字领起，从对面生情，虚构出一个旅夜孤寂的环境：你在遥远的潇湘冷月之下，凄清的环境，恐难成眠吧。即使暂时入梦，两岸猿声也会一声一声，闯入梦境，令人睡不安稳。因而梦中也摆脱不了愁绪，从而表现了惆怅的别情。诗前半写眼前实景，后半写虚拟之景，虚实结合，借助想象，既扩大了意境，又深化了主题。艺术构思，颇具特色。又如元稹《闻乐天授江州司马》：

> 残灯无焰影幢幢，此夕闻君谪九江。
> 垂死病中惊坐起，暗风吹雨入寒窗。

　　元稹和白居易是挚友，他闻知白居易受谗害，贬谪为江州司马，内心极为震动，病中惊坐而起。诗的首尾两句都是写景，既是景语，又是情语。是以哀景抒哀情，情与景融合一起，形神俱肖，含蓄蕴藉，情深意浓，诗味隽永，耐人咀嚼。

　　四、慰勉规劝，慷慨而歌。

　　友情应该以感情为主，感情应该是纯洁的，真诚的。送别诗不唯写悲绪愁情，还有交心暖语，坦然相处，才能心心相映，友情永固。真诚的友谊，能给人以温暖和快乐，给人以勇气和力量，给人信心和希望。惟其如此，友情才显重要，才显宝贵。例如王勃的《送杜少府之任蜀州》：

> 城阙辅三秦，风烟望五津。
> 与君离别意，同是宦游人。
> 海内存知己，天涯若比邻。
> 无为在歧路，儿女共沾巾。

诗的第一句写送别的地点。第二句写朋友将要去的风烟迷茫的蜀川，表现了朋友之间依依难舍的情态。虽无离别的字样，却让人感到浓浓的离情。第三、四句写我和你都是为了仕宦而离别家乡、漂泊异乡的人，言外之意是你不必为远任蜀川而过分难过。这两句写得推心置腹，贴切得体。第五、六两句笔锋一转，写下了开朗乐观、为人称道的诗句："海内存知己，天涯若比邻"。真正志同道合的知心朋友，即便是远在天涯海角，也可以互相安慰，互相劝勉，彼此的心，就如同近在咫尺，仿佛比邻而居，再遥远的离别分不开真正的知己，再长久的离别也割不断真正的友谊。"这两句是全诗的高潮，表现了诗人高远的志趣、超脱的情怀和积极进取的精神"。（程郁缀语）最后两句以一个委婉劝语收结，希望你我都不要在分别的路口，像小儿女一样哭哭啼啼，泪洒佩巾。话语潇洒活脱，又一往情深。

诗人高适写过一首《别董大》，诗曰：

> 千里黄云白日曛，北风吹雁雪纷纷。
> 莫愁前路无知己，天下谁人不识君。

前两句写景。黄云千里，白日昏暗，北风吹雁，大雪纷纷。此景显得暗淡、清冷、迷茫、凄凉，给人以压抑之感。而后两句变哀怨为开朗，改惆怅为振作，化消极为进取：劝朋友不要为离别而难过，像你这样美好的人品、非凡的才华、高尚的德行，天下谁人不识？谁人不敬？谁人不乐于结交呢？这里既是对朋友热情的赞美，又是一种深情的劝慰，劝朋友不要过分伤心，你会交到好朋友的，会被天下人欣赏和敬重。充分显示了友谊的深厚和襟怀的旷达。又例如李颀的《送魏万之京》：

> 朝闻游子唱离歌，昨夜微霜初渡河。

鸿雁不堪愁里听，云山况是客中过。

关城树色催寒近，御苑砧声向晚多。

莫见长安行乐处，空令岁月易蹉跎。

　　作者是魏万的长辈，这是他为晚辈去京城长安写的送别诗。诗的首联巧用景物点明节令，造成离别的典型环境。用倒叙手法，先说"朝闻"，说魏万的走，后用"昨夜微霜初渡河"点出昨夜的情景。中间两联设想魏万沿途和到达京城长安的路上情景；尾联是劝勉之词：不要把长安看作繁华行乐的地方，而白白虚度光阴。出于长辈的关心，写出殷情叮咛，谆谆告诫，语言亲切，感情深厚。

第三十五讲　讽喻诗

讽喻诗是中国古典诗歌的古老传统。它以其主题显明，内涵深刻，言辞犀利，具有很强的针对性、政治性、战斗性，体现出对国家、对民族、对人民的强烈正义感和责任心，得到广大人民的喜爱。这节课，我们分四点谈谈讽喻诗的表达技巧。

一、针砭时弊，鞭挞丑恶。

许多讽喻诗，尖锐深刻地针砭时弊。以白居易为代表的中唐新乐府诗，大多反映民生疾苦，对那些不合理的世态人情、丑恶现象，进行揭露、批判和讽刺。《新乐府》五十首，在唐代即已广泛流传。其中《轻肥》的讽刺性最为鲜明：

意气骄满路，鞍马光照尘。

借问何为者，人称是内臣。

朱绂皆大夫，紫绶悉将军。

夸赴军中宴，走马去如云。

尊罍溢九酝，水陆罗八珍。

果擘洞庭橘，脍切天池鳞。

食饱心自若，酒酣气益振。

是岁江南旱，衢州人食人。

开头四句，先是绘神绘色，意气之骄，竟然满路，鞍马之光，竟可照尘，然后，点明这些人的身份"是内臣"。内臣就是宦官。宦官凭什么如此神气？原来他们居然"朱绂""紫绶"，俨然成了"大夫""将军"，掌握了政权和军权。怎么不骄？怎么不奢？"夸赴军中宴，走马去如云"，具体写了骄与奢，并且不是一个两个，"去如云"表明是一大帮。这前八句，通过宦官们"夸赴军中宴"的场面，揭露其意气之骄。

紧接的六句，主要写他们的奢。他们饮美酒，饱海味，"食饱心自若，酒酣气益振"两句，又由奢写到骄。赴宴之时，已是"意气骄满路"，食饱酒酣之后，自然是更是骄横，不可一世了。

前十四句，淋漓尽致地描绘出一大帮内臣们乘肥马，衣轻裘，食山珍，饱海味，飞扬跋扈，尽情享乐。然而诗人的目光并未局限于此，笔锋一转，当这些"大夫""将军"酒醉肴饱之时，江南正在发生"人食人"的惨像。同样遭遇旱灾，一乐一悲，判若天壤。诚如霍松林先生评析的那样："这首诗运用了对比的方法，把两种截然相反的社会现象并列在一起，诗人不作任何说明，不发一句议论，而让读者通过鲜明的对比，得出应有的结论，这比直接发议论更能使人接受诗人所要阐明的思想，因而更有说服力。末二句直赋其事，奇峰突起，使全诗顿起波澜，使读者动魄惊心，确是十分精彩的一笔！"（《唐诗鉴赏辞典》）又例如邹增祐《闻和议定约感赋》：

> 圣主终神武，其如国贼何。
>
> 元戎甘割地，上将竟投戈。
>
> 漏瓮焦难沃，谀台债愈多。
>
> 向来无一策，富贵只求和。

题目中的"和议定约"指的是1894年中日甲午战争后，清政府于

1895 年 4 月 17 日与日本签订的《中日马关条约》。

　　首联的"圣主""神武"包括道光皇帝、咸丰皇帝和西太后。当时战争爆发时掌握着清政府实权的是西太后，她生怕战争爆发影响她的享乐生活，所以极力避战求和；在北洋海军全军覆灭后，又授命李鸿章赴日议和，出卖国家民族的利益。这样的统治者怎能称"圣主"？显然运用的是曲笔，明褒实贬。次联的"国贼"指李鸿章。颔联指出"元戎""上将"，奉行不抵抗政策，畏敌怕战，竟至"投戈"，丑态百出。颈联运用形象比喻，说明清政府重用投降派的文武官员去处理军事、外交事务，去抵御列强的侵侮，正如想用破瓮中的水去浇已经烧焦了的锅一样，是无济于事的。

　　最后两句，画龙点睛。指出他们之所以一味求和，根本原因就是只图"富贵"，求得一时的苟且偷安，置国家民族利益于不顾，所以才造成中国走向屈辱的半封建半殖民地的境地。全诗先扬后抑，讽刺犀利。"圣主终神武"，读后，原来是一帮卖国贼。

　　二、讥邪刺恶，一吐为快。

　　面对邪恶势力，不合理的行为，诗人们，特别是那些正直不阿、行事光明磊落、性格刚烈的诗人，他们的诗作，总要刺邪刺恶，一吐为快。例如南宋刘子翚的《汴京纪事二十首》第六首：

　　　内苑珍林蔚绛霄，围城不复禁刍荛。

　　　舳舻岁岁衔清汴，才足都人几炬烧。

　　这首绝句的意思是说，宋徽宗的御花园里的绛霄楼，珍贵的奇花异木非常茂盛，可是，金兵围城时就不能再禁止人民来拆楼砍树了；想当年，船队接连不断从江南运来奇花异木，如今汴京的人，当柴烧才够烧几回呢？末句的反问，讽刺意味很明显而且相当强烈。又如第七首：

空嗟覆鼎误前朝，骨朽人间骂未销。

夜月池台王傅宅，春风杨柳太师桥。

　　这一首意在抨击昏君，鞭挞奸臣。昏君的荒淫无度，使奸臣得售其奸；而奸臣的曲意逢迎，又使昏君得逞其昏。正是由于昏君、奸臣沆瀣一气，胡作非为，才导致丧权辱国、失土亡国的不幸现实发生。这首绝句前两句意思是：可叹这些误国奸臣，使前朝覆亡，他们的骨头朽了，人民的骂声还不会停息；后面两句直接点出奸臣的名字，上句是营建苑林池台赏月的官封太傅楚国公的王黼，下句府第园林池畔春风杨柳如画的官封太师鲁国公的蔡京。诗中描写"夜月池台""春风杨柳"，以风和月的永恒反衬王、蔡等丑恶生涯的短暂。全诗融议论、写景、抒情于一炉，讽刺深刻，抨击有力。又如杜荀鹤的《再经胡城县》：

去岁曾经此县城，县民无口不冤声。

今年县宰加朱绂，便是生灵血染成。

　　题目是"再经"，而开篇写"去岁"初经的见闻，从县民方面落墨，说县民而未提县宰；写今年，"再经"的见闻，只从县宰方面着笔，说县宰"加朱绂"。朱绂，红色的官服，加了朱绂，表明受到上司的嘉奖，得到提拔。而末句赫然醒目："便是生灵血染成"！诗人把县宰的朱绂和县民的鲜血，这两种颜色相同而性质相反的事物，出人意料地结合在一起，是那么醒目，那么惊心动魄。至于"县民无口不冤声"的县宰为什么不仅没有受处分，反而还加朱绂，升了官，其中原因以及后来又将干些什么等等一切，却见于言外，留待读者思考，从而获得了强烈的艺术效果。再如冯梦龙的《塞下吟》：

> 云中一片虏烽高，出塞将军已著劳。
>
> 不斩单于诛百姓，可怜冤血染霜刀。

"云中"是北方边防的一个地名，"单于"是匈奴的首领，这里泛指犯边的敌人。这首绝句揭露边关武将不抵抗侵略，却杀百姓冒功的罪行。这里充满正义感的对邪恶势力的讽刺、控诉，其中饱含着对人民的同情，爱憎十分分明。又如张祜的绝句《集灵台》：

> 虢国夫人承主恩，平明骑马入宫门。
>
> 却嫌脂粉污颜色，淡扫蛾眉朝至尊。

虢国夫人是杨贵妃的姊妹，也得到了唐明皇的宠幸。平明本是皇帝上朝的时候，她却应召而来；这是讽刺唐明皇不理朝政，纵情淫乐。她并不遵守朝廷的礼制，竟然骑马进宫，朝廷的制度荡然无存。三、四两句从字面上看纯系写虢国夫人的超乎常人美色，但是透过"却嫌脂粉""淡扫蛾眉"这一恃宠而娇的形象，与"至尊"这个堂皇的名号相连，使人感到莫可名状的辛辣的讽刺意味。

三、绵里藏针，缘事而发。

宋人张天觉说："讽刺则不可怒张，怒张则筋骨露矣。"诗人创作讽喻诗时，大都缘事而发，对不合理的世态人情进行揭露、批判和讽刺。例如杜甫的《赠花卿》：

> 锦城丝管日纷纷，半入江风半入云。
>
> 此曲只应天上有，人间能得几回闻。

花卿，是花敬定，成都府尹崔光远的部将，因平定叛乱立功。从此居功自傲，肆意妄为，甚至僭用天子音乐自娱。因此，杜甫作客花府时，赠诗予以委婉规劝。这首绝句，从表面上看，以生动的笔触，描绘出弦管演奏那种轻悠、柔靡的音乐效果，俨然是一首十分出色的赞美诗；但从深层里看，其弦外之意，却耐人寻味。诗中的天上实指天子的皇宫。花卿竟然敢冒天下之大不韪，其下场令人担忧，所以杜甫在赠诗里，采用绵里藏针、讽喻规劝的方法，晓之以利害。这既可让花卿深长思之，不至于激怒骄横跋扈的花卿。所以明代杨慎在他的《升庵诗话》里说："花卿在蜀颇僭用天子礼乐，子美作诗讥之，而意在言外，最得诗人之旨。"又如李约的《观祈雨》：

桑条无叶土生烟，箫管迎龙水庙前。
朱门几处看歌舞，犹恐春阴咽管弦。

诗的首句描写春旱的情景：桑树无叶，唯有枯枝，田野干涸，庄稼枯萎，黄土随风四起，旱情严重。第二句写祈雨的场面：农民们按照古老的传统，在龙王庙前吹箫鸣管，迎龙娱神，祈求龙王降雨解旱。

接着，作者将视线转向朱门豪贵，描写了另一番生活情景："几处"豪贵，不满足于锦衣玉食，在酒足饭饱之余，嫌下雨影响观赏歌舞和消闲解闷。前者求雨，生死攸关，后者竟然"恐春阴"，影响品味音乐。对雨的态度，判若天壤。作者将两种不同的生活画面，两种对雨不同的态度，两种不同的思想感情并列在一起，让读者通过鲜明的对比得出结论，作者的思想感情，也在对比中得到了充分的表达。诗歌语言绵里藏针，柔中含刚，讽刺委婉，耐人寻味。再如林升《题临安邸》：

山外青山楼外楼，西湖歌舞几时休？
暖风熏得游人醉，只把杭州作汴州。

诗的头两句，抓住临安城的特征，以及南宋小朝廷追逐当年虚假的太平景象，生发感慨：山外有青山楼外有高楼，而西子湖畔这些淫靡的歌舞，到什么时候才能罢休？

紧接着诗人进一步抒发自己的感慨："暖风熏得游人醉，只把杭州作汴州。"诗中的"暖风"，既指自然界的风，又指社会上淫靡之风。正因为有了这种"暖风"的吹拂，才会把人们头脑吹得如痴如醉，忘记了收复失地。从而直斥南宋当局忘了国恨家仇，把临时苟安的杭州，当作了故都汴京，不图恢复，只知声色歌舞。讽刺有力，鞭挞深刻。又如李商隐的《马嵬·其二》：

> 海外徒闻更九州，他生未卜此生休。
> 空闻虎旅传宵柝，无复鸡人报晓筹。
> 此日六军同驻马，当时七夕笑牵牛。
> 为何四纪为天子，不及卢家有莫愁。

这是一首咏"马嵬之变"，揭示"李杨悲剧"历史教训的讽喻诗。开头两句夹叙夹议，说杨贵妃死后，唐玄宗曾令方士寻其魂魄，但那毕竟是徒劳的。他生为夫妇的事，渺茫未卜；此生为夫妻的事，却已经完结了。幻想中的美梦，突出了现实的悲剧色彩。

中间两联紧承"此生休"，写马嵬所发生的悲剧经过。颈联是传诵已久的名句。玄宗当年七夕和杨妃讥笑牵牛、织女一年只能相见一次，而他们两人，则是要"世世为夫妇"，永远不分离。可是"六军驻马"不发的时候，结果又怎样呢？两相映衬，杨妃赐死的结局，就不难言外得之了，而玄宗的虚伪、自私的灵魂，也就暴露无遗了。

尾联也包含了强烈的对比。一方面是当了四十年皇帝的唐玄宗，保不住自己的宠妃；另一方面是作为普通百姓的卢家，却能够保住妻子莫愁。结尾冷峻的诘问，真是精彩。写出了不以个人意志为转移的历史辩证法：作为一国之主，一味贪恋个人幸福，必将误国害民，最后，连他们所贪恋的个人幸福一同毁灭。

四、言此意彼，正话反说。

在封建社会，诗人创作讽喻诗时，自然是慎之又慎的，如果稍有差池，轻者或受罚，或入狱，或流放，重则被杀头。因此，诗人或托物寄情，言此意彼，或借古讽今，正话反说。例如曹邺的《官仓鼠》：

> 官仓老鼠大如斗，见人开仓亦不走。
>
> 健儿无粮百姓饥，谁遣朝朝入君口。

这是一首以官仓老鼠比喻贪官污吏的讽刺诗。诗的开头两句写官仓鼠的外形与特征。它体大如斗，饱食仓粟，无所用心。本来有"胆小如鼠"一说，而这仓鼠不然，它见人不走，胆大妄为，自是有所仗恃。字面上是写鼠，实则是一幅绝妙的贪官污吏的漫画像。

三、四两句由写鼠转而写人。鼠辈可饱食终日，那么人呢？"健儿无粮百姓饥"，守边的战士和老百姓竟然忍饥挨饿。两相对比揭示出尖锐的社会矛盾，而且引导读者进一步去思考产生这种情形的深层根源。"谁遣朝朝入君口"？这深沉一问，不仅鞭挞了贪婪狂妄的一般官吏，更直接将矛头指向最高统治者。

以鼠比官，可能与《诗经·硕鼠》形象有关，但主要还是来自作者敏锐的观察力以及对生活认识、理解的深度。诗用民间口语，质朴自然，雅俗共赏，别具朴素美，因而为历代读者所喜爱。又例如李商隐《贾生》：

> 宣室求贤访逐臣，贾生才调更无伦。
>
> 可怜夜半虚前席，不问苍生问鬼神。

这首绝句，前两句的意思是：汉文帝求贤若渴，把贬居长沙的贾谊召回京城，并在未央宫前的正室里，会见这位被逐之臣。若论贾谊的才华和能力，确实是十分的脱俗超群，普天之下没有人能与他相匹敌。

第三句写文帝，他虚心垂询，凝神倾听，以至于"不知膝之前于席"。这个细节描绘，惟妙惟肖。到了末句，揭示真相，汉文帝关心的不是治国安民的良策，却是荒诞无稽的鬼神之事，令人大跌眼镜。

此诗表面上似讽刺汉文帝，实际上诗人托汉讽唐。大家知道，李商隐生在晚唐，晚唐的帝王将相大多是些不务正业，不重民生，不重贤才的平庸之辈。诗的矛头所指，当然是讽刺晚唐皇帝的昏庸无道，再者，诗又是借贾谊而自比，感喟自己尽管满腹经纶，却生不逢时，壮志难酬。而他的《北齐·其一》则是讽刺北齐后主高纬宠幸冯淑妃荒淫亡国的史实来借古讽今的。

又例如鲁迅先生的《无题》诗：

血沃中原肥劲草，寒凝大地发春华。

英雄多故谋夫病，泪洒崇陵噪暮鸦。

这是鲁迅先生1932年感于世事，赠日本友人高良富子夫人的一首诗。诗的前两句意思是说：前驱者的血浸透了中原大地，先烈们的精神培育着后来人成长为劲草般 的坚强战士；严寒封锁了整个中国大地，冰雪中却见明丽的春花绽放。

后两句由反语写实，过渡到环境渲染。句中的 "英雄"是反语，讥刺当时国民党执政者。"英雄""谋夫"者流，实有所指，"泪洒重陵"也实有所指，具体情形，自不待言。更妙在"噪暮鸦"，国人以鸦噪为不祥，鲁迅先生借向晚时的鸦噪，渲染出一种凄楚的气氛，让读者在这氛围中，领会对历史的反动者的前景的预见。

五、一语双关，冷峻诘问。

有许多讽喻诗，往往看似咏物或言事，实则有言外之意；有的则避开直说，冷峻诘问，却能发人深省。例如前面讲过的李商隐的《马嵬》一诗的末联"如何四纪为天子，不及卢家有莫愁"，正是通过强烈对比和冷峻诘问：为什么当了四十年的皇帝，保不住自己的宠妃，而普通百姓卢家，却能保住自己的妻子莫愁？冷峻的诘问，具有极强的讽刺性，令人深思。

又如刘子翚的《汴京纪事二十首》第六首的最后两句："舳舻岁岁衔清汴，才足都人几炬烧？"我们也曾指出，船队年年不断从江南运来奇花异木，如今汴京的人，当柴烧，又能烧几回呢？末句的诘问，讽刺意味很明显而且相当强烈。

又例如南宋无名氏的《题壁》诗：

> 白塔桥边卖地经，长亭短驿甚分明。
> 如何只说临安路，不较中原有几程。

诗的前两句说：在白塔桥边有卖地图的，那上面临安一路上的长亭短驿都标示得十分明白。后两句，就地图说去——"如何只说临安路，不较中原有几程"。

沦陷了的中原地区，山遥水远，为什么不去计计它的里程，告诉人们怎样到达呢？小诗并没有对卖地经者有所贬损，但锋芒指向南宋统治集团苟且偷安、不思收复的行径，通过"卖地经"这一小事，得到很好的揭示。"卖地经"其事甚小，而其托意甚大。诗以景寓情，情中有景，把思想性、指向性寓于客观物象之中。末句冷峻一问，表达含蓄深沉，讽刺相当有力。

再如清代李调元的《咏麻雀》：

一窝两窝三四窝，五窝六窝七八窝。

食尽皇王千钟粟，凤凰何少尔何多？

　　这诗据传有这样一个故事：前清才子李调元在江西主考完毕，准备回京。州内大小官员、头面人物等，在长亭设宴送行，州官想趁机羞辱他。正好有群麻雀落在檐头。州官手指麻雀，请李调元以"麻雀"为题，即席赋诗。李调元想了想后，便吟出前两句。众人一听，掩口而笑，认为他不会作诗。李调元却不慌不忙继续吟出后两句："食尽皇王千钟粟，凤凰何少尔何多？"这后两句一出，众人无不惊讶，都觉得羞愧难当。这后两句明写麻雀，暗骂州官。冷峻诘问，一语双关，讽刺辛辣，令人捧腹。

第三十六讲 咏物诗

上两节课，我们讲了山水田园诗法和咏史怀古诗法，这节课，我们讲咏物诗法。

咏物诗，主要指以客观的"物"为描述对象，并在描述中抒怀兴感的诗歌。要写出好的咏物篇章，就要做到既紧扣所咏之物的具体特点，又在其中有所寄寓。光是咏物栩栩如生而没有兴寄，或脱离所咏之物而空发议论，都不能是优秀的咏物诗。

咏物诗的起源，可追溯到我国最早的诗歌总集《诗经》那里，不过，那时候的作品，还不能算完整意义的咏物诗，其中"物"更多的作用是"借物起兴"，而不是被集中刻画的描写对象，比如大家熟悉的《秦风·蒹葭》："蒹葭苍苍，白露为霜，所谓伊人，在水一方。"大家看，作者关注的对象主要是"伊人"，蒹葭在这里只是一个感发情感、触目所及的外物而已，并不是作者要表现的对象，所以它还不能算是一首咏物诗。

《诗经》过后便是楚辞时代。屈原不仅是"楚辞"这一诗歌题材的开山之祖，并且是写作真正意义的咏物诗的第一人。他所创作的《九章·橘颂》，是我国诗歌史上第一首完整意义的咏物诗。诗曰：

后皇嘉树，橘徕服兮。受命不迁，生南国兮。

深固难徙，更壹志兮。绿叶素荣，纷其可喜兮。

曾枝剡棘，圆果抟兮。青黄杂糅，文章烂兮。

精色内白，类任道兮。纷缊宜修，姱而不丑兮。

嗟尔幼志，有以异兮。孤立不迁，岂不可喜兮。

深固难徙，廓其无求兮。苏世独立，横而不流兮。

闭心自慎，终不失过兮。秉德无私，参天地兮。

愿岁并谢，与长友兮。淑离不淫，梗其有理兮。

年岁虽少，可师长兮。行比伯夷，置以为像兮。

诗中，屈原以拟人化的笔法描写橘树的形象和品质，并融入了自己的深厚情感。"屈原自比志节如橘"并"以此自托"（朱熹《楚辞集注》）。因而，屈原对橘树生活之所（南国）、花叶（绿叶百花，缤纷可爱）、形状（纸条纷披，丰茂宜人）、果实（圆而多汁）、色泽（青黄相杂，富于光泽）等等外在的形态做了细致传神的刻画；同时，橘树又是作者感情的寄托和象征，对它的"深固难徙，廓其无求""苏世独立，横而不流"，以及"闭心自慎""秉德无私"的秉性的赞颂，实则是对自己纯洁忠贞的人格的自信和自励。

《橘颂》以其鲜明的特色，拓展了诗歌的题材领域，标志着咏物诗的正式诞生。从此以后，咏物诗基本特色得到确定，它的作法也不断丰富，日趋成熟。下面我们分四点来谈。

一、描绘生动新颖。

诗歌发展到唐代，已经各体皆备，发展成熟，手法丰富，描写生动形象了。如贺知章的《咏柳》：

碧玉妆成一树高，万条垂下绿丝绦。

不知细叶谁裁出，二月春风似剪刀。

诗的首句写柳树之高，一开始，杨柳就化身为美人而出现。次句写柳条之盛，千条万缕的柳丝，也随之变成了她的裙带。这前两句抓住初春时节杨柳的主要特点，用比喻拟人的手法表现了杨柳的勃勃生机和优雅姿态。浓墨渲染，引人入胜。后两句用设问手法赞美自然的神奇力量。"碧玉妆成"引出了"绿丝绦"，"绿丝绦"引出了"谁裁出"，最后，那视之无形的不可捉摸的"春风"，也被"似剪刀"形象化地描绘出来，它带给了柳树生机和美丽。由此看来，全诗虽然咏柳，最后则归到颂春，通过刻画柳树的美妙，写出了春天和春风的神韵，极有新意，极为感人。又如骆宾王《鹅》：

鹅，鹅，鹅，曲项向天歌。

白毛浮绿水，红掌拨清波。

这首诗真像一幅优美和谐的风景画。大家看，在蓝天之下，碧绿的水面泛着波纹，雪白的鹅群，在绿色的水面上游动着。它们自由自在，一会儿潜入水底，一会儿又浮出水面，红红的鹅掌拨动着清澈的水波。它们愉悦，欢快，时不时地伸长脖子向着蓝色的天空歌唱，仿佛在倾吐它的自由与快乐。大家说，是不是一幅绚丽的图画啊。自然界活动着这样一群优美的生灵，使得天美，水也美。

这首诗有两点非常突出：一是色彩感强烈。绿色的水面，白色的羽毛，红色的鹅掌，白、绿、红三种色彩，不仅绚丽多彩，而且对比度很大，却又和谐自然。二是诗人充分发挥了动词的作用。曲、浮、拨三个动词运用得精妙无比。"它们使静的画面活了起来，为画面增加了无限的生机……使得画面静中有动，动中有静，动静相宜和谐，意趣横生，其味无穷。"（朱妙荷语）

下面再看钱翊的《未展芭蕉》：

冷烛无烟绿蜡干，芳心犹卷怯春寒。

一缄书札藏何事，会被东风暗拆看。

刘学锴先生曾经指出："丰富而优美的联想，往往是诗歌创作获得成功的重要因素，特别是咏物诗，诗意的联想更显得重要。"（《唐诗鉴赏辞典》）钱珝的《未展芭蕉》就很好地证明这一点。

诗仅四句。第一句从未展芭蕉的形状、色泽设喻，由未展芭蕉的形状联想到蜡烛，令人意想不到的是"冷烛""绿蜡"的比喻，造语新颖，表达出诗人的独特感受，更给人以美丽联想。第一句，通过诗意的想象和联想，把未展芭蕉拟人，把蕉心比拟作芳心，使得人、物浑然一体。未展芭蕉那卷缩不舒的形状和柔弱轻盈的身姿以及诗人深切的同情，流注笔端，透露无遗。

三、四两句更是另外设喻。古代的书札卷成圆筒状，与未展芭蕉相似。妙处又在这书札是紧紧封缄着的，写信的"芳心"内容，就藏在里面，好像有不愿意让人知道的秘密。在诗人的想象中，这未展芭蕉，像是深藏着美好情愫的密封的少女的书札，严守着内心的秘密。最后一句告诉我们：随着寒气消逝，芳春的到来，和煦的东风总会暗暗拆开那"书札"，使美好的情愫呈露在无边的春色之中。全诗想象美妙，诗意盎然，令人陶醉。

二、写物形神兼备。

清人邹祗谟《远志斋词衷》说："咏物固不可不似，尤忌刻意太似。取形不如取神，用事不如用意。"如杜甫的《房兵曹胡马诗》：

胡马大宛名，锋棱瘦骨成。

竹批双耳峻，风入马蹄轻。

所向无空阔，真堪托死生。

骁腾有如此，万里可横行。

这首诗，诗人以极为精练的语言，对骁勇善战、义干青云的胡马进行了栩栩如生的刻画，使读者不仅欣赏到胡马的俊健的体形，更为它所呈现的精神感奋不已。

诗的前四句描绘马的形态和神态。这是西域大宛国的名马，它神气清劲，无一点赘肉；双耳尖竖，像削过的圆竹一样，笔直而有力；四蹄轻盈，奔跑起来，风驰电掣。

后四句赞美马的才力和精神品格。这匹神奇的骏马，所向无敌，没有什么能阻挡，因而主人可将生死托付与它。骏马勇猛而忠厚，有这样的才能，这样的品格，自然能驰骋万里。诗于形中取神，从而达到了形神兼备的效果。又如唐代诗人郑谷的《鹧鸪》诗：

> 暖戏烟芜锦翼齐，品流应得近山鸡。
> 雨昏青草湖边过，花落黄陵庙里啼。
> 游子乍闻征袖湿，佳人才唱翠眉低。
> 相呼相应湘江阔，苦竹丛生日向西。

诗的首联简笔勾勒，侧重于对鹧鸪习性和外形的描述。中间两联突出鹧鸪叫声的悲切。其颔联通过环境进行渲染，精心选择洞庭湖东南的青草湖和祀奉湘水女神的黄陵庙，既加强了鹧鸪生活的南方地域这一特性，又借历史传说，增加了哀怨的情韵。这二句之妙，在于写出了鹧鸪的神韵。其颈联变换角度，让人与物紧密结合，以游子的羁旅之愁和佳人的相思之苦进行衬托，人之哀情与鸟之哀啼，各臻其妙，又相得益彰。尾联则宕出远神，以鹧鸪归巢反衬分离之人的失落与迷茫，言有尽而意无穷。全诗构思缜密，新颖传神。难怪《全唐诗》也要在这首诗下注上一笔说："以此诗名。时号'郑鹧鸪'。"又如陆龟蒙的《白莲》：

> 素蘤多蒙别艳欺，此花端合在瑶池。（蘤，读 huā，古同"花"）
> 无情有恨何人觉？月晓风清欲堕时。

诗的前两句先写白莲花的遭遇和品格。素淡的花因为其色泽不明艳，常遭到一般人的淡漠。作者认为，她的品格应在无纤尘的天上仙境中。后面两句纯写白莲的神情意态。人们只注意那些光艳照人的花，至于白莲的心事，只能自己默默地收藏，悄然在寂静的水畔开落。末句写出白莲最美也是最不被人注意的时刻，那是风清月明，白色的花瓣嫋嫋欲落之时。在溶溶月色中，那种柔弱风姿摇曳的娇态，多么引动人的情思。清代批评家王渔阳对诗的这两句特别推赏道："语自传神，不可移易。"（《带经堂诗话》）

三、借物抒情明志。

这方面的咏物诗相当普遍。这里，我们从唐、宋、元、明、清五个朝代中各选一首谈谈。先看唐代骆宾王的《在狱咏蝉》：

> 西陆蝉声唱，南冠客思深。
> 那堪玄鬓影，来对白头吟。
> 露重飞难进，风多响易沉。
> 无人信高洁，谁为表予心？

诗人首句点明托喻之物和自己的对应关系。西陆，指秋，次句的南冠，原指楚囚，此处点出自己在狱的身份。生机将尽的秋蝉和朝不保夕的囚徒有某种相似的境遇，从而使作者对秋蝉生出惺惺相惜的情意。颔联是流水对，上句写蝉，下句写己。联中的"白头"见出自己思国思民的忧虑之重。蝉声的切切嘶鸣,更引动人无限的惆怅。颈联物我合一,表面是写蝉,实则感发自己的处境。秋露浓重,有翅难飞;秋风狂虐,淹没微响。"露重"暗喻自己仕途的不得志,"风多"暗指自己就算想有所作为,也会难以传达心声。尾联仍是物人合一,分不清是蝉是我,好像在赞美蝉的孤高贞洁,又似直抒胸臆,把自己的冤屈和为国忠贞之志,一并宣泄而出。

再看宋代李纲的《病牛》:

> 耕犁千亩实千箱,力尽筋疲谁复伤?
>
> 但得众生皆得饱,不辞羸病卧残阳。

首句写牛为主人耕田千亩,粮谷满仓。开头点出牛的辛劳,硕果累累,突出了牛的功绩。次句承首句"耕犁千亩",说牛筋力已尽,谁复哀怜?点出人们对这种结果的态度,是同情,是责问,具有强烈的感情色彩。第三、四两句以牛的口吻作答,把牛人格化;语气上由上两句的悲怨转为乐观、高旷,不再自叹自怜,体现了忧国忧民的崇高精神。"但得众生皆得饱,不辞羸病卧残阳",把牛置于残阳之下,气息奄奄的特定环境中,衬托出病牛的悲惨结局。然而,有"不辞"二字,语气突然一转,变悲凉为慷慨,变寂寞为旷达,使得诗的格调陡然之间,变得昂扬,意深气正,令人尊敬。诗人作《病牛》,既是自怜,更是自慰;既是自叹更是自许。语言通俗,意境高远!

王冕是元代一个从替人家放牛的牧童,他在牛背上勤奋学习,最终成为一位领一代风骚的诗人和画家。特别是他画的墨梅,神韵秀逸,世称神品。他题在为良佐所画《梅花图》上的诗,见情见志,同样为人称道。诗曰:

我家洗砚池头树，朵朵花开淡墨痕。

不要人夸颜色好，只留清气满乾坤。

王冕是浙江诸暨人。相传会稽山下有王羲之洗砚池。王冕以有这样一位同姓的前贤自豪。"我家"二字，透出洒脱自豪的意味。王羲之昔日"洗砚池头"，为的是练就一手好字，而王冕"洗砚池头"，是为了用墨笔描画梅花。

画梅花，为什么不用丹青彩笔，而要用淡墨点染呢？于是诗人最终说出答案，那就是"不要人夸颜色好，只留清气满乾坤。"好一个"只留清气满乾坤"！诚如高原先生所说："这首诗将咏梅花同抒发自己的情怀不着痕迹地结合在一起，梅花同人的情操、理想互为表里，融为一体，书写了王冕高尚的情趣，表示了他不向世俗献媚的坚贞、纯洁的操守。墨梅诗，一幅有声画；墨梅画，一首无声诗，它们所表现的诗情画意是完全相同的。"（《元明清诗鉴赏辞典》）

下面再讲讲明代于谦的《石灰吟》：

千锤万凿出深山，烈火焚烧若等闲。

粉身碎骨浑不怕，要留清白在人间。

于谦是一位与岳飞齐名的英雄人物，又是一位廉洁、正直的清官，可与包拯、海瑞同垂青史。这首诗是他十七岁时写的，借咏石灰，表达了他不怕艰险、勇于牺牲的大无畏精神和为人清白正直的崇高志向。

诗的前两句描述石灰的烧制过程。首句写石灰岩的开采，要经过"千锤万击"打碎，然后运出深山。次句写这种岩石要投入石灰窑中用"烈火"煅烧才能成为生石灰。在经过水的泡发，一阵爆裂，逐渐解体，最终溶化成粉末状的熟石灰，供人们粉刷墙壁，于是，在人间出现了一座粉妆玉琢的白色宫殿。通篇借物喻人，托物明志，写石灰，实际上是写人，是写自己，表达自己要像石灰那样，经受住任何严酷的考验，不怕千难万苦，做一个坚韧顽强的人、清白正真的人。正因为如此，长期以来，这首诗成为无数志士仁人的座右铭。

下面看清代郑板桥的《竹石》诗：

> 咬定青山不放松，立根原在破岩中。
>
> 千磨万击还坚劲，任尔东西南北风。

郑板桥是清代中叶著名的诗人和艺术家，是当时著名的"扬州八怪"之一，素有诗、书、画"三绝"之称。这首《竹石》，是为题咏竹石图而作。它侧重写竹，兼写石。大意是说：竹子紧紧地咬定青山，毫不放松，这是因为它原本就扎根在岩石的缝隙当中；它经历过自然界的"千磨万击"反而更加坚劲，任凭你来自东南西北的狂风，又怎奈我何！诗写的是竹子，其实是写人，赞颂人。写竹子"坚劲"，也就是写人的坚韧挺拔。竹子的"坚劲"，其实也就是他个人性格的生动写照。

四、咏物寓意说理。

说理不是诗的强项，但如果在咏物时寄寓着理趣，这种咏物诗，读来自然耐人寻味，启人心智，使人通过读诗领悟到深刻的生活哲理。例如晚唐诗人罗隐的《蜂》：

> 不论平地与山尖，无限风光尽被占。
>
> 采得百花成蜜后，为谁辛苦为谁甜？

诗的前两句，抓住蜜蜂的特点，写它不辞劳苦地工作，结句一问，寓意遥深。"为谁辛苦为谁甜"，言下之意：辛苦归自己，甜蜜属他人。

诗中对蜜蜂的思考，给人留下的空间很大，任何人都可以把自己放进去思考。反复吟咏，自能使人产生无穷感慨。罗隐还有一首《金钱花》的七言绝句，也是如此。诗曰："占得佳名绕树芳，依依相伴向秋光。若教此物堪收贮，应被豪门尽剋将。"在前两句渲染金钱花的姿色和芳香之后，后两句的议论，出言冷隽，剥削者那种残酷无情、贪得无厌的本性，借此暴露无遗。诗意深沉，讽刺有力。

再看杜荀鹤的《小松》：

> 自小刺头深草里，而今渐觉出蓬蒿。
> 时人不识凌云木，直待凌云始道高。

小松刚出土时为众草所掩，貌不惊人，在其生长过程中，也无人关心，无人爱护；但它毕竟是凌云之木，最终要高入云霄，顶天立地。小松的成长情形，意味深长，发人深思。全诗字里行间，充满理趣，耐人寻味。

又如苏轼的《题西林壁》：

> 横看成岭侧成峰，远近高低各不同。
> 不识庐山真面目，只缘身在此山中。

这首绝句是在他游遍庐山之后，概括地描写庐山的面貌。首句意思说，从横的方向看，庐山像一座横卧的山脉；从侧面看，庐山又像一个突出的山峰。次句意思是说，近看则觉得庐山很高，远看又觉得庐山矮了些。庐山的全景，庐山的"真面目"，它的总体形象，反而只有在远眺和鸟瞰时才能显现。身在山中反而不识山的真面目，它告诉我们：看问题的角度不同，所得出的印象也就不同，因为从不同的角度看人和事，可能得出不同的印象，发现不同的问题，所以要想准确评论或评价人和事，就要从不同角度、多层次看，也就是要全面地看，才有可能真正理解这个人或事，才有可能把握人物和事件的本质。诗中写的是看山的体验，却寓有看人看事的哲理，发人深省，启人心智！

最后，我们讲清代袁枚的一首五言绝句《苔》：

> 白日不到处，青春恰自来。
>
> 苔花如米小，也学牡丹开。

诗的首句，写苔生长在阳光照射不到的地方，暗地生长。次句写它逢春青绿，长势繁茂，不靠外力，自己争来。第三句写花小如米，为末句作反衬。末句"也"字见意，虽位卑身微，但心高气壮，"也学牡丹开"。牡丹国色天香，被誉为花王，苔花虽小，但不自卑自贱，欲似牡丹开放。作者笔下的苔，花小志向大。诗人托物言志，借苔明理：身处困境，也要坚强自信，奋发有为，自强不息，努力实现人生目标。苔之形象感人，苔之精神可嘉、可敬。

附录：

论诗绝句三十五首

一

刻绿描红漫自珍，
平平仄仄易推寻。
论诗自古凭风骨，
第一诗才是做人。

引注：

陆游《上辛给事书》："君子之交也，如日月之明，金石之声，
江海之涛澜，虎豹之炳蔚，必有是实，乃有是文。夫心之所善，发
而为言，言之所发，比而成文。人之邪正，至观其文，则尽矣决矣，
不可复隐矣。"

南宋范开《稼轩词序》："器大者声必闳，志高者意必远。
知夫声与意之本原，则知歌词之所自出。是盖不容有意于作为，而
其发越著见于声音言意之表者，则亦随其所蓄之浅深，有不能不尔
者存焉耳。"

二

日暖争闻鸟踏枝，

花香自有蝶蜂知。

人间一事君须记：

道得真情始是诗。

引注：

南宋魏庆之《诗人玉屑》卷五："诗不可强作，不可徒作，不可苟作。强作则无意，徒作则无益，苟作则无功。"

清刘熙载《艺概·诗概》："诗可数年不作，不可一作不真。陶渊明自庚子距丙辰十七年间，作诗九首，其诗之真，更须问耶？彼无岁无诗，乃至无日无诗者，意欲何明？"

三

乌合原为无帅兵，

"意犹帅也"说分明。

烟云花鸟无人管，

一寓情思通性灵。

引注：

清人王夫之《姜斋诗话》卷下："无论诗歌与长行文字，俱以意为主。意犹帅也，无帅之兵，谓之乌合。李、杜之所以称大家者，无意之诗，十不得一二也。烟云泉石，花鸟苔林，金铺锦帐，寓意则灵。"

元杨载《诗法家数》："诗不可凿空强作，待境而生自工。或感古怀今，或伤今思古，或因事说景，或因物寄意，一篇之中，先立大意，起承转结，三致志焉，则工致矣。"

四

只语焉能算的评，

须参世事与生平。

看他"慷慨歌燕市"，

怎信汉奸背骂名。

引注：

"慷慨歌燕市，从容作楚囚。引刀成一块，不负少年头。"原是少年汪精卫的诗作，而汪精卫最终依附日寇，沦为汉奸，受国人唾骂。

明都穆《南壕诗话》扬子（扬雄，汉代辞赋家、思想家）云："'言，心声也；字，心话也。'盖谓观言与书可知人之邪正也。然世之偏人曲士，其言其字，未必皆偏曲。则言与书，又不足以观人者。元遗山诗曰：'心画心声总失真，文章宁复见为人。高情千古《闲居赋》，争信安仁（潘岳，西晋文学家）拜路尘。'有识者之论，固如此。"

《晋书·潘岳传》："岳性轻躁，趋世利，与石崇等谄事贾谧，每候其出，与崇辄望尘而拜。"

五

提笔原须妙选材，

还求命意用心裁。

珍珠满钵诚堪喜,

穿贯无绳亦枉哉。

引注:

清代赵翼《论诗》云:"着色原资妙选材,也须结构匠心裁。可怜绝艳芙蓉粉,涂在无盐脸上来。"诗中的"无盐",世称"无盐女",即战国时齐宣王王后钟离春,为人有德而貌丑,因是无盐人,后常用为丑女的代称。

梁·刘勰《文心雕龙》:"凡大体文章类多枝派,整派者依源,理枝者循干。是以附辞会义,务总纲领,驱万途与同归,贞(正也)百虑于一致,使众理虽繁,而无倒置之乖,群言虽多,而无棼丝之乱;扶阳而出条,顺阴而藏迹,首尾周密,表里一体,此附会之术也。"

六

布阵用兵正复奇,

无穷变化论相宜。

起承转合参差处,

莫使拘泥误佳期。

引注:

南宋姜夔在《白石道人诗说》中说,诗出入变化,而法度不可乱。他说:"波澜开阖,如在江湖中,一波未平,一波已作。如兵家之阵,方以为正,又复是奇;方以为奇,忽复是正。出入变化不可纪极,而法度不可乱。"

明代李东阳《麓堂诗话》："律诗起承转合，不为无法，但不可泥。泥于法而为之，则撑挂对待，四方八角，无圆活生动之意。"

七

诗思如流直向东，
起承转合总相通。
字求句摘终非计，
一气浑成始见功。

引注：

清施朴华《岘佣说诗》："学诗须从五律起，进之可为五古，充之可为七律，截之可为五绝，充而截之可为七绝。

"今人作律诗，往往先作中二联，然后装成首尾，故即有名句可摘，而首尾平弱草率，劣不成章。必须一气浑成，神完气足，方为合作。五律尤要，所谓'四十贤人'也。

"起处有崚嶒之势，收处须有完固之力，则中二联愈形警策。如摩诘（王维）'风劲角弓鸣，将军猎渭城'，倒戟而入，笔势轩昂。'草枯'一联，正写猎字，愈有精神。'忽过'二句，写猎后光景，题分已足。收处作回顾之笔，兜裹全篇，恰与起笔倒入者相照应，最为整密可法。"

八

三国风云何壮哉，

杜郎妙笔总能裁。

沧桑世事无穷感，

都向沉沙戟上来。

引注

清人贺贻孙《诗筏》："杜牧之作《赤壁》诗云；'折戟
沉沙铁未销，自将磨洗认前朝。东风不与周郎便，铜雀春深锁二
乔'……牧之此诗，盖嘲赤壁之功，出于侥幸，若非天与东风之便，
则周郎不能纵火，城亡家破，二乔且将为俘，安能据有江东哉？"

朱庭珍《筱园诗话》说："咏古七绝尤难，以词意既须新警，
而篇终复须深情远韵，令人玩味不穷，方为上乘。若言尽意尽，索
然无余味可寻，则薄且直矣。"

九

绝句篇微岂等闲，

起承转合亦难安。

删繁就简精神处，

总在深长曲径间。

引注：

元·杨载《诗法家数》："绝句之法，要婉曲回环，删繁就简，
句绝而意不绝，多以第三句为主，而第四句发之。有实接，有虚接，

承接之间，开与合相关，反与正相依，顺与逆相应，一呼一吸，宫商自谐。大抵起承二句固难，然不过平直叙起为佳，从容承之为是。至如宛转变化工夫，全在第三句，若于此处变得好，则第四句如顺流之舟矣。"

明胡应麟《诗薮》云："绝句最贵含蓄。"

十

元白开风皮陆连，

唱酬往复失新鲜。

遗山正有惊人句：

"俯仰随人亦可怜"。

引注：

南宋严羽《沧浪诗话·诗评》："和韵最害人诗，古人唱酬不次韵。此风始盛于元、白、皮、陆，而本朝诸贤乃以此而斗工，遂至往复有八九和者。"

元，指元稹；白，指白居易；皮，指皮日休；陆，指陆龟蒙。

金·元好问《论诗三十首·二十一》："窘步相仍死不前，唱酬无复见前贤。纵横正有凌云笔，俯仰随人亦可怜。"

十一

口诵心惟亦是真，

诗非尽作于诗人。

看他三百诗篇里，

个中多半是天民。

引注：

明代的俞弁《逸老堂诗话》介绍说：邱文庄浚《答友人论诗》云："'吐语操辞不用奇，风行水上茧抽丝。眼前景物口头语，便是诗家绝妙辞。'"

"天民"：1. 指贤者，因其明乎天理，适乎天性，故称；2. 指人民、普通人。这里指普通人。

十二

诗有天机触物成，
苦寻强作兴难生。
看他"春水渡旁渡"，
信口吟来是妙声。

引注：

明代都穆有诗曰："学诗浑似学参禅，不悟真乘枉百年。切莫呕心并剔肺，须知妙语出天然。"

"春水渡旁渡，夕阳山外山"，是宋代戴复古《世事》一诗中的颈联。全诗是："世事真如梦，人生不肯闲。利名双转毂，今古一凭栏。春水渡旁渡，夕阳山外山。吟边思小苑，共把此诗看。"

十三

诗法当于活处看，
抑扬正反用时难。
水流云在多生动，
胶柱鼓弦总不安。

引注：

北宋吕本中《夏均父集序》云："学诗当识活法。所谓活法者，规矩备具，而能出于规矩之外；变化不测，而亦不背于规矩也。是道也，盖有定法而无定法，而无定法而有定法。知是者，则可以与语活法矣。"

清代沈德潜《说诗晬语》有言："诗贵性情，亦须论法。乱杂而无章，非诗也。……若泥定此处应如何，彼处应如何，不以意运法，转以意从法，则死法矣。试看地间水流云在，月到风来，何处着得死法！"

十四

学诗人道过三关，
始觉平凡转却艰。
待到诸般参透了，
七横八纵自心安。

引注：

南宋严羽《沧浪诗话》说："学诗有三节，其初不识好恶，连篇累牍，肆笔而成；既识羞愧，始生畏缩，成之极难；及其透彻，七纵八横，信手拈来，头头是道矣。"

宋代诗人吴可有《学诗》诗："学诗浑似学参禅，竹榻蒲团不计年。直待自家都了得，等闲拈出便超然。"

十五

杜陵黛色二千尺，
虚实如烟辩未明。
却有青莲松万丈，
疑云千古不曾生。

引注：

杜甫《武侯庙柏》诗云："霜皮溜雨四十围，黛色参天二千尺。"
自宋以来，争论不断。宋朝沈括《梦溪笔谈》说："……四十围，
乃是径七尺，无奈太细乎？……此亦文章之病也。"范镇《东斋纪事》
说："'黛色参天二千尺'，其言盖过，今才十丈。古之诗人好大
其事，率如此也。"陈望道《修辞学发凡》认为：沈括用科学的观
点计算尺寸不恰当，指出杜诗是一种夸张。

这故事告诉我们：夸张不能近于事实，否则，容易引起误解。

十六

笔法纷纭未可赅，
泉源万斛总难猜。
赋形若到通神处，
海雨天风每自来。

引注：

清·朱庭珍《筱园诗话》卷一："作山水诗者，以人所心得

与山水所得于天者互证，而潜会默悟，凝神于无朕之宇，研虑于飞想之天，以心体天地之心，以变穷造化之变。……必使山情水性，因绘声绘色而曲得其真，务期天巧地灵，借人工人籁而毕传其妙，则以人之性情通山水之性情，以人之精神合山水之精神，并与天地之性情相通合矣。以其灵思，结为纯意，撰为名胜，发为精词，自然异想缤纷，奇彩光艳，虽写景而情生于文，理溢成趣也。……造诣至此，是为人与天合，技也进于道矣。"

十七

有道诗心贵自知，
虚虚实实用途殊。
人间谁信王维画，
雪里芭蕉正入时。

引注：

宋惠洪《冷斋诗话》："王维作画雪中芭蕉，诗法眼观之，知其神情寄寓于物，俗论则讥以为不知寒暑。"

明谢榛《四溟诗话》卷一："写景述事，宜实而不泥乎实，有实用而害于诗者，有虚用而无害于诗者，此诗之权衡也。"

清叶燮《原诗》有言："其更有事所必无者。偶举唐人一二语，如'蜀道之难难于上青天''似将海水添宫漏''春风不度玉门关''天若有情天亦老''玉颜不及寒鸦色'等句，如此者，何止盈千累万？决不能有其事，实为情至之语。夫情必依乎理，情得然后理真，情理交至，事尚不得耶？要之：作诗者，实写理、事、情，可以言，言可以解，解即俗儒之作。惟不可名言之理，不可施见之事，不可径达之情，则幽渺以为理，想象以为事，惝恍以为情，方为理至、事至、情至之语，此岂俗儒耳目心思界分中所有哉！"

十八

虚虚实实总自如。

"剪断离愁"恨有余。

最是巧门开启处，

化虚为实实为虚。

引注：

宋朝范晞文《对床夜雨》卷二："《四虚序》云：不以虚为虚，而以实为虚，化景物为情思，从首至尾，自然如行云流水，此其难也。否则偏于枯瘠，流于轻俗，而不足采矣。姑举其所选一二云：'岭猿同旦暮，江柳共风烟。'又'猿声知后夜，花发见流年。'若猿，若柳，若旦暮，若风轻，若夜，若年，皆景物也，化而虚之者一字耳，此所以次于四实也。"

南唐李煜《相见欢》词："无言独上西楼，月如钩，寂寞梧桐深院锁清秋。剪不断，理还乱，是离愁，别是一般滋味在心头。"

十九

自古诗人重白描，

拈来画面少精雕。

"鸟啼""月落"真消息

"夜半钟声"伴寂寥。

引注：

白描是中国绘画技法名称，指单用墨色线条勾描形象而不施彩色的画法；白描也是文学表现手法之一，主要用朴素简练的文字描摹形象，不重词藻修饰与渲染烘托。

唐代诗人张继《枫桥夜泊》："月落乌啼霜满天，江枫渔火对愁眠。姑苏城外寒山寺，夜半钟声到客船。"这首七绝，写月落乌啼、霜天寒夜、江枫渔火、孤舟客子等景象，都是简笔勾勒，却形象鲜明，情韵生动，可感可画。这也就是白描手法运用的好处。

二十

学诗莫让乱云遮，

何必规模只一家。

转益多师是良训，

蜜蜂须采许多花。

引注：

杜甫《戏为六绝句》之六云："未及前贤更勿疑，递相祖述复先谁。别裁伪体亲风雅，转益多师是汝师。"

汪师韩《诗学纂闻》："'多师'，指卢、王言，如卢、王之近《风》《骚》，乃汝所当师者也。"

翁方纲《石洲诗话》："卢、王较之近代，则卢、王为今人之师矣。汉魏则又卢、王之师也，《风》《骚》则又汉魏之师。此所谓'转益多师'。言其层累而上，师又有师，直到极顶，必须《风》《雅》是亲也。"

百度：据科学家统计，蜜蜂每酿造一斤蜜，大约要采集50万朵左右花的花粉。一只蜜蜂一天最多能酿0.5克蜜，这大概要吸吮

5000 朵花上的花粉。

二十一

诗法能参画法知，
总多以少两相宜。
满堂风雨凄凄意，
只见疏筠三两枝。

引注：

明朝李东阳指出：诗法与画法相通。他在《麓堂诗话》中说："予尝题柯敬仲（九思）墨竹云：'莫将画竹论难易，刚道繁难简更难。君看萧萧只数竹，满堂风雨不胜寒。'"

钱锺书先生《谈艺录》说："夫言情写景，贵在有余不尽。然所谓有余不尽，如万绿丛中之着点红，作者举一隅而读者以三隅反。见点红而知嫣红姹紫正无限在。其所言情也，所写景也；所言之不足，写之不尽，而余味深蕴者，亦情也景也。试以《三百篇》例之，《车攻》之'萧萧马鸣，悠悠旆旌'写二小事，而军容之整肃可见……盖任何景物，横侧看皆五光十色；任何情怀，反复说皆千头万绪，非笔墨所易详尽。"

二十二

诗里玄机未易言，
看他改处得真传．
横涂竖抹经心处，
便结金针暗度缘．

引注：

金代元好问《论诗》："晕碧裁红点缀匀，一回拈出一回新。鸳鸯绣出从教看，莫把金针度与人。""金针"，此喻诀窍。

南宋胡仔《苕溪渔隐丛话》前集卷八："《吕氏童蒙训》云：老杜云：'新诗改罢自长吟。'文字频改，工夫自出。近世欧公（欧阳修）作文，先贴于壁，时加审定，有终篇不留一字者。鲁直（黄庭坚）长年多改定前作，此可见大略。"

二十三

> 漫恨诗成似乐天，
> 乐天诗句自超然。
> 看他几处莺争暖，
> 未必先生胜昔贤。

引注：

"近来徒觉无佳思，纵有诗成似乐天。"这是王子端（金代文学家、书画家王庭筠的字）的两句诗，金代王若虚认为"其小乐天甚矣"，并作绝句四首，其二云："东涂西抹斗新妍，时世梳妆亦可怜。人物世衰如鼠尾，后生未可议前贤。"

"几处莺争暖"，白居易《钱塘湖春行》的颔联和颈联云："几处早莺争暖树，谁家新燕啄春泥。乱花渐欲迷人眼，浅草才能没马蹄。"联语描写生动，脍炙人口，子端未必有此高志才情。

二十四

诗意从来说也难，

莺啼千里恼升庵。

升庵自是能诗者，

"十里"江南是自残。

引注：

明代何文焕《历代诗话考索》记载说："'千里莺啼绿映红，水村山郭酒旗风。南朝四百八十寺，多少楼台烟雨中。'此杜牧《江南春》诗也。升庵（杨慎）谓：'千应作十。盖千里已听不着、看不见矣，何所云"莺啼绿映红"邪？'余谓即作十里，亦未必听得着，看得见。题云'江南春'，江南方广千里，千里之中，莺啼而绿映焉。水村山郭，无处无酒旗，四百八十寺，楼台多在烟雨中也。此诗之意既广，不得专指一处，故总而命曰'江南春'。诗家善立题者也。"

杨慎将虚数误作实数看了，这就不免出错。

二十五

诗家曲直问如何，

红豆由来辨未讹。

"多采"犹能说"休采"，

相思都是好情歌。

引注：

唐代王维《相思》五绝："红豆生南国，春来发几枝。愿君多采撷，此物最相思。"其中第三句"愿君多采撷"，正入正出，表示担心对方忘了自己。一本这一句作"愿君休采撷"反入正出，表示担心对方思念成疾。两种表达方式，殊途同归，都表现出自己深深地爱着对方，只是落墨中心不同。

二十六

诗道难知亦易知，
豆棚瓜架雨如丝。
眼中风物心中语，
细细吟来有好辞。

引注：

明·邱文庄《答友人论诗》诗："吐语操辞不用奇，风行水上茧抽丝。眼前景物口头语，便是诗家绝妙辞。"

清·袁枚《遣兴》诗："但肯寻诗便有诗，灵犀一点是吾师。夕阳芳草寻常物，解用多为绝妙词。"

清·厉志《白华山人说诗》卷一："到一名胜之所，似乎不可无诗，因而作诗，此便非真性情，断不能得好诗。必要胸中本有诗，偶然感触，遂一涌而出，如此方有好诗。"

二十七

"无边落木"悲秋色，
"一片春愁"借酒浇。
景语终归是情语，
情融景合始称高。

引注：

明·都穆《南濠诗话》："乡先生陈太史嗣初尝云：作诗必情与景会，景与情合，始可言诗矣。如'芳草伴人还易老，落花流水亦东流'，此情与景合也；'雨中黄叶树，灯下白头人'，此景与情合也。"

清·王夫之《姜斋诗话》："情景名为二，而实不可离。神乎诗者，妙合无垠。巧者则情中景，景中情。景中情者，如'长安一片月'，自然是孤栖怀远之情；'影静千官里'自然是喜达行者之情。情中景尤难曲写，如'诗成珠玉在挥毫'，写出才人翰墨淋漓，自心欣赏之景。"

二十八

少女如花说到今，
重描应是可怜人。
大千世界多情物，
正待诗人去出新。

引注：

北宋吕本中《童蒙诗训》："老杜是云：'诗清立意新'，最是作诗用力处，盖不可循习陈言，只规模旧作也。鲁直云：'随人作诗终后人。'；又云：'文章切忌随人后'，此自鲁直见处也。近世人学老杜多矣，左规右矩，不能稍出新意，终成屋下架屋，无所取长。独鲁直下语，未尝似前人而卒与之合，此为善学。如陈无己力尽规摹，已少变化。"

二十九

学诗哪可学枯蜩，

纵笔何妨胆气豪。

只要真情吾写得，

不辞李杜与庄骚。

引注：

南宋魏庆之《诗人玉屑》："文章必自名一家，然后可以传不朽。若体规画圆，准方作矩，终为人之臣仆，古人讥屋下架屋，信然。陆机曰：'谢朝华于已披，启夕秀于未振。'韩愈曰：'惟陈言之务去。'此乃为文之要。苕溪渔隐曰：'学诗亦然，若循习陈言，规模旧作，不能变化，自出新意，亦何以名家。鲁直诗云：'随人作计终后人。'又云：'文章最忌随人后。'诚至论也。"

明谢榛《四溟诗话》卷四有言："赋诗要有英雄气象，人不敢道，我则道之；人不肯为，我则为之。厉鬼不能夺其正，利剑不能折其刚。古人制作，各有奇处，观者自当甄别。"

三十

直白为文未足多，

还须蕴藉挽沉疴。

万花世界动人处，

入眼经心耐琢磨。

引注：

唐·刘知几《史通·叙事》说：诗要"言近而旨远，辞浅而意深，虽发语已殚，而含意未尽。使夫读者望表而知里，扪毛而辨骨，睹一事于句中，反三隅于字外"。

南宋·姜夔《白石道人诗说》："诗贵含蓄。东坡云：'言有尽而意无穷者，天下之至言也。'山谷尤谨于此。清庙之瑟，一唱三叹，远矣哉！后之学诗者不务乎？若句中无余字，篇中无长语，非善之善者也。句中有余味，篇中有余意，善之善者也。"

三十一

先生着论总差池，
山石为何压晓枝？
拈出云鬟、玉臂句，
少陵也有女郎诗？

引注：

金·元好问《论诗绝句三十首》第二十四首曰："'有情芍药含春泪，无理蔷薇卧晓（一作晚）枝，拈出退之《山石》句，始知渠是女郎诗。'袁枚斥之为'此论大谬'。又瞿佑、薛雪、查慎行、宗廷辅、王敬之、于源皆以为元公论之不公。'有情芍药'两句是宋秦观《春日》绝句中的后两句。第一、二句为：'一夕轻雷落万丝，霁光浮瓦碧参差。'"

云鬟、玉臂：杜甫《月夜》颈联："香雾云鬟湿，清辉玉臂寒。"

诗法三十六讲

三十二

平生厌读应酬诗，

多少真情子自知。

纵使随园才似海，

"献谀""可丑"有讥嗤。

引注：

南宋严羽《沧浪诗话·诗评》说："和韵最害人诗，古人酬唱不次韵。此风始盛于元（元稹）、白（白居易）、皮（皮日休）、陆（陆龟蒙），而本朝诸贤乃以此而斗工，遂至往复有八九和者。"

清代朱庭珍《筱园诗话》说："诗家以不登应酬作为妙，此是正论。……则不登应酬之作，所以严诗教之防；不滥作应酬之篇，所以立诗人之品，何可少也！考袁枚一生，最工献谀时贵，其集俱可覆按，直藉诗以渔利，乃故作昧心语，以饰己过，亦可丑也。后生勿受其愚。"

三十三

山水田园锦绣多，

因时因地好吟哦。

挥毫但得江山助，

画意诗情总不讹。

引注：

清朝翁方纲《石洲诗话》卷二："诗不但因时，抑且因地。如杜牧之云'南山与秋色，气势两相高'，此必是陕西之终南山。若以咏江西之庐山，广东之罗浮，便不是矣。"

明朝谢榛《四溟诗话》卷三："作诗本乎情景，孤不自成，两不相背……夫情景有异同，模写有难易，当自用其力，使内外如一，出入此心而无间也。景乃诗之媒，情乃诗之胚，合而为诗，以数言而统万形，元气浑成，其浩无涯矣。"

三十四

> 咏史文章贵入情，
> 千秋兴废说难清。
> 微辞奥义争新警，
> 褒贬森严纸外明。

引注：

清朝贺裳《载酒园诗话》："大都诗贵入情，不须立异，后人欲求胜古人，遂愈不如古矣。"

清朝朱庭珍《筱园诗话》："凡怀古诗，须上下千古，包罗浑含，出新奇以正大之域，融议论于神韵之中，则气韵雄壮，情文相生，有我有人，意不竭而识自见，始非史论一派。"

清朝王寿昌《小清华园诗谈》："吊古之诗，须褒贬森严，具有《春秋》之义，使善者足动后人之景仰，恶者足以垂千秋之炯戒。"

三十五

雪月风花各有魂，

但吟《橘颂》忆灵均。

人间咏物诗多少，

不在传形在得神。

引注：

清朝邹祇谟《远志斋词衷》云："咏物固不可不似，尤忌刻意太似。取形不如取神，用事不若用意。"

清朝陈仅《竹林答问》："咏物诗寓兴为上，传神次之。寓兴者，取照在流连感慨之中，《三百篇》之比兴也；传神者，相赏在牝牡骊黄之外，《三百篇》之赋也。"

主要参考文献

[1] 郭绍虞，罗根泽. 文心雕龙注 [M]. 北京：人民文学出版社，1958.

[2] 蔡正孙. 诗林广记 [M]. 北京：中华书局，1982.

[3] 胡应麟. 诗薮 [M]. 上海：上海古籍出版社，1958.

[4] 魏庆之. 诗人玉屑 [M]. 上海：上海古籍出版社，1978.

[5] 方东树. 昭昧詹言 [M]. 北京：人民文学出版社，1961.

[6] 郭绍虞. 历代文论选 [M]. 北京：中华书局，1963.

[7] 胡仔. 苕溪渔隐丛话 [M]. 北京：人民文学出版社，1981.

[8] 何文焕. 历代诗话 [M]. 北京：中华书局，1981.

[9] 丁福保. 历代诗话续编 [M]. 北京：中华书局，1983.

[10] 郭绍虞，王文生. 中国历代文论选 [M]. 上海：上海古籍出版社，1980.

[11] 王夫之，叶燮，沈德潜，等. 清诗话 [M]. 丁福保，辑. 上海：上海古籍出版社，1978.

[12] 郭绍虞. 清诗话续编 [M]. 上海：上海古籍出版社，1983.

[13] 胡震亨. 唐音癸签 [M]. 上海：上海古籍出版社，1981.

[14] 严羽. 沧浪诗话 [M]. 北京：人民文学出版社，1979.

[15] 萧涤非，马茂元，程千帆，等. 唐诗鉴赏辞典 [M]. 上海：上海辞书出版社，1983.

[16] 周汝昌，缪钺，叶嘉莹，等. 唐宋词鉴赏辞典 [M]. 上海：上海辞书出版社，1988.

[17] 缪钺，霍松林，周振甫，等. 宋诗鉴赏辞典 [M]. 上海：上海辞

书出版社，1987.

[18] 周啸天，钱仲联，章培恒，等．元明清诗鉴赏辞典 [M]．上海：上海辞书出版社，1994.

[19] 张秉戍．历代诗分类鉴赏辞典 [M]．北京：中国旅游出版社，1992.

[20] 钱锺书．宋诗选注 [M]．北京：人民文学出版社，1958.

[21] 钱锺书．谈艺录 [M]．北京：中华书局，1984.

[22] 林东海．诗法举隅：第 2 版 [M]．上海：上海文艺出版社，2004.

[23] 周振甫．诗词例话 [M]．北京：中国青年出版社，1962.

[24] 尹贤．古人论诗创作 [M]．北京：中国书籍出版社，2013.

[25] 姜书阁．诗学广论 [M]．北京：中国社会科学出版社，1982.

[26] 尚永亮．唐诗艺术演讲录 [M]．桂林：广西师范大学出版社，2008.

[27] 刘焕阳．中国古代诗歌艺术研究 [M]．济南：山东大学出版社，2008.

[28] 于年湖．杜诗语言艺术研究 [M]．济南：齐鲁书社，2007.

[29] 张文勋．诗词审美 [M]．昆明：云南人民出版社，2005.

[30] 袁行霈．中国诗歌艺术研究 [M]．北京：北京大学出版社，1996.

[31] 程郁缀．唐诗宋词 [M]．北京：北京大学出版社，2002.

[32] 何庆善．学诗札记 [M]．合肥：安徽大学出版社，2007.

[33] 叶嘉莹．唐宋诗词名家论稿 [M]．石家庄：河北教育出版社，1997.

[34] 夏传才．诗词入门：第 2 版 [M]．天津：南开大学出版社，1998.

[35] 赵仲才．诗词写作概论 [M]．上海古籍出版社 2002 年 3 月第 1 版

[36] 徐有富．诗学原理 [M]．北京：北京大学出版社，2007.

[37] 喻守真．唐诗三百首详析：第 2 版 [M]．北京：中华书局，1957.